EEN FONKELEND SPOOR

NORA ROBERTS

Een fonkelend spoor

Vertaling Elco Bos

HarperCollins

MIX
Papier van verantwoorde herkomst
FSC® C083411
www.fsc.org

Voor dit boek is papier gebruikt dat onafhankelijk is gecertificeerd door FSC™
ten behoeve van verantwoord bosbeheer.
Kijk voor meer informatie op www.harpercollins.co.uk/green

HarperCollins is een imprint van Uitgeverij HarperCollins Holland, Amsterdam

Oorspronkelijke titel: *Sweet Revenge*

Vertaling: Elco Bos
Omslagontwerp: Wil Immink Design
omslagbeeld: iStock
Zetwerk: Mat-Zet B.V., Soest
Druk: CPI Books GmbH, Germany

ISBN 978 94 027 3130 9
ISBN 978 94 027 5664 7 (e-book)
NUR 302
Eerste druk januari 2019

Originele uitgave verschenen bij Bantam Books, New York.
Deze vertaling is uitgegeven in overeenkomst met Bantam Dell, een imprint van
The Random House Publishing group, een divisie van Random House, Inc.

HarperCollins Holland is een divisie van Harlequin Enterprises Limited

www.harpercollins.nl

Voor Carolyn Nichols
voor haar steun en vriendschap

DEEL 1

Het bitter

Vrouwen zijn uw akker,
zo kom tot uw akker zoals u behaagt.

DE KORAN

Hij was haar man, maar hij deed haar kwaad.

FRANKIE AND JOHNNY

1

New York, 1989

Stuart Spencer had grondig de pest aan zijn hotelkamer. Het enige voordeel van zijn verblijf in New York was het feit dat zijn vrouw, die thuis in Londen zat, hem niet aan zijn hoofd kon zeuren over zijn dieet. Dus had hij een clubsandwich besteld en hij genoot van elke hap.

Hij was een kalende man met een gezet postuur, maar zonder de gemoedelijkheid die daar gewoonlijk mee geassocieerd wordt. Bovendien werd hij op dit moment gehinderd door een blaar op zijn hiel en een hardnekkige verkoudheid. Na een paar slokken thee concludeerde hij humeurig dat Amerikanen het theezetten wel nooit zouden leren.

Waar hij naar verlangde, was een heet bad, een behoorlijke kop earl grey en minstens een uur rust, maar het was duidelijk dat het daar voorlopig niet van zou komen, gezien de aanwezigheid van de man die bij het raam stond.

'Wat had je nou?' vroeg hij geërgerd toen hij Philip Chamberlain de vitrage opzij zag schuiven om een blik naar buiten te werpen.

'Je treft het met het uitzicht,' klonk het droogjes. Philip blikte naar de blinde muur van het aangrenzende gebouw. 'Rianter kan het niet.'

'Philip, mag ik je er even op wijzen dat ik niet voor mijn lol hartje winter naar New York ben komen vliegen? In Londen zit ik met een gigantische achterstand in papierwerk opgescheept, en het grootste deel daarvan is aan jou en je weinig conventionele manier van opereren te wijten. Als je me iets hebt mee te delen, doe het dan meteen, alsjeblieft.'

Onverstoorbaar bleef Philip naar buiten kijken. Hoewel hij niet gerust was op de uitkomst van het informele overleg waarom hij zelf had gevraagd, wees niets in zijn beheerste houding op zijn innerlijke spanning. 'Nu je hier toch bent, moet ik je echt eens meenemen naar een show, Stuart. Een musical, of iets dergelijks. Je begint een zuurpruim te worden.'

'Voor de draad ermee.'

Philip liet de vitrage op zijn plaats vallen. Hij draaide zich om en liep met soepele tred naar de man aan wie hij de afgelopen jaren had moeten rapporteren. Zijn beroep eiste zelfvertrouwen en atletische gratie, en met zijn vijfendertig jaar had hij er een kwart eeuw beroepservaring op zitten.

Geboren en getogen in een achterbuurt van Londen, had hij niettemin al op jeugdige leeftijd kans gezien zich toegang te verschaffen tot societyfeesten, en dat was geen geringe prestatie geweest in een tijd dat er nog nauwelijks werd getornd aan het vastgeroeste Britse klassebewustzijn. Hij wist wat honger en armoede betekenden, zoals hij ook wist wat het betekende je aan kaviaar te goed te kunnen doen. Hoewel hij uitzonderlijk goed was in wat hij deed, was het succes hem beslist niet komen aanwaaien. Hij had ervoor moeten knokken.

'Ik heb een hypothetisch voorstel voor je, Stuart,' begon hij, terwijl hij ging zitten. Hij schonk een kop thee voor zichzelf in. 'Maar om te beginnen wil ik van je horen of je vindt dat ik je de afgelopen jaren behoorlijk van dienst ben geweest.'

Narrig nam Spencer nog een hap van zijn clubsandwich. Als hij daar geen last van zijn maag van kreeg, zou hij het wel van Philip krijgen. 'Ben je op salarisverhoging uit?' informeerde hij sarcastisch.

'Geen slecht idee, maar daar is het me nu niet om te doen.' Zoals vaker wanneer het nodig was, glimlachte Philip innemend. Tegen die glimlach waren maar weinig mensen bestand. 'Het gaat om de vraag of het lonend is geweest om een dief op de loonlijst van Interpol te hebben.'

Spencer haalde zijn zakdoek tevoorschijn en snoot zijn neus. 'Van tijd tot tijd,' antwoordde hij neutraal.

Philip vroeg zich of het Stuart was opgevallen dat hij – anders dan gewoonlijk – niet 'ex-dief' had gezegd. 'Is het de leeftijd dat je zo gul bent met complimentjes?' kon hij niet nalaten hatelijk te informeren.

'Ik zit hier niet om je de hemel in te prijzen, Philip. Ik wil nu eerst wel eens weten waarom ik met alle geweld zo snel naar New York moest komen.'

'Wat dacht je van een tweede?'

'Een tweede wat?'

'Een tweede dief, Stuart.' Hij wees naar de restanten van de clubsandwich. 'Bruin brood met zemelen zou beter voor je zijn.'

'Waar wil je naartoe?'

Er hing heel wat af van wat Philip nu ging zeggen, maar hij was niet anders gewend dan dat zijn toekomst, en soms zelfs zijn leven, afhing van snelle beslissingen en nog snellere acties. Als buitengewoon getalenteerde dief had hij de verschillende speurders die achter hem aan zaten, altijd op een dwaalspoor weten te brengen. Tot hij van het ene op het andere moment had besloten zijn leven een andere wending te geven door voor Stuart en Interpol te gaan werken. Een puur zakelijk besluit, na zorgvuldige afweging van de voor- en nadelen. Zijn huidige voorstel berustte op persoonlijke overwegingen.

'Stel, hypothetisch gesproken, dat ik een bijzonder goede dief ken, die Interpol al tien jaar gek maakt en die nu, net als ik, heeft besloten het vak eraan te geven... Eentje die bereid is zijn diensten aan te bieden in ruil voor pardon.'

'Je hebt het over De Schaduw.'

Philip knipte een denkbeeldig stofje van zijn broek. 'Hypothetisch gesproken,' herhaalde hij voor alle duidelijkheid.

De Schaduw! Op slag was Spencer zijn pijnlijke hiel en de naweeën van de vermoeiende vlucht vergeten. De waarde van de juwelen die door die mysterieuze figuur waren ontvreemd, moest inmiddels in de miljoenen dollars lopen. Hij was al tien jaar lang naar de dief op jacht, maar nog altijd zonder het gewenste resultaat, zelfs al had Interpol anderhalf jaar terug besloten zwaar geschut in stelling te brengen.

Van hogerhand was bepaald dat er een dief voor nodig was om een dief te vangen: Philip Chamberlain, de man die – nu hij niet meer als zodanig actief was – door De Schaduw naar de kroon werd gestoken. Spencer werd razend bij de gedachte dat Philip zijn vertrouwen mogelijkerwijs had beschaamd.

'Allemachtig, je wéét wie hij is!' riep hij getergd uit. 'Je kent zijn identiteit en je weet waar we hem kunnen vinden! Tien jaar zijn wij al naar hem op zoek, en nu heb jij ons ook nog eens maanden aan het lijntje gehouden. Ik maak me sterk dat je van het begin af aan hebt geweten wie hij is en waar hij zit!'

‘Misschien,’ reageerde Philip onaangedaan. ‘Misschien ook niet.’

‘Verdorie, Philip, ik heb zin om je op te sluiten en de sleutel in de Theems te gooien!’

‘Dat doe je toch niet, want ik ben voor jou de zoon die je nooit hebt gehad,’ klonk het bedaard.

‘Hoe haal je het in je hoofd? Ik heb een zoon.’

‘Maar niet zo een als ik.’ Philip leunde op zijn gemak achterover, alsof Spencers uitbarsting hem koud liet. ‘Wat ik voorstel, komt neer op eenzelfde afspraak als jij en ik vijf jaar terug hebben gemaakt. Toen had jij in elk geval genoeg visie om in te zien dat het in dienst nemen van de beste lonender was dan vergeefs op hem te blijven jagen.’

Spencer had zich weer in de hand. ‘Als ik me goed herinner, is het je opdracht die vent te grazen te nemen, niet om namens hem te onderhandelen. Als je een naam en een signalement hebt, wil ik die horen. Feiten, Philip, geen hypothetische voorstellen.’

‘Die tien jaar zoeken heeft je niets opgeleverd,’ merkte Philip afgemeten op. ‘Je hebt helemaal niets, en als ik wegloop, blijft dat zo.’

‘Ik heb jou,’ klonk het – zo kil, dat Philip hem met onwillekeurig halftoegeknepen ogen scherp aankeek. ‘De gevangenis is geen pretje voor een vent met jouw smaak.’

‘Is dat een dreigement?’ Er trok een huivering langs Philips ruggengraat, maar zijn gezicht vertoonde geen spoor van emotie. Uiterlijk een toonbeeld van koele beheersing, vouwde hij zijn handen. Hij hield het er maar op dat Spencer blufte. ‘Ik heb pardon gekregen. Dat was de afspraak.’

'Jij bent degene die aan de regels van die afspraak tornt, beste kerel. Als je me de naam geeft, kan ik aan de slag.'

'Je denkt te klein, Stuart. Dat is de reden waarom jij maar zo weinig diamanten hebt teruggevonden, terwijl ik me er zoveel heb toegeëigend. Als je De Schaduw te pakken krijgt, heb je een dief achter de tralies. Denk je nu heus dat je daarmee meer dan een fractie van de schatten kunt traceren die de afgelopen tien jaar zijn ontvreemd?'

'Het is gewoon een zaak van gerechtigheid.'

'Oké.'

Niet alleen door die onverwachte instemmende reactie realiseerde Spencer zich dat Philips houding veranderd was. Dat viel ook af te leiden uit het feit dat hij voor het eerst tijdens hun gesprek zijn ogen neersloeg. En niet omdat hij in verlegenheid was gebracht; hij kende Philip goed genoeg om dat zeker te weten.

'Gerechtigheid, daar wil ik het straks ook nog wel even over hebben,' hernam Philip na een kort stilzwijgen. Te ongedurig om te blijven zitten, stond hij op. 'Toen jij met die opdracht kwam, heb ik hem aangenomen omdat deze dief mijn bijzondere belangstelling heeft. Dat geldt nog steeds. Sterker nog, je zou kunnen zeggen dat mijn interesse gaandeweg alleen maar groter is geworden.'

Hij wist dat hij het niet te ver moest drijven. Stuart en hij hadden in de loop der jaren respect voor elkaar gekregen. Meer nog: er was zelfs sprake van wederzijdse bewondering, al werd die nooit hardop uitgesproken. Dat nam alleen niet weg dat Spencer nooit en te nimmer van het rechte pad afweek. 'Stel – vanzelfsprekend nog altijd hypothetisch – dat ik de identiteit van De Schaduw ken. Stel dat we met elkaar hebben gesproken en dat ik tot de overtuiging ben gekomen dat jij de talenten van de persoon in kwestie goed zult kunnen gebruiken. Kwaliteiten waarover je kunt beschikken tegen een kleine tegenprestatie als een schoon strafblad.'

'Kleine tegenprestatie? Die schooier heeft meer gestolen dan jij!'

Philip keek hem uit de hoogte aan. 'Ik zie niet in waarom je het nodig vindt me te beledigen. Niemand heeft aan totale waarde meer gestolen dan ik in mijn tijd.'

'En daar ben je nog trots op ook?' Spencer verschoot van kleur. 'Als dief door het leven gaan vind ik bepaald niet iets om over op te scheppen.'

'Dat is nu net het verschil tussen jou en mij.'

'Via ramen naar binnen glippen, in ongure tenten plannetjes bekokstoven –'

'Pas op, je wekt zoete herinneringen.' Philip onderbrak hem meesmuilend. 'Als ik jou was, zou ik even tot tien tellen, Stuart. Ik wil niet verantwoordelijk zijn voor een gevaarlijke verhoging van je bloeddruk.' Hij pakte de theepot om hun beiden nog eens in te schenken. 'Misschien is dit het juiste moment om je te vertellen dat ik je toentertijd hogelijk ben gaan waarderen. Ik denk dat ik tot op de dag van vandaag kraakjes zou zetten als jij me niet steeds dichter op de hielen was komen te zitten. Begrijp me goed, ik heb net zomin spijt van wat ik heb gedaan als van mijn overstap.'

Stuart dwong zich tot kalmte door een slok thee te nemen. 'Dat doet allemaal niet ter zake,' bromde hij geërgerd, hoewel Philips bekentenis hem wel degelijk raakte. 'De kern van de zaak is dat je nu voor mij werkt.'

'Dat ben ik niet vergeten, Stuart.' Philip wierp een blik uit het raam. Het was een heldere, ijskoude dag, die hem naar het voorjaar deed verlangen. 'Juist als loyale werknemer,' vervolgde hij na een korte stilte, terwijl hij Spencer strak aankeek, 'zie ik het als mijn plicht je op nieuwe rekruten te attenderen, zeker als die hun gewicht in goud waard kunnen zijn.'

'Een dief.'

'Ja. Een bijzonder goede.' Hij glimlachte. 'Overigens geef ik je op een briefje dat noch Interpol, noch enige andere organisatie – ook niet met vereende krachten – ooit achter de ware identiteit van deze dief zal komen.'

'Ach, hij zal op een gegeven moment wel weer eens in actie komen.'

'Nee.'

'Hoe kun je daar zo zeker van zijn?'

Philip vouwde zijn handen. Zijn trouwring glansde bescheiden. 'Omdat ik daar persoonlijk op zal toezien.'

'Wat betekent die persoon voor je?'

'Dat is niet gemakkelijk uit te leggen.' Hij haalde diep adem. 'Luister, Stuart. Ik heb vijf jaar voor en met je gewerkt. Vaak ging het om smerige zaakjes, en nog vaker om zowel smerige als gevaarlijke karweitjes. Tot nog toe heb ik je nooit om iets gevraagd. Nu vraag ik je om pardon voor mijn hypothetische dief.'

'Ik kan nooit garanderen–'

'Je woord is voor mij garantie genoeg.' Beslist viel Philip hem in de rede. 'In ruil daarvoor bezorg ik je dat doek van Rubens. Afgezien daarvan, kan ik je iets bieden waarmee je het nodige politieke gewicht in de schaal kunt leggen om een uiterst explosieve situatie te laten afkoelen.'

Daar moest Stuart even over nadenken. 'Je bedoelt toch niet in het Midden-Oosten?'

Philip haalde zijn schouders op. 'Hypothetisch.' Hoe het antwoord ook luidde, het was en bleef zijn bedoeling Stuart op het spoor van de Rubens en Abdu te zetten. Het was echter niet zijn gewoonte zijn troeven direct uit te spelen. 'Laten we het erop houden dat Engeland met die informatie heel wat druk kan uitoefenen in een gebied waar dat bijzonder goed van pas kan komen.'

Spencer keek Philip strak aan, in het besef dat hun gesprek allang niet meer alleen over diamanten en robijnen ging. 'Grijp je niet veel te hoog, Philip?'

'Maak je over mij geen zorgen.' Hij kon weer ontspannen gaan zitten nu de stemming was omgeslagen. 'Ik geef je de verzekering dat ik precies weet wat ik doe.'

'Je roert anders in een verdraaid delicate kwestie.'

Niet alleen verdraaid delicaat, ook zeer belangrijk, bedacht Philip. Voor hem misschien wel de allerbelangrijkste kwestie van zijn leven. 'We kunnen er allebei beter van worden, Stuart.'

Spencer pakte hoofdschuddend de fles whisky van de bar. Na een nauwelijks merkbare aarzeling schonk hij een bodempje in twee glazen. 'Laat maar eens horen. Ik zal doen wat ik kan.'

Philip haalde diep adem. 'Hiermee leg ik het enige wat voor mij telt in jouw handen, Spencer, onthoud dat goed.' Hij accepteerde het glas dat Stuart hem voorhield. 'Ik heb de Rubens gezien toen ik in de schatkamer van Koning Abdu van Jaquir was.'

'Wat had je daar in 's hemelsnaam te zoeken?' vroeg de corpulente Spencer verbijsterd.

'Dat is een lang verhaal.' Philip hief zijn glas bij wijze van toost en nam vervolgens een slok van de dure whisky. 'Om bij het begin te beginnen, moet ik terug naar Phoebe Spring.'

2

Jaquir, 1968

Adrianne staarde naar het klokje naast het bed. Ze was te opgewonden om te slapen. Nog even, en het zou middernacht zijn. Dan was ze jarig. Dan werd ze vijf!

Het paleis was in diepe rust verzonken, maar lang zou het niet meer duren voor de zon opging. Dan zou de *muezzin* vanaf zijn hoge plaats in de moskee de gelovigen oproepen voor het gebed, en op dat moment zou de mooiste dag van haar leven echt beginnen.

’s Middags zou er muziek zijn en kwamen de cadeautjes en schalen met chocolaatjes. Alle vrouwen zouden hun mooiste kleren dragen, en er zou gedanst worden. Iedereen zou komen. Grootmoeder zou verhaaltjes vertellen; tante Latifa, die altijd lachte en nooit schold, zou Duja meebrengen. En de vrolijke Favel zou met al haar kinderen komen.

Adrianne begon bijna te giechelen van opwinding; het zou een geweldig feest worden, en iedereen zou haar vertellen hoe mooi ze was.

Mama had beloofd dat het een heel bijzondere dag ging worden. Een dag speciaal voor haar. Als haar vader het goed vond, zouden ze later in de middag een uitstapje naar het strand maken. Ze had voor de gelegenheid een nieuwe jurk gekregen, een zijden jurk met strepen in alle kleuren van de regenboog. Met haar onderlip tussen haar tanden draaide ze haar hoofd opzij om stilletjes naar haar moeder te kijken.

Phoebe sliep, haar mooie gezicht ontspannen en haar gave huid als albast in het maanlicht. Adrianne vond het heerlijk wanneer ze bij haar moeder in het grote, zachte bed mocht slapen. Het was zo fijn om zich in haar armen te nestelen en naar haar verhalen over New York en Parijs te luisteren. En soms giechelden ze samen.

Heel behoedzaam stak ze een hand uit om Phoebes haar te strelen zonder haar te wekken. Haar moeder had het mooiste haar dat ze zich kon voorstellen. Hoewel Adrianne zelf pas vijf was, was ze toch al vrouw genoeg om haar moeder te benijden om haar unieke, prachtig golvende warmrode haar en zachte roomblanke huid. Zelf had ze ravenzwart haar, net als alle andere vrouwen in Jaquir, maar zij was dan ook niet Amerikaans, zoals Phoebe, alleen maar half-Amerikaans.

Maar over dat laatste had haar moeder het nooit, tenzij ze alleen waren. Haar vader werd kwaad als hij het hoorde.

Adrianne had al vroeg geleerd alles te mijden waarover haar vader boos kon worden. Alleen begreep ze niet waarom zijn ogen vuur schoten en hij zijn lippen verbeten op elkaar klemde wanneer hij eraan werd herinnerd dat Phoebe Amerikaanse was. Phoebe was filmster geweest. Adrianne wist weliswaar niet wat dat wilde zeggen, maar ze vond het leuk klinken. Filmster… Het woord deed haar denken aan heldere lichtjes aan een donkere hemel.

Haar moeder was een ster geweest, en nu was ze koningin. De eerste vrouw van Abdu ibn Faisal Rahman al-Jaquir, heerser over Jaquir, sjeik der sjeiken. Met haar grote blauwe ogen en haar mooi gevormde mond was Phoebe de mooiste van zijn vrouwen. Ze was ook de langste vrouw in de harem. Bij haar vergeleken, waren de andere vrouwen kleine drukdoenerige vogeltjes. Alleen zou Adrianne graag willen dat haar moeder gelukkiger was. Ze hoopte in elk geval dat ze, nu ze vijf werd, zou gaan begrijpen waarom Phoebe vaak zo verdrietig keek en soms huilde wanneer ze dacht dat niemand het zag.

De vrouwen in Jaquir leidden een beschermd leven, en de vrouwen van het Huis van Jaquir werden niet geacht te werken of ongelukkig te zijn. Ze kregen alles wat ze nodig hadden: prachtige vertrekken en de heerlijkste parfums.

Phoebe had ook de mooiste kleren en juwelen. Ze had de Zon en Maan.

Adrianne sloot haar ogen om het beeld op te roepen van het schitterende collier dat haar moeder soms droeg. Hoe de grote diamant, de Zon, schitterde, en hoe de onbetaalbare parel, de Maan, glansde. Phoebe had beloofd dat Adrianne het collier ooit ook zou dragen. Later, wanneer ze groot was.

Luisterend naar de gerustellende regelmatige ademhaling van haar moeder, probeerde ze zich voor te stellen hoe het was om groot te zijn. Ze zou een sluier moeten dragen, en op een dag zou er een man voor haar worden gekozen met wie ze zou moeten trouwen. Op haar huwelijksdag zou ze de Zon en de Maan dragen, en dan zou ze een goede vruchtbare echtgenote worden.

Ze zou feesten geven voor de andere vrouwen en die op geglazuurde taartjes trakteren, terwijl de bedienden met schalen chocolaatjes rondgingen. Haar echtgenoot zou knap en machtig zijn, net als haar vader. Misschien zou hij zelfs ooit koning worden. Hij zou haar boven alles liefhebben…

Terwijl ze langzaam weer indommelde, wikkelde Adrianne een lange zwarte haarlok om haar wijsvinger. Hij zou van haar houden zoals ze wenste dat haar vader van haar hield. Ze zou hem zonen schenken, veel prachtige zonen, zodat ze door de andere vrouwen zou worden benijd en gerespecteerd. Anders dan bij haar moeder, zouden ze nooit medelijdend naar haar kijken.

Ze schrok abrupt wakker van het licht in de gang, dat naar binnen viel toen de deur openzwaaide. Ondanks het muskietennet herkende ze het silhouet dat zich aftekende meteen.

In eerste instantie werd ze overspoeld door een gevoel dat ze door haar jeugd niet als liefde herkende. Direct daarna beving haar echter de vrees die haar altijd overviel wanneer ze haar vader zag.

Hij zou boos zijn als hij haar in haar moeders bed aantrof. Doordat er in de harem vaak vrijuit werd gepraat, wist ze dat hij Phoebe nog maar zelden in haar kamer opzocht nadat de doktoren hadden verklaard dat ze geen kinderen meer kon krijgen. Eerst dacht ze daarom dat hij misschien alleen naar haar moeder wilde kijken omdat ze zo mooi was. Maar zodra hij dichterbij kwam, begreep ze intuïtief dat hij daar niet voor was gekomen. Met een wild bonzend hart gleed ze muisstil uit bed om zich erachter in de schaduw te verbergen.

Abdu, die het muskietennet opzijtrok, had uitsluitend oog voor Phoebe. Hij had zelfs niet de moeite genomen de deur achter zich te sluiten. Niemand zou het wagen hem te storen.

Het maanlicht viel op haar rode haar en haar blanke gezicht. Ze leek een godin, net als de eerste keer dat hij haar had gezien. Met haar verbijsterende schoonheid had ze het hele scherm gevuld, en haar sensuele uitstraling had hem diep getroffen. Phoebe Spring, de Amerikaanse actrice, die door mannen werd begeerd en gevreesd vanwege haar volmaakte lichaam en haar onschuldige ogen. Abdu was niet anders gewend dan te krijgen wat hij wilde, en hij had haar gewild zoals hij nog nooit een andere vrouw had gewild. Na haar te hebben opgespoord, had hij haar het hof gemaakt zoals westerse vrouwen dat graag hadden. Vervolgens had hij haar tot zijn koningin gemaakt.

Ze had hem betoverd. Om haar had hij zijn afkomst verloochend en de traditie geschonden. Hij had haar tot zijn vrouw genomen, een westerse vrouw, een actrice, een christen... maar hij was ervoor gestraft. Hij had slechts één kind bij haar kunnen verwekken – een dochter.

Desondanks was zijn begeerte gebleven. Haar onvruchtbaarheid kon hem niet blind maken voor haar schoonheid. Zelfs toen zijn adoratie was omgeslagen in verachting, bleef hij naar haar smachten. Ze maakte hem te schande en was een smet op zijn *sharaf*, zijn eer, met haar gebrek aan kennis van de islam, maar hij kon maar niet genoeg van haar krijgen.

Elke keer wanneer hij zich in een andere vrouw verloor, beminde hij in werkelijkheid Phoebe, rook hij Phoebes huid, hoorde hij Phoebes kreten. Dat was zijn geheime schande, en alleen daarom al had hij haar kunnen haten. Maar wat hij haar vooral niet kon vergeven, was de publieke schande dat ze hem niet meer dan een dochter had geschonken.

Hij wilde dat ze leed zoals hij had geleden, boete deed zoals hij boete deed. Met een ruk trok hij het laken van haar af.

Phoebe schrok wakker. Bij de aanblik van zijn machtige silhouet begon haar hart wild te bonzen. Eén enkel moment meende ze dat ze nog droomde, dat hij was teruggekomen om haar te beminnen zoals hij dat ooit had gedaan. Het volgende moment zag ze zijn ogen en wist ze dat het geen droom was. Alleen in haar dromen las ze liefde in zijn ogen.

'Abdu...' Met een haastige blik opzij stelde ze opgelucht vast dat ze alleen in bed lag. De hemel zij dank was Adrianne kennelijk naar haar eigen slaapkamer teruggegaan. 'Het is laat,' prevelde ze zwakjes, terwijl ze onwillekeurig zo ver mogelijk uit zijn buurt schoof omdat hij zwijgend zijn witte gewaad uittrok. 'Niet zo, alsjeblieft...' Ze kon haar tranen niet onderdrukken.

'Een vrouw heeft niet het recht haar man te weigeren.' Hij hoefde maar naar haar trillende weelderige lichaam te kijken om zich machtig te voelen. Hij was de heerser; hij had het voor het zeggen; hij bepaalde wat er gebeurde. Wat Phoebe verder ook was, ze was zijn bezit – net zo goed als zijn juwelen en zijn paarden. Met een laag gegrom greep hij haar nachthemd om haar naar zich toe te trekken.

Adrianne begon te beven als een rietje toen ze haar moeder hoorde snikken. Haar vader en zij hadden ruzie, en ze riepen woorden naar elkaar die ze niet begreep. In het maanlicht zag ze de naakte, donkere huid van haar vader glimmen van het zweet. Hoewel ze nooit eerder een naakte man had gezien, schrok ze niet van de aanblik, hoe groot en dreigend zijn mannelijkheid er ook uitzag. Uit de vrijmoedige gesprekken in de harem had ze genoeg opgestoken om te weten dat hij daarmee een kindje kon maken in haar moeder. Ze wist zelfs dat vrouwen dat prettig vonden als het gebeurde.

Alleen kon haar moeder geen kinderen meer krijgen, en

waarom smeekte ze hem huilend haar met rust te laten als het om iets plezierigs ging? Een vrouw hoorde haar man toch juist te verwelkomen, dacht ze verward, terwijl de tranen haar in de ogen sprongen. Een vrouw moest altijd doen wat haar man van haar verlangde, dankbaar zijn dat hij haar begeerde en dat ze zijn kinderen mocht dragen.

Ze hoorde haar vader Phoebe voor hoer uitmaken. Dat woord kende ze niet, maar ze begreep intuïtief dat het een scheldwoord was, want het had een lelijke klank.

'Hoe kun je me een hoer noemen?' wierp Phoebe met door tranen verstikte stem tegen, terwijl ze zich uit zijn woeste omhelzing trachtte te bevrijden. Ooit had ze het heerlijk gevonden zijn sterke armen om zich heen te voelen; nu ervoer ze niets dan afschuw en angst. 'Ik ben nooit met een andere man geweest. Jij hebt een andere vrouw genomen, zelfs nadat ik je een kind had geschonken.'

'Jij hebt me niets geschonken.' Abdu begroef een hand in haar weelderige lokken. 'Een meisje... Minder dan niets,' grauwde hij. 'Ik hoef maar naar haar te kijken om me onteerd te voelen.'

Phoebe sloeg hem zo hard, dat zijn hoofd achteroverklapte. Woedend hief hij zich op. Al was ze nog zo snel geweest, er was geen ontkomen aan zijn wraak. Hij haalde uit en trof haar met de rug van zijn hand vol in het gezicht, zodat ze even versuft was. Toen scheurde hij, gedreven door lust en razernij, haar nachthemd aan flarden.

Het lichaam van een godin, de droom van elke man... Haar volle stevige borsten rezen en daalden met haar angstige ademhaling. Op haar huid begonnen de eerste blauwe plekken zich al af te tekenen. Nog steeds maakte ze hem gek.

Verlamd van schrik zag Adrianne haar vader zich met geweld op haar moeder storten. Ze hoorde haar moeder smeken, worstelen... hoorde de glazen lamp op het nachtkastje aan scherven vallen. Een man had het recht zijn vrouw te slaan wanneer ze hem weigerde, en toch... Adrianne drukte haar handen tegen haar oren om Phoebes kreten niet te horen, terwijl Abdu zijn lusten op haar botvierde.

Met haar gezichtje nat van tranen, kroop ze zo diep mogelijk weg onder het bed. Zelfs met haar handen tegen haar oren bleef ze het gegrom van haar vader en het wanhopige gesnik van haar moeder horen. Ze maakte zich zo klein als ze kon, maar boven haar kraakte en schudde het bed onder het aanhoudende geweld van de koning.

Het begrip 'verkrachting' kende ze niet, maar na deze nacht zou niemand haar de betekenis ervan nog hoeven uit te leggen.

'Wat ben je stil, Addy.' Liefdevol borstelde Phoebe de lange zwarte haren van haar dochter. Addy... Abdu had een gruwelijke hekel aan dat koosnaampje. Ook de naam Adrianne had hij alleen geaccepteerd omdat zijn eerstgeborene een meisje was, al had hij bepaald dat ze officieel Ad Riyand An heette, en zo stond ze in alle documenten vermeld. Maar wanneer Phoebe met haar dochter alleen was, gebruikte ze de afkorting. 'Ben je niet blij met je cadeautjes, Addy?'

'Ja, mama, heel blij.' Adrianne had haar nieuwe jurk aan, maar het plezier waarop ze zich had verheugd, kon ze niet meer voelen. Ze keek in de spiegel naar het gezicht van haar moeder. Hoewel Phoebe de blauwe plekken zorgvuldig met make-up had bedekt, kon ze de donkere schaduwen nog zien.

'Je ziet er prachtig uit.' Phoebe draaide haar naar zich toe en omhelsde haar stevig. 'Mijn eigen kleine prinses. Ik hou zielsveel van je, Addy.'

De vorige dag nog zou de wanhoop in haar moeders stem Adrianne zijn ontgaan. Nu niet meer. Ze klampte zich krampachtig aan haar vast. 'Je gaat niet weg, hè? Je laat me niet alleen?'

'Hoe kom je daar zo opeens bij?' Phoebe hield haar dochter een eindje van zich af om haar te kunnen aankijken. Haar glimlach verdween zodra ze de tranen in Addy's ogen zag. 'O, schatje, wat krijgen we nu?'

Adrianne vlijde haar hoofd op Phoebes schouder. 'Ik... Ik droomde dat hij je wegstuurde,' stamelde ze. 'Dat ik je nooit meer zou zien.'

Sussend streelde Phoebe haar over het haar. 'Het was maar een droom, Addy. Ik laat je nooit in de steek.'

Met haar vijf jaar voelde Adrianne zich nog lang niet te groot om lekker bij haar moeder op schoot te kruipen en zich te laten wiegen. 'Als ik een jongetje was geweest, zou hij van ons houden,' fluisterde ze.

De golf van woede die Phoebe overspoelde, maakte vrijwel onmiddellijk plaats voor hernieuwde wanhoop. Ze liet echter niets merken. Als actrice kon ze haar talenten ten minste gebruiken om haar dochter te beschermen. 'Wat is dat voor onzin? En nog wel op je verjaardag?' zei ze zo monter mogelijk. 'Wat is er nu aan om een jongetje te zijn? Jongetjes dragen geen mooie jurken.'

Adrianne drukte zich giechelend tegen haar aan. 'Als ik Fahid een jurk aantrok, zou hij net een pop zijn.'

Phoebe perste haar lippen op elkaar en trachtte de stekende pijn in haar hart te negeren. Fahid, de zoon die Abdu's tweede vrouw het leven had geschonken nadat zij had gefaald. Nee, niet gefaald, zo verbeterde ze zichzelf haastig. Ze moest ervoor waken niet als een haremvrouw te gaan denken. Met zo'n prachtige dochter in haar armen kon ze niet hebben gefaald!

'Een dochter, minder dan niets.' Ze hoorde het Abdu nog zeggen. Wist hij dan niet dat ze hem alles had gegeven?

'Mama?'

'Sorry, schat, ik was even in gedachten.' Glimlachend tilde ze Adrianne van haar schoot. 'Ik zat eraan te denken dat je nog een cadeautje te goed hebt. Een geheim cadeautje.'

'Een geheimpje!' Adrianne klapte opgetogen in haar handjes.

'Ga maar zitten en doe je ogen dicht.'

Terwijl haar dochter opgewonden gehoorzaamde, haalde ze de kleine glazen bol tevoorschijn die ze in de kast tussen haar kleren had verborgen.

Het had moeite gekost het kleinood het land binnen te smokkelen. Net als de kleine roze pillen die het haar mogelijk maakten de dagen door te komen. Ze verdoofden de pijn en gaven haar een heerlijk wazig gevoel. De hemel wist dat een vrouw in dit land dat nodig had. Als ze werden gevonden, zou ze in het openbaar kunnen worden terechtgesteld, maar zónder zou ze het zeker niet overleven. En voor haar dochter moest ze blijven leven en het zien vol te houden.

'Alsjeblieft, doe je ogen maar open.' Phoebe knielde bij de stoel. Ze hoopte van harte dat dit geschenk meer voor Adrianne betekende dan de schitterende juwelen die ze had gekregen.

Adrianne staarde als betoverd naar de glazen bol, die in Amerika overal voor een paar dollar te koop was.

'Kijk, sneeuw.' Phoebe schudde de bol om de vlokken te laten dwarrelen. 'In grote delen van Amerika sneeuwt het 's winters. Met Kerstmis halen veel mensen een kerstboom in huis, die ze met lichtjes en gekleurde ballen versieren. Dennenbomen, zoals je er hier eentje in het klein ziet. Ik heb vroeger bij mijn grootvader in zo'n arrenslee gezeten.' Met haar ogen op het speelgoedpaardje voor de arrenslee gericht, vlijde ze haar wang tegen die van Adrianne. 'Ooit neem ik je daar mee naar toe, Addy,' fluisterde ze.

'Doet het pijn?'

'Sneeuw? Nee, hoor.' Lachend schudde Phoebe de bol opnieuw heen en weer, zodat het kersttafereeltje weer tot leven kwam. Een herinnering – dat was alles wat ze nog had: herinneringen en een dochtertje dat ze moest beschermen. 'Nee. Sneeuw is koud en nat. Je kunt er sneeuwpoppen mee maken. Je kunt ook sneeuwballen gooien. En als de vlokken op de bomen blijven liggen, ziet dat er prachtig uit... Zie je wel?'

Met ingehouden adem nam Adrianne de bol van haar over. 'Wat mooi,' verzuchtte ze. 'Veel mooier dan mijn nieuwe jurk. Mag ik hem aan Duja laten zien?'

'Nee, schat.' Phoebe wist maar al te goed wat er zou gebeuren als Abdu erachter kwam. De bol was een symbool van een christelijk feest, en hij was sinds de geboorte van Adrianne heel fanatiek geworden waar het op religieuze zaken aankwam. 'Het is ons geheimpje, en dat moet het blijven. Je mag er alleen mee spelen als we alleen zijn. Haal hem nooit tevoorschijn in bijzijn van anderen.' Ze nam de bol van haar dochtertje over en stopte hem diep in een van de laden weg. ‘Kom, het is tijd voor het feest.’

In de met kleurige zitkussens bezaaide harem waren de luiken gesloten om de brandende zonnestralen buiten te houden, maar ondanks de draaiende plafondventilatoren was het er warm en benauwd. De vrouwen hadden voor de gelegenheid hun mooiste gewaden aangetrokken, die glansden en schitterden in het gedempte flatterende licht van de olielampen.

Zoals Adrianne had geleerd, begroette ze haar gasten met de waardigheid die bij haar rang hoorde door hen op beide wangen te kussen. Iedereen kreeg thee dan wel koffie met zoete lekkernijen aangeboden. Er waren tantes, neefjes, nichten en een serie lagere prinsessen die met hun juwelen en hun baby’s pronkten, de twee belangrijkste symbolen van hun aanzien.

Adrianne vond het kleurrijke schouwspel van al die mooie gewaden altijd prachtig. In Phoebes ogen hoorde het in voorbije eeuwen thuis. Uiterlijk onaangedaan, onderging ze de meewarige blikken die in haar richting werden geworpen. Ze wist dat ze als een indringster werd beschouwd, een westerse ongelovige, die de koning niet eens een zoon had kunnen schenken. Maar het kon haar niet schelen, zo hield ze zich voor, zolang ze maar goed waren voor Adrianne. En daar hoefde ze zich vooralsnog geen zorgen over te maken; Adrianne was een van hen.

Zwijgend keek ze toe, terwijl de vrouwen en kinderen op de uitgestalde lekkernijen aanvielen. Het leek waarachtig of alles zo snel mogelijk moest worden geproefd. Ze wist inmiddels dat de vrouwen zich weinig aan hun figuur gelegen lieten liggen. Als ze te dik werden, kochten ze gewoon nieuwe kleren.

Zoals zij de dag doorkwam met behulp van haar roze pilletjes, kwamen de Arabische vrouwen de dag door met winkelen.

Geen enkele man, afgezien van vader, broer of echtgenoot, kreeg hen echter ooit te zien in hun opzichtige jurken. Voor het verlaten van de harem hulden ze zich in het traditionele donkere overkleed en bedekten ze hun gezicht en haren met de sluier. Buiten de muren gold voor vrouwen de *aurat*, de heilige wet die voorschreef dat ze niets mochten tonen behalve hun ogen.

Phoebe had in feite met hen te doen. Ze hielden zichzelf allemaal voor de gek met hun henna, hun dure parfums en hun glinsterende juwelen. Hoe konden ze beweren gelukkig te zijn terwijl de verveling van hun gezichten straalde? Ze bad in stilte dat ze die verveelde blik nooit bij Adrianne zou zien.

Adrianne verveelde zich allerminst. In vloeiend Arabisch onderhield ze zich met haar gasten, terwijl ze er, hoe jong ze ook was, keurig op toezag dat zij niets te kort kwamen. Hoewel ze het haar moeder nog nooit had bekend, ging Engels haar veel moeilijker af. Ze dacht en voelde in het Arabisch, zodat ze haar gedachten en gevoelens moest vertalen om met haar moeder te kunnen communiceren.

Ze was gelukkig in deze vrouwengemeenschap. De wereld waarvan Phoebe haar nu en dan vertelde, was voor haar iets uit een sprookje, net als de sneeuw in de glazen bol.

'Duja!' Adrianne vloog op haar favoriete nichtje af om haar te omhelzen. Met haar tien jaar was Duja al bijna een vrouw, en daar benijdde Adrianne haar om.

'Wat een prachtige jurk!' zei Duja bewonderend.

'De jouwe is ook heel mooi.' Adrianne streek over haar nichtjes mouw.

'Fluweel,' verklaarde het meisje trots. Dat de zware stof eigenlijk veel te warm was voor een klimaat als dat van Jaquir, nam ze voor lief. 'Heeft mijn vader in Parijs voor me gekocht.' Ze maakte een elegante pirouette. Met haar verfijnde trekken en haar grote donkere ogen was ze een plaatje. 'Als hij weer gaat, mag ik mee.'

'Echt?' Adrianne voelde een steek van jaloezie. Het was algemeen bekend dat Duja de lieveling was van haar vader, de broer van de koning. 'Mijn moeder is er vaak geweest.'

Duja glimlachte toegeeflijk. 'Jij zult er ook nog wel eens komen. Wanneer we allebei groot zijn, gaan we samen.'

Adrianne werd afgeleid doordat er aan haar rok werd getrokken. Het was haar halfbroertje Fahid. Ze tilde hem op en overlaadde hem met kusjes tot hij het uitkraaide van plezier. 'Je bent het mooiste jongetje van heel Jaquir,' zei ze vol liefde. Hij was twee jaar jonger dan zij, en hij begon eigenlijk te zwaar voor haar te worden. Niettemin sjouwde ze hem naar een van de tafels om hem met iets lekkers te verwennen.

Net als de andere meisjes had Adrianne al vroeg geleerd dat ze lief moest zijn voor de jongetjes. Vrouwen kregen met de paplepel ingegoten dat zij er waren om de mannen te behagen. Adrianne wist niet beter dan dat ze haar broertje hoorde te adoreren en dat ze het hem altijd naar de zin moest maken.

Phoebe vond het nauwelijks te verdragen dat haar dochter zich zo uitsloofde voor het kind van de vrouw die háár plaats in het bed en het hart van haar man had ingenomen. Wat deed het ertoe dat de man hier volgens de wet vier vrouwen mocht hebben? Het was niet háár wet, niet háár wereld. Ze woonde hier nu zes jaar, en als het moest, zou ze het er nog zestig jaar uithouden, maar het zou nooit haar wereld worden. Ze haatte de geuren en de hitte waaraan ze dag in dag uit moest geloven. Altijd die zware wierooklucht, die geur van exotische bloemen en die mengeling van al die verschillende parfums... Ze kreeg er hoofdpijn van.

Als ze ergens behoefte aan had, dan was het aan een glas wijn. Een glas koele witte wijn in plaats van altijd diezelfde thee en sterke zoete koffie. Alcoholhoudende drank was in Jaquir echter niet toegestaan. Verkrachting wel, dacht ze verbitterd, terwijl ze haar pijnlijke wang onopvallend betastte. Er mocht veel, variërend van polygamie voor mannen tot en met kamelen en vrouwen afranselen, maar er was geen druppel chablis of sancerre te krijgen.

Ze kon er met haar verstand niet bij dat ze het land zo mooi had gevonden toen ze er voor het eerst kwam. De woestijn, de zee, de witte muren van het imposante paleis... Het was voor haar allemaal even mysterieus als exotisch geweest.

Het kon niet anders of de liefde moest haar hebben verblind. De liefde die, hoe onwaarschijnlijk ook, nog steeds niet dood was.

Abdu had haar weten te overtuigen van de schoonheid van zijn land en de rijkdom van zijn cultuur, zodat ze haar eigen land en haar carrière had opgegeven om zich naar hem te richten. Uiteindelijk bleek hij evenwel niet háár te hebben gewild maar de vrouw die hij op het witte doek had gezien, het ideaalbeeld van seks en onschuld dat ze had geleerd te spelen. Van die droomvrouw had hij een zoon gewild, maar zij had hem een dochter geschonken. En doordat ze haar achtergrond en opvoeding nooit echt had kunnen loslaten, was ze er niet in geslaagd een kind van Allah te worden.

Ze wilde echter niet aan dat alles denken. Piekeren over hem en over haar leven had geen enkele zin. Ze had behoefte aan vergetelheid, al was het maar voor even. Nog één pilletje om haar te helpen deze dag door te komen…

3

Op zijn dertiende was Philip Chamberlain een vrijwel volleerde dief. Rond zijn tiende had hij het stadium van zakkenrollen achter zich gelaten om zich in het geveltoerisme te specialiseren. Dat vond hij een grotere uitdaging dan het bestelen van onoplettende zakenlieden en toeristen, en met zijn vlugge vingers, zijn scherpe blik en zijn behendigheid was hij een geboren inbreker.

Dankzij zijn intelligentie, in combinatie met zijn snelle vuisten, wist hij buiten het bereik te blijven van de straatbendes die Londen in de vroege jaren zestig afschuimden. Hij had niets op met de Mods en de Rockers, terwijl hij ook niet de neiging had zich bij de flowerpowerbeweging aan te sluiten.

Nee, de veertienjarige Philip werkte uitsluitend voor zichzelf. Hij was een zakenman met grootse plannen, en elke vorm van geweld was hem vreemd. Hij voelde niets dan minachting voor jeugdige criminelen die zonder enige gewetenswroeging oude vrouwtjes bestalen. Generatiegenoten die de mond vol hadden van het communeleven, of van de popscene waarin ze het helemaal zouden gaan maken, bekeek hij met de geamuseerdheid van iemand die wist wat hij wilde en recht op zijn doel afging.

Wat niet wegnam dat hij ook zijn dromen had. Als hij iets wenste, dan was het een kans om zijn onzekere bestaan achter zich te laten. Hij droomde van een buiten op het platteland, een dure auto, elegante kleren en grote feesten. Ook begon hij meer en meer te fantaseren over mooie vrouwen, maar voorlopig was zijn moeder nog de enige vrouw in zijn leven. Mary Chamberlain, die hem liefdevol in haar eentje had grootgebracht. Voor haar wilde hij het beste wat het leven te bieden had: echte juwelen in plaats van het goedkope imitatiespul, weelde in plaats van armoede en een fraai huis in plaats van de kleine achterbuurtflat.

Het was ijzig koud in Londen. Natte sneeuwvlokken sloegen Philip in zijn gezicht toen hij naar Faraday Cinema holde, waar Mary werkte. Hij was, zoals gewoonlijk, netjes gekleed. Straatagenten schonken geen speciale aandacht aan keurig ogende jongens en, afgezien daarvan, hij had een gruwelijke hekel aan haveloze, versleten kleding. Ambitieus als hij was, keek hij altijd vooruit. Hij had de manier gevonden om zijn dromen te realiseren.

Hoewel hij zijn vader nooit had gekend, haatte hij de man die hem had verwekt en die vervolgens zijn moeder in de steek had gelaten, nog meer dan de armoedige omstandigheden waarin hij was geboren. Mary verdiende beter, en hijzelf ook. Vandaar dat hij er met zijn vlugge vingers al vroeg bij was geweest om te zorgen dat ze het beter kregen.

Hij had een parelketting en een diamanten armband in zijn zak. Weliswaar was de kwaliteit van de diamanten hem bij bestudering wat tegengevallen, maar de parels mochten er wezen. Bij zijn heler zou hij er een aardig bedrag voor krijgen, want hij was even goed in onderhandelen als in sloten kraken. In ieder geval zou hij er genoeg mee opstrijken om zijn moeder met Kerstmis de rode winterjas met bontkraag cadeau te doen die hij bij Harrods in de etalage had gezien. Hij zou zelfs nog een aardig bedragje op zijn bankrekening kunnen storten.

Er stond een rij voor de kassa van de bioscoop, waarin Walt Disney's Assepoester draaide. Zijn moeder had de film ongetwijfeld al tien keer gezien. Ze vond niets mooier dan verhalen die met 'en ze leefden nog lang en gelukkig' eindigden.

'Hoi, mam.' Hij stapte het kille kassahokje binnen en kuste haar op de wang. Wat zou ze er prachtig uitzien in haar warme rode jas!

'Phil!' Mary's gezicht begon te stralen. Ze hield met hart en ziel van haar knappe jongen met zijn goudblonde haar en zijn aantrekkelijke, intelligente gezicht. Het deerde haar niet dat hij haar sterk aan zijn vader deed denken, de man die ze zo kort en zo hartstochtelijk had bemind. Philip was van haar, en van haar alleen. Ze kon zich niet herinneren dat hij haar ooit problemen had bezorgd, ook niet als baby. Vanaf het moment dat ze van hem in verwachting was, had hij haar vreugde gebracht. Het enige wat haar wel eens speet, was dat hij zijn onbekende vader haatte en altijd naar hem op zoek scheen te zijn.

'Je hebt koude handen,' zei hij. 'Waarom heb je je handschoenen niet aan?'

'Te lastig met geld tellen.' Glimlachend schoof ze twee kaartjes door de opening naar een moeder met haar zoontje. 'Alstublieft. Veel plezier.'

Ze werkte te hard en ze maakte veel te lange dagen voor veel te weinig geld, dacht Philip. Hoewel ze het nooit over haar leeftijd had, wist hij dat ze net dertig was. Hij was trots op haar schoonheid. Voor hem was ze nog altijd even mooi en jeugdig als toen hij haar voor het eerst bewust had gezien. Ze mocht dan nauwelijks geld hebben voor nieuwe kleren of make-up, ze had haar interesse voor mode niet verloren, en ze zag er altijd even verzorgd uit.

Terwijl ze werktuiglijk doorging met kaartjes verkopen, vroeg hij zich af wanneer er eindelijk een man in haar leven zou komen die haar een prettiger leven kon bezorgen. 'Je moet Faraday om een beter kacheltje vragen dan dit onding,' merkte hij op.

'Niet zeuren, Phil.' Mary gaf wisselgeld terug aan twee giechelende tienermeisjes, die wanhopig hun best deden Philips aandacht te trekken. Geen wonder, bedacht ze trots. Haar zoon mocht gezien worden. Ze had zelfs de vijfentwintigjarige nicht van de buurvrouw meer dan eens op flirtende blikken in zijn richting betrapt. Onwillekeurig snoof ze verontwaardigd. Natuurlijk zou Phil haar ooit verlaten als hij de vrouw van zijn dromen vond, maar ze zou er wél voor zorgen dat hij niet werd gestrikt door zo'n dom wicht dat veel te oud voor hem was.

'Is er iets, mam?'

'Wat?' Mary schrok op uit haar overpeinzingen. 'Nee, hoor. Wil je naar binnen om de film te zien? Daar heeft Mr. Faraday vast geen bezwaar tegen.'

'Nee, dank je.' Philip was allang blij dat hij Faraday had kunnen schrappen van het lijstje van mogelijke vaders. 'Ik kom alleen maar even langs om te zeggen dat ik boodschappen ga doen. Heb jij nog iets nodig van de markt?'

'Koop maar een lekker kippetje.' Mary blies in haar handen nadat ze de laatste in de rij van kaartjes had voorzien. Ze zou nog een tijdje in de kou moeten blijven zitten voor eventuele laatkomers. Toch wist ze dat ze blij moest zijn met haar baantje als kassière. Voor een vrouw als zij, met weinig opleiding, lagen de banen niet voor het opscheppen, en ze moest nu eenmaal de kost verdienen voor Philip en zichzelf.

‘Ik heb nog geld,’ merkte Philip op toen hij zag dat zijn moeder haar portemonnee wilde pakken.

‘Oké, als je het bedrag voor de kip dan straks maar uit de pot haalt,’ zei ze tegen beter weten in. Hij stopte immers altijd geld in de pot in plaats van er wat uit te halen. Ze pakte een beduimeld tijdschrift en begon erin te bladeren. ‘Mr. Faraday wil volgende maand een Gary Grant-festival organiseren. Hij heeft me gevraagd hem bij het selecteren van de films te helpen.’

‘O, leuk.’ Philip wilde weg om zijn buit te gelde te maken.

‘We beginnen in elk geval met mijn lievelingsfilm, To Catch A Thief. Die zul jij ook heel leuk vinden.’

‘Wie weet.’ Hoeveel wist zijn moeder eigenlijk, vroeg hij zich af, terwijl hij recht in haar onschuldige ogen keek. Ze vroeg nooit waar het geld vandaan kwam dat hij binnenbracht, maar ze was niet op haar achterhoofd gevallen. Hij kuste haar nogmaals op de wang. ‘Ik neem je er op je vrije avond mee naar toe.’

‘Dat lijkt me enig.’ Om hem niet in verlegenheid te brengen, weerstond ze de verleiding zijn haar te strelen. ‘Grace Kelly speelt erin mee. Een echte prinses. Daar moest ik vanochtend aan denken toen ik dit artikel over Phoebe Spring las.’

‘Wie?’

‘O, Phil!’ Ze wees op een grote foto. ‘Phoebe Spring, de mooiste vrouw ter wereld.’

‘Kan niet, want dat ben jij,’ verklaarde hij ad rem.

Mary lachte ze uitbundig, zoals hij dat graag hoorde. ‘Malle jongen. Kijk nu eens. Een groot actrice, en nu getrouwd met de man van haar dromen, de koning van Jaquir. Ze woont in dit prachtige paleis, stel je voor. Kijk…’ Ze wees naar een andere foto. ‘Dit is hun dochterje, de prinses. Nog niet eens vijf, maar wat een schoonheid, hè?’

‘Het is nog maar een kleuter.’ Philip reageerde onverschillig.

‘Dat vraag ik me af… Moet je zien hoe triest ze kijkt.’

‘Mam, je zit weer te fantaseren.’ Hij wilde weg. Van hem mocht ze van Hollywood en filmsterren dromen wat ze wilde. Ooit zou hij haar ook in witte limousines laten rijden en haar de kans geven als een koningin te leven. ‘Ik ga.’

‘Veel plezier, schat!’ riep Mary hem afwezig na. Ze was alweer verdiept in het artikel. Zo’n wonderschoon schepseltje, dacht ze vertederd, terwijl ze de foto van Adrianne nog eens bekeek.

4

Adrianne wist rond haar achtste al precies hoe ze diamanten kon onderscheiden van glinsterend glas. Ook pikte ze echte Birmaanse robijnen feilloos tussen stenen van mindere kwaliteit uit. Dat alles had ze spelenderwijs van grootmoeder Jiddah geleerd tijdens hun vele dwaaltochten door de soek.

Adrianne hield van de soek, en ze genoot er elke keer weer van Jiddah te zien onderhandelen met kooplieden en juweliers. Hoe meer mooie juwelen, hoe meer aanzien, vertelde Jiddah haar geregeld. Vrouwen hadden niets aan geld. Diamanten, smaragden en saffieren kon je omhangen, opspelden en in je oren doen. Daarmee toonde je als vrouw je waarde.

Met Jiddah was Adrianne nooit bang in de nauwe steegjes van de soek, waar de mengeling van geuren van dieren, etenswaren en kruiden in de hitte heel benauwend kon zijn. Tijdens hun wandelingen hadden ze nooit problemen met de *matawain*, de strenge bewakers van de mohammedaanse wetten, herkenbaar aan hun lange, warrige, met henna gekleurde baarden. Niemand waagde het de vroegere koningin van Jaquir, die twaalf kinderen had gebaard en die op handen werd gedragen, een strobreed in de weg te leggen.

Hoewel Adrianne geen klein kind meer was, hoefde ze nog niet gesluierd over straat. Ze wist niet beter of het hoorde zo, zoals ze het ook als vanzelfsprekend zou accepteren wanneer het wel eenmaal zo ver was. Als eerste dochter van de koning stond ze in hoog aanzien, en overal waar ze kwam, werd ze met respect bejegend. Alleen de koning zelf had niets met haar op.

Op een middag lag Adrianne met haar hoofd op haar moeders schoot, loom van de zware wierrookgeur, naar haar dansende nichtjes te kijken. Phoebe leek heel afwezig.

De andere vrouwen bladerden in het paleis in binnen gesmokkelde modebladen, of zaten te praten. Zoals vaak, gingen de gesprekken over seks, maar daar was Adrianne zo aan gewend dat ze niet luisterde. Ze vond het leuker om de jonge vrouwen traag en sensueel te zien dansen.

Ze wierp een tersluikse blik op Meri, de derde vrouw van haar vader, die het met beide handen op haar dikke buik vol trots over de komende geboorte van haar kind had tegen Leiha, die haar jongste dochter de borst gaf. Abdu was zo razend geweest toen Leiha weer een dochter ter wereld bracht, dat hij gedreigd had van haar te zullen scheiden. Alleen het feit dat ze hem Fahid had geschonken, had hem weerhouden. De kroonprins was inmiddels vijf, maar Abdu wilde meer zonen, en daarom had hij Meri tot vrouw genomen.

Fahid kwam het vertrek binnen. Hij liep meteen naar zijn moeder, die zonder aarzeling de voeding van haar baby onderbrak om hem in haar armen te nemen.

'Geen wonder dat ze zonder enig respect voor vrouwen opgroeien,' mompelde Phoebe.

'Wat zeg je, mam?'

'Niets, liefje.' Phoebe streelde haar dochters lange haren. Ze nam tegenwoordig elke ochtend een pilletje, waardoor dagen als deze in een roes aan haar voorbijgingen. 'In Amerika krijgen meisjes evenveel liefde en aandacht als jongetjes,' verzuchtte ze. 'Vrouwen doen daar meer dan hun hele leven zwanger zijn.'

Ze glimlachte wazig bij het zien van de verwonderde blik van haar dochter. Voor het laatste potje pillen had ze haar ring met de kostbare smaragd moeten afstaan, maar dat had ze er graag voor over gehad vanwege de onverwachte bonus van een fles wodka. Na een eerste, bevrijdende slok alcohol had ze zichzelf echter meteen op rantsoen gezet. Ze zocht de verdoving van de drank slechts wanneer Abdu haar 's nachts had bezocht. Ze verzette zich niet langer tegen zijn overweldiging en ze liet hem onverschillig begaan door zich te concentreren op het glaasje wodka dat ze kon nemen zodra hij weg was.

Als ze de moed had, zou ze samen met Adrianne vluchten naar háár wereld, waar vrouwen niet werden gedwongen hun lichaam volledig te bedekken en waar ze niet aan de wrede grillen van mannen waren overgeleverd. In Amerika zou ze haar dochter een beter leven kunnen bieden. Ze kon weer gaan acteren, want dat was ze niet verleerd. Hier moest ze het tenslotte elke dag doen.

Zomaar wegggaan kon echter niet. Elke vrouw die Jaquir verliet, had immers een schriftelijke verklaring van de heer des huizes nodig, en Abdu zou haar die toestemming nooit verlenen. Hoezeer hij haar ook haatte, hij bleef haar tot zijn eigen woede begeren.

Ofschoon ze hem meer dan eens had gesmeekt haar te laten gaan, had hij daar niets van willen weten. Als ze alleen was geweest, zou ze misschien een vluchtpoging hebben gewaagd, maar met Adrianne was dat onmogelijk. Hoeveel geld ze ook bood, geen enkele onderdaan zou het wagen zich te laten omkopen om de dochter van de koning het land uit te smokkelen. Abdu's wraak zou verschrikkelijk zijn.

Vanwege Adrianne zat er dus niets anders op dan volhouden. Ze zou haar lot dragen met behulp van de pilletjes, tot er misschien ooit een kans kwam om haar dochter en zichzelf in veiligheid te brengen.

Het gepieker maakte haar ongedurig, en omdat ze klanken van de Arabische muziek niet langer kon verdragen, stond ze op. 'Laten we naar de tuin gaan,' stelde ze haar dochter geforceerd monter voor.

Hoewel Adrianne het liefst lui wilde blijven liggen, gehoorzaamde ze zonder dralen. In de hoog ommuurde, prachtige tuin met de exotische bloemen langs de fraai aangelegde mozaïekpaden was het altijd goed toeven ondanks de hitte.

Toen Phoebe de schitterende oase voor de eerste maal had gezien, was ze er diep van onder de indruk geweest. Net als van de altijd klaterende fontein, die Abdu speciaal voor haar had laten aanleggen, als symbool van zijn liefde. Inmiddels was die liefde dood, maar het water stroomde nog steeds. Het was pas later dat ze de tuin als een verlengstuk van haar gevangenis was gaan zien. Want zolang ze de eerste vrouw van Abdu was, zat ze gevangen, bedacht ze, terwijl ze met de diamanten ring om haar vinger speelde.

'Ik vind Meri niet aardig,' zei Adrianne opeens na een paar steentjes in de vijver te hebben geworpen. 'Ze steekt de hele tijd haar buik naar voren en dan glimlacht ze zo.' Ze maakte zo'n rare grimas, dat Phoebe in de lach schoot.

'Als ik jou niet had,' verzuchtte ze. Ze kuste haar boven op haar hoofd. 'Mijn kleine actrice.' Ze had de ogen van haar vader. Ogen die haar eraan herinnerden met hoeveel liefde hij ooit naar haar had gekeken. 'In Amerika zouden ze in lange rijen staan om je te zien.'

Adrianne glimlachte stralend. 'Zoals voor jou?'

Phoebe staarde naar het water. 'Ja,' fluisterde ze. 'Ik wilde niets liever dan het publiek gelukkig maken, Addy.'

'Die journaliste die je kwam interviewen, zei dat je vreselijk werd gemist.'

Journaliste? Dat Addy zich dat nog herinnerde. Het moest toch zeker vier, vijf jaar geleden zijn. 'Wat weet je nog je van haar?'

'Ze sprak zo snel, dat ik het soms niet kon volgen, en ze had heel kort haar. Het leek wel stro. Ze was ook boos omdat ze maar een paar foto's mocht nemen.' Adrianne wierp nog een steentje in de vijver, terwijl Phoebe op de marmeren bank ging zitten. 'Ze zei dat jij de mooiste en de meest benijde vrouw ter wereld was. En ze vroeg waarom je een sluier droeg.'

'Jij vergeet ook niet veel, hè?' Phoebe wist nog dat ze een verhaal had opgehangen over de bescherming van haar huid tegen de stof en de hitte.

'Ik vond het leuk om haar over jou te horen praten.' Adrianne was ook niet vergeten dat haar moeder had gehuild nadat de jonge vrouw was vertrokken. 'Komt ze nog terug?'

'Misschien,' verzuchtte Phoebe in het besef dat de mensen snel vergaten. Er waren allang nieuwe sterren aan het firmament verschenen. Mooie jonge actrices, die haar plaats hadden ingenomen. Ze had geen spiegel nodig om te weten dat ze rimpeltjes rond haar ogen had gekregen. Ooit had haar gezicht het omslag van alle mogelijke tijdschriften gesierd. Ze was vergeleken met Monroe, Gardner en Loren. Later werden anderen alleen nog maar met haar vergeleken. 'Ik heb ooit bijna een Oscar gewonnen, de hoogste onderscheiding die een actrice kan krijgen,' vertelde ze dromerig. 'Hoewel hij net aan mijn neus voorbijging, zal ik het feest dat daarna gegeven werd nooit vergeten. Overal lachende gezichten en een fantastische sfeer. Heel anders dan in Nebraska, waar ik ben opgegroeid.'

'Was daar sneeuw?' vroeg Adrianne.

'Ja.' Phoebe strekte glimlachend haar armen naar haar uit. 'Ik woonde er bij mijn grootouders, na het overlijden van mijn vader en moeder, en ik heb het er heerlijk gehad, al besefte ik dat pas veel later. Ik wilde actrice worden, altijd mooie kleren dragen en door alle mensen aardig gevonden worden.'

'Dus toen werd je filmster.'

'Ja.' Ze vlijde haar wang tegen Adriannes haar. 'Het lijkt allemaal zo lang geleden... In Californië sneeuwde het niet, maar daar had ik een huis dat uitkeek op de oceaan. Ik voelde me de prinses uit een sprookje, al moest ik er hard voor werken. Ik had vrienden en ik kwam overal. Parijs, New York, Londen... Plaatsen waar ik alleen maar van had kunnen dromen. Je vader heb ik in Londen leren kennen.'

'Waar ligt Londen?'

'In Engeland. Dat heb ik je toch geleerd?'

'Ik vind verhalen veel leuker dan die vervelende lessen.' Adrianne dacht diep na. Ze wist dat haar moeder die lessen belangrijk vond, al mocht niemand er iets van weten. 'In Londen woont een koningin met een man die alleen maar prins is.' Dat had ze onthouden omdat ze het zo raar vond dat een vrouw staatshoofd was. 'Het kan er koud zijn en het regent er vaak. Hier in Jaquir schijnt altijd de zon.'

'Londen is een prachtige stad,' zei Phoebe dromerig. 'Ik vond het de mooiste stad van de wereld. Toen we daar filmden, stonden er honderden mensen te kijken. Ik moest vaak handtekeningen uitdelen. Toen ontmoette ik je vader. Hij was zo knap. Zo elegant.'

'Elegant?' herhaalde Adrianne verwonderd.

Phoebe glimlachte voor ze haar ogen sloot om de beelden op te roepen. 'Ik was heel zenuwachtig omdat hij een koning was, en overal waar we kwamen, waren fotografen. Nadat we eenmaal met elkaar hadden gepraat, was ik meer op mijn gemak. Hij nam me mee uit eten, en daarna hebben we gedanst.'

'Jij hebt voor hem gedanst.'

'Nee, ik heb met hem gedanst.' Phoebe trok haar dochter naast zich op de bank. 'In Europa en in Amerika dansen mannen en vrouwen samen.'

'Mag dat dan?' vroeg Adrianne ongelovig.

'Ja, daar is het heel normaal. Tijdens uitjes.'

'Uitjes?' Adrianne begreep het niet. 'Die zijn toch om te eten?'

Phoebe begon zachtjes te lachen. 'Uitjes in de betekenis van samen uitgaan, uitstapjes maken,' legde ze uit. Ze zou nooit vergeten hoe het was om Abdu's sterke armen om zich heen te voelen. Zijn adembenemende glimlach, hoe zijn harde, nobele trekken elke keer verzachtten wanneer hij naar haar keek... 'Een man nodigt een vrouw uit. Dan komt hij haar thuis afhalen. Soms neemt hij bloemen voor haar mee.' Ze herinnerde zich de boeketten witte rozen. 'Ze gaan uit eten, of naar een show en daarna souperen. Ze kunnen ook gaan dansen in een club.'

'Je hebt met de koning gedanst omdat jullie getrouwd waren?' opperde Adrianne.

'Nee, we hebben gedanst en toen zijn we verliefd geworden. Daarna zijn we getrouwd. Het is moeilijk uit te leggen, Adrianne, maar in het grootste deel van de wereld gaat het anders toe dan in Jaquir.'

Adrianne keek angstig naar haar moeder op. Ineens moest ze weer denken aan die vreselijke nacht waarin ze getuige was geweest van Phoebes verkrachting. 'Je wilt terug,' prevelde ze.

Doordat Phoebe zo in haar herinneringen opging, hoorde ze de angst in haar dochters stem niet. 'Ach, het is zo lang geleden, Addy. Toen ik met je vader trouwde, heb ik alles achtergelaten. Ik hield van hem, en hij wilde mij als zijn vrouw. Mijn trouwdag was de gelukkigste dag van mijn leven. Hij gaf me de Zon en Maan.' Zuchtend verborg ze haar spijt. 'Wanneer ik het collier droeg, voelde ik me echt zijn koningin. Het was alsof alle dromen van het meisje uit Nebraska waren uitgekomen. Hij gaf me een deel van zichzelf en een deel van zijn land. Het betekende heel veel voor me.'

'De Zon en Maan is de kostbaarste schat in heel Jaquir. Daarmee toonde hij zijn liefde voor jou.'

'Tja, hij heeft ooit van me gehouden. Maar dat is voorbij, Addy.'

Adrianne wist het, maar ze wilde het niet horen. 'Je bent zijn vrouw.'

Phoebe staarde naar de trouwring aan haar vinger. 'Een van de drie.'

'De andere twee heeft hij om zoons te krijgen. Een man moet zonen hebben.'

Omdat Phoebe tranen in haar dochtertjes donkere ogen zag opwellen, omvatte ze haar gezichtje met beide handen. Misschien had ze te veel gezegd, maar ze kon niet meer terug. 'Ik weet dat hij je negeert en dat je daaronder lijdt. Je moet goed begrijpen dat dat door mij komt.'

'Hij haat me.'

'Nee, hij haat je niet,' wierp ze sussend tegen. 'Hij heeft een hekel aan mij, aan wat en wie ik ben. Als hij naar jou kijkt, ziet hij alleen mij in jou, niet wat je van hem hebt. Hij weet niet eens dat in jou misschien wel het beste van hem zit.'

'Ik haat hem.'

Phoebe keek snel rond. Weliswaar waren ze alleen in de tuin, maar achter de luiken zou iemand kunnen staan luisteren. 'Zeg dat niet, alsjeblieft, Addy. Je mag het zelfs niet denken.'

'Ja, maar hij slaat je.' Uit de blik in Adriannes donkere ogen sprak een wijsheid die niet bij haar leeftijd paste. 'Daar haat ik hem om. En hij kijk naar me zonder me te zien. Daar haat ik hem ook om.'

'Ssst, schat.' Omdat Phoebe niets wist te zeggen, omhelsde ze haar stevig.

Adrianne zweeg. Het was niet haar bedoeling geweest haar moeder van streek te maken. Voordat de woorden van haar lippen waren gerold, had ze zelf niet eens beseft dat ze haar vader haatte. Onwillekeurig schaamde ze zich voor haar gevoelens. Een kind hoorde haar ouders immers te respecteren. Ze kon er beter niet meer over praten.

De volgende paar weken bracht ze meer tijd dan anders met haar moeder door. Haar verhalen over die andere, vreemde wereld boeiden haar om de een of andere reden mateloos. Ze genoot er net zo van als van Jiddahs sprookjes over piraten en draken.

Toen Meri een meisje ter wereld bracht en niet lang daarna uit het paleis werd verbannen, was Adrianne daar niet rouwig om. 'Ik ben blij dat ze weg is,' fluisterde ze tijdens een spelletje mikado met Duja.

'Weet je waar ze naartoe is?' vroeg deze.

'Naar een huis ergens in de stad.' Ze had geen medelijden met de vrouw die zichzelf met haar houding niet geliefd had gemaakt.

'Ik ben ook blij dat ze weg is,' verklaarde Duja. 'Nu hoeven we tenminste niet meer naar haar opschepperij te luisteren over hoe vaak de koning bij haar kwam en op hoeveel manieren hij haar zijn zaad gaf.'

Hoewel ze Arabisch spraken, wierp Adrianne een haastige blik op haar moeder. Nee, ze luisterde niet naar hen.

'Wil jij later seks?' vroeg ze.

'Natuurlijk.' Duja liet de stokjes vallen en bestudeerde het resultaat voordat ze ze een voor een begon op te pakken. 'Als ik trouw, zal mijn man me elke nacht bezoeken. Ik zal hem zo behagen, dat hij nooit een andere vrouw wil.'

Hoewel Adrianne een van de stokjes zag bewegen, zei ze niets. Met haar snelle vingers was ze beter dan haar nicht, maar die was nu aan de beurt om een spelletje te winnen. 'Ik wil geen seks.'

'Doe niet zo raar. Alle vrouwen willen seks. Dat houdt pas op als we zo oud zijn als grootmoeder.'

'Dan ben ik nu al zo oud als grootmoeder.'

Giechelend gingen ze verder met hun spelletje.

Duja begreep er niets van, dacht Adrianne. Phoebe wilde ook geen seks, en die was nog jong en mooi. Leiha was er bang voor omdat ze al twee keer een dochter had gebaard, en zij wilde het niet omdat ze had gezien hoe wreed en slecht het was.

Ze realiseerde zich echter ook dat er geen andere manier was om baby's te krijgen, en ze was wél dol op baby's. Als de man met wie ze zou trouwen, nu eens al genoeg kinderen van zijn andere vrouwen had... Misschien zou hij dan geen seks met haar willen en zou zij voor de baby's kunnen zorgen.

Grootmoeder Jiddah kwam binnen toen het laatste spelletje net was afgelopen. Adrianne ging bij haar zitten. 'Ga je naar de nieuwe baby kijken, grootmoeder?'

Jiddah begon Adriannes haar te borstelen, zoals ze dat zo graag deed. 'Natuurlijk. Ik hou van al mijn kleinkinderen.' Ze keek Adrianne onderzoekend aan. 'Waarom kijk je zo triest?'

Adrianne aarzelde. 'Denk je dat de koning ook van mijn moeder zal scheiden?'

Het was Jiddah al vaker opgevallen dat haar liefste kleindochter Abdu geen vader meer noemde. 'Dat weet ik niet, liefje. Ze is al negen jaar zijn vrouw.'

'Als hij van haar scheidt, moeten we weg. Ik zou jou zo missen.'

'Ik jou ook.' Adrianne was akelig wijs voor haar leeftijd, bedacht Jiddah. 'Maar daar hoef jij je echt geen zorgen over te maken. Voor je het weet, zul je zelf trouwen. Ik verheug me nu al op mijn achterkleinkinderen.'

'Zul je die ook chocolaatjes geven en verhaaltjes vertellen?'

'*Inshallah.*' Ze drukte een kus op haar kleindochters zachte haren. 'Ik zal net zoveel van ze houden als van jou.'

Adrianne omhelsde haar grootmoeder. 'Ik zal altijd van jou houden, Jiddah.'

'Adrianne... *jellah.*' Fahid trok aan haar mouw. Zijn zijden gewaad zat onder de chocoladevlekken, en ook zijn mond was besmeurd. 'Kom,' herhaalde hij dringend.

'Waarnaartoe?' vroeg ze, lachend omdat hij haar al meetrok.

'Ik wil de bromtol zien.'

Genietend van zijn opgewonden gegiechel, deed ze alsof ze hem niet kon bijhouden, maar in de gang schoot ze opeens voor hem uit. 'Pak me dan, als je kan!' Hij vloog achter haar aan naar haar kamer en gierde het uit toen ze vanuit een nis tevoorschijn stapte. 'Kiekeboe!'

Eenmaal op haar kamer, begon hij weer om de bromtol te zeuren. Het was een cadeautje dat ze jaren terug van Celeste had gekregen, haar moeders beste vriendin in Amerika.

'Bromtol! Bromtol!' Fahid speurde vergeefs de plank vol speelgoed af.

'Ja. Je hebt laatst je hoofd aan de plank gestoten toen je hem zelf wilde pakken. Daarom heb ik hem ergens anders opgeborgen. Doe je ogen maar dicht.' Ze glimlachte plagend toen hij niet direct gehoorzaamde. 'Ogen dicht, anders krijg je hem niet.' Zodra hij zijn ogen stijf dicht had geknepen, liep ze achteruit naar haar bed, waaronder ze haar schatten verstopt hield. Op het moment dat ze eronder kroop, lag haar halfbroertje naast haar. 'Fahid!' riep ze uit. 'Je bent stout!'

'Ik vind jou lief,' verklaarde hij met zijn hartveroverende glimlach.

Adrianne vergat haar boosheid op slag. 'Ik jou ook, zelfs als je stout bent.' Ze pakte de bromtol en maakte net aanstalten om weer op te staan, toen Fahid de glazen kerstbol ontwaarde.

'Mooi,' zei hij verrukt, terwijl hij zich met de bol tussen zijn knuistjes onder het bed uit wurmde. 'Van mij!'

'Nee, niet van jou.' Adrianne omvatte zijn handjes en schudde de bol, zodat de sneeuwvlokken over het kersttafereeltje dwarrelden. 'Dit is een geheimpje,' fluisterde ze samenzweerderig, net als hij als betoverd naar het schouwspel starend. 'Mijn kostbaarste schat. Mijn toverbal.'

'Toverbal,' prevelde Fahid in ademloze bewondering. 'Ikke ook doen!' Hij schudde de bol nog eens voor hij overeind krabbelde. 'Ik ga hem aan mama laten zien!'

'Nee, Fahid!' Geschrokken holde Adrianne achter hem aan. Voor ze het wist, had hij echter de gang bereikt die de vrouwenvertrekken van het verblijf van de koning scheidde. Daar mocht zij niet komen; het enige wat ze kon doen, was proberen hem te lokken met de belofte van een traktatie.

Toen ze hem opeens niet meer hoorde schateren en het angstaanjagend stil werd, vergat ze het verbod. Ze sloop de lange gang in om te zien wat er aan de hand was. Vlak bij het andere eind zag ze hem op de grond liggen. Abdu torende hoog boven hem uit; zelfs in het schemerduister zag Adrianne zijn ogen vervaarlijk glinsteren.

'Waar is je moeder?' informeerde hij afgemeten.

'Neemt u me niet kwalijk, heer.' Met gebogen hoofd, zoals voorgeschreven, kwam Adrianne aarzelend naderbij. 'Ik pas op mijn broertje...'

Abdu monsterde haar warrige lokken en haar gekreukte jurk. Haar bedremmelde houding vervulde hem met afkeer. 'Dat doe je dan verdraaid slecht.'

Adrianne zei niets. Hoewel ze haar ogen neergeslagen hield, zag ze dat de koning zich bukte om Fahid overeind te helpen.

'Jongens huilen niet,' vervolgde hij heel wat zachtzinniger tegen zijn zoon. 'En prinsen zeker niet.' Zijn blik viel op de glazen bol. 'Waar heb je die vandaan?' informeerde hij dreigend, terwijl hij de bol uit Fahids handjes griste. 'Dit is verboden. Wil je mij te schande maken? Het koningshuis te schande maken?'

Zonder erbij na te denken stapte Adrianne tussen hem en de zachtjes huilende Fahid in om te voorkomen dat haar broertje zou worden gestraft. 'Hij is van mij,' verklaarde ze dapper. 'Hij heeft hem van mij gekregen.'

De klap die ze verwachtte, kwam niet. Voorzichtig keek ze op.

'Mijn zoon met verdorvenheid in aanraking brengen?' snauwde hij woedend. 'Christelijke symbolen in de vorm van speelgoed? Ik had het kunnen verwachten van iemand als jij.'

Met een woeste beweging smeet hij de glazen bol tegen de muur kapot. Fahid drukte zich dodelijk verschrikt tegen Adrianne aan.

'Ga terug naar de vrouwen, waar je hoort. Vanaf dit moment is het je verboden voor Fahid te zorgen.'

Hij tilde zijn zoon op en beende met grote stappen de gang uit, zonder zich iets van de snikkende Fahid aan te trekken, die hulpeloos zijn mollige armpjes naar Adrianne uitstrekte en huilend haar naam riep.

5

Het uit de gratie zijn maakte Adrianne harder. Ze werd trots en zwijgzaam. Phoebe begon zich met het verstrijken van de maanden meer en meer zorgen over haar te maken. Voor haar dochter bij de koning in ongenade was gevallen, had ze zich altijd kunnen troosten met de gedachte dat Adrianne tenminste gelukkig was in het paleis. Nu dat niet langer het geval was, verlangde ze er heviger dan ooit naar terug te kunnen naar haar eigen wereld. Adrianne moest zien dat er meer was dan het besloten haremleven. Tegelijkertijd was het besef dat ontsnappen niet mogelijk was zo benauwend, dat ze nog vaker haar toevlucht zocht tot de verdovende pillen.

Toen ze na verloop van tijd door Abdu in zijn verblijf werd ontboden, sloeg de angst haar om het hart. Privé spraken ze elkaar nooit meer. Alleen wanneer hij het nodig vond, traden ze in de openbaarheid als het stralende paar, de filmster en de elegante koning. Abdu had weliswaar een gruwelijke hekel aan fotosessies en interviews, maar hij was zich terdege bewust van het belang van een goed imago. Voor zijn volk diende hij zich te presenteren als de traditionele leider, terwijl hij in het buitenland het symbool van vooruitgang en ontwikkeling moest zijn. De investeringen van multinationals waren tenslotte van groot belang voor de ook in Jaquir opbloeiende olie-industrie.

Hij was opgevoed met de strikte normen en waarden van de

islam. Na zijn studie in het Westen had hij het ooit als zijn taak gezien de beide culturen in Jaquir in harmonie te laten versmelten. Door de verwijdering tussen hem en Phoebe was hij de onvermijdelijke westerse invloeden echter als een bedreiging voor zijn land gaan zien. Ze was het symbool van de westerse verdorvenheid voor hem geworden.

Geheel in het zwart gehuld, stond ze voor hem. Haar vurige haren waren aan het oog onttrokken, haar huid was bleek in plaats van roomblank, en haar ogen stonden dof.

Drugs, dacht Abdu minachtend. Hij wist dat ze pillen slikte, maar hij had het doelbewust genegeerd. 'Je bent uitgenodigd voor een liefdadigheidsgala in Parijs,' deelde hij haar afgemeten mee.

'Parijs?' herhaalde ze timide.

'Er schijnt hernieuwde belangstelling voor je films te zijn. Misschien vinden de mensen het amusant om te zien hoe de vrouw van de koning van Jaquir zich bloot geeft.'

Ze keek met een ruk op. Er speelde een kille glimlach om zijn lippen. 'Er was een tijd dat de koning van Jaquir ook graag naar Phoebe Spring keek,' merkte ze waardig op.

De glimlach verdween van zijn gezicht. Vol zelfverachting herinnerde hij zich de vele uren die zijn begeerte hem aan het witte doek gekluisterd had gehouden. 'Men schijnt te denken dat jouw aanwezigheid van belang kan zijn voor het welslagen van het gala.'

Phoebe wist met moeite haar kalmte te bewaren. 'Je geeft me toestemming om naar Parijs te gaan?' informeerde ze neutraal.

'Ik moet er zelf voor zaken naar toe. Het zal me van pas komen door mijn Amerikaanse vrouw te worden vergezeld. Je begrijpt wel wat er van je wordt verwacht.'

'Ja, natuurlijk.' Hoewel ze wist dat emotie tonen uit den boze was, kon ze een glimlach niet onderdrukken. 'Een galabal... In Parijs?'

'Er wordt een japon voor je gemaakt. Je draagt de Zon en Maan en je hebt je te gedragen als de vrouw van de koning. Als je me te schande maakt, stuur ik je zonder pardon terug onder het voorwendsel dat je ziek bent geworden.'

'Ik begrijp het.' Alleen de gedachte aan Parijs gaf haar nieuwe kracht. 'Adrianne –'

'Er is al iets voor haar geregeld.' Hij onderbrak haar kortaf.

'O?' De moed zonk Phoebe in de schoenen. Ze wist als geen ander dat Abdu wat hij met de ene hand gaf met de andere hand terugnam. 'Wat dan?'

'Dat gaat je niet aan.'

'Alsjeblieft,' drong ze heel voorzichtig aan, terwijl ze haar hoofd boog. 'Ik wil haar naar behoren kunnen voorbereiden om er zeker van te zijn dat ze het Huis van Jaquir eer aandoet. Ik ben maar een vrouw, en zij is mijn enige dochter.'

Abdu ging zitten. 'Ze gaat naar een school in Duitsland. Daar krijgt ze de juiste opvoeding voor ze trouwt.'

Haar dochter naar Duitsland? Dat kon niet! Phoebe vergat haar trots. Handenwringend liet ze zich naast zijn stoel op de knieën vallen. 'O nee, alsjeblieft! Dat kun je niet doen! Adrianne is alles wat ik heb. Als het jou niet kan schelen wat er met haar gebeurt, kan ze toch net zo goed bij mij blijven?'

Ruw greep Abdu haar bij haar polsen. 'Ze is lid van het Huis van Jaquir. Het feit dat ze ook jouw bloed heeft, is reden te meer om haar van je te scheiden. Alleen dan kan ze behoorlijk voorbereid worden op haar huwelijk met Kadeem al-Misha.'

'Huwelijk?' riep Phoebe radeloos uit. 'Ze is nog maar een kind. Zelfs in Jaquir worden kinderen niet uitgehuwelijkt.'

'Ze trouwt op haar vijftiende verjaardag. De zaak is al bijna rond. Als vrouw van een van mijn bondgenoten zal ze me eindelijk van dienst kunnen zijn.'

Hoewel het al haar wilskracht vergde, wist Phoebe haar blinde woede te onderdrukken. Als ze Adrianne ermee had kunnen redden, zou ze Abdu zijn aangevlogen. Ze wist uit ervaring echter dat Abdu slechts gevoelig was voor nederigheid. 'Vergeef me,' verzuchtte ze, terwijl haar ogen zich met hete tranen vulden. Haar acteertalent kwam haar nu meer dan ooit van pas. 'Ik ben zwak en egoïstisch. Ik kon er slechts aan denken dat ik mijn kind zou kwijtraken, zodat ik vergat blij te zijn omdat je de juiste echtgenoot voor haar hebt gevonden.'

Ze bleef geknield voor hem zitten. 'Ik ben een dwaze vrouw, Abdu, maar niet zo dwaas dat ik niet dankbaar kan zijn. Adrianne zal in Duitsland leren een goede vrouw voor haar man te zijn. Ik hoop dat je trots op haar kunt zijn.'

Hij gebaarde haar geërgerd op te staan. 'Ik zal mijn plicht doen tegenover haar.'

'Misschien kun je overwegen haar mee te nemen naar Parijs,' opperde Phoebe aarzelend. Het hart klopte haar in de keel. 'Veel mannen vinden het prettig als hun echtgenote enigszins bereisd is. Met een beetje ervaring zal ze zich op zakenreizen beter weten te presenteren en kan ze hem helpen in plaats van een blok aan zijn been te zijn.'

Ze haalde diep adem. 'Er zal veel van haar worden verwacht,

en het laatste wat ik wil, is dat ze jou te schande maakt door onwetendheid. Jouw studie in Europa en je ervaringen in het Westen zijn jou toch ook goed van pas gekomen?'

In eerste instantie wilde Abdu haar suggestie simpelweg van de hand wijzen. Hij moest echter erkennen dat hij veel had geleerd van zijn verblijf in Europa en Amerika. 'Ik zal het in overweging nemen.'

Phoebe dwong zich tot kalmte. 'Dank je,' fluisterde ze met gebogen hoofd voor ze zich op zijn hooghartige teken terugtrok.

Eenmaal op haar eigen kamer, moest ze zich beheersen om niet snel een pil en een borrel te nemen. Dit was de kans waarop ze al die jaren had gewacht, en die mocht ze in geen geval verprutsen. Ze moest tegen elke prijs zien te voorkomen dat Adrianne naar Duitsland werd gestuurd. Parijs was de eerste stap, hield ze zich voor. Adrianne moest en zou mee naar Parijs. Daar zouden ze ontsnappen om nooit meer terug te hoeven naar Jaquir.

'Als ik naar Parijs ga, koop ik daar koffers vol nieuwe kleren.' Duja moest haar uiterste best doen om haar afgunst te verbergen. 'Ik ga met mijn vader bij Maxim's dineren en ik krijg alles wat ik wil.'

Nerveus van opwinding draaide Adrianne zich naar haar nichtje om. 'Ik zal een cadeautje voor je meenemen,' beloofde ze.

Duja giechelde. 'Eentje maar?' informeerde ze plagend.

'Een speciaal cadeautje. Mama heeft beloofd dat we de Eiffeltoren gaan zien, en het Louvre en... en... O, ik ben een beetje misselijk.'

'Nee, hoor, want als je ziek bent, kun je niet mee. Leiha kan het niet uitstaan dat de koning alleen Phoebe en jou meeneemt. Zij moet ermee tevreden zijn dat ze weer in verwachting is.' Duja kuste Adrianne op de wang. 'Ik zal je missen.'

'We zijn weer snel terug.'

'Weet ik, maar het is de eerste keer dat jij weggaat.'

De hele harem was in rep en roer vanwege het op handen zijnde vertrek. Vreemd genoeg deed het afscheid Phoebe meer dan ze had gedacht, maar dat kwam misschien door het besef dat ze de vrouwen met wie ze bijna tien jaar lief en leed had gedeeld, nooit meer zou zien. Als alles goed ging tenminste…

'Laat Adrianne straks bij het raampje zitten,' instrueerde Jiddah haar nadat ze haar had omhelsd. 'Dan kan ze vanuit de lucht op Jaquir neerkijken.' De oude vrouw wendde zich glimlachend tot haar liefste kleindochter. 'En niet te veel ijsjes eten, schatje.'

Adrianne giechelde zenuweachtig. 'Ik zal zoveel snoepen, dat ik moddervet word. Dan herken je me niet meer.'

'Ik herken jou altijd, Adrianne. Ga met Allah, en kom veilig terug.'

Adrianne was te opgewonden om op te merken hoe stil Phoebe was. Tijdens de rit naar het vliegveld babbelde ze honderduit. Pas toen ze er waren, was ze zo onder de indruk van de grote vliegtuigen die ze zag landen en opstijgen, dat ze haar mond hield. Ze keek vol verbazing naar de honderden reizigers en was wat blij dat zij niet bepakt en bezakt in de lange rijen hoefden te staan wachten.

Ze werden door een vijftal lijfwachten snel door de drukte naar het platform geleid waar de privéjet van Abdu gereed stond. Op slag werd ze weer misselijk van de spanning. Ze wist niet dat Phoebe ook misselijk was – van angst.

‘Wat klein vergeleken bij die andere vliegtuigen, mam.’

‘Je hoeft niet bang te zijn, schat. Ik ben bij je.’ Phoebe nam haar bij de hand en leidde haar de trap op. ‘Binnen is het ruim genoeg.’

Het heerlijk koele, luxueuze interieur gaf Adianne meteen een rustiger gevoel. Het voltallige personeel boog voor hen, maar Abdu, die al met zijn secretaris aan het werk was, keurde hun geen blik waardig. Zodra ze schuin achter hem plaats hadden genomen, gaf hij het teken voor vertrek.

Adrianne wist niet wat haar overkwam toen het toestel met brullende motoren naar de startbaan taxiede. ‘Mama...’

‘Stil maar, liefje,’ fluisterde Phoebe, terwijl ze haar een bemoedigend kneepje gaf. Ze hield haar hand stevig vast tijdens het opstijgen. ‘Die rare druk op je oren is zo voorbij.’ Even later kon ze haar afleiden met de overweldigende aanblik die Jaquir vanuit de lucht bood. Ze bleef zachtjes tegen haar dochter praten tot die, moe van alle emoties, haar hoofd op haar schouder vlijde en indommelde.

Phoebe staarde uit het raampje, en terwijl het vliegtuig hoog over de Middellandse Zee vloog, deed ze haar zoveelste schietgebedje.

Parijs was nog mooier dan het beeld dat Adrianne zich bij de verhalen van haar moeder had gevormd. Verhalen die ze altijd als sprookjes had beschouwd, en nu liep ze hier in een wereld waarvan ze slechts had kunnen dromen.

Zelfs haar moeder was anders. Ze had haar zwarte overkleed en sluier afgelegd en droeg een westers mantelpak in de kleur van haar ogen, terwijl haar weelderige rode haar los over haar schouders golfde. Ze had bij de douane zelfs enkele woorden gewisseld met een onbekende man. Toen dat gebeurde, had Adrianne angstig naar haar vader opgekeken, maar die had er in het geheel niet op gereageerd.

Overal zag ze vrouwen lopen – in een rok of in een strakke lange broek, alleen of gearmd met een man. Ze liepen met geheven hoofden en wiegende heupen, maar er werd zelden of nooit naar hen gestaard. Tot haar verbijstering zag ze een man en een vrouw elkaar omhelzen en kussen zonder zich iets van de drukte om hen heen aan te trekken. En ze werden niet eens gearresteerd!

Tegen de tijd dat ze het vliegveld verlieten, stond de zon al vrij laag, maar de oproep tot het gebed die Adrianne verwachtte, kwam niet. Het was overal nog veel drukker dan rond de luchthaven van Jaquir, en toch leek het veel minder chaotisch.

Ze had nog uren willen rondkijken, maar Phoebe trok haar mee naar de limousine. Onderweg naar het centrum van Parijs, wist Adrianne zeker dat ze deze eerste kennismaking met het Westen nooit zou vergeten. Hoe verwarrend alles ook was, ze bleef naar buiten kijken om zo veel mogelijk in zich op te zuigen.

Toen de limousine voor het hotel stopte, wachtte ze tot haar vader was uitgestapt. 'Kunnen we straks nog meer zien?' vroeg ze fluisterend aan Phoebe.

'Morgen, Addy,' beloofde Phoebe haar heel zacht. 'Morgen.'

Hotel Crillion leek op een paleis, bedacht ze terwijl ze uitstapte. Ze had haar bekomst van paleizen. Omringd door bedienden, lijfwachten en secretarissen, werden ze naar een van de suites gebracht van de verdieping die Abdu had laten afhuren.

'Gaan we vanavond bij Maxim's dineren?' vroeg Adrianne zodra ze alleen waren.

'Vanavond niet, schat,' antwoordde Phoebe afwezig. Ze gluurde door het kijkgaatje in de deur. Bij het zien van de wacht begreep ze dat zelfs hier in Parijs de haremtraditie werd gehandhaafd. Ondanks die tegenvaller hield ze het zo opgewekt als ze kon. 'We kunnen eten op de kamer bestellen. Wat je maar wilt.'

Adrianne stond al voor het raam. Ze begreep op slag wat haar moeder had bedoeld toen ze Parijs 'De Lichtstad' had genoemd. Het was jammer dat ze binnen moest blijven.

'Je moet nog even geduld hebben tot morgen, Addy.' Phoebe kwam naast haar staan en legde een arm om haar dochters frêle schouders. 'Morgen wordt de opwindendste dag van je leven.' Ze trok haar wat dichter tegen zich aan. 'Je vertrouwt me toch?'

'Ja, mam.'

'Ik ga doen wat voor jou het beste is.' Ze kuste haar voor ze glimlachend op haar neerkeek. 'Geniet jij nog maar even van het uitzicht. Ik ben zo terug.'

'Waar ga je naartoe?'

'Naar de kamer hiernaast.' Ze glimlachte nogmaals, zowel om Adrianne als om zichzelf gerust te stellen. 'Vind je Parijs niet schitterend? Tot zo.'

Even later sloot ze de deur tussen zit- en slaapkamer achter zich. Ze realiseerde zich terdege dat het gevaarlijk was om de telefoon te gebruiken, maar ook na dagen piekeren had ze geen betere oplossing kunnen verzinnen, en dat terwijl haar hoofd helderder was dan het in jaren was geweest. Ze had geen drank of pil meer aangeraakt sinds Abdu's aankondiging dat ze naar Parijs gingen. Er zat niets anders op dan bellen, en ze kon alleen maar hopen dat Abdu geen verraad verwachtte van de vrouw die zijn tirannie zo lang had geduld.

Haar vingers trilden toen ze het nummer draaide. 'Spreekt u Engels?' informeerde ze nadat zich iemand had gemeld.

'Zeker, *madame*. Waarmee kan ik u van dienst zijn?'

Met een zucht van verlichting liet ze zich op de rand van het bed zakken. 'Ik wil graag een telegram versturen. Naar New York. Het is dringend.'

Adrianne stond met haar neus tegen het raam gedrukt naar buiten te staren. Ze voelde dat er iets mis was met haar moeder, en ze moest er niet aan denken met haar te worden teruggestuurd naar Jaquir. Intuïtief wist ze dat ze, als dat gebeurde, nooit meer de kans zou krijgen Parijs te zien. Haar vader mocht in geen geval merken dat Phoebe niet zichzelf was.

Uitgerekend op het moment dat ze aan de koning dacht, kwam die de suite binnen. Verschrikt draaide ze zich om. Ze zag zijn donkere ogen verkillen toen ze op haar bleven rusten.

'Waar is je moeder?'

'In de slaapkamer.' Zonder precies te weten waarom, deed ze snel een stap naar voren voor hij naar de tussendeur kon lopen. 'Mogen we vanavond uit?'

Koeltjes keek Abdu op haar neer. 'Jij blijft hier.'

Hoewel ze wist dat het een ongehoorde brutaliteit was, sloeg ze haar ogen niet neer. 'Het is toch nog vroeg. De zon is net onder. Grootmoeder vertelde me dat er 's avonds zoveel te doen is in Parijs.'

Abdu, die zich al half had omgedraaid, hield in. Het was voor het eerst sinds jaren dat Adrianne het waagde ongevraagd het woord tot hem te richten. 'Je blijft binnen. Je bent hier alleen omdat ik het heb toegestaan,' merkte hij afgemeten op.

'Waarom hebt u dat toegestaan?'

Hij vernauwde zijn ogen tot spleetjes. 'Mijn redenen gaan jou niets aan. Ik waarschuw je. Als je me te vaak aan je aanwezigheid herinnert, stuur ik je zonder pardon weg.'

Een golf van ongekende woede overspoelde Adrianne. 'Ik ben bloed van uw bloed,' zei ze met fonkelende ogen. 'Waarom haat u me?'

'Je bent bloed van haar bloed,' snauwde Abdu, een hand uitstekend om de tussendeur te openen.

Die zwaaide op hetzelfde moment open, en Phoebe kwam de zitkamer binnen. Er lag iets opgejaagds in haar blik. 'Abdu... Wilde je me spreken? Ik heb me even opgefrist,' prevelde ze verontschuldigend.

Hij proefde haar zenuwen en rook haar angst. Het deed hem deugd dat ze zich kennelijk ook buiten de harem niet veilig voelde. 'Er is een interview geregeld,' deelde hij haar kortaf mee. 'We ontbijten hier morgenochtend met de geselecteerde journaliste. Trek iets passends aan en zorg dat zij er netjes uitziet.' Hij verwaardigde zich niet naar zijn dochter te kijken.

Phoebe knikte bemoedigend naar Adrianne. 'Natuurlijk, Abdu. Na het interview zou ik graag willen gaan winkelen en met Adrianne een museum willen bezoeken.'

'Tussen tien en vier kun je doen wat je wilt. Daarna heb ik je nodig.'

'Dank je.'

'En zorg dat het meisje haar brutale mond houdt, anders ziet ze niet meer van Parijs dan wat ze door het raam kan zien.'

Hij was nog niet weg, of Phoebe trok Adrianne tegen zich aan. 'In 's hemelsnaam, Addy, maak hem niet boos.'

'Ik maak hem al boos door te bestaan.'

Phoebe kreeg het bijna te kwaad bij het horen van haar dochters door tranen verstikte stem. 'O, Addy,' verzuchtte ze, terwijl ze haar troostend wiegde, 'ik beloof je dat ik het goed zal maken.'

Hoewel Adrianne nooit eerder met haar vader aan tafel had gezeten, deed het haar minder dan het vooruitzicht dat ze over een uur met haar moeder de stad in ging. Zelfs de aanwezigheid van de journaliste, die kennelijk diep onder de indruk was van de ontvangst, kon haar weinig schelen. Ze moest haar uiterste best doen om stil te blijven zitten. Het laatste wat ze wilde, was de koning ergeren en hem daarmee aanleiding geven het uitstapje met Phoebe te verbieden.

Na de inleidende plichtplegingen, waarbij het Adrianne opviel hoe charmant Abdu zich tegenover de aantrekkelijke jonge vrouw gedroeg, wendde die zich tot Phoebe.

'Uw talrijke fans verheugen zich enorm op uw verschijning op het bal, Hoogheid,' begon ze. 'Ze betreuren het nog steeds dat u hen destijds in de steek hebt gelaten voor de liefde.'

Phoebe verslikte zich bijna in haar koffie. Ze zou al haar juwelen hebben gegeven voor een stevige whisky. 'Iedereen die de ware liefde kent,' zei met een geforceerde glimlach, 'zal het met me eens zijn als ik zeg dat daarvoor geen opoffering te groot is.'

Mademoiselle Grandeau glimlachte toegeeflijk. 'Dat is mooi gezegd, maar mag ik u vragen of u er ooit spijt van hebt gehad dat u uw prachtige filmcarrière hebt opgegeven?'

Vol liefde keek Phoebe naar Adrianne. 'Hoe zou ik daar spijt van kunnen hebben als ik er zoveel voor heb teruggekregen?'

De journaliste knikte instemmend. 'Het blijft voor velen een sprookje. De stralende filmster, die door haar sjeik naar zijn exotische land wordt gevoerd.' Ze keek weer naar Abdu. 'Een land dat dankzij de olie met de dag welvarender wordt. Hoe vindt u het dat er steeds meer westerlingen naar Jaquir komen, Hoogheid?'

'Jaquir is een klein land, dat de toenemende welvaart op waarde weet te schatten,' antwoordde hij diplomatiek. 'Daarbij zie ik het als mijn taak het juiste evenwicht te vinden tussen de bescherming van onze cultuur en de bevordering van de vooruitgang.'

'Uw huwelijk met een Amerikaanse symboliseert uw binding met het Westen. Is het waar dat u meer vrouwen hebt, Hoogheid?'

Hoewel uiterlijk onbewogen, omklemde hij zijn glas jus d'orange op een manier die Phoebe vertelde dat hij het vernederend vond om door een vrouw te worden ondervraagd. 'Onze islamitische wetten staan een man vier vrouwen toe, Mademoiselle Grandeau,' antwoordde hij beminnelijk. 'Mits hij hen behoorlijk kan onderhouden.'

'Acht u dat met het oog op de groeiende invloed van de vrouwenbeweging in het Westen niet problematisch wanneer de culturen zich meer gaan vermengen?'

'Ik denk dat u de kracht van onze tradities niet moet onderschatten, *mademoiselle*. Wederzijds respect is de basis voor contact waarmee we allemaal ons voordeel kunnen doen.'

De journaliste realiseerde zich dat ze niet was gekomen om

over politiek te praten. De lezeressen van haar blad waren erin geïnteresseerd hoe het Phoebe Spring verging. Terwijl ze een slokje koffie nam, keek ze naar Adrianne. 'Prinses Adrianne,' vroeg ze met haar charmantste glimlach, 'hoe vindt u het dat uw moeder de mooiste filmster is geweest?'

Adrianne aarzelde slechts heel even. Onder de strenge blik van haar vader rechtte ze haar rug. 'Ik ben heel trots op mijn moeder,' verklaarde ze dapper. 'Ze is de mooiste vrouw ter wereld.'

Mademoiselle Grandeau lachte vertederd. 'Ik denk dat heel veel mensen dat met u eens zijn.' Ze keek naar Phoebe. 'Is er een kans dat u ooit nog een film gaat maken, Hoogheid?'

Phoebe hoopte van harte dat ze haar koffie kon binnenhouden. 'Mijn gezin gaat voor alles.' Onder tafel gaf ze Adrianne een bemoedigend kneepje in haar hand. 'Ik ben zeer vereerd met de uitnodiging voor het bal van vanavond, en het lijkt me heerlijk oude bekenden terug te zien. Maar dat neemt niet weg dat ik voor de liefde heb gekozen.' Ze keek Abdu een moment strak aan. 'Waar er sprake is van liefde, is een vrouw tot veel bereid.'

'Een verlies voor Hollywood waar Jaquir wel bij vaart,' concludeerde de jonge vrouw. 'Draagt u vanavond het beroemde collier met de Zon en Maan?'

'Het collier is het huwelijksgeschenk van mijn man, op Adrianne na het kostbaarste wat hij me heeft geschonken.' Opnieuw keek ze Abdu aan. 'Ik zal het met trots dragen.' Ze glimlachte. 'Verder kan ik alleen zeggen dat ik me geweldig op vanavond verheug.'

Zoals Phoebe al had verwacht, werden Adrianne en zij vergezeld door twee lijfwachten en de chauffeur. Desondanks was het haar gelukt onopgemerkt haar in bewaring gegeven paspoort terug te vragen bij de receptioniste – het paspoort waarin ook Adrianne vermeld stond. Haar eerste overwinning maakte haar uitgelaten, al verborg ze dat zorgvuldig. Ze had weliswaar nog geen vastomlijnd plan, maar haar besluit stond vast. Vandaag moest het gebeuren.

Naast haar op de achterbank van de limousine was Adrianne nauwelijks te houden van opwinding. 'We gaan eerst wat winkelen,' vertelde Phoebe. 'Daarna laat ik je het Louvre zien, en als er dan nog tijd is, gaan we naar de top van de Eiffeltoren. Denk er alleen aan dat je vlak bij me blijft, want ik wil je in de drukte niet kwijtraken.'

Gezamenlijk bezochten ze de chicste modehuizen. Terwijl Adrianne haar ogen uitkeek, kocht Phoebe de ene peperdure creatie na de andere. Als alles goed ging, zou ze geen ervan ooit dragen, dacht ze met voldoening. Het was een zoete wraak, waarvan ze nog lang zou genieten.

Nadat de stuurs kijkende lijfwachten alle pakjes in de bagageruimte hadden gestouwd, gaf Phoebe de chauffeur opdracht naar het Louvre te rijden. 'Daar kunnen we voor de lunch nog een kijkje nemen,' zei ze tegen Adrianne voor ze met gesloten ogen achteroverleunde en een paar maal diep ademhaalde.

'Gaan we dan in zo'n café eten?'

'Dat zien we nog wel.' Ze pakte de hand van haar dochter. 'Het enige wat telt, is dat je gelukkig bent, schat,' fluisterde ze.

'Ik vind het heerlijk om hier met jou te zijn.' Ondanks de ladingen koekjes die Adrianne bij Dior bij haar limonade had gekregen, had ze alweer trek. 'Er is zoveel te zien. In het echt is het allemaal nog veel mooier dan jij vertelde.'

Ze reden langs de Seine. Phoebe opende in een spontane opwelling het portierraam. 'Ruik je het, Addy? Zo ruikt de vrijheid. Onthoud dit moment heel goed.'

Even later hadden ze het gigantische museum bereikt. Op de voet gevolgd door de lijfwachten, liepen ze naar de hoofdingang. Adrianne was te diep onder de indruk om iets te merken van de groeiende spanning in haar moeder. Het kostte haar de grootste moeite haar aandacht bij de prachtige kunstwerken in de schier eindeloze reeks zalen te houden, want ze vond het minstens even leuk om de rondslenterende mensen te bekijken.

Na een paar zalen wierp Phoebe een tersluikse blik over haar schouder. De verveeld om zich heen kijkende lijfwachten waren door het gedrang een eindje achterop geraakt. 'Adrianne, luister,' siste ze dringend. 'Vraag niets en doe precies wat ik zeg. Wat er ook gebeurt, houd mijn hand stevig vast.' Voordat haar dochter kon reageren, trok ze haar mee achter een grote groep studenten. Aan het zicht van de lijfwachten onttrokken, schoof ze vervolgens vliegensvlug naar de gang, waar ze het op een lopen zette naar de uitgang.

Pas na enkele seconden klonken er achter hen verwarde kreten. Zonder vaart te minderen tilde ze Adrianne op en sloeg ze blindelings een hoek om. De angst gaf haar vleugels. Ze bekommerde zich niet om de verbaasde blikken van andere bezoekers en suppoosten.

Bij de eerste de beste trap die ze zag, rende ze naar beneden, terwijl Adrianne zich verbouweerd aan haar vastklemde. Ze had goed gegokt. In deze vleugel, waar restauratiewerk plaatsvond, stond een zijdeur open waarbij slechts één suppoost de wacht hield.

'Mijn dochter is ziek!' riep ze in paniek toen ze zag dat hij aanstalten maakte haar tegen te houden. 'Ze moet frisse lucht hebben!' Aan de korte aarzeling van de man had ze voldoende om langs hem naar buiten te glippen.

Precies zoals berekend, was ze op de Seinekade uitgekomen; ze hoefde haar hand maar op te steken, of er stopte een taxi. 'Orly!' riep ze hijgend tegen de chauffeur, terwijl ze Adrianne op de achterbank duwde. 'Zo snel als u kunt, alstublieft!'

'Mama, wat is er toch?' piepte Adrianne ontdaan. 'Waar gaan we naartoe?'

Phoebe keek achterom toen de taxi invoegde. Ze zag alleen de verbaasd zijn hoofd schuddende suppoost. Kennelijk had ze de lijfwachten weten af te schudden.

'Luister goed, schatje. Je moet me vertrouwen. Ik kan het je nu nog niet allemaal uitleggen.' Ze trok haar dicht tegen zich aan, terwijl ze zichzelf trachtte te kalmeren. Tot haar intense opluchting leek de chauffeur te hebben begrepen dat ze haast had, want voor ze het wist, zaten ze op de snelweg richting vliegveld.

Toen Adrianne de eerste vliegtuigen zag, begon haar onderlip verdacht te trillen. 'Gaan we nu al terug naar Jaquir?'

Phoebe wist haar eigen emoties onder controle te houden. Nog even, en ze zouden veilig zijn. 'Nee, schatje,' zei ze, terwijl ze haar portefeuille vast uit haar handtas haalde. 'We gaan naar Amerika. Naar New York.' De taxi stopte met een ruk voor de ingang van de vertrekhal.

'Was het zo snel genoeg, *madame*?' informeerde de chauffeur grijnzend.

Ze beloonde hem door het bedrag dat ze op de meter zag staan te verdubbelen. Vervolgens stapte ze snel uit en trok ze

Adrianne mee de drukke hal in. 'Kom, Addy. Het is voor je bestwil. Ik doe het omdat ik van je hou.'

Na even te hebben rondgekeken, liep ze gedecideerd naar de balie van Pan Am. Nu maar hopen dat Celeste haar telegram had gekregen en dat ze alles op zo'n korte termijn had kunnen regelen. Het zou een ramp zijn als Abdu haar en Adrianne nu nog te pakken kreeg. Zijn wraak zou vreselijk zijn...

Met een schietgebedje haalde ze haar paspoort uit haar tas om dat met haar stralendste glimlach aan de grondsteward te presenteren. 'Goedemiddag. Als het goed is, moeten er twee tickets voor me klaarliggen.'

Haar oogverblindende glimlach bracht de man een moment in verwarring. 'Zeker... *madame*,' stamelde hij. Het duurde even voor hij de tickets had gevonden. 'Ik heb al uw films gezien. U bent *fantastique*!'

'Dank u.' Ze kreeg weer een beetje moed. Het deed haar geweldig goed dat ze niet was vergeten. 'Ze zijn toch betaald, hè?'

'Pardon? O... Ja, inderdaad, *madame*.' Hij overhandigde haar de instapkaarten. 'Pier 23. U hebt nog drie kwartier.' Hij glimlachte. 'Mag ik zo vrij zijn u om een handtekening te vragen?'

'Maar natuurlijk.' Toen ze zag hoe verbijsterd Adrianne naar haar opkeek, glimlachte ze geruststellend. Haar dochter zou eraan moeten wennen dat ze zomaar met vreemde mannen sprak. 'Hoe is uw naam?'

'Henri, *madame*.' Hij schoof een papiertje naar haar toe. 'Dank u. Ik zal u nooit vergeten.'

'Ik u ook niet, Henri,' verzekerde ze hem voor ze Adrianne bij de hand nam. 'Kom, schat. We mogen het vliegtuig niet missen.' Op weg naar de pier kon ze het niet laten steeds om te kijken. 'We gaan naar Celeste in New York. Je weet wel, mijn beste vriendin.'

'Zoals Duja?'

Phoebe dwong zich tot een glimlachje. 'Ja. Zij zal ons verder helpen.' Ze haalde opgelucht adem toen ze de douane zonder problemen waren gepasseerd.

Adrianne had geen oog voor de drukte. Haar moeder was angstaanjagend bleek. 'Hij zal kwaad zijn.'

'Nog even, Addy, en hij zal je nooit meer iets kunnen doen.' Ze sloeg een arm om haar dochters frêle schouders. 'Hij wilde je wegsturen, weet je. Naar een school in Duitsland. Daarna zou je op je vijftiende worden uitgehuwelijkt. Alleen de gedachte dat jij een leven tegemoet zou gaan zoals ik heb geleid, is onverdraaglijk voor me. Vandaar dat we naar Amerika vertrekken. Daar zullen we vrij zijn.'

Ook toen ze veilig aan boord zaten, was Phoebe nog misselijk van de angst en de spanning. Het ging pas wat beter met haar toen het vliegtuig was opgestegen. Ze gingen een onzekere toekomst tegemoet, maar alles was beter dan de uitzichtloze toekomst in Jaquir, dacht ze met gesloten ogen en Adriannes hand stevig in de hare.

'*Madame*, wilt u iets drinken?'

Phoebe keek verschrikt op. Ze herstelde zich haastig en beantwoordde de glimlach van de vriendelijke stewardess. 'Voor mijn dochter graag een glaasje fris en voor mij een dubbele whisky, alstublieft.'

6

Celeste Michaels had geen moment geaarzeld toen ze het telegram van Phoebe kreeg. Niet alleen had ze direct begrepen dat haar vriendin in nood zat, Phoebes verzoek was bovendien een kolfje naar haar hand, dol als ze was op drama. Het was een voorliefde die ze haar hele leven al gehad. Ze had als kind besloten dat ze aan het toneel wilde, en dat was haar, in weerwil van de tegenwerking van haar ouders, gelukt ook.

Met haar eenendertig jaar was ze inmiddels een gevierd actrice met een hele serie succesrollen, drie hoge toneelonderscheidingen en een schitterend penthouse op Central Park West op haar naam.

Ze keek voor de zoveelste keer op haar horloge, zich afvragend of Phoebe en haar dochtertje aan boord zouden zitten. Het was bijna tien jaar geleden dat ze elkaar voor het laatst hadden gezien. En dat, terwijl ze bijna vanaf hun eerste ontmoeting hartsvriendinnen waren geweest.

Phoebe was naar New York gekomen voor haar eerste film, die in Manhattan werd opgenomen. Dat was vlak nadat Celeste op haar eenentwintigste was gescheiden van de man met wie ze een jaar eerder in een vlaag van verstandsverbijstering was getrouwd. Zij had toen enigszins in de put gezeten, en Phoebe had haar daar met haar verfrissende humor uit gehaald. Daarmee was de vriendschap begonnen. Ze hadden bij elkaar gelogeerd wanneer het maar kon en buiten de vakanties vrijwel dagelijks met elkaar aan de telefoon gehangen.

Niemand was opgewondener geweest dan Celeste toen Phoebe voor een Oscar werd genomineerd, en niemand had luider gejuicht dan Phoebe toen Celeste haar eerste toneelonderscheiding won. Hoewel ze in vele opzichten elkaars tegenpolen waren, vulden ze elkaar, zonder zich daar echt van bewust te zijn, perfect aan. Phoebe was meegaand en goed van vertrouwen, Celeste meer gedreven en cynischer; samen konden ze de hele wereld aan.

Al had Celeste het nooit toegegeven, ze had er vreselijk onder geleden dat Phoebe zich na haar sprookjeshuwelijk weinig meer aan de vriendschap gelegen had laten liggen. In eerste instantie hadden ze nog wel gecorrespondeerd, maar met het verstrijken van de tijd waren Phoebes brieven steeds sporadischer geworden. Celeste had zich getroost met de gedachte dat ze beiden nu eenmaal een druk eigen leven hadden, maar diep in haar hart was ze blijven treuren om de verloren gegane vriendschap.

Er was haar weinig anders overgebleven dan nu en dan een cadeautje sturen naar het meisje dat ze als haar peetdochter beschouwde. Het was haar manier om toch contact te houden, en ze was beloond met amusant stijve bedankbriefjes van Adrianne. Ze was gaan houden van het meisje dat ze nooit had gezien, deels omdat ze zelf waarschijnlijk nooit een kind zou hebben, deels omdat Adrianne Phoebes dochter was. Vandaar ook dat ze bij wijze van welkomstgeschenk een roodharige pop met blauw fluwelen jurk had gekocht.

Ze begon te ijsberen toen ze zag dat het toestel uit Parijs was geland. Nog even, en ze zou weten wat de noodkreet van Phoebe te betekenen had – want zo beschouwde ze het onverwachte telegram.

Haar hart begon te bonzen toen ze de lange roodharige schoonheid met het exotisch mooie, zwartharige meisje door de uitgang zag komen. Het duurde even voor Phoebe haar zag, en omdat Celeste angst en paniek op haar gezicht zag, snelde ze haastig op hen af. 'Phoebe!' riep ze uit, terwijl ze haar vriendin omhelsde. 'Wat fantastisch om je weer te zien.'

'Celeste, de hemel zij dank!'

Hoewel Celeste de wanhoop in haar stem niet ontging, bleef ze glimlachen. 'Dus dit is je Addy.' Ze streek over het glanzend zwarte haar van het beeldschone meisje, dat overduidelijk uitgeput was. De kwetsbare blik in haar grote donkere ogen sprak boekdelen. 'Jullie lange reis is bijna ten einde. De auto staat voor.'

'Hoe kan ik je dit ooit vergoeden?' prevelde Phoebe.

'Doe niet zo raar.' Ze kneep haar zachtjes in haar arm voor ze Adrianne de pop gaf. 'Kijk eens, dit is om je eerste bezoek aan Amerika te vieren.'

Adrianne had nog net de energie om het glanzende fluweel te betasten. Ze moest meteen aan Duja denken, maar ze was te moe om te huilen. 'Wat mooi. Dank u,' fluisterde ze.

'Kom, waar is jullie bagage? Dan gaan we.'

Phoebe wankelde. 'We hebben helemaal niets.'

Celeste besefte dat dit niet het moment was voor moeilijke vragen. Ze sloeg een arm om Phoebes middel. 'Oké. Laten we naar huis gaan.'

Anders dan na aankomst in Parijs, had Adrianne geen oog voor de stad waar ze doorheen reden. Met haar pop onder de arm geklemd, hield ze haar moeder in de gaten, zoals ze dat tijdens de lange vlucht over de oceaan ook had gedaan. Ze wist intuïtief dat het niet goed met haar ging, en dat vond ze beangstigend.

'Wat is het lang geleden,' verzuchtte Phoebe opeens, alsof ze uit een trance ontwaakte. 'Het is veranderd, maar toch ook niet.'

'Ach ja, New York blijft altijd New York.' Celeste blies een wolk sigarettenrook uit. Ze moest het opgewekt houden, anders zou Phoebe ter plekke instorten. Bij haar vergeleken was het wereldvreemde kleine meisje een toonbeeld van kracht. 'Je had geen beter moment kunnen kiezen om naar New York te komen. Alle winkels zijn al versierd voor de kerst,' merkte ze glimlachend op.

Adrianne moest meteen aan de glazen bol en aan Fahid denken. Het huilen stond haar nader dan het lachen. Ze verlangde naar Jihhad en de warmte. 'Gaat het sneeuwen?' vroeg ze zachtjes.

'Vast wel. Alleen weet ik niet precies wanneer.' Tot haar eigen verwondering kreeg Celeste de neiging het meisje in haar armen te nemen. Ze had zich nooit eerder op moederlijke instincten kunnen betrappen, maar het was was ook zo aandoenlijk om te zien hoe het frêle poppetje de hand van haar moeder streelde. 'We zijn er,' kondigde ze monter aan toen de auto vaart minderde. 'Ik ben hier vijf jaar geleden naar toe verhuisd, Phoebe. Eindelijk het appartement dat ik altijd heb gewild.'

Ze leidde hen langs de portier door de lobby van het fraaie appartementencomplex op Central Park West naar de ruime, ouderwetse lift. Omdat ze niet goed wist wat ze verder moest zeggen, hield ze haar mond tot ze het penthouse betraden. 'Straks, wanneer jullie een beetje zijn bijgekomen, zal ik jullie rondleiden.' Ze wierp haar jas achteloos over een stoel. 'Jullie zullen wel uitgehongerd zijn. Moet ik iets laten halen, of willen jullie een omelet?'

'Ik zou geen hap door mijn keel kunnen krijgen.' Phoebe liet zich behoedzaam op de bank zakken. 'Heb jij trek, Addy?'

'Nee, mam.' Adrianne werd al misselijk bij de gedachte aan eten.

'Het arme kind is doodop.' Celeste sloeg in een spontane opwelling een arm om haar schouders. 'Zal ik je laten zien waar je slaapt?'

'Ga maar met Celeste mee,' zei Phoebe toen ze Adrianne zag aarzelen. 'Zij zal voor je zorgen.'

'Je gaat niet weg?'

'Nee, schatje. Ik ben er wanneer je weer wakker wordt.' Ze kuste haar liefdevol. 'Echt. Ga maar lekker slapen.'

Celeste moest Addy half slepen, half dragen, want op de trap kon ze haar ene voet nauwelijks voor de andere krijgen. Nu en dan geruststellende woordjes prevelend, kleedde ze het meisje uit, om het vervolgens lekker in te stoppen. 'Zo, schat. Je hebt een lange dag achter de rug, dus ga maar lekker slapen.'

'Als hij komt, maak je me dan wakker? Want ik moet voor mama zorgen.'

Celeste streelde haar over de haren. 'Je hoeft je geen zorgen te maken.' Na een korte aarzeling kuste ze haar op het voorhoofd. 'Ik hou ook van haar. We zullen samen voor haar zorgen.'

Tot haar opluchting waren die sussende woorden voldoende om het meisje haar ogen te laten sluiten. Zachtjes trok ze de gordijnen dicht. Bij het verlaten van de logeerkamer liet ze de deur op een kiertje staan. Adrianne sliep al.

Adrianne ontwaakte met een schok uit een nachtmerrie. Het was er één die haar sinds haar vijfde nu en dan kwelde. Ze zag haar vader de slaapkamer van haar moeder betreden en hoorde, doodsbang onder het bed weggekropen, zijn wrede woorden en het wanhopige gesnik van de vergeefs worstelende Phoebe.

Haar gezicht was nat van tranen, maar ze hield zich stil uit angst de andere vrouwen in de harem te wekken. Het duurde even voor ze zich realiseerde dat ze niet in de harem was. Langzaam maar zeker herinnerde ze zich de gebeurtenissen... Het geren door de gangen van het Louvre, de snelle taxirit naar het vliegveld, de lange reis, mama, die zo misselijk en gespannen was en...

Ze waren in New York, bij die aardige blonde vrouw met de prachtige, muzikale stem: mama's vriendin.

Adrianne wilde niet in New York zijn. Ze wilde naar huis, naar Jiddah, Duja en de anderen bij wie het vertrouwd was. Geluidloos huilend en met de pop onder haar arm, kroop ze uit bed en liep ze de donkere kamer uit op zoek naar haar moeder.

Omdat ze boven aan de trap stemmen hoorde, sloop ze naar beneden tot ze, door de spijlen van de trapleuning heen, Phoebe en Celeste in de ruime, lichte kamer zag zitten. Met de pop in haar armen geklemd ging ze in de bocht van de trap zitten luisteren.

'Houd toch op over terugbetalen,' hoorde ze Celeste zeggen. 'We zijn vriendinnen.'

'Je moest eens weten hoe hard ik de afgelopen jaren een vriendin nodig heb gehad.' Te ongedurig om te blijven zitten, begon Phoebe met haar glas whisky in de hand heen en weer te drentelen.

'Misschien moest je me dat dan maar eens vertellen,' opperde Celeste voorzichtig. Ze maakte zich zorgen, want het liet zich niet moeilijk raden dat haar vriendin op de rand van een zenuwinstorting stond.

'Ik zou niet weten waar ik moest beginnen.'

'De laatste keer dat ik je zag, was je een stralende bruid met een collier waarvoor velen een moord zouden doen.'

'De Zon en Maan.' Phoebe kneep haar ogen een moment stijf dicht voor ze nog een slok nam. 'En ik maar denken dat het kostbaarste collier ter wereld het symbool van zijn oneindige liefde was.'

'Hoe bedoel je dat?'

'Abdu heeft me ermee gekocht.' Ze schudde haar hoofd. 'Hoe moet ik je duidelijk maken wat het leven in Jaquir betekent?' Ze besefte dat ze te veel had gedronken, maar ze scheen zichzelf niet te kunnen remmen.

'Probeer het eens.'

'In het begin was het allemaal even romantisch. Abdu was aardig en uiterst attent. Stel je voor, het eenvoudige meisje uit Nebraska, koningin van Jaquir...' Ze haalde diep adem. 'Omdat Abdu het belangrijk scheen te vinden, heb ik geprobeerd me aan te passen. De eerste keer dat ik een sluier droeg, voelde ik me heel sexy.'

De flauwe glimlach van Celeste was niet aan haar besteed.

'Het was maar een detail. Ik vond het niet erg omdat Abdu er alleen op stond wanneer we in Jaquir waren. Het eerste jaar hebben we veel gereisd, dus zo vaak hoefde het niet. Tijdens mijn zwangerschap behandelde hij me trouwens met alle voorkomendheid die een vrouw zich kan wensen. Ook toen er complicaties waren, was hij een en al zorgzaamheid. Tot ik Adrianne kreeg...' Ze keek naar haar glas. 'Ik heb nog een borrel nodig.'

'Ga je gang.'

'Ik was werkelijk verbijsterd dat Abdu zo van streek was,' vervolgde Phoebe, terwijl ze haar glas bijna tot aan de rand vol schonk. 'Adrianne was zo'n plaatje, en ze was ondanks de complicaties kerngezond. Goed, hij had het voortdurend over een zoon gehad, maar dat hij kwaad zou worden omdat ik hem een dochter schonk, daar kon ik met mijn verstand niet bij. Ik voelde me tot in het diepst van mijn wezen gekrenkt, en vanaf dat moment is het misgegaan, helemaal nadat we van de artsen te horen hadden gekregen dat ik geen kinderen meer zou kunnen krijgen.'

Rillend bij de herinnering, pauzeerde ze even om weer een ferme slok whisky te nemen. 'Hij veranderde volkomen. Niet alleen gaf hij mij de schuld van de dochter die hij niet wilde, hij verweet me ook dat ik hem ertoe had verleid zijn plicht te verzaken en zijn tradities te verloochenen.'

'Wat?' Celeste lachte ongelovig. 'De man heeft je geen schijn van kans gegeven. Als ik eraan denk hoe hij je met witte rozen overlaadde en hele restaurants afhuurde om intiem met je te kunnen dineren! Hij had zijn zinnen op je gezet, en hij heeft hemel en aarde bewogen om je te veroveren.'

'Als ik hem dat voorhield, wees hij het als onzin van de hand. Hij beschouwde me als een soort beproeving, en hij haatte me omdat hij het idee had te hebben gefaald. Adrianne zag hij als de straf voor zijn huwelijk met een Amerikaanse actrice, zinnebeeld van het christelijke, verdorven Westen. Omdat hij verder zo min mogelijk met me te maken wilde hebben, werd ik in de harem ondergebracht. Ik moest nog blij zijn dat hij niet zonder meer van me scheidde.'

'Echt in een harem? Alleen met vrouwen?'

Phoebe ging weer zitten. 'Er is niets romantisch aan, dat kan ik je verzekeren. In de vrouwenverblijven is weinig ander vertier dan praten over seks, mode en kinderen krijgen. Je status wordt bepaald door het aantal zonen dat je ter wereld brengt. Een vrouw die geen kinderen kan krijgen, wordt alleen maar meewarig bekeken.'

'Zeker nog nooit van emancipatie gehoord?' mompelde Celeste ironisch.

'Wat dacht je? Er dringt nauwelijks informatie van buiten in de harem door. Lezen is er voor de vrouwen niet bij. Ze werken niet, ze mogen niet autorijden en ze mogen niets alleen. De dagen worden in ledigheid doorgebracht. Je mag alleen in groepjes winkelen. Van hoofd tot voeten in zwart gehuld, want je zou vreemde mannen eens het hoofd op hol kunnen brengen.'

'Dat meen je niet.'

'Het is echt zo. Er wordt streng gecontroleerd door een soort religieuze politie, mannen met lange baarden, die het recht hebben je af te ranselen als je ook maar iets doet wat niet met de regels en normen van de islam strookt.'

'Allemachtig, Phoebe. We leven in 1971!'

'Niet in Jaquir.' Ze lachte vreugdeloos. 'Je kunt me geloven of niet, maar de tijd staat daar stil. Ik heb er tien jaar van mijn leven verspild. Het was er nauwelijks te harden nadat Abdu een tweede vrouw had genomen die hem wel een zoon schonk.'

Celeste stak een sigaret op. 'Het is niet te geloven,' prevelde ze. 'Ik bedoel: er verschenen in de loop der jaren wel eens artikelen over jou en Abdu. Maar daar stond niets in over wat jij me nu allemaal vertelt.'

'Die paar interviews werden zorgvuldig geregisseerd. Abdu liet me alleen opdraven als hij weer eens wat publiciteit kon gebruiken in verband met de zich snel ontwikkelende olie-industrie. Hij heeft in Jaquir de absolute macht. Ook de pers valt daaronder. Vandaar dat er nooit iets van de wantoestanden naar buiten komt.'

Peinzend staarde Celeste naar haar sigaret. Zelfs als maar de helft waar was, bleef het voor haar een raadsel hoe Phoebe het al die jaren had uitgehouden. 'Als je er zo ongelukkig was, waarom ben je er dan niet vandoor gegaan?' vroeg ze na een korte stilte.

'O, Celeste, denk je nu heus dat ik dat niet wilde? Vrij snel na Adriannes geboorte dacht ik de zaak nog te kunnen redden door met weggaan te dreigen, maar het enige wat ik bereikte, was dat hij buiten zinnen raakte en me aftuigde.'

'Hemeltje, nee!' Celeste sprong op en ging naast haar vriendin zitten.

'Het was afschuwelijk. Ik... Ik kon gillen wat ik wilde, maar hij hield niet op, en niemand kwam me te hulp. Daarna heeft hij me... verkracht.'

'Phoebe...' Troostend sloeg Celeste haar armen om haar heen. 'De man is gek! Kon je niet naar de politie?'

Phoebe maakte zich uit de omhelzing los. Drank was haar enige troost. 'In Jaquir mag een man zijn vrouw slaan als hij daar reden toe meent te hebben. Dat is de wet. Achteraf hebben de vrouwen zich over me ontfermd.'

'Het... Het is niet te geloven. Waarom heb je me niet geschreven? Misschien had ik je kunnen helpen en –'

'Zelfs als ik een brief uit het paleis had kunnen smokkelen, zou je niets hebben kunnen uitrichten.' Ze onderbrak Celeste hoofdschuddend. 'Je vergeet dat Abdu daar alle touwtjes strak in handen heeft. Ik zou alleen kunnen wegkomen met zijn toestemming. In mijn fantasie ben ik honderden keren gevlucht. Het enige wat me weerhield, was het besef dat ik Adrianne niet kon achterlaten. Zij is mijn lust en mijn leven, Celeste... Zonder haar zou ik er allang een... eind aan hebben gemaakt,' besloot ze met verstikte stem.

'En hoeveel weet zij?'

'Niet veel, hoop ik. Haar vader negeerde haar, maar in de harem was ze best gelukkig met haar nichtjes en tantes, en de vrouwen hielden van haar. Ze weet natuurlijk ook niet beter of alles hoort zo.' Phoebe haalde diep adem. 'Ik heb het volgehouden tot ik hoorde dat Abdu haar naar een school in Duitsland wilde sturen en haar op haar vijftiende wilde uithuwelijken.'

'Nee! Het arme kind.'

'De gedachte dat zij zou meemaken wat ik heb meegemaakt, was onverdraaglijk. Het uitstapje naar Parijs was onze kans, en dankzij jou hebben we het gered. Wat er ook gebeurt, ik ga nog liever dood dan dat ik terugga.'

'Rustig maar, liefje. Addy en jij zijn hier veilig.' Celeste dacht even na. 'Het zou geen kwaad kunnen het ministerie van Buitenlandse Zaken en de pers in te schakelen –'

Phoebe schudde haar hoofd. 'Geen publiciteit. Ik moet aan Addy denken. Die zal het moeilijk genoeg krijgen. Afgezien daarvan wil ik het achter me laten. Ik moet weer gaan werken, onderdak zoeken en een goede school voorAddy vinden.'

'Kom eerst liever een tijdje tot jezelf. Je kunt toch voorlopig hier blijven. Geef Addy de gelegenheid zich aan te passen.'

Tranen welden op in Phoebes ogen. 'Weet je wat het ergst van alles is, Celeste? Ik hou nog altijd van hem.'

Adrianne kwam stilletjes overeind en sloop terug naar haar kamer.

7

Bij het wakker worden prikten Adriannes ogen nog van de vele tranen die ze had vergoten, maar ze vergat het door het knagende hongergevoel. Ze trok haar jurk aan en begaf zich naar beneden om op zoek te gaan naar iets eetbaars.

Het appartement bleek veel groter dan het in eerste instantie had geleken. Door de deur in de ruime kamer beneden kwam ze in de gang terecht, waar ze stemmen en gelach hoorde, ergens aan het eind. Toen ze op het geluid afging, vond ze een prachtige keuken. Er was niemand, hoewel de stemmen – die van een man en een vrouw – onmiskenbaar luider klonken.

Rondkijkend, ontdekte ze dat ze uit een kastje kwamen. In dat kastje waren kleine mensen te zien, die haar niet leken op te merken.

Ze sloop nieuwsgierig dichterbij en begon te grinniken toen ze zich realiseerde dat er in het kastje een soort film werd afgedraaid. Het vrouwtje met het rode haar en de schelle stem en de vreemd pratende dikke man waren filmsterren, net als mama! Haar honger vergetend, leunde ze met haar elbogen op de bar om met grote ogen naar de bewegende plaatjes te staren.

'Zet daar maar neer – Addy! Je bent al op.'

Adrianne ging geschrokken rechtop staan. Ze verwachtte niet anders dan bestraffend te worden toegesproken.

'Hè, gezellig.' Celeste wachtte tot de loopjongen de tassen op de bar had gezet. 'Dan hoef ik niet in mijn eentje naar Lucille Ball te kijken.' Ze betaalde de jongen. 'Bedankt. Tot ziens.'

'Dank u, Miss Michaels.' De jongeman knipoogde naar Adrianne voor hij verdween.

'Je moeder slaapt nog. Ik heb snel wat inkopen gedaan, want ik dacht dat jij wel trek zou hebben.' Ze haalde een pak Rice Krispies tevoorschijn. 'Laten we hier maar mee beginnen.'

Adriannes mond viel open toen ze zag dat de man en de vrouw van het scherm verdwenen. Met veel geschetter werd er een schoonmaakmiddel aangekondigd.

'Daar sta je van te kijken, hè? Hebben ze in Jaquir nog geen televisie?'

Niet in staat een woord uit te brengen, schudde Adrianne haar hoofd.

'Nou, je kunt hier zo vaak kijken als je wilt. In de kamer staat een grotere. Wat dacht je van ontbijt? Rice Krispies?'

'Graag. Ik vind rijst lekker.'

'Dit is iets anders. Kom, ik zal het je laten zien.' Ze gebaarde Adrianne plaats te nemen aan de keukentafel. 'Je doet wat in een kom...' Ze deed het voor. 'En dan giet je er melk overheen. Zo, nu nog een lepel. Proef maar.'

Adrianne gehoorzaamde aarzelend. Na de eerste hap beloonde ze Celeste met een heuse glimlach. 'Lekker. Dank u. Ik vind Amerikaanse rijst heerlijk.'

'Rice Krispies.' Celeste streek haar liefdevol over haar zwarte haar. 'Ik denk dat ik ook wat neem.'

Van alle herinneringen aan haar eerste dagen in Amerika beschouwde Adrianne dat uurtje samen met Celeste als haar dierbaarste, vooral omdat ze zich net zo vertrouwd voelde als in de harem. Alleen was Celeste met haar korte blonde haar en haar muzikale manier van praten heel anders dan de vrouwen die ze kende.

Toen Phoebe enige tijd later beneden kwam, trof ze haar dochter op de bank voor de televisie aan. 'Dag, schatje. Ik kan me niet herinneren ooit zo lang te hebben geslapen.'

'Mama!' Adrianne sprong op om haar moeder te omhelzen.

Ondanks haar kater omarmde Phoebe haar liefdevol. De beste manier om de dag te beginnen. 'Wat heb jij zoal gedaan?' informeerde ze glimlachend.

Celeste kwam uit de keuken tevoorschijn. 'Addy wordt al aardig Amerikaans. Ze heeft Rice Krispies gegeten en televisie gekeken.' Ze keek Phoebe onderzoekend aan. 'Hoe gaat het met je hoofd?'

'Het is wel eens erger geweest.'

'Ach, als iemand het verdiende hem eens goed te raken, was jij het wel.' Ze glimlachte. 'Wat dacht je van een kop koffie voor we naar buiten gaan?'

Phoebe ging met haar rug naar het raam staan. Het daglicht deed pijn aan haar ogen. 'Gaan we naar buiten?'

'Luister, ik zou mijn garderobe met liefde met je delen, maar ik vrees dat niets jou past. We moeten eropuit om kleren te kopen. Ook voor Addy.'

Het liefst was Phoebe weer in bed gekropen om de hele wereld te vergeten. 'Je hebt gelijk. Addy, ga jij je tanden poetsen en je haar borstelen. We gaan New York bekijken.'

Celeste wachtte tot Adrianne naar boven was. 'Ze adoreert je.'

Phoebe zuchtte. 'Ik denk wel eens dat zij de beloning is voor alles wat ik heb doorstaan.' Ze trok een gezicht. 'Voor kleren hebben we wel geld nodig.'

'Zit daar nu maar niet over in.'

'Alles goed en wel; ik wil niet op jouw zak blijven teren. Ik heb niet veel kunnen meenemen, maar met de opbrengst van de juwelen die ik bij me heb, kunnen we het wel een tijdje redden. Om te beginnen wil ik de scheidingsprocedure in gang zetten. Met de eventuele alimentatie van Abdu komen we weer wat verder. Hoe dan ook, ik wil het beste... het allerbeste voor Addy. Als ik eenmaal weer aan het werk ben, zal geld geen probleem meer zijn. Voor haar doe ik alles.'

'Dat komt wel, Phoebe. Eerst moet ze een spijkerbroek, een goed winterjack en een paar snelle gympen hebben.'

De kennismaking met New York overweldigde Adrianne volledig. De indrukken die ze in Parijs had opgedaan, vielen in het niet bij de eindeloze stroom meestal jachtige mensen, het verkeersgekrioel en de imposant hoge, grote gebouwen en prachtige warenhuizen. Ze kon er niet over uit dat hier alle mensen verschillend gekleed gingen, variërend van keurige grijze pakken tot en met de kleurigste fantasiecreaties.

Celeste genoot op haar beurt van Adriannes reacties. Zeker na het relaas van Phoebe begreep ze maar al te goed dat de cultuurschok voor het meisje gigantisch moest zijn. Tegelijkertijd vond ze het frappant dat het meisje alles in zich opnam zonder commentaar te leveren. Pas in de schoenenzaak scheen ze het even moeilijk te krijgen toen de vriendelijke, jonge verkoper haar vroeg welke maat ze had. Na hem enkele ogenblikken verwezen te hebben aangestaard, keek ze hulpzoekend naar haar moeder. Phoebe zat echter wazig de andere kant op te kijken; kennelijk was ze er nog niet helemaal bij. Gezien alle emoties die ze had moeten doorstaan, was dat geen wonder.

'Kunt u haar maat even nemen?' opperde Celeste, terwijl ze bemoedigend naar Adrianne glimlachte. Het meisje was er blijkbaar niet aan gewend direct door een vreemde man te worden aangesproken. 'Het is goed, schat,' merkte ze zachtjes op toen ze zag dat Addy van kleur verschoot omdat de jongeman voor haar neerhurkte om een van haar schoenen uit te trekken. 'Hij moet weten hoe groot je voet is om je de goede gympen te kunnen geven.'

Adrianne slikte moeizaam. Ze vroeg zich af of de verkoper een soort voetendokter was. Toen hij verdween om de gevraagde gympen voor haar te halen, keek ze Celeste onzeker aan. 'Mag een schoenenman je aanraken?'

Celeste hield met moeite haar gezicht in de plooi. 'Ja, hoor. Dat is hier heel gewoon. Hij moet je maat weten om de goede schoenen voor je te halen. Dan helpt hij je met uit- en aantrekken.'

'O, een ritueel?'

'Zoiets, ja,' zei Celeste omdat ze zo gauw niets anders wist te zeggen.

Het leek Adrianne tevreden te stellen, want toen de jongeman terugkeerde, liet ze hem rustig begaan bij het passen. Ze volgde gehoorzaam zijn instructies door even heen en weer te lopen op haar nieuwe gympen. 'Zitten ze lekker?' informeerde hij ten slotte.

'Ja... maar ze voelen zo anders,' antwoordde ze verlegen.

'Goed anders of slecht anders?' vroeg Celeste voor alle zekerheid.

‘Goed anders.’ Addy haalde diep adem voor ze dapper naar de verkoper glimlachte. ‘Ik vind ze heel mooi. Dank u.’ Na die woorden kon ze het niet laten opgelucht te giechelen. Ze had voor het eerst in haar leven met een man gesproken die geen familie van haar was.

De drie weken in New York zou Adrianne zich later herinneren als zowel de gelukkigste als de verdrietigste tijd van haar leven. Er was zoveel te zien en zoveel te leren, dat ze het onmogelijk allemaal kon bevatten. Enerzijds was het een groot avontuur, dat bleef boeien, anderzijds vond ze haar vrijheid van doen en laten soms beangstigend doordat ze de houvast kwijt was die de strikte gedragsregels in Jaquir haar hadden gegeven.

Hoe jong ze ook was, haar moeder baarde haar de meeste zorgen. Zonder het te kunnen beredeneren, begreep ze dat Phoebe het heel moeilijk had. Haar stemming kon van het ene op het andere moment omslaan. Ze kon vol energie en levenslust over haar vroegere glorie praten en optimistisch plannen voor de toekomst maken, om dan even later in gepeins te verzinken en volkomen onbereikbaar voor zich uit te zitten staren.

Celeste noemde dat depressies en, verstandig als ze was, drong ze er op zulke momenten op aan dat Phoebe ging liggen om te rusten. Zodra ze er zeker van was dat haar vriendin sliep, nam ze Adrianne dan mee uit.

In feite leerde Adrianne echter nog het meest van de televisieprogramma’s. Wanneer ze maar even de kans had, zat ze ademloos te kijken, met het gevolg dat ze in die drie weken meer opstak over hoe het in het Westen toeging dan ze in jaren op school zou hebben geleerd.

De dag dat de brief uit Jaquir kwam, besefte Adrianne dat er belangrijke veranderingen op til waren. Ze was van de komende scheiding op de hoogte, want daar had ze haar moeder geregeld met Celeste over horen praten wanneer ze 's avonds laat uit bed kroop om op de trap naar hun gesprekken te luisteren. Ze was blij toe dat haar moeder van Abdu ging scheiden, al was het alleen maar omdat hij haar dan nooit meer zou kunnen slaan en verkrachten.

Die nacht werd ze wakker van het gelach van haar moeder. Na ontvangst van de brief had Phoebe zich in haar kamer opgesloten; Adrianne was zo opgelucht dat ze iets van haar hoorde, dat ze meteen uit bed sprong en naar de op een kier staande deur van de aangrenzende slaapkamer sloop.

'Ik begon me al vreselijk ongerust over je te maken,' hoorde ze Celeste opmerken.

'Het spijt me, liefje.' Phoebe zat onderuitgezakt in een stoel. 'Ik had echt even tijd nodig om het te verwerken. Het kwam harder aan dan ik verwachtte. Maar je mag me feliciteren. Ik ben vrij.'

'Waar heb je het over?'

Phoebe stond met een vreemd rukkerige beweging op om zich nog eens in te schenken. Met een geforceerde glimlach hief ze vervolgens haar glas. 'Abdu is van me gescheiden.'

'In drie weken?'

'Hij had het in drie seconden kunnen doen als hij had gewild. Natuurlijk moet ik hier nog het een en ander afhandelen, maar het is in feite voor de bakker.'

Celeste keek naar het glas. 'Wat dacht je van een kop koffie?'

'Welnee, dit is iets om te vieren.' Ze drukte het glas tegen haar voorhoofd en begon opeens te huilen. 'De schoft heeft me niet eens de kans gegegeven het op mijn manier te regelen. Zelfs nu laat hij me geen keus.' Ze wankelde.

'Ga even zitten, liefje.'

'Nee, het gaat best. Ik ben laf genoeg om dronken te willen zijn.'

Celeste nam gedecideerd het glas uit haar hand en leidde haar naar het bed. 'Na wat jij hebt gedaan, zal niemand je een lafaard durven noemen, Phoebe. Ik kan me voorstellen dat de scheiding je vreselijk aangrijpt, maar geloof me alsjeblieft als ik zeg dat je vroeg of laat echt weer vaste grond onder je voeten krijgt.'

Ze kreeg het zelf even te kwaad toen haar vriendin in wanhoop haar handen voor haar gezicht sloeg. 'Je zei zelf dat je bijna tien jaar van je leven hebt verspild. Deze scheiding is niet het einde, maar een nieuw begin. Je bent nog jong en mooi en je kunt –'

'Je begrijpt het niet.' Phoebe onderbrak haar snikkend. 'Abdu geeft me geen cent. Zelfs voor Addy wil hij geen regeling treffen om in haar onderhoud te voorzien. Het enige wat ze nog heeft, is een waardeloze titel die zelfs hij haar niet kan afnemen. Hij houdt alles, ook wat ik heb ingebracht toen we trouwden. Ik krijg niet eens de Zon en Maan, het collier waarmee hij me heeft gekocht.'

Ze griste het glas dat Celeste had neergezet van het nachtkastje. 'En denk maar niet dat ik iets kan beginnen. Hij dreigt Adrianne van me af te nemen als ik het waag me tegen zijn voorwaarden te verzetten. Ik moet er niet aan denken wat voor leven zij dan tegemoet gaat. Dat kan, mag en wil ik haar niet aandoen. Niets ter wereld is me zoveel waard als Adrianne. Ik heb alles voor haar over.'

Celeste nam haar het inmiddels halflege glas weer af. Ze had intens met haar vriendin te doen, maar ze paste er wel voor op haar medelijden te tonen. 'Je hebt Adrianne nog, en het is zaak voor een goede toekomst voor haar te zorgen. Je hebt er vast al over nagedacht wat je wilt gaan doen.'

'Zo is het maar net.' Phoebe stond met een ruk op. 'Aan het eind van de middag was ik dronken genoeg om Larry Curtis te durven bellen.'

'Je vroegere agent?'

'Juist.' Ze was nog akelig bleek, maar haar blauwe ogen fonkelden. 'Hij is onderweg.'

De onnatuurlijke glinstering in Phoebes ogen deed Celeste het ergste vrezen. 'Zou je je nu wel met hem inlaten?' vroeg ze voorzichtig. 'Je speelde voor je huwelijk al met de gedachte hem de laan uit te sturen. Hij mag een aantrekkelijke, sluwe vos zijn, maar de praatjes die over hem de ronde doen –'

'In Hollywood wordt altijd gekletst.' Phoebe haalde diep adem om een opkomende golf van misselijkheid te onderdrukken. 'Larry is de man achter mijn eerste successen. Hij zal me nu ook weer helpen. Ik wil namelijk de draad van mijn carrière weer oppakken.'

Adrianne kon niet zeggen waarom ze Larry op het eerste gezicht niet mocht. Hoewel hij uiterlijk niets met haar vader gemeen had, deed hij haar toch aan hem denken. Met zijn magere gestalte was hij net iets kleiner dan Phoebe. Zijn lange blonde krullen hingen over de brede boord van zijn ver openstaande overhemd, en om zijn hals droeg hij een opzichtige, zware gouden ketting. Zijn glimlach leek op zijn gebruinde gezicht gemetseld te zitten;

voortdurend toonde hij zijn onnatuurlijk witte en regelmatige tanden.

Wat Adrianne nog het meest schokte, was het feit dat haar moeder hem zomaar omhelsde, alsof ze heel blij was hem te zien. Ze wendde zich gegeneerd af toen Larry schijnbaar terloops zijn handen over Phoebes billen liet dwalen.

'Welkom terug, pop,' zei hij joviaal.

'O, Larry, als je eens wist hoe fijn ik het vind je te zien.'

Hij liet zich niet misleiden door haar parelende lach. 'Dat is wederzijds, schat. Laat me je eens bekijken.' Hij bekeek haar zo vrijpostig, dat Adrianne het er warm van kreeg. 'Niet slecht,' bromde hij goedkeurend. 'Je bent wat afgevallen, maar slank is tegenwoordig in.' Jammer van de lijnen rond haar ogen en mond, maar met de juiste make-up vielen die nog wel te maskeren, dacht hij. Phoebe was een goudmijn geweest, en met een beetje goede wil zou ze dat weer worden.

Hij sloeg een arm om Phoebes schouders voordat hij naar Celeste keek. 'Hallo, Celeste. Je woont hier leuk.'

'Dank je,' zei de actrice koeltjes. Het was dat Phoebe hem nodig meende te hebben, anders had ze hem er meteen uitgeschopt. Ze moest zich voorhouden dat niet alle smerige roddels over hem waar hoefden te zijn. 'Hoe was je reis?'

'Ik mag niet klagen, maar ik ben wel aan een borrel toe.' Phoebe was al gedienstig onderweg naar de bar. 'Bourbon, hè?'

'Dat heb je goed onthouden, schat.' Larry ging ongevraagd op de sofa zitten. 'En wie is die mooie jongedame?' Hij glimlachte naar de stijfjes op de punt van haar stoel gezeten Adrianne. Een plaatje, overwoog hij. Nog een paar jaar rijpen, en ze zou heel wat te bieden hebben.

'Mijn dochter.' Phoebe reikte hem zijn glas aan voor ze naast hem ging zitten. 'Adrianne, kom Mr. Curtis eens begroeten. Hij is een dierbare vriend van vroeger.'

Adrianne stond met tegenzin op. Onbewust koninklijk, liep ze op hem toe. 'Prettig kennis te maken, Mr. Curtis,' zei ze, terwijl ze hem de hand schudde.

Hij grijnsde. 'Kom, pop. We zijn praktisch familie. Noem me maar oom Larry.'

Ze trok haar hand los. 'Bent u een broer van mijn moeder?'

'Ha, ha!' Larry lachte bulderend. 'Ik denk dat wij het samen heel goed zullen kunnen vinden.'

Celeste schoot haar te hulp. 'Adrianne en ik gaan nog wat kerstinkopen doen. Dan kunnen jullie rustig praten.'

'Dank je, Celeste.' Phoebe glimlachte haar vriendin toe. 'Ik zie je straks weer, Addy. Veel plezier.'

Larry wachtte tot Celeste de deur achter zich had dichtgetrokken. 'Te gek dat je er weer bent, schat. Alleen moet je wel naar de Westkust.'

'Ik had wat tijd voor mezelf nodig,' legde Phoebe nerveus uit. 'Celeste heeft ons geweldig geholpen.'

'Daar heb je vrienden voor.' Hij legde zijn hand op haar dij en stelde tevreden vast dat ze niet protesteerde. Zijn voorkeur ging uit naar iets minder weelderig geschapen, jongere vrouwen, maar Phoebe was nog altijd niet te versmaden. Dit was zijn kans. 'Vertel eens, hoelang blijf je?'

'Voorgoed.' Ze stond op om hem nog eens in te schenken en nam zelf meteen ook maar.

'Hoe zit het dan met de sjeik?'

'De scheiding is bijna rond. Ik hield het niet meer bij hem

uit.' Ze nam een fikse slok whisky om de angst dat ze het zonder hem ook niet zou uithouden het zwijgen op te leggen. 'Hij is zo veranderd. Ik moet er niet aan denken dat hij me achterna komt en –'

'Kom, kom, we zijn hier in de Verenigde Staten, pop.' Zodra ze naast hem zat, trok hij haar dicht tegen zich aan. Ze was kwetsbaar, en zo had hij het graag. 'Heb ik niet altijd goed voor je gezorgd?'

'Ja,' prevelde ze, terwijl hij haar rug streelde. Ze was zich er terdege van bewust dat ze niet meer zo jong en mooi was als vroeger, maar Larry zou wel raad weten. 'Ik wil weer een rol, Larry. Ik moet voor Adrianne zorgen. Voor haar heb ik alles over.'

'Geen punt, schat. Ik regel wel iets voor je. We beginnen met een interview voor je overkomst. De koningin is terug, iets in die trant. Succes verzekerd met een foto van jou en je prinsesje in de krant. Geloof me, binnen een maand eten ze in Hollywood weer uit je hand.'

Hij wist als geen ander dat alleen haar naam al garant stond voor een vet contract. Daar zou hij zijn graantje van kunnen meepikken, zelfs als ze mislukte. En de kleine schoonheid zou hem ook nog wel van pas komen.

'Ik heb haast geen geld, Larry. Addy moet naar een goede school, en ik weet hoe duur het leven daar is.'

Het ging de goede kant op, overwoog hij, terwijl hij soepeltjes de rits van haar jurk omlaagtrok. 'Laat dat maar aan mij over, schat,' murmelde hij.

'Larry –' protesteerde ze voor de vorm.

'Kom nou, liefje. Laat me zien dat je me vertrouwt. Ik zorg

voor een rol, een goed onderkomen en een prima school voor je dochter. Maar als je dat zo graag wilt, moet je wel meewerken.'

Wat deed het er ook toe, dacht ze gelaten toen hij de jurk van haar schouders schoof en haar borsten bewonderde. Abdu had genomen zonder ooit iets terug te geven. Van Larry zou ze wel iets krijgen.

8

Afwezig naar de druk bespeelde tennisbanen kijkend, nam Philip Chamberlain een slok van zijn gin-tonic. Zijn witte tenniskleding stond hem uitstekend nu zijn huid gebruind was door de Californische zon. Hij was voor zaken naar Beverly Hills gekomen, maar een beetje ontspanning af en toe deed niemand kwaad.

'Weet je zeker dat je niet blijft lunchen, ouwe jongen?'

Philip knipperde niet eens met zijn ogen. Vriendschap sluiten met iemand als Eddie Treewalter III stond hem tegen, maar het had hem wel een uitnodiging op de club opgeleverd. Daarom moest hij dat 'ouwe jongen' maar voor lief nemen. 'Ik wilde dat het kon, maar ik moet me zo al haasten om op tijd te komen voor mijn afspraak.'

'Een veel te mooie dag om aan zaken te denken.' Eddie schoof zijn dure zonnebril omhoog. Als zoon van een vooraanstaand plastisch chirurg, had hij nog nooit hoeven te werken. Hij vulde zijn dagen met op college rondhangen en de country club onveilig maken. 'Je gaat vanavond toch wel naar dat feest van Stoneway?'

'Ja, dat wil ik niet missen.'

Eddie sloeg zijn wodka achterover. 'De man kan niet filmen, maar feesten organiseren kan hij als de beste. Er zal heel wat te roken en te snuiven zijn.' Hij glimlachte. 'Ach, ik zou bijna vergeten dat jij daar niets van moet hebben.'

‘Ik geef de voorkeur aan andere geneugten.’

‘Daar hoeft het je ook niet aan te ontbreken. Geef kleine Marci een stickie, en ze doet alles wat je wilt.’

‘Dat is een tiener.’ Philip nam nog een slok om de vieze smaak weg te spoelen.

‘Hier in Beverly Hills heb je geen tieners. Trouwens...’ Hij knikte naar een weelderig gevormde vrouw in een zonnejurk. ‘Phoebe Spring is er ook altijd nog,’ vervolgde hij gnuivend. ‘Zelfs mijn vader heeft volgens mij iets met haar gehad. Kijk eens naar die borsten.’

Philip begon nu echt genoeg van Eddie te krijgen. ‘Ik ga maar eens.’

‘Wat je wilt, kerel. Hé, kijk, ze heeft haar dochter bij zich.’ Eddie likte zijn lippen af. ‘Dat wordt een lekker ding; let op mijn woorden. Mama neemt haar vast niet mee naar het feest, maar ze kan haar niet altijd achter slot en grendel houden.’

Zijn walging verbergend, wierp Philip een blik in de aangegeven richting. Hij kreeg een schok bij het zien van het jonge verfijnde gezichtje, omlijst door lang, verbijsterend zwart, glanzend haar. Ook ving hij een glimp op van een paar fantastische benen, waar hij even naar bleef staren voor hij zichzelf tot de orde riep. Bij haar vergeleken, was Marci van middelbare leeftijd. Hij stond geërgerd op. ‘Een beetje al te jong naar mijn smaak, beste kerel. Ik zie je vanavond wel.’

Nog maar twee dagen, overwoog hij. Dan was hij van ‘vriend’ Eddie af en kon hij terug naar Londen. Maar voor hij vertrok, moest hij nog wel een aardig souvenir uit Hollywood voor zijn moeder vinden.

Mary mocht van Hollywood blijven dromen, bedacht hij

geamuseerd. Ze hoefde niet te weten dat het een schijnwereld was, waarin alles om geld, afgunst, verraad, drugs en seks draaide. Als hij haar al eens zou meenemen om er rond te kijken, zou hij haar alleen de mooie dingen laten zien.

Er rolde een tennisbal voor zijn voeten; werktuiglijk raapte hij hem op. Het meisje met de prachtige lange benen gebaarde dat het haar bal was en glimlachte vanachter haar grote zonnebril toen hij hem teruggooide. Het gaf hem opnieuw een schok.

'Bedankt.'

'Graag gedaan.' Met zijn handen in zijn zakken liep Philip door. Er was werk aan de winkel.

Twintig minuten later reed hij naar Bel Air in een witte bestelauto waarop met grote letters 'Tapijtreiniging' stond. Hij was gekleed in een witte overall en droeg een pruik over zijn zongebleekte blonde haar. Verder had hij een snor opgeplakt.

Het had hem twee weken gekost om de gang van zaken in en rond het huis van de Treewalters te bestuderen. Hij had vijfentwintig minuten om binnen te komen, de juwelen van Eddies moeder te ontvreemden en weer te verdwijnen vóór de huishoudster van haar wekelijkse uitstapje naar de markt thuiskwam.

Eigenlijk was het te gemakkelijk. De afgelopen week had hij een afdruk van Eddies huissleutel gemaakt. Eddie was te stoned geweest om iets te merken. Met die sleutel verschafte Philip zich nu toegang. Eenmaal binnen, schakelde hij het alarm uit, waarna hij een ruitje insloeg om de schijn van braak te wekken.

Binnen de kortste keren bevond hij zich in de echtelijke

slaapkamer en ging hij aan de gang met de amateuristisch verborgen kluis. In Venetië had hij precies zo'n model in twaalf minuten gekraakt om een rijke Italiaanse dame van een stel prachtige smaragden af te helpen, maar dat was inmiddels een halfjaar geleden, en hij was er de man niet naar om op zijn lauweren te rusten.

Concentratie was het belangrijkst, dat had hij in zijn eenentwintig levensjaren wel geleerd, of het nu om een kluis, een alarminstallatie of om een vrouw ging. Dankzij wat hij zichzelf had bijgebracht, bleef geen deur voor hem gesloten. Succes vergezelde hem op al zijn tochten.

Zijn moeder had hij inmiddels in een ruime flat geïnstalleerd, en als het aan hem lag, behoorde de tochtige kassa van Faraday's voorgoed tot het verleden. Want hoewel ze niet de enige vrouw in zijn leven was, was ze wel de enige die telde.

In zes minuten had hij de kluisdeur open. Al had hij ook voor zichzelf goed geboerd, hij was nog lang niet waar hij wezen wilde. Naast zijn huis in Londen wilde hij ook een buiten op een klein landgoed in een mooie streek van Engeland.

Hij haalde een fluwelen foedraal uit de kluis en nam de juwelen erin onder de loep. Er zaten fraaie diamanten tussen – een paar grote, de rest wat kleiner. Russisch, vermoedde hij. Uitstekende kwaliteit. De gouden armbanden mochten er ook wezen. De robijnen oorbellen vond hij lelijk, maar dat betekende niet dat ze niets zouden opbrengen. In totaal moest de buit zo'n vijfendertigduizend dollar waard zijn, schatte hij.

Tevreden deed hij alle juwelen terug in het foedraal. Hij legde het midden op het Aubusson-tapijt, dat hij vervolgens oprolde en over zijn schouder hees.

Twintig minuten nadat hij was binnengekomen, schoof hij het tapijt achter in de bestelwagen. Toen reed hij zachtjes fluitend weg. In zijn spiegeltje zag hij nog juist de huishoudster de hoek om komen.

Rond haar veertiende wist Adrianne precies wat er te koop was in Hollywood. Er bestond een wereld van verschil tussen New York en Hollywood, en hoewel ze in eerste instantie onder de indruk was geweest van alle pracht en praal, de mooie villa's en vriendelijke mensen, had het niet lang geduurd voor ze door de schone schijn heen had geprikt.

Bovendien was haar moeders nieuwe carrière nooit van de grond gekomen. Ze hadden een aardig huis, en zij zat op een goede school, maar Phoebe bleek in Jaquir meer kwijtgeraakt dan haar zelfrespect alleen. Ze was nog slechts een flauwe afspiegeling van de ster die ze eens was geweest.

'Ben je nog niet klaar?' Phoebe kwam gejaagd Adriannes kamer binnen.

Uit de schittering in haar ogen en de nauw onderdrukte opwinding in haar stem maakte Adrianne op dat ze weer een nieuwe voorraad pillen van Larry had gekregen. 'Bijna,' antwoordde ze zo opgewekt als ze kon. Graag had ze haar moeder gezegd dat ze er mooi uitzag, maar ze kreeg de woorden niet over haar lippen bij de aanblik van de beschamend opzichtige, veel te diep gedecolleteerde avondjurk die ze droeg. Larry's keus, dacht ze gelaten. Hij had de hand in bijna alles wat haar moeder deed. 'We hebben nog alle tijd.'

'Weet ik.' Phoebe drentelde rusteloos heen en weer. 'Maar ik vind premières nog altijd zo opwindend. Iedereen komt.' Ze keek in de spiegel en zag zichzelf zoals ze er ooit had uitgezien: jong en puur, zonder de sporen van alle desillusies. 'Het wordt weer net als vroeger.' Dromerig staarde ze naar haar spiegelbeeld. Nog even, en ze zou weer in het middelpunt van de belangstelling staan…

'Mama…' Adrianne legde een hand op haar schouder. Ze wist uit ervaring dat haar moeder opeens helemaal kon wegdromen en dat ze dan een hele tijd onbereikbaar bleef. 'Mama!'

'Wat?' Phoebe ontwaakte uit haar trance. 'Mijn kleine prinses… Je bent zo groot geworden.'

'Ik hou van je, mama.' Adrianne omhelsde haar om te verbergen dat het huilen haar nader stond dan het lachen. Er was geen peil meer op Phoebes stemmingen te trekken, en ze kon zo vreemd verward doen, dat het haar hart brak.

'En ik van jou, Addy.' Het haar van haar dochter strelend, trachtte Phoebe de herinnering aan Abdu weg te drukken. 'Samen maken we er iets van, hè?' Ze begon weer heen en weer te lopen. 'Over een paar maanden gaan we naar mijn première. Het is misschien niet zo'n grote productie als die van vanavond, maar de B-films doen het tegenwoordig heel goed. Als ik maar gezien word, zegt Larry altijd. Hij heeft nog heel wat publiciteitsstunts voor me in petto.'

Ze zweeg bij de gedachte aan de naaktfoto's waarvoor ze de vorige week had geposeerd. Dit was niet het moment om Adrianne daarover in te lichten. Het hoorde er gewoon bij, hield ze zich voor.

'Ik weet zeker dat hij een succes wordt.' Al zou dat dan het eerste zijn na een hele reeks mislukkingen, voegde Adrianne er in stilte aan toe. Tot nog toe waren de kritieken ronduit beledigend geweest. Het was afschuwelijk om te zien hoe haar moeder zich voor de camera's vernederde door haar lichaam te gebruiken in plaats van haar talent. In deze vijf jaar in Californië had ze in zekere zin net zo gevangengezeten als in Jaquir.

'Als het een kassucces wordt, verhuizen we naar een bungalow aan de kust, zoals ik je heb beloofd.'

'We wonen hier goed, mama.'

'Ach, dit kleine huis...' Ze hadden niet eens een behoorlijke tuin hier aan de rand van Beverly Hills, maar zolang de aanbiedingen voor betere films uitbleven... 'Ik wil het beste voor je, maar een carrière opnieuw opbouwen kost nu eenmaal tijd.'

'Ja, mam.' Daar hadden ze het maar al te vaak over gehad. 'Over een paar weken heb ik vakantie. Misschien kunnen we dan een tijdje naar Celeste in New York. Daar kun je uitrusten.'

'Hmm? We zien wel, liefje. Larry is bezig met onderhandelingen voor een nieuwe rol.'

De moed zonk Adrianne in de schoenen. Phoebe deed zo haar best, dat ze niet eens in de gaten had hoe ze door Larry en consorten werd gemanipuleerd. Ze liet zich gebruiken en zakte daardoor steeds dieper weg in plaats van hogerop te komen. Het ergst van alles was dat ze het allemaal voor haar dochter deed – de dochter die het hart niet had haar voor te houden dat ze zich net zo liet kooien als in Jaquir.

'Luister, mam, je bent er al maanden niet tussenuit geweest. In New York kunnen we Celestes nieuwe stuk gaan zien. Dat zal je goed doen.'

'Wat mij goed zal doen, is zien hoe iedereen mijn prinsesje bewondert.' Ze kneep liefkozend in Adriannes arm. 'Je zult weer heel wat jongensharten breken.' Het ontging haar dat haar dochter onverschillig haar schouders ophaalde. 'Jammer dat Larry op zakenreis is. Nu hebben we geen knappe man om ons te vergezellen'

Ondanks haar jeugdige leeftijd wist Adrianne precies wat de persfotografen verwachtten. Bij aankomst met de huurauto met chauffeur, liet ze haar moeder eerst uitstappen om haar te laten genieten van de toejuichingen van het toegestroomde publiek, dat een glimp hoopte op te vangen van hun filmidolen. Daarna voegde ze zich bij haar om de fotografen hun plaatjes te laten schieten van moeder en dochter. Hoe meer geflits, hoe meer vreugde voor Phoebe, die zich gelukkig niet realiseerde dat ze die extra aandacht slechts aan het koninklijke bloed van Adrianne dankte.

Phoebe straalde onder het aanhoudende applaus en de enthousiaste kreten; ze was weer even de ster. Adrianne leidde haar handig in de richting van de ingang vóór het applaus wegstierf en het publiek zich op de volgende aankomst richtte.

Arm in arm betraden ze de lobby van het grote theater, waar zich al vele prominenten uit de filmwereld hadden verzameld.

'Dag, lieve Phoebe, wat heerlijk om je te zien.' Althea Gray, een fraai gevormde actrice die naam had gemaakt in een succesvolle televisieserie, kuste poeslief glimlachend de lucht naast Phoebes wang. Vervolgens gaf ze Adrianne een neerbuigend tikje op de kin. 'Altijd even mooi, hè? In smoking nog wel, wat een aardig idee.' Ze nam zich heimelijk voor ook een smoking voor zichzelf te laten ontwerpen.

Phoebe wist niet hoe ze het had. De laatste maal dat ze Althea had gezien, had ze een hatelijke opmerking naar haar hoofd gekregen. 'Je ziet er fantastisch uit, Althea.'

'Dank je, schat.' Althea wachtte tot de paar fotografen die binnen plaatjes mochten schieten hun camera's hadden gericht voor ze nog eens oogverblindend glimlachte. 'Heerlijk om een paar vriendelijke gezichten bij dit circus te zien. Ik wilde eerst niet komen, maar toen mijn agent dat hoorde, kreeg hij een rolberoerte. Wat doe je tegenwoordig, liefje? Ik heb je zo lang niet gezien.'

'Ik ben net klaar met een film.' Phoebe leefde op bij deze onverwachte belangstelling. 'Een thriller, die van de winter uitkomt.'

'Wat goed, zeg. Nu ik van die serie af ben, kan ik ook met filmen beginnen. Een script van Dan Bitterman. Misschien heb je er al van gehoord.' Er verscheen een triomfantelijke blik in Althea's ogen. 'De werktitel is Torment. Ik heb net voor de rol van Melanie getekend.'

Ze pauzeerde even om te zien of haar woorden tot Phoebe doordrongen. 'Kom, ik moet weer eens naar mijn vriend. Leuk je even gezien te hebben, schat. We moeten binnenkort eens gaan lunchen.'

'Mama, wat is er?' informeerde Adrianne bezorgd omdat Phoebe opeens akelig wit om de neus werd.

'Niets, liefje.' Phoebe dwong zich haastig tot een geruststellend glimlachje. Larry had háár de rol van Melanie beloofd.

Het zou alleen nog een kwestie van details zijn, dan was alles in kannen en kruiken. Met die rol zou haar ster zeker weer rijzen, had hij gezegd.

'Wil je liever naar huis?'

'Naar huis? Welnee.' Ze lachte geforceerd. 'Maar ik wil wel graag even iets drinken voor we naar binnen gaan. Kijk, daar heb je Michael.'

Ze zwaaide naar de acteur die in haar eerste film haar tegenspeler was geweest. Hoewel de jaren ook Michael Adams niet ongemerkt waren voorbijgegaan, speelde hij nog steeds belangrijke rollen.

'Phoebe!' Hij kuste haar vriendschappelijk. 'Wie is deze mooie jongedame?' vroeg hij toen, glimlachend naar Adrianne, die hij kennelijk niet meteen herkende.

'Dag, Michael.' Adrianne kuste hem op de wang. Dat deed ze zelden of nooit bij iemand, maar Michael was een van de weinige mannen in Hollywood die ze aardig genoeg vond.

'Allemachtig, de kleine Addy is een hele dame geworden! Met jouw schoonheid stel je alle aankomende sterretjes hier in de schaduw.' Hij tikte haar op de wang. 'Een dochter om trots op te zijn, Phoebe.'

'Dat ben ik ook.' Phoebe moest even op haar trillende onderlip bijten voordat ze kon glimlachen.

Niemand hoefde Michael te vertellen dat er iets aan de hand was, daarvoor kende hij Phoebe te goed. 'Jullie zijn toch niet alleen hier?'

'Larry is op zakenreis.'

Hij besefte dat dit niet het moment was om haar nog eens te adviseren naar een andere agent uit te kijken. 'Ik neem aan dat jullie geen behoefte hebben aan het gezelschap van een eenzame oude man?'

'Jij en eenzaam,' zei Adrianne plagend. 'Las ik vorige week niet iets over een skiweekend met Ginger Frye?'

'We gaan toch niet brutaal worden, hè?' Michael grijnsde. 'Hier, ga jij maar iets te drinken halen.' Met een vertrouwelijk knipoogje gaf hij haar een bankbiljet. Hij keek haar bewonderend na toen ze grinnikend wegliep. Wat een gratie, wat een figuur, dacht hij. Over een paar jaar zou ze de hele mannelijke bevolking van Hollywood achter zich aan hebben. 'Ik benijd je met zo'n dochter, Phoebe,' merkte hij op. 'Mijn Marjorie is nu zeventien, en met haar lig ik voortdurend overhoop.'

'Met Addy heb ik nog nooit problemen gehad. Eerlijk gezegd, zou ik niet weten wat ik zonder haar zou moeten.'

'Ze adoreert je.' Hij glimlachte warm. 'Heb je nog overwogen naar die dokter te gaan?'

'Daar heb ik nog geen tijd voor gehad.' Ze keek nerveus om zich heen, wensend dat ze ongezien een pilletje kon nemen. 'Ik voel me trouwens ook stukken beter.'

Michael onderdrukte een zucht. Als ze niet oppaste, zou ze er vroeg of laat aan onderdoor gaan. 'Het kan nooit kwaad eens met iemand te praten, weet je.'

'Ik zal erover denken,' beloofde ze.

Adrianne nam de tijd, in de hoop dat Michael de gelegenheid te baat zou nemen om haar moeder nog eens voor te houden dat ze in therapie moest. Daar hadden ze het al vaker over gehad, maar tot nu toe had ze er niets van willen weten. Vandaar dat het ook zo belangrijk was om haar mee te krijgen naar New York, weg van Larry Curtis, die haar maar bleef volstoppen met peppillen en kalmerende middelen. Er kwam onvermijdelijk een moment dat hij haar ook aan de cocaïne kreeg, en dan zou het einde zoek zijn.

Op haar gemak ronddrentelend, bleef Adrianne opeens staan toen ze Althea's hatelijke stem hoorde. 'Hebben jullie die jurk al gezien?' Ze knikte in Phoebes richting. 'Alsof ze iedereen vooral wil laten zien dat haar boezem er nog altijd wezen mag.'

'Na haar laatste paar films hoeft dat anders niet meer,' pareerde haar vriend grinnikend.

'Tja, en dan te bedenken dat ze op die rol van Melanie hoopte. Als het niet zo pathetisch was, zou het geestig zijn.'

'Wat niet wegneemt dat ze ooit geweldig was,' wierp haar metgezel tegen. 'Ze had iets heel bijzonders.'

'Hè, nee, schat,' kweelde Althea. 'Geen oude koeien uit de sloot halen; dat is zo stomvervelend.'

Adrianne kon zich niet langer inhouden. 'Niet zo stomvervelend als het gezwets van een tweederangs actrice,' verklaarde ze luid en duidelijk. Ze liet zich niet uit het veld slaan door de nieuwsgierige blikken die in haar richting werden geworpen.

'O, jee! Kleine potjes hebben grote oren.' Althea sloeg theatraal een hand voor haar mond.

'En kleine talenten hebben opgeblazen ego's,' was Adriannes weerwoord.

De man naast Althea begon te grinniken, wat hem op een dodelijke blik van de actrice kwam te staan. 'Maak dat je wegkomt, liefje. Dit is een gesprek van volwassenen.'

'O, ja?' Adrianne nam een slokje cola. Ze vond het beneden

haar waardigheid Althea het spul in haar gezicht te smijten. ‘Wat ik hoorde, klonk anders verdraaid ónvolwassen… liefje.’

Dat was te veel voor de actrice. ‘Klein, brutaal kreng. Iemand zou jou manieren moeten leren.’

‘Hier?’ informeerde ze droogjes voor ze haar koele blik van de actrice naar het groepje om haar heen liet dwalen. ‘Ik zie hier niemand van wie ik iets anders kan leren dan huichelen.’

‘Secreet,’ mompelde Althea toen Adrianne zich waardig verwijderde.

‘Houd maar op, Althea,’ bromde haar metgezel. ‘Daar heb je toch niet van terug.’

‘Waarom vertel je me niet wat er mis is, Addy?’

‘Er is niets mis, mam.’ Adrianne beet liever haar tong af dan Phoebe te laten merken hoe erg ze het vond dat haar moeder haar ziel en haar lichaam verkocht om háár opvoeding te kunnen bekostigen. ‘Ik heb gewoon veel huiswerk.’ De particuliere school was te duur, evenals de kleren die Phoebe voor haar bleef kopen, of de auto met chauffeur. Phoebe durfde haar dochter echter nog steeds niet onbegeleid de deur uit te laten gaan. Er broeide te veel in het Midden-Oosten, en Adrianne was en bleef nu eenmaal een dochter van de koning van Jaquir.

‘Weet je, mam,’ begon ze na een korte stilte bedachtzaam. ‘Ik wil volgend jaar wel naar een openbare school.’

‘Wat is dat voor onzin, Addy?’ Phoebe controleerde of ze haar creditcard bij zich had. ‘Ik wil dat je de best mogelijke opleiding krijgt. Het gaat juist zo goed. Ik krijg niets dan lovende berichten over je.’

'Ik vind het zonde van al dat geld als ik op een andere school precies hetzelfde kan leren.'

'Is dat alles?' Haar moeder kwam lachend op haar af om haar op de wang te kussen. 'Over geld hoef je je echt geen zorgen te maken. Je weet niet half hoe belangrijk het voor me is jou het beste te kunnen geven.'

'Ik héb het beste: ik heb jou.'

'Wat ben je toch een schat,' verzuchtte Phoebe stralend. 'Weet je zeker dat je niet meegaat voor een manicure?'

'Nee, dank je, mam. Ik heb maandag een repetitie Spaans.'

'Je werkt te hard.'

Adrianne glimlachte flauwtjes. 'Dat heb ik van mijn moeder.'

'Nou, werk ze dan maar. Wanneer ik straks terugkom, gaan we bij de Italiaan eten, en daarna naar de film. Star Wars schijnt fantastisch te zijn.'

'Dat lijkt me leuk. Tot straks.'

Zodra Phoebe was vertrokken, zette Adrianne de radio aan. Meeneuriënd met een nummer van Linda Ronstadt, installeerde ze zich met haar boeken aan de tafel bij het raam. Net zoals haar klasgenoten, hield ze van popmuziek, cola en hamburgers. In feite was haar afkomst het enige wat haar van het gemiddelde Amerikaanse tienermeisje onderscheidde.

Hoe veramerikaanst ze inmiddels ook was, de band met de wereld waarin ze de eerste acht jaar van haar leven had doorgebracht, bestond nog wel degelijk. Soms verlangde ze heimelijk naar de geborgenheid van het haremleven en, al zou ze het nooit hardop tegen haar moeder zeggen, ze miste Duja, Fahid, Jiddah en de anderen nu en dan. Ze had gehoord dat Duja intussen met een oliebaron was getrouwd.

Genoeg. Het was tijd om aan het werk te gaan. Ze was op school met een fikse achterstand begonnen, maar dankzij haar leergierigheid en intelligentie was ze inmiddels veruit de beste van haar jaar. Wis- en natuurkunde hadden haar voorkeur, en ze droomde nu al van een carrière als ingenieur.

De uren vlogen voorbij. Ze was net bezig met de oplossing van een ingewikkelde algebraïsche vergelijking, toen ze de keukendeur hoorde openen. 'Wat ben je vroeg terug,' zei ze opgewekt. Haar glimlach verdween echter van haar gezicht toen ze Larry Curtis ontwaarde.

'Heb je me zo gemist, pop?' Breed grijnzend, wierp hij zijn koffertje achteloos op de bank. Het lijntje coke vlak voor de landing had hem goed gedaan. Hij voelde zich opperbest. 'Wat dacht je van een welkomstkus voor oom Larry?'

'Mijn moeder is er niet,' merkte ze stijfjes op, terwijl ze rechtop ging zitten. De manier waarop hij naar haar keek, beviel haar niet. Het hinderde haar dat ze shorts droeg; in zijn bijzijn zou ze zich het liefst in zo'n lang, zwart Arabisch gewaad hullen om haar ontluikende borsten en haar lange benen voor hem te verbergen.

'Heeft ze je zomaar alleen gelaten?' Het was voor het eerst dat hij haar alleen trof. Alsof hij thuis was, begaf hij zich naar de bar om een stevige whisky voor zichzelf in te schenken.

'Phoebe verwachtte je nog niet.'

'Ik was eerder klaar dan ik dacht.' Hij nam een slok voor hij zich omdraaide om naar haar slanke bruine benen onder tafel te staren. Die spookten al maanden door zijn gedachten. 'Je mag me feliciteren. Ik heb een contract afgesloten waarmee ik er weer jaren tegen kan.'

‘Gefeliciteerd.’ Met afgemeten bewegingen begon ze haar boeken te stapelen, van plan naar haar kamer te ontsnappen.

‘Zit je zelfs op zo’n mooie zaterdagmiddag te studeren?’ Hij legde een hand over de hare.

Adrianne verstrakte. Het liet zich niet moeilijk raden wat hij van haar wilde. Ze had hem van het begin af aan een gluiperd gevonden met zijn gladde praatjes en joviale manier van doen. ‘Ik wilde net mijn boeken opruimen.’ Hoewel er verder niets aan haar te merken was, kon ze niet voorkomen dat haar stem lichtelijk trilde.

Larry grijnsde. Hij voelde dat ze bang was. Bang en opgewonden, dacht hij tevreden terwijl hij zijn whisky achterover sloeg zonder haar hand los te laten. Precies wat hij lekker vond. ‘Je bent een grote meid geworden, pop,’ zei hij schor. En óf ze dat was. Met haar lange zwarte haar was ze een exotische schoonheid van het zuiverste water. Die gave, bruine huid... Die grote, wijd opengesperde zwarte ogen... ‘Ik heb je al deze jaren goed in de gaten gehouden, schatje. Jij en ik zouden een geweldig stel vormen.’ Hij bevochtigde zijn lippen, terwijl hij zijn vrije hand doelbewust over zijn kruis liet glijden. ‘Ik kan je meer leren dan wat er in die boeken staat.’

‘Je gaat naar bed met mijn moeder.’

Larry glimlachte. Haar directheid beviel hem wel. ‘Precies, pop. We houden het in de familie.’

‘Je bent walgelijk,’ snauwde Adrianne. Ze rukte haar hand onder de zijne vandaan en tilde het stapeltje boeken op bij wijze van schild. ‘Als ik mijn moeder vertel –’

‘Je vertelt je ma helemaal niets.’ De grijns week niet van zijn gezicht. De combinatie van coke en whisky gaf hem een geweldig gevoel. 'Ik zorg voor het brood op de plank, denk daar goed aan.'

'Jij werkt voor mijn moeder. Niet andersom.'

'Doe me een lol, zeg. Zonder mij zou Phoebe geen poot aan de grond hebben gekregen. Ze heeft haar tijd gehad, dat weet jij net zo goed als ik. Een beetje dankbaarheid lijkt me wel op zijn plaats. Niet alleen omdat ik haar werk bezorg, maar ook omdat ik het uit de pers weet te houden dat ze zo verslaafd is als een deur.'

Voor Adrianne zelfs maar geluid kon geven, deed hij een uitval. Haar boeken vlogen door de lucht toen hij haar met een snelle beweging over tafel trok. Ze maaide wild om zich heen, maar zag alleen kans hem in zijn gezicht te krabben voor hij haar armen achter haar rug draaide. 'Je zult zien hoe lekker je dit vindt,' gromde hij. Toen drukte hij zijn lippen op de hare.

De golf van misselijkheid die haar overspoelde, dreigde haar te verstikken; ze hapte naar adem en draaide machteloos haar hoofd heen en weer, kreunend van pijn toen hij haar achteroverboog over de tafel. Schaamte vervulde haar toen ze zijn mond door haar T-shirt heen op haar borsten voelde.

Ze begon te gillen, terwijl ze uit alle macht worstelde om zich uit zijn greep te bevrijden. Het glas dat hij op tafel had gezet, viel op de grond en spatte uiteen. Dat geluid bracht haar terug in de slaapkamer van haar moeder in Jaquir...

Plotseling was het haar vader, die zich dreigend over haar heen boog. Waren het zijn handen die haar ruw betastten en vervolgens haar T-shirt aan flarden scheurden. Haar panische gegil ging over in wanhopig snikken op het moment dat hij een hand in haar shorts wrong.

Larry raakte door het dolle heen van haar wilde geworstel. Het idee dat hij de eerste zou zijn die al dat moois zou bezitten, bracht hem buiten zinnen. Hijgend sleurde hij haar naar de grond. De tranen stroomden haar over de wangen, en ze probeerde weg te kruipen, maar haar krachten namen af; hij had haar zo weer onder zich. Haar verzet was duidelijk gebroken.

Adrianne voelde hem nauwelijks meer. Het was of haar geest zich van haar lichaam had gescheiden. Ze hoorde iemand huilen en was zich vaag bewust van een pijn, maar het leek alsof die niets met haar te maken had. Een vrouw was zwakker dan dan een man, flitste het door haar heen. De man had het recht…

Opeens was hij weg. Ze hoorde hem brullen, en er versplinterde iets, maar het ging haar niet aan. Ze kroop naar de hoek van de kamer en maakte zich zo klein mogelijk.

'Vuile schoft!' Phoebe had hem bij de keel. In blinde woede kneep ze zo hard ze kon.

Larry was zo overdonderd, dat hij achteruit wankelde. Hij wist zich los te rukken, en hij had net reutelend ingeademd, toen ze haar scherpe nagels over zijn gezicht haalde. Kreunend van pijn, slingerde hij haar een smerig scheldwoord naar het hoofd.

'Ze vroeg erom. Ze wilde zelf!'

Opnieuw stortte Phoebe zich als een tijgerin op hem. Ze sloeg en schopte, en ze gebruikte haar nagels en tanden om hem te raken waar ze hem raken kon. Normaal gesproken, zou ze geen partij voor hem zijn geweest, maar ze werd gedreven door een razernij die haar onoverwinnelijk maakte. 'Ik vermoord je!' siste ze. 'Met je smerige poten aan mijn dochter zitten... Ik vermoord je!' Ze zette haar tanden in zijn schouder en beet tot ze bloed proefde.

Vloekend haalde Larry uit. De vuistslag belandde op haar kin, waardoor haar greep een moment verslapte. 'Takkewijf!' grauwde hij, terwijl hij zijn bloedende gezicht betastte. 'Jaloers omdat ik dat kleintje wilde pakken?' Zijn hele lijf deed pijn. 'Je hebt mijn neus gebroken, kreng!'

Op het moment dat hij zijn zakdoek uit zijn zak viste, zag Phoebe haar kans weer schoon. Ze griste de whiskyfles van de bar en sloeg hem kapot tegen de rand. Met een van woede verwrongen gezicht bedreigde ze hem met de scherpe punten. 'Eruit! Voor ik je zo toetakel, dat er niets meer van je over is!'

'Ik ga al.' Met de zakdoek tegen zijn neus gedrukt, hinkte Larry naar de deur. 'Als je maar weet dat je hebt afgedaan!' tierde hij. 'Bij mij hoef je niet meer aan te komen, en ik zal er persoonlijk voor zorgen dat je bij niemand aan de bak komt.' Hij rukte de deur open omdat ze met opgeheven fles op hem af kwam. 'En je pillen kun je ook op je buik schrijven, schat!'

Op het moment dat de deur dichtsloeg, knalde de fles ertegenaan. Hoewel Phoebe het liefst had gegild en gekrijst, wist ze zich in te houden. Ze liet zich naast de geluidloos huilende Adrianne op haar knieën vallen en nam haar in haar armen.

'Stil maar, schatje,' prevelde ze, terwijl ze haar dochter zachtjes wiegde. 'Ik ben bij je, Addy. Hij is weg en hij komt nooit meer terug.' Adriannes T-shirt was gescheurd, maar ze had haar shorts nog aan. De schoft was er in elk geval niet in geslaagd haar kleine meid te verkrachten. De brute aanranding was er niet minder vreselijk om, maar de tijd zou ook deze wond helen, dat wist zij als geen ander.

Ze liet Adrianne uithuilen in het besef dat tranen een verlossende uitwerking hadden. 'Het komt allemaal weer goed, Addy. Heus, alles komt goed, prinsesje.'

9

Adrianne stond in het kantoor van Dr. Horace Schroeder te wachten tot de gerenommeerde therapeut zich bij haar zou voegen. Het was haar achttiende verjaardag, maar er was niets feestelijks aan de dag.

Door het raam naar buiten starend, vroeg ze zich af of de ommuurde tuin van het sanatorium er ook vanachter tralies zo vredig uit zou zien. 'O, mam,' prevelde ze, terwijl ze met haar voorhoofd tegen de ruit leunde. 'Hoe heeft het zo ver kunnen komen?' Ze richtte zich haastig op toen ze de deur achter zich hoorde opengaan.

Dokter Schroeder glimlachte vriendelijk naar de elegante, zij het iets te slanke jonge vrouw met het opgestoken zwarte haar. 'Prinses Adrianne...' Hij schudde haar de hand. 'Vergeef me dat ik u heb laten wachten.'

'Het mag geen naam hebben. U wilde me spreken voor ik mijn moeder mee naar huis nam.'

'Ja. Gaat u zitten.' Hij gebaarde naar een van de leren fauteuils. 'Wilt u thee... koffie?'

'Nee, dank u. Ik wil graag mijn waardering uitspreken voor alles wat u voor mijn moeder en mij hebt gedaan. Het was een bijzonder geruststellende gedachte voor me dat ze zich bij u op haar gemak voelde. Bovendien weet ik hoeveel moeite het heeft gekost de details over haar ziekte uit de pers te houden.'

'De privacy van mijn patiënten staat hier voorop.' Nadat hij ook was gaan zitten, keek hij haar een moment bedachtzaam aan. 'Ik weet wat uw moeder voor u betekent,' zei hij. 'Vandaar dat ik u wil vragen of u het wel verstandig vindt haar mee naar huis te nemen.'

Adrianne vouwde haar handen in haar schoot. 'Heeft ze weer een inzinking gehad?' informeerde ze zorgelijk.

'Nee, nee, dat is het niet. Phoebe is de laatste tijd goed vooruitgegaan. De medicijnen en de behandeling hebben hun uitwerking niet gemist.' Dokter Schroeder zuchtte. 'Blijft het probleem dat manisch-depressiviteit een uiterst onvoorspelbare aandoening is, die zowel op de patiënt als op haar naasten een zware druk legt. Ze mag de afgelopen twee maanden goed hebben gereageerd, maar het zijn maar twee maanden.'

'Deze keer. Tijdens de laatste twee jaar heeft ze meer hier gezeten dan thuis omdat het niet anders kon, dokter. Nu ik achttien ben geworden, ben ik voor de wet volwassen. Dat betekent dat ik de verantwoordelijkheid voor mijn moeder op me kan nemen.'

'Ik weet dat u dat al veel eerder hebt gedaan, en daar heb ik alle respect voor.'

Adrianne stond op. Ze wilde weg uit de benauwende omgeving. 'Ze is mijn moeder,' verklaarde ze eenvoudig. 'Ze is alles voor me.' Uit haar donkere ogen straalden vastberadenheid en wilskracht.

Dokter Schroeder stond ook op.'Ik hoop dat u weet waaraan u begint, Prinses Adrianne. Hoe u het ook wendt of keert, Phoebe heeft voor de rest van haar leven vierentwintig uur per dag verzorging nodig.'

'Daar ben ik me terdege van bewust. Ik heb inmiddels een verpleegster aangenomen, en ik heb mijn werkzaamheden zo geregeld dat mijn moeder geen moment alleen is. We hebben een appartement in een rustige buurt, vlak bij haar beste vriendin.'

'Liefde en vriendschap zijn heel belangrijk voor haar.' Dokter Schroeder glimlachte. 'Maar ze moet voorlopig elke week terugkomen voor een therapiesessie.'

'Daar zal ik voor zorgen.'

'Toch zou ik veel liever zien dat u Phoebe, zowel in haar belang als in het uwe, nog minstens twee maanden langer hier liet,' drong de arts aan.

'Dat kan ik niet doen. Ik heb haar de laatste keer dat ik haar hiernaartoe bracht, bezworen dat ik haar in het voorjaar zou komen halen.'

'Neemt u me niet kwalijk, maar die belofte zal zij zich niet meer herinneren.'

'Ik wel.' Ze gaf hem een hand.

Dokter Schroeder liet haar hand niet meteen los. 'Als u me nodig hebt, kunt u me altijd bellen. Al is het maar om even te praten.'

'Dank u. Dat zal ik zeker doen.'

Adrianne wist haar tranen te bedwingen. Ze wilde niet huilen zoals ze de eerste maal had gedaan. Toen, op haar zestiende, was ze ervan overtuigd geweest dat haar moeder zou sterven. Ze had haar geluk niet op gekund toen Phoebe uiteindelijk haar naam had gepreveld. Op dat moment had ze zich heilig voorgenomen alles te doen wat in haar vermogen lag haar de beste behandeling te geven. Ze had Abdu zelfs geschreven om hem om hulp te vragen. Nadat hij die botweg had geweigerd, had ze een andere manier gevonden.

'Ik zal goed voor haar zorgen.'

Terwijl hij haar uitgeleide deed, vroeg dokter Schroeder zich af wie er voor háár zou zorgen.

Even later trof Adrianne haar moeder voor het raam van haar ruime kamer aan. Ze had haar rode haar gewassen en keurig opgestoken. 'Mam… Je ziet er fantastisch uit.'

Bij het horen van Adriannes stem had Phoebe haar gezicht meteen in de plooi. Nooit mocht haar dochter de wanhoop zien waaraan ze nog altijd ten prooi was. 'Addy!' Ze strekte haar armen naar haar uit voor een warme omhelzing. 'Ik voel me ook fantastisch, zeker nu jij me komt halen. We gaan toch naar huis?'

'Ja, mam.' Adrianne besefte meteen dat ze de juiste beslissing had genomen. Haar moeder wilde hier weg. 'Ik heb met dokter Schroeder gesproken, en je mag mee, op voorwaarde dat je voorlopig elke week terugkomt voor een sessie.'

Phoebe verstrakte slechts heel even voordat ze zichzelf weer onder controle had. 'Daar heb ik geen enkel bezwaar tegen. Dokter Schroeder is zo aardig.'

'Ik breng je heen en weer. Het is een prachtige rit van New York naar hier.' Ze tilde haar moeders koffer op. 'Ga je mee? Ik heb het in New York zo naar mijn zin. Soms denk ik wel eens dat ik graag buiten zou wonen, maar zodra ik thuiskom, realiseer ik me weer dat er niets boven New York gaat.'

Op weg naar de uitgang kreeg Phoebe het een moment benauwd, maar zodra de deur van het sanatorium achter hen dichtviel, slaakte ze een zucht van verlichting. 'Fijn om te horen dat je gelukkig bent in New York,' merkte ze monter op toen ze zag dat Adrianne haar onderzoekend aankeek. Ze knikte vriendelijk naar de chauffeur, die het portier voor haar opende. 'Ik weet nog goed hoe opgewonden je was toen we de eerste keer door de straten van New York liepen.'

Na hun ontsnapping aan Abdu… Ook nu, bij haar vertrek uit het sanatorium, had ze het gevoel dat ze ontsnapte. Als het aan haar lag, zou ze er nooit meer terugkomen. 'Is Celeste er ook?'

'Die komt vanavond langs. Ze is druk aan het repeteren voor haar nieuwe stuk.'

Phoebe keek van opzij naar Adrianne. Wat was haar kleine meid groot geworden… en zo volwassen. 'Ik ben zo blij dat je haar had.' Ze greep op de tast haar dochters hand, terwijl ze uit het raampje staarde om haar opwellende tranen te verbergen. 'Maar ik ben nu weer beter,' vervolgde ze dapper glimlachend. 'Beter dan ik me in jaren heb gevoeld. Ik heb zo'n zin om weer aan het werk te gaan.'

'Mama –'

Phoebe scheen haar opwinding niet te kunnen onderdrukken. 'Ga me nu niet vertellen dat ik rust moet houden, want dat heb ik meer dan genoeg gedaan. Ik heb gewoon een goed script nodig. Het is hoog tijd dat ik weer voor mijn prinsesje ga zorgen. Zodra bekend wordt dat ik weer beschikbaar ben, zullen de aanbiedingen binnenstromen.'

Adrianne ging er niet op in. Ze wist uit ervaring dat onrealistische verwachtingen net zo goed bij het ziektebeeld van haar moeder hoorden als de afschuwelijke depressies, en ze kon het niet over haar hart verkrijgen Phoebes illusies wreed te verstoren.

Toen ze een uur later haar appartement betraden, was haar

moeder weer wat rustiger. 'Ik vond het een vervelende gedachte dat jij hier in je eentje woonde,' merkte ze op.

Nadat Adrianne de koffer had neergezet, hielp ze haar moeder uit haar jas. 'Ik ben niet veel alleen geweest, mam. Celeste heeft meer hier gelogeerd dan dat ze thuis was. Ik had me geen betere toeziend voogd kunnen wensen.'

Phoebe schrok een beetje toen ze Adrianne zonder jas zag. Ze leek opeens weer een stuk kinderlijker. Teer en kwetsbaar. 'Ik wist dat ik op Celeste kon rekenen.'

'Nu jij er bent, kan ik weer gewoon vriendinnen met haar zijn.' Adrianne omhelsde haar moeder. 'O, mam, ik ben zo blij dat we weer samen zijn.'

'En dat op je achttiende verjaardag. Ja, ja, dat ben ik echt niet vergeten. Alleen jammer dat ik niets voor je –'

'Dat jij hier bent, is het mooiste geschenk dat ik me kan wensen.' Lachend onderbrak Adrianne haar. 'Overigens heb ik al iets voor mijn verjaardag gekregen. Wil je het zien?' Ze nam Phoebe bij de hand en leidde haar naar de ruime woonkamer. Daar wees ze naar het portret boven de open haard.

'O, Addy...' Het was een schilderij, gemaakt naar een foto die op haar tweeëntwintigste van haar was genomen, toen ze nog zielsgelukkig met Abdu was. Ze was toen op haar mooist geweest, een godin met de juwelen van een koningin. Het collier met de Zon en Maan fonkelde om haar hals. 'Wat schitterend... Dank je wel.'

'Het is mijn cadeau, hoor. Geschilderd door Liebernitz. Hij was er zelf zo trots op, dat hij er bijna geen afstand van kon doen.'

'O, kindje,' verzuchtte Phoebe dromerig. 'Als je eens wist

hoe… hoe het voelde dat collier om te hebben. Het had iets magisch.'

'Het is nog altijd van jou.' Adrianne staarde naar het portret. 'Ooit zul je het terug hebben.'

'Wie weet.' Phoebe genoot zichtbaar van de verrassing. 'Deze keer zal het beter gaan, Addy. Dat beloof ik. Geen drank, geen pillen, geen gepieker over dingen waar niets meer aan te doen is.'

'Zo mag ik het horen, mam.' Ze glimlachte vol trots. 'Straks komt de verpleegster. Ze is heel aardig. Als het goed gaat, is ze maar voor tijdelijk.'

Phoebe draaide zich met een ruk om en ging zitten. 'Als ze maar geen uniform draagt,' snauwde ze geërgerd.

'Ik zal het aan haar vragen.'

'En ze mag niet naar me staren als ik slaap.'

'Er zal niemand naar je staren, mam,' zei Adrianne sussend.

'Anders kan ik net zo goed terug naar het sanatorium.'

'Nee, mam. Alsjeblieft…' Ze legde haar hand op Phoebes schouder, maar die schudde hem meteen af. 'Mam, het is een stap vooruit, niet terug. Weer me alsjeblieft niet af.'

'Ik zal het proberen.'

De volgende tweeënhalf jaar streed Phoebe inderdaad met vallen en opstaan tegen haar ziekte, maar hoe ze haar best ook deed, ze werd nooit meer gezond genoeg om controle te hebben over haar stemmingen. Ze kon zichzelf dagenlang verliezen in dromen waarin ze bezig was met het instuderen van een prachtige nieuwe rol, die haar zoveel geld zou brengen dat ze met Adrianne de rest van haar leven in weelde kon baden. Wanneer die droom door wat dan ook werd verstoord, zat ze opeens weer in de harem, gevangen in een depressie die haar alle besef van tijd deed verliezen. Gaandeweg werd het steeds moeilijker voor haar om zich uit de diepe dalen omhoog te worstelen.

Vlak voor de kerst, na een depressie die weken had geduurd, kwam Celeste binnenvallen, beladen met pakjes. 'Vrolijk kerstfeest!'

Adrianne sprong op om haar met de pakjes te helpen. 'De kerstman is er voor jou vroeg bij dit jaar.'

'Ach, ik heb ook het een en ander voor mezelf gekocht vanwege het succes met mijn laatste stuk.' Ze trok haar bontjas uit en kuste Phoebe op haar wang. 'Hallo, Phoebe. Je ziet er goed uit.'

Dat was niet waar, maar ze zag er in elk geval beter uit dan een paar weken eerder. Adrianne had de kapster laten komen om haar rode haar te doen. Het glansde bijna even mooi als vroeger.

'Wat lief dat je komt. Je hebt vast heel wat uitnodigingen voor de kerst.'

'Variërend van vervelend tot stomvervelend.' Celeste liet zich met een theatrale zucht op de sofa vallen. 'Je weet net zo goed als ik dat ik het liefst bij jullie zit.' Ze keek naar de prachtig versierde kerstboom. 'Je hebt jezelf dit jaar overtroffen, Addy.'

'Dank je. Ik wilde er dit jaar echt iets bijzonders van maken.' Ze hoorde dat haar stem trilde; om Celestes vorsende blik te ontwijken, liep ze vast richting keuken. 'Je wilt zeker wel een beker warme chocolademelk. Onze onvolprezen Mrs. Grange heeft je lievelingskoekjes gebakken.'

'Heerlijk, meid, daar heb ik trek in. Ik heb net mijn abonnement van de fitnessclub verlengd, dus het kan geen kwaad.'

'Adrianne hoopt op een witte kerst,' merkte Phoebe zachtjes op toen haar dochter de kamer uit was. 'Weet je nog die eerste kerst, vlak voor wij naar Hollywood vertrokken? Haar gezicht, toen we de lichtjes in de boom aanstaken... Dat zal ik nooit vergeten.'

'Ik ook niet.'

'Ik heb haar ooit zo'n glazen bol met dwarrelende sneeuwvlokken gegeven. Daar was ze weg van...' Ze masseerde haar slapen. De vage hoofdpijn die haar al de hele dag hinderde, wist van geen wijken. 'Toch zou ik liever zien dat ze vanavond met jonge mensen uitging.'

'Kerstmis is een familiefeest.'

'Ja, je hebt gelijk.' Phoebe dwong zich tot een glimlach. 'Ze heeft het tegenwoordig zo druk met al dat liefdadigheidswerk. Ze zit ook geregeld uren achter haar computer. Joost mag weten wat ze doet, maar ze schijnt het leuk te vinden.'

'Mmm, misschien moeten we de koppen eens bij elkaar steken om een geweldige vent voor haar te zoeken.'

Phoebe begon spontaan te lachen. 'Hè ja, dan zijn we voor je het weet grootmoeder.'

'Ho even, daar ben ik veel te jong voor,' protesteerde Celeste zogenaamd verontwaardigd voor ze met Phoebe mee giechelde.

'Wat zitten jullie daar te giebelen?' Adrianne kwam met de chocolademelk en koekjes binnen.

'Pardon? Gedistingeerde dames giebelen niet,' wierp Celeste nuffig tegen. 'Wat je moeder en ik doen, is beschaafd giechelen.'

'Vast wel,' mompelde Adrianne, terwijl ze de bekers uitdeelde. 'Op weer een kerst met de twee liefste gedistingeerde dames die ik ken.'

'En dat we de kerst nog heel vaak samen mogen vieren,' vulde Celeste aan.

Heel vaak, heel vaak, galmde het na in Phoebes hoofd. Niettemin bleef ze glimlachen, terwijl ze beverig de beker naar haar mond bracht. Ze moest niet aan jaren denken zolang elke dag een lijdensweg bleef.

Nee, geen gepieker. Adrianne mocht niets aan haar merken. 'Addy, zet die mooie plaat met kerstliedjes eens op,' stelde ze voor om de aandacht van zichzelf af te leiden. Zelfs toen haar dochter daarmee bezig was, hield ze echter het akelige gevoel tien paar ogen op zich gericht te hebben. Wat moesten ze toch van haar? Misschien zou een stevige borrel haar van het gebons in haar hoofd verlossen, zodat ze helder kon denken…

'Phoebe?'

'Wat?' Ze keek Celeste verschrikt aan. Haar vriendin zag ook altijd meer dan haar lief was.

'Ik vroeg wat je van Addy's plannen voor het liefdadigheidsbal op oudejaarsavond vond.' Ze pakte Phoebes hand. 'Ze heeft al een geweldige reputatie als organisator.'

'Ja.' Was dat niet Stille Nacht, Heilige Nacht? Dat was toch het kerstliedje dat ze Addy vroeger in Jaquir stiekem had geleerd? Toen hadden ze heel wat geheimen gedeeld. Nu kon ze haar geheimen met niemand delen…

'Ik weet zeker dat het een succes zal worden.' Celeste wisselde een blik van verstandhouding met Adrianne.

'Dat hoop ik van harte,' zei Adrianne, die meteen naast Phoebe ging zitten. 'We moeten minimaal twee ton ophalen voor de daklozen. Misschien vreemd dat we dat via een galabal met veel champagne en lekkernijen doen, maar als het om zoiets wezenlijks gaat, heiligt het doel de middelen.'

'Voor een goed doel ben ik dat met je eens,' merkte Celeste op.

‘Ik ben moe.’ Het kon Phoebe niet eens meer schelen dat haar stem zeurderig klonk. Ze had genoeg van al die zorgelijke blikken. ‘Ik denk dat ik naar bed ga.’

‘Zal ik je naar je kamer brengen?’

‘Doe niet zo raar.’ Zodra ze Adrianne aankeek, vergat ze haar ergernis. ‘Houd jij Celeste maar gezelschap.’ Ze omhelsde haar dochter stevig. ‘Tot morgen, schat. We staan vroeg op, en dan gaan we de cadeautjes uitpakken, net als vroeger.’

Adrianne kuste haar op de wang. ‘Ik hou van je, mam.’

‘Ik van jou, Addy. Gelukkig kerstfeest.’ Ze nam Celestes beide handen tussen de hare. ‘Jij ook, Celeste.’

In een spontane opwelling omarmde Celeste haar vriendin even. ‘Gelukkig kerstfeest, Phoebe. Slaap lekker.’

Phoebe draaide zich aan de voet van de trap nog even om. Addy stond onder het portret van Phoebe Spring op haar allermooist, met het magische collier met de Zon en Maan om haar hals. Flauwtjes glimlachend liep ze de trap op.

‘Wil je nog wat chocolademelk? Hij is zo warm,’ begon Adrianne.

Celeste greep haar bij haar arm voor ze kon weglopen. ‘Ga eens even zitten, schat. Je hoeft je voor mij niet groot te houden.’

Het was hartverscheurend om te zien hoe haar zelfbeheersing stukje bij beetje afbrokkelde. Het begon met het trillen van haar onderlip. Ze slikte moeizaam, met verdacht glanzende ogen, maar er was geen houden meer aan. Haar gezicht in haar handen verbergend, gaf ze toe aan haar wanhoopstranen.

Celeste ging zwijgend naast haar zitten, een arm om haar schokkende schouders geslagen. Omdat ze wel besefte dat het meisje veel te weinig huilde, liet ze haar rustig begaan.

‘Ik… Ik weet niet waarom ik dit doe,’ stamelde Adrianne na verloop van tijd.

‘Het is beter dan gillen.’ Er was geen druppel drank in huis. Zelfs geen cognac voor medicinale doeleinden. ‘Wil je een kop thee?’

Adrianne haalde diep adem. ‘Nee, het gaat wel weer. Dank je.’ Achteroverleunend, dwong ze zich tot kalmte.

‘Waarom stort je je hart niet eens uit, meid?’

Met gesloten ogen tastte ze naar Celestes hand. ‘Wat zouden we zonder jou moeten?’

‘Kom, kom, ik ben er de afgelopen tijd door alle drukte nauwelijks geweest. Maar ik ben er nu.’

‘Het is zo vreselijk om te moeten aanzien,’ verzuchtte ze. Even huilen had haar goed gedaan. ‘De tekenen zijn onmiskenbaar. Ze zakt weer weg, en dat terwijl ze zo haar best doet. Dokter Schroeder wil haar weer opnemen.’ Ze haalde een hand over haar ogen en ze stond op. ‘Ik wilde haar tot en met oud en nieuw hier houden, maar zoals het nu gaat, is het beter dat ik haar meteen na de kerst wegbreng.’ Ze staarde naar het portret.

‘Wat verschrikkelijk, Addy.’

‘Ze heeft het over hem gehad.’ De grimmigheid in haar stem verried dat ze op haar vader doelde. ‘De verpleegster vertelde me dat ze vorige week vroeg wanneer hij kwam. Ze wilde zich optutten om er goed uit te zien voor hem.’

Celeste vloekte binnensmonds. ‘Is ze zo in de war?’

‘Ja. Ze heeft haar gevoelens en frustraties jarenlang onderdrukt met behulp van die ellendige pillen. Haar hele leven is door hem verwoest, Celeste.’ Ze draaide zich met een ruk om. ‘Reken maar dat hij er ooit voor zal boeten!’

Onwillekeurig schrok Celeste van de kille haat die ze in Addy's donkere ogen las. 'Ik kan me voorstellen dat je het zo voelt, schat, maar met wraaknemen op Abdu help je je moeder niet,' wierp ze zachtjes tegen.

'Misschien niet, maar ik zet het hem betaald.'

'O, meisje...' verzuchtte Celeste. 'Hij is de oorzaak van veel van Phoebes problemen, maar hij heeft de laatste paar jaar toch zijn steentje bijgedragen?'

Adrianne keek weer naar het portret. Vroeg of laat zou ze Celeste moeten vertellen dat al dat geld ergens anders vandaan kwam. 'Ik heb mama de Zon en Maan beloofd. Ik zal niet rusten voor ik het collier in handen heb en hij weet hoe ik hem veracht.'

DEEL 2

De schaduw

Jager op schimmen, zelf een schaduw.

HOMERUS

Dieven vang je met een dief.

THOMAS FULLER

10

New York, oktober 1988

Het dunne touw, waarin om de paar decimeter een knoop zat, was ijzersterk. Dat moest ook, wilde je zeker van je zaak te zijn als je zonder verdere houvast van het dak van een honderd meter hoog gebouw af zakte.

In de vroege ochtendschemering glom het wegdek in de diepte van de druilerige motregen. Het was kil, maar gelukkig was de wind gaan liggen. Het was allemaal een kwestie van de juiste timing, overwoog de geheel in het zwart gehulde gestalte. En een grondige voorbereiding. Het alarmsysteem was gecompliceerd, maar niet ondoordringbaar. Een paar uur achter de computer en het tekenbord om alles te berekenen, en de zaak was in theorie rond. Alleen waren de camera's in de lobby niet ongemerkt uit te schakelen. Dat betekende dat de inbraak van buitenaf moest geschieden.

De zwarte handschoenen gleden soepel en zeker van knoop naar knoop. Met de zwarte gympen stevig tegen de gevel, liet de dief zich in opperste concentratie verder zakken.

Veertig verdiepingen lager was er op straat nauwelijks activiteit. In deze rustige buurt reed om vier uur 's ochtends alleen nu en dan een taxi langs. Voor de inbreker maakte het niet uit of het al dan niet druk was. Alleen het touw en de juiste balans waren van belang. Eén verkeerde beweging, één moment van onachtzaamheid, en het was gebeurd.

Nog een meter tot aan de brede richel ter hoogte van het terras van het penthouse. Het uiteinde van het touw slingerde tot net onder de richel. Zodra de zolen van de zwarte gympen voldoende steun hadden op de natgeregende, gladde, verweerde rand, richtte de dief zich op om zich ruggelings tegen de gevel te drukken. Het triomfantelijke lachje was nauwelijks hoorbaar, maar het overstemde de zucht van verlichting.

Fase één was volbracht. Nu nog behoedzaam naar het terras schuifelen, en het gevaarlijkste deel van de klus zat erop. Vanaf het terras was het uitzicht over New York overweldigend, maar de inbreker liet zich er niet door afleiden. Rondom stonden eveneens hoge gebouwen met exclusieve appartementen, die voor later voldoende mogelijkheden boden. Bij de rijken van New York was veel te halen waarmee anderen hun voordeel konden doen zonder dat zij er een boterham minder om aten.

Later, hield de figuur in het zwart zich voor, nu eerst het slot van de schuifdeur. Uit de kleine zwarte rugzak kwamen professionele instrumenten, waarmee het een fluitje van een cent was. Na enig geruisloos gefriemel klonk een zachte klik – en opnieuw een tevreden lachje.

Eerst werden de instrumenten zorgvuldig weer opgeboren. Organisatie, controle en concentratie... Daar kwam het op aan als je niet gepakt wilde worden. En nu op naar de buit.

Juwelen waren het enige wat de moeite van het stelen waard was. Met schilderijen kon je moeilijk uit de voeten. Geld was koud en onpersoonlijk. Nee, juwelen, daar zaten verhalen aan vast, die hadden iets persoonlijks. En voor deze dief had elke inbraak een persoonlijke betekenis.

De zwarte gympen maakten geen geluid op de glanzend gewreven houten vloer. Hoewel het vrijwel donker was, kon de kleine zaklantaarn in de rugzak blijven. Elke vierkante meter van dit appartement stond de inbreker in het geheugen gegrift. Halverwege de trap stond in een nis een precolumbiaans beeldje van onschatbare waarde, maar dat bleef op zijn plaats. Enkele ogenblikken later opende de dief de deur van de bibliotheek. Daar bevond zich de kluis, achter de verzamelde werken van Shakespeare. De inbreker pakte deel vijf, Othello, en trok dat behoedzaam naar achteren. Op hetzelfde moment baadde de kamer opeens in het licht.

'Op heterdaad,' klonk een kalme muzikale vrouwenstem. 'Je bent erbij.'

De vrouw in de deuropening was gehuld in een roze zijden negligé. Haar zilverblonde haar was in een dikke knot vastgestoken, en haar karakteristieke gezicht glom van de nachtcrème. Wie haar niet kende, zou haar begin veertig schatten. Zelf hield ze het op vijfenveertig, hoewel ze in werkelijkheid vijf jaar ouder was.

Ze was niet bijster groot van stuk en ze was ongewapend, tenzij je de banaan in haar rechterhand meetelde. Die richtte ze met veel gevoel voor dramatiek op de dief, die zich met een ruk had omgedraaid. 'Pang!'

Met een verachtelijk gesnuif liet de dief zich in een van de leren fauteuils vallen. 'Verdorie, Celeste, wat doe jij uit bed?'

'Even iets eten.' Om het te bewijzen nam ze een hapje banaan. 'Wat doe jij hier in de bibliotheek?'

'Oefenen.' De zachte, hese stem behoorde onmiskenbaar toe aan een vrouw. Ze begon haar handschoenen uit te trekken. 'Ik had je bijna kaalgeplukt.'

'De hemel zij dank dat ik de koelkast al heb geplunderd.' Met de waardigheid waaraan ze een deel van haar roem dankte schreed Celeste door de kamer. 'Luister, Addy, ik wil niet flauw doen, maar inbreken is niet eerlijk als je een sleutel hebt.'

'Die heb ik niet gebruikt,' verklaarde Adrianne verongelijkt. Ze trok de strakke kap van haar hoofd en ze schudde haar lange zwarte haren uit. 'Ik ben via het dak gekomen.'

Celeste liet zich pardoes in de stoel tegenover haar vallen. 'Wat? Ben je nu helemaal!'

Addy haalde haar schouders op. 'Het was bijna gelukt. Als jij niet altijd honger had, zou het zijn gelukt.'

'Nee, nou wordt hij mooi! Nu heb ik het nog gedaan ook!'

'Ach, het doet er niet toe.' Adrianne leunde naar voren om de handen van haar moeders vriendin te pakken. 'Je kunt je niet voorstellen hoe het voelt om zo hoog boven de stad te hangen. De rust, de stilte... een geweldige sensatie!'

'Je bent geschift.'

'Kom nou, je weet dat ik echt wel voor mezelf kan zorgen.' Er speelde een glimlach om de mooie mond die ze van haar moeder had geërfd. 'Ben je niet benieuwd waarom je alarm niet werkte?'

Celeste trok een gezicht. 'Dat hoef ik niet te weten.'

'Ik heb het systeem vanmiddag uitgeschakeld toen ik hier lunchte.'

'Dan word je bedankt, dame. De hele middag, avond en nacht ben ik dus aan de goden overgeleverd geweest.'

'Welnee, ik kwam toch terug.' Adrianne stond op en begon rusteloos heen en weer te lopen. Ze bewoog zich met de gratie van een danseres. Haar gitzwarte haar zwierde om haar schouders toen ze zich naar Celeste omdraaide. 'Het was zo gemakkelijk nadat ik er even over had nagedacht. Ik heb je alarmsysteem zo geprogrammeerd, dat het gedeelte bij de terrasdeur zou kortsluiten op het moment dat jij het inschakelde. Rond middernacht heb ik even met de portier beneden gebabbeld. Met de smoes dat jij niet lekker was, heb ik een bloemetje voor je afgegeven. Toen hij even de telefoon moest beantwoorden, deed ik alsof ik wegging en ben ik snel naar het trappenhuis geslopen.'

'Tot een paar minuten geleden voelde ik me anders opperbest,' mopperde Celeste.

Adrianne negeerde haar. 'Vanaf de vierde verdieping heb ik de lift naar het dak genomen. Ik had alle spulletjes bij me onder mijn jas. Het touw goed bevestigen, alles voorbereiden... en ik kon over de rand naar de richel afdalen. Van daar af was het kinderspel.'

'Allemachtig, Addy!' Celeste bedwong haar angst met behulp van boosheid. 'Als je te pletter was gevallen, had ik zeker mogen verklaren dat prinses Adrianne gewoon aan het oefenen was!' riep ze uit.

'Ik ben niet gevallen,' was Adriannes bedaarde reactie. 'En als jij niet weer zo nodig iets had moeten eten, zou ik je safe hebben geplunderd en ongezien via het dak zijn weggekomen.'

'Gut, hoe kon ik zo onnadenkend zijn.'

'Geeft niet, Celeste.' Adrianne liet zich bij haar op de leuning zakken. 'Hoewel ik graag je gezicht had willen zien als ik je je collier met de robijnen kwam terugbezorgen, heb ik genoeg om me mee te troosten.' Ze haalde een fluwelen zakje uit haar rugzak. Een moment later hield ze een diamanten halssnoer tegen het licht.

'Mooi, hè?' prevelde ze toen ze Celeste naar adem hoorde happen. 'Een prachtexemplaar. Ruim zestig karaat, alles bij elkaar, en met bijzonder veel vakmanschap geslepen. Zelfs de hals van die oude tang leek er mooi door.'

Celeste besefte dat ze er zo langzamerhand aan gewend zou moeten zijn, maar ze had opeens behoefte aan een borrel. 'Welke oude tang, Addy?' informeerde ze, terwijl ze naar de kast liep en de karaf cognac pakte.

'Dorothea Barnsworth.' Addy diepte nog iets uit haar rugzak op. 'En dit zijn de bijpassende oorbellen.'

Onverschillig keek Celeste naar de briljanten, die duizenden dollars waard moesten zijn. 'Het collier kwam me al bekend voor.' Ze reikte Adrianne een glas met een bodempje cognac aan. 'Dorothea woont toch in dat fort op Long Island?'

'Ze mag nog zoveel beveiliging hebben, ik was er zo binnen.' Het kleine beetje cognac was goed tegen de kou. 'Wil je de armband nog zien?'

'Die heb ik vorige week op het herfstbal al bewonderd.'

'Dat was weer eens een gezellig feest, hè?' Adrianne speelde afwezig met de oorbellen. 'Dit hele zaakje is goed voor zo'n tweehonderdduizend dollar.'

'Als ik me goed herinner heeft dat mens vijf dobermannpinchers.'

'Drie,' verbeterde Adrianne, terwijl ze op haar horloge keek. 'Die moeten nu weer zo'n beetje wakker worden. Zeg eens, heb je voor mij ook een banaan? Ik heb ontzettende trek.'

'Wij moeten eens ernstig praten, dame,' verzuchtte Celeste. Ze volgde Addy geërgerd naar de keuken.

'Praat jij maar, dan eet ik even wat. Het zal de kou wel zijn.

Op Long Island sneed de wind dwars door dit pak. O, help me herinneren dat mijn jas nog op het dak ligt.'

Celeste schudde haar hoofd toen Addy in de koelkast begon te snuffelen. 'Hoelang ga je nog zo door, als ik vragen mag?'

'Kijk eens, lekkere paté.' Ze onderdrukte een glimlach toen ze Celeste achter zich een diepe zucht hoorde slaken. 'Ik hou van je, Celeste.'

'En ik van jou, maar je schijnt te vergeten dat ik er niet jonger op word. Je moet aan mijn hart denken.'

Met de paté en een pakje crackers installeerde Adrianne zich aan de keukentafel. 'Jij hebt het grootste, sterkste hart van iedereen die ik ken. Je hoeft je geen zorgen te maken. Ik weet wat ik doe en ik ben er heel goed in.'

'Dat hoef je mij niet te vertellen.' Celeste nam haar peinzend op. Niemand zou het geloven, besefte ze. Prinses Adrianne van Jaquir, dochter van koning Abdu ibn Faisal Rahman al Jaquir en Phoebe Spring, was met haar vijfentwintig jaar een gezien lid van de beau-monde, organisator van vele liefdadigheidsprojecten, lieveling van alle persmuskieten... en inbreker.

Celeste had zichzelf jaren kunnen troosten met de gedachte dat niemand dat laatste ooit zou vermoeden van het beeldschone meisje dat was uitgegroeid tot een verbijsterend mooie jonge vrouw – een exotische schoonheid, die overal opzien baarde met haar verschijning. In haar hadden twee werelden zich vermengd. Van Phoebe had ze haar warmte, haar grote hart en haar vrijgevigheid. Van Abdu haar scherpzinnigheid, haar hang naar macht en haar wraakzucht.

'Het spijt me dat ik het zeg, schat, maar het is nergens voor nodig om zo door te gaan.'

'Ik heb reden genoeg om zo door te gaan.'

'Phoebe is dood, liefje. Wat je ook doet, je krijgt haar er niet mee terug.'

Er verscheen heel even een kwetsbare uitdrukking in Adriannes zwarte ogen. Meteen verhardden haar trekken zich echter. 'Dat weet ik beter dan wie ook, Celeste.'

Over tafel reikend, greep Celeste haar hand. 'O, Addy... Phoebe was mijn dierbaarste vriendin, zoals jij dat nu bent. Ik weet wat je met haar hebt doorstaan, en hoe je altijd je best hebt gedaan om haar te helpen. Maar de risico's die je nu neemt, zijn niet nodig. Je hebt mij toch, zoals je me altijd hebt gehad.'

'Ja.' Adrianne omklemde de hand van haar moeders vriendin. 'Ik zal ook nooit vergeten wat je allemaal voor mama en voor mij hebt gedaan. Als het aan jou had gelegen, zou je ook nog alle medische kosten hebben betaald. Zonder jou zou ze het nooit zo lang hebben volgehouden.'

'Ze hield voor jou vol, Addy.'

'Dat is waar.' Ze haalde diep adem. 'En alles wat ik heb gedaan en wat ik ga doen, is voor haar.'

'Addy...' Celeste huiverde onwillekeurig. Tegen die vastberadenheid viel niets in te brengen. 'Het is meer dan zestien jaar geleden dat je uit Jaquir wegging, en vijf jaar geleden dat Phoebe stierf.'

'Ja, en met elke dag die verstrijkt, wordt de schuld groter. Kijk alsjeblieft niet zo, Celeste.' Adrianne grinnikte in een poging de sfeer luchtiger te maken. 'Wat zou ik zijn zonder deze... hobby? Niet meer dan wat er altijd over me wordt geschreven. De rijke prinses die van feest naar feest fladdert en die zich tussendoor bezighoudt met liefdadigheid.' Ze trok een gezicht. 'Volgens de roddelbladen ben ik de zoveelste verveelde rijkeluisdochter met te veel geld en te weinig te doen. Laat de mensen in die waan. Laat hem in de waan. Dat maakt het voor mij wel zo gemakkelijk de echte rijke nietsnutten van hun juwelen af te helpen.'

'Alles goed en wel, Addy, maar om het geld hoef je het niet meer te doen.'

'Ik weet dat ik goed kan leven van wat mijn investeringen opleveren, maar het gaat me niet om het geld, Celeste. Zelfs niet om de opwindende sensatie, hoewel ik daar elke keer weer van geniet.' Ze keek haar vriendin strak aan. 'Ik was nog maar acht toen ik in Amerika aankwam, maar ik wist toen al dat ik ooit terug zou gaan om op te halen wat van Phoebe was. Wat van haar en van mij was.'

'Misschien heeft hij inmiddels berouw gekregen.'

'Berouw? Heb jij hem op de begrafenis gezien?' Adrianne sprong op en begon getergd heen en weer te lopen. 'Er kon zelfs geen condoleance vanaf. Hij heeft al die vreselijke jaren gedaan alsof ze niet bestond.' Ze had zichzelf weer onder controle toen ze tegen het aanrecht leunde. 'In feite komt het erop neer dat hij haar heeft gedood, Celeste,' merkte ze bedaard op. 'Jaren geleden, toen ik te jong was om zelfs maar te proberen hem tegen te houden. Daar zal hij weldra voor boeten.'

Celeste reageerde niet direct. Ze herinnerde zich nog als de dag van gisteren hoe intens ze te doen had gehad met dat meisje van acht. 'Denk je dat Phoebe het zo wil?' informeerde ze ten slotte zachtjes.

'Ik denk dat ze wel waardering zou hebben voor de ironie. Ik zal mijn belofte nakomen en hem de Zon en Maan ontfutselen. Hij zal er duur voor moeten betalen om het collier terug te krijgen.' Ze kwam naar de tafel om haar glas te pakken. 'Intussen kan ik me niet veroorloven mijn vingervlugheid te verliezen. Weet je al dat Lady Fume volgende maand een galabal in Londen geeft?'

'Addy –'

'Dat rare mens heeft een kwart miljoen voor haar smaragden neergeteld, en dat terwijl ze haar niet eens staan.' Adrianne boog zich zachtjes lachend naar Celeste toe om haar op de wang te kussen. 'Denk aan je schoonheidsslaapje, schat. Ik kom er zelf wel uit.'

'Via de voordeur?'

'Natuurlijk. Vergeet onze lunchafspraak van aanstaande zondag niet. Ik trakteer.' Met die woorden maakte ze zich snel uit de voeten. Ze moest nog even naar het dak om haar jas op te halen.

Wat Adrianne sinds haar kindertijd aan zich opmaken niet van haar moeder had geleerd, had Celeste haar wel bijgebracht. Waar Phoebe altijd meer gericht was geweest op schoonheidsmiddeltjes om haar uiterlijk te verfraaien, verstond Celeste, de toneelspeelster, als geen ander de kunst zich in een geheel ander persoon te veranderen. Dankzij haar kende Adrianne de kneepjes van het vak. Ze kon zich vermommen als de beste.

Met de kennis die ze had opgedaan, en met heel veel oefenen, was ze nu in staat binnen drie kwartier Rose Sparrow te worden, de vriendin van De Schaduw. Ze gebruikte gekleurde contactlenzen om haar zwarte ogen donkergrijs te laten lijken. Daarna fabriceerde ze als een volleerd grimeur overtuigende wallen onder haar ogen, een iets grotere neus en net even wat bollere wangen dan ze van zichzelf had. Met behulp van een laag vloeibare make-up, die ze toch nodig had om haar huid enige tinten lichter te laten lijken, kon ze ook alle sporen van de overgangen tussen echt en namaak maskeren. De rode pruik was een juweeltje, en met de goedkope glazen oorbellen was de verandering compleet.

Lui op een stuk kauwgum kauwend, bekeek ze het resultaat kritisch in de spiegel. Ze knikte tevreden. Beter kon niet. Zo zou zelfs Celeste haar nooit herkennen. Neuriënd zette ze haar opzichtige vlinderzonnebril op en verliet ze haar appartement.

Voor de zekerheid nam ze de dienstlift. Niet dat het echt nodig was. Niemand die haar, aldus uitgedost, een blik waardig keurde, zou ooit prinses Adrianne in haar zien. Net zoals niemand kon vermoeden dat prinses Adrianne en De Schaduw een en dezelfde persoon waren.

Eenmaal op straat, liep ze in plaats van een taxi te nemen naar de ondergrondse. Het zou niet bij eventuele zakkenrollers opkomen dat Rose een zakje vol diamanten in haar haveloze schoudertas had.

Ze genoot altijd van de treinritten. Als Rose was ze immers anoniem. Alleen de eerste maal was ze heel huiverig geweest. Ze was toen net zestien, en ze had voortdurend schichtig om zich heen zitten kijken, bang dat ze elk moment een grote hand op haar schouder zou voelen en dat haar door de politie zou worden gevraagd haar tasje te openen, waar toen een prachtig parelsnoer in had gezeten. Met de vijfduizend dollar die ze daarvoor had gekregen, had ze voor haar moeder een hele maand therapie in het sanatorium kunnen betalen.

Sindsdien draaide ze haar hand niet voor het reisje om. Ze vond het leuk om haar medereizigers vanachter haar zonnebril te observeren, en ze keek ook graag naar de graffiti en de gigantische reclameposters op de stations. Het enige wat haar niet beviel, was de muffe geur die altijd in de treinen hing. Gelukkig was het rond deze tijd nooit echt vol, dus ze hoefde niet aan de soms weinig aangename luchtjes van andere passagiers te geloven.

Na vijf haltes stapte ze uit, en een paar minuten later betrad ze het zaakje van Jack Cohen op Forty Eight Street. Het interieur was oud en haveloos. Jack ging ervan uit dat uiterlijk vertoon zonde van het geld was. Wie niet tegen een beetje stof kon, moest maar naar Tiffany's gaan. Dat kon hij gemakkelijk zeggen, omdat Tiffany's niet met soepele betalingsregelingen werkte. De klanten kwamen dus toch wel.

De assistent van Jack, die met een klant bezig was, keek op toen Adrianne binnenkwam. Zonder zijn verkooppraatje te onderbreken, knikte hij onopvallend naar het kantoortje achter in de zaak, ten teken dat ze kon doorlopen.

Jack Cohen was klein van stuk maar breed gebouwd. De fraaie snor die hij de laatste jaren had laten staan, moest de aandacht van zijn kalende hoofd afleiden. Hij had het juweliersvak van zijn vader geleerd, en hij was een gewiekste heler, die er prat op ging dat hij agenten die zich als potentiële klant voordeden, op een mijl afstand kon ruiken. Verder was het zijn eer te na zijn trouwe leveranciers ooit te beduvelen. Onderhandelen kon hij echter als de beste.

Hij knikte Rose Sparrow toe vanachter zijn werkbank, die tevens als bureau dienstdeed, alvorens zich met zijn oogloep over de diamantjes te buigen die voor hem lagen. 'Russisch– goede kwaliteit…' mompelde hij, alsof hij haar nog van zijn vakmanschap moest overtuigen. 'Niet slecht, helemaal niet slecht,' besloot hij, terwijl hij de stenen in een zakje liet glijden. 'Vertel eens, Rose, wat kan ik voor je doen?'

Ze haalde zwijgend het zakje uit haar handtas en kieperde de inhoud op zijn bureau.

Jacks kleine blauwe ogen lichtten op als saffieren in de zon. 'Rose, Rose, Rose, de dag wordt altijd een stuk fleuriger wanneer jij langskomt.'

Ze zette grinnikend haar zonnebril af en leunde tegen zijn bureau. 'Niet gek, hè?' Haar accent kwam regelrecht uit de Bronx. 'Ik dacht dat ik een rolberoerte kreeg toen ik die dingen zag. Ik zeg, schat, dat zijn de mooiste spullen die ik ooit heb gezien.' Ze trok een pruillip. 'Ik wilde dat ik ze mocht houden.'

'Tja, Rose, ik heb zo'n idee dat ze te heet zijn voor jouw tere huidje.' Hij bestudeerde het collier. 'Hoelang heeft hij ze al in zijn bezit?'

'Kom nou, je weet toch ook wel dat hij me nooit iets vertelt. Zijn toch wel echt, hè? Ik bedoel, die stenen zijn zo groot dat het haast niet kan.'

'Reken maar dat ze echt zijn, Rose,' bromde Jack goedmoedig. 'Prachtstenen. Echt vakmanschap, de zetting ook.' Hij legde het collier terzijde en pakte de armband. 'Niet dat die er veel toe doet. Het gaat mij om de diamanten.'

Adrianne verschoof het collier met één felroze gelakte nagel. 'Ik hou van mooie dingen.'

'Wie niet? Daar verdienen wij allebei ons brood mee.' Jack bekeek de oorbellen nader. 'Heel fraai,' zei hij voor hij, binnensmonds mompelend, met zijn rekenmachientje in de weer ging. 'Honderdvijfentwintig, Rose.'

Ze richtte zich op en zette de handen in de zij. 'Hij zei dat ik tweevijftig moest krijgen,' verklaarde ze strijdlustig.

'Rose...' Jack vouwde zijn handen voor zijn borst. Zo leek hij op een vriendelijke oom, al had hij een pistool in een holster onder zijn toch al krappe jasje. 'Ik hoef jou toch niet te vertellen dat ik dit spul voorlopig niet op de markt kan gooien?'

'Hij zei tweevijftig,' herhaalde ze een beetje klaaglijk. 'Als ik maar met de helft thuiskom, zwaait er wat voor me.'

Jack begon zogenaamd weer te rekenen. Hij zou tweehonderd kunnen geven en er nog zijn standaardcommissie uit halen, maar met Rose genoot hij elke keer weer van het spel. 'Altijd wanneer jij verschijnt, schiet ik er geld bij in, Rose. Ik weet niet wat het is, maar ik mag je.'

Haar gezicht klaarde meteen op. Het bekende spelletje beviel haar wel. 'Ik mag jou ook, Jack.'

'Goed, wat zou je zeggen van honderdvijfenzeventig en een paar van die steentjes die je zag toen je binnenkwam? Dat blijft tussen ons.'

Ze deed alsof hij haar in verzoeking bracht, voor ze een spijtige zucht slaakte. 'Ik zou wel willen, maar hij komt er altijd achter. Hij vindt het niet leuk als ik cadeautjes van andere mannen aanneem.'

'Oké, Rose. Ik snijd mezelf in de vingers, maar ik zal er voor jou tweehonderd van maken. Je zegt maar tegen hem dat zo'n complete set voor mij extra risico en dus extra kosten met zich meebrengt. Ik heb het bedrag over een paar uur klaarliggen.'

Met een grimas trok Adrianne haar bontje recht. 'Goed, ik hoop dat ik hem kan kalmeren als hij kwaad wordt. Hij blijft gelukkig nooit lang kwaad. Kan ik het spul hier laten? Ik loop er liever niet langer dan nodig mee over straat.'

'Uiteraard, Rose.' Hij zou het niet in zijn hoofd halen van zijn beste leverancier te jatten. Hij gaf haar een briefje waar alleen zijn handtekening op stond. Dat was goed voor tweehonderduizend dollar. 'Ga maar een tijdje winkelen. Ik regel verder alles.'

Drie uur later ontdeed Adrianne zich thuis van haar vermomming. Nadat ze zich had opgefrist, pakte ze de telefoon en draaide ze een nummer.

'Kendal en Kendal.'

'U spreekt met prinses Adrianne. Mag ik George Jr.?'

'Ik verbind u door, Hoogheid.'

Het bleef even stil. 'Addy, leuk weer eens wat van je te horen,' klonk het vervolgens welgemeend.

'Hallo, George. Ik zal het kort houden, want ik weet hoe druk jullie juristen het hebben.'

'Voor jou heb ik het nooit te druk. Wanneer gaan we nu eens samen lunchen? Of ga je je inderdaad met Baron Von Weisburg verloven, zoals ik laatst las?'

'Von Weisburg? Daar weet ik niets van. Ik heb alleen even met die man gesproken tijdens de inzamelingsactie vorige maand.' Ze haalde het bundeltje bankbiljetten uit haar tas. 'Luister, George. Wat die lunch betreft, daar moet ik je volgende week over bellen. Nu wil ik het alleen even hebben over een donatie aan Vrouwen in nood.'

'Voor het Blijf van mijn lijfhuis?'

'Ja. Graag als anonieme gift via jullie kantoor. Ik stort vandaag nog honderdvijfenzeventigduizend op mijn speciale rekening. Kun jij het verder in orde maken?'

'Natuurlijk, Addy. Wat een geweldig bedrag.'

Ze dacht terug aan die nacht waarin haar moeder was verkracht. 'Ach, het is het minste wat ik kan doen.'

11

Nu en dan afwezig een pinda in zijn mond stoppend, wandelde Philip door de Londense dierentuin. Hij kwam er graag, al zag hij de leeuwen en andere roofdieren liever vrij in de wildernis. Het zou niets voor hem zijn om zijn leven achter tralies in een veel te kleine ruimte te slijten. Gelukkig had hij tijdens zijn carrière altijd weten te vermijden dat hij werd gepakt.

Hij miste het inbreken niet echt. De bijbehorende sensatie en opwinding vond hij nu ergens anders. Het was leuk geweest zolang het duurde, en het had hem zeker genoeg opgeleverd om aangenaam van te kunnen leven. Dat was altijd zijn grootste ambitie geweest: een comfortabel leven met de nodige luxe.

Op zijn gemak wandelde hij naar de afdeling waar de zwarte panters rusteloos heen en weer drentelden. Met hun krachtige, slanke bouw, hun soepele elegantie en hun vervaarlijk schitterende ogen bleven het fascinerende beesten. Anders dan de meeste grote katachtigen, leken zij hun gevangschap minder filosofisch te nemen. Hij was vaak met een panter vergeleken, zowel door vakbroeders als door politiemensen en vrouwen. Waarschijnlijk vanwege zijn lichaamsbouw en manier van bewegen, overwoog hij, want aan zijn huid- en haarkleur kon het niet liggen.

Hij ging op een bankje zitten om naar voorbijgangers te kijken. Jammer dat hij een afspraak had, want de jonge brunette die in het voorbijgaan flirterig zijn flauwe glimlach beantwoordde, was zeker de moeite waard. Vrouwen beschouwde hij als een luxe waarvan hij nooit genoeg kon krijgen.

Op het moment dat hij met een blik op zijn horloge vaststelde dat het klokslag één uur was, kwam er een corpulente, kalende man naast hem zitten.

'Ik begrijp niet waarom we niet bij Whites konden afspreken,' klonk het humeurig.

Philip hield commandant Stuart Spencer het zakje pinda's voor. 'Veel te benauwd, kerel. Een beetje frisse lucht zal je goed doen. Je bent veel te bleek.'

Hoewel pinda's uit den boze waren bij het strenge dieet waarop zijn vrouw hem had gezet, nam Spencer er toch een paar. Al zou hij het nooit toegeven, hij was wat blij dat hij even van kantoor weg had gekund. Het eindeloze papierwerk stond hem net zo tegen als de continu rinkelende telefoon. Er waren dagen dat hij het veldwerk miste, zelfs al was hij er nooit in geslaagd de man te grazen te nemen die naast hem zat en nu voor hem werkte.

Hij koesterde een heimelijke bewondering voor Philip Chamberlain, die op het juiste moment de beslissing had genomen zijn leven een andere wending te geven. In plaats van te worden opgejaagd, mocht hij zelf jagen, zonder slechter af te zijn in vergelijking met het leven dat hij voordien had geleid.

Ondanks de aangename temperatuur trok Spencer zijn overjas wat dichter om zich heen. Hij had een blaar op zijn linkerhiel en hij werd geplaagd door een opkomende verkoudheid. Met zijn vijfenvijftig jaar was het moeilijk voor hem om Philip Chamberlain niet te benijden, al was het alleen maar vanwege zijn jeugd, zijn gezondheid en zijn aantrekkelijke voorkomen.

‘Rare plek voor een ontmoeting,’ bromde hij na een korte stilte.

Philip trok zich niets van Spencers humeurigheid aan. Hij was eraan gewend. ‘Neem nog wat pinda’s. Je kunt hier op je gemak rondkijken en aan alle zware jongens denken die dankzij jou gevangenzitten.’

‘Er zijn belangrijkere zaken dan pinda’s eten en aapjes kijken.’ Hij nam niettemin nog een handje. ‘Die kraak van vorige week, bijvoorbeeld.’

Philip verlangde naar een sigaret, al was het alweer een tijd geleden dat hij het roken eraan had gegeven. ‘Zat onze vriend daarachter?’

‘Daar heeft het alle schijn van. Een villa op Long Island, New York. Barnsworth. Steenrijk. Eigenaars van een keten warenhuizen.’

‘Ah, Frederick en Dorothea Barnsworth. Wat zijn ze kwijt?’

‘Diamanten.’

‘Dat zou ook mijn eerste keus zijn geweest,’ mompelde Philip dromerig.

‘Collier, armband. Verzekerd voor een half miljoen.’

Philip strekte zijn lange benen. ‘Goed bekeken.’

‘Het is verdraaid vervelend, Philip.’ Spencer keek hem vorsend van opzij aan. ‘Als ik niet had geweten waar jij vorige week uithing, zou ik jou aan de tand hebben gevoeld.’

‘Vleierij na al deze jaren, Stuart?’ informeerde Philip plagend.

Om het hem betaald te zetten, stak Spencer zijn pijp op. ‘Het is een slimme jongen. De drie gevaarlijke dobermanns verdoofd, en het geavanceerde alarmsysteem uitgeschakeld. Geen spoor nagelaten. Alleen de diamanten meegenomen, terwijl er heel wat meer te halen viel.’

'Niet inhalig, dus.' Hij wist als geen ander hoe verleidelijk het was om wel inhalig te zijn. Gedurende het afgelopen halfjaar had hij meer en meer bewondering voor deze dief gekregen. Klasse, stijl en hersens. Dat had de persoon in kwestie met hem gemeen.

'Ik zou heel wat minder belangstelling voor hem hebben als hij dat wel was. Hoelang zit Interpol nu al achter hem aan?'

'Bijna tien jaar,' antwoordde Spencer met tegenzin. Met zijn staat van dienst gaf hij niet graag toe dat deze man steeds wist te ontkomen. Dat herinnerde hem te veel aan zijn vergeefse jacht op Chamberlain. 'Geen vast patroon. Vijf inbraken in verloop van een maand, daarna een halfjaar niets. Maar we krijgen hem wel. Eén foutje, dat onvermijdelijk komt, en we hebben hem.'

Philip hield zijn gezicht in de plooi. 'Hoe vaak heb je dat niet over mij gezegd?'

Spencer blies opzettelijk een rookwolk in zijn gezicht. 'Je weet net zo goed als ik dat jij ooit een foutje hebt gemaakt.'

'Mogelijk.' Dat was de reden waarom hij had besloten het roer om te gooien. 'Volgens jou zit hij in de Verenigde Staten?' Een reisje naar Amerika trok hem wel.

'Nee. Ik denk dat hij daar juist een tijdje zal wegblijven. We hebben trouwens een mannetje in New York.'

'Jammer. Wat wil je dan van mij?'

'Hij concentreert zich op de superrijken. Zo er al een patroon in zijn diefstallen zit, dan is het zijn voorkeur voor beroemde juwelen. Denk maar aan de Stradford-parels en de Lady Caroline-saffier.'

'Mmm, de Lady Caroline...' verzuchtte Philip. 'Daar benijd ik hem om.'

'Hoe dan ook, we richten ons voorlopig op de festiviteiten van de high society in Europa. Daarbij kan het nuttig zijn een agent beschikbaar te hebben die in die kringen thuis is.' Hij negeerde Philips vage glimlach. 'Lady Fume geeft binnenkort een gala.'

'Ja, daar ben ik voor uitgenodigd. Ik heb nog niet besloten of ik ga.'

'Je gaat,' zei Spencer droogjes. 'Het zal er stikken van de juwelen en de kostbaarheden. Je mag een oogje in het zeil houden, maar handjes thuis.'

'Maar commandant, je weet toch dat je me kunt vertrouwen?' Hij grinnikte innemend. 'Hoe gaat het met die lieve dochter van je?'

'Ook voor haar geldt: handjes thuis, Philip.'

'Kom nou, het is puur platonisch.'

'Jij en platonisch als het om vrouwen gaat? Laat me niet lachen.'

Philip wierp grijnzend het lege zakje in de bak naast de bank. 'Ik wil het rapport van die laatste inbraak graag inzien.'

'Dat krijg je morgen.'

'Prima. Weet je, ik begin te begrijpen hoe jij je een aantal jaren geleden moet hebben gevoeld.' Met een peinzende blik in zijn grijze ogen staarde hij naar de panters. 'Zo iemand wordt een obsessie. Ik betrap mezelf er op de vreemdste momenten op dat ik aan hem denk. Wat hij doet, waar hij woont, wat hij eet, wat zijn volgende zet zal zijn, met wie hij vrijt...' Hij schudde zijn hoofd. 'Wel, ik verheug me op de dag dat we elkaar ontmoeten.'

'Pas maar op, wie weet is hij gevaarlijk, Philip.'

'Dat ben ik ook als het nodig is. Tot ziens, commandant.'

Adrianne nam enkele dagen voor het galabal van Lady Fume haar intrek in de Ritz, het hotel waarin haar moeder gedurende dat ene gelukkige verblijf in Londen had gelogeerd.

De staf kende haar goed, en dat was niet verwonderlijk, want ze gaf gewoonlijk royale fooien, terwijl ze het bedienend personeel altijd met respect en warmte tegemoet trad. Ze kreeg een suite met het uitzicht op Green Park. Na een babbeltje te hebben gemaakt met de verheugde piccolo, tegenover wie ze liet doorschemeren een paar dagen voor haar ontspanning in Londen te zijn, sloeg ze niet direct aan het uitpakken. Ze haalde alleen een in beschermend vloeipapier gevouwen avondjapon tevoorschijn. Tussen het vloeipapier verstopt, zaten de blauwdrukken waarvoor ze meer had moeten betalen dan voor de exclusieve creatie zelf.

Ze nam ze mee naar de zitkamer van de suite om ze daar op haar gemak te bestuderen. Het kapitale pand van de Fumes aan Grosvernor Square mocht er wezen, maar het haalde het niet bij hun buiten op het landgoed in Kent, waar ze ooit een saai weekend had doorgebracht. Van dat buiten had ze zelf een plattegrond kunnen tekenen, maar het huis in de stad kende ze niet goed genoeg. Ze zou het moeten doen met de gekochte informatie in combinatie met haar eigen observaties tijdens het gala.

De smaragden van Lady Fume zouden heel wat opbrengen. Het was een prettige gedachte dat de even gierige als snobistische Fumes indirect een substantiële bijdrage zouden leveren aan weduwen- en wezenfondsen in diverse steden. Het collier stond Lady Fume toch niet.

Een voordeel van hun gierigheid was dat ze weinig geld hadden besteed aan het beveiligen van hun villa, stelde Adrianne te-

vreden vast. Ze beschikten slechts over een standaardbedrading van deuren en ramen, zo bleek uit een van de blauwdrukken. Voor iemand met haar kwaliteiten zou het geen enkel probleem zijn om zich ongemerkt toegang te verschaffen.

Nadat ze de papieren zorgvuldig had opgeborgen, sloeg ze haar zwarte cape om en ging erop uit om de buurt rond Grosvenor Square te verkennen. Ze kende Londen weliswaar op haar duimpje, maar het hoorde bij een goede voorbereiding om ook de gewoonten van de bewoners van de buurhuizen te bestuderen.

Na een keer langsgereden te zijn, wist ze al dat de Fumes deze avond uit waren. Er brandde namelijk alleen licht in de hal, terwijl bij de buren ook de kamers verlicht waren. Zoals ze al had gedacht, was het een rustige buurt.

Voor de tweede ronde parkeerde ze haar huurauto op Bond Street en wandelde ze terug. Het was kil en vochtig, en dat beviel Adrianne uitstekend, omdat het daardoor nog stiller op straat was dan gewoonlijk rond deze tijd. Mist zou nog beter zijn, maar daar kon ze slechts op hopen. Bovendien kon ze nu zowel de omgeving als de tuin en de buitenkant van het huis rustig in zich opnemen. De wandeling had haar drieënhalve minuut gekost. In looppas zou ze de afstand in de helft van de tijd kunnen afleggen. Op het moment dat ze onopvallend rondkeek om te zien of er honden dan wel nieuwsgierig uit het raam kijkende buren waren, ontdekte ze de in de schaduw rondhangende man.

Philip had in een spontane opwelling besloten poolshoogte te gaan nemen. Weliswaar was er geen enkele aanwijzing dat de villa van de Fumes het volgende doelwit van de mysterieuze dief zou zijn, maar mocht het wel zo zijn, en hij zou de persoon in kwestie zijn geweest, dan zou hij van tevoren de buurt hebben willen verkennen.

Te rusteloos om thuis te blijven zitten, was hij er met die gedachte op uit gegaan. Enkel en alleen doordat hij had getracht zich voor te stellen hoe de door hem bewonderde dief te werk zou gaan, had hij weer de kriebels gekregen. Niet dat hij spijt had van zijn beslissing zich uit dat leven terug te trekken; hij miste alleen de opwinding en de uitdaging van het zorgvuldig voorbereiden van zo'n kraak.

Hij wist intuïtief dat het iets te betekenen moest hebben toen hij de in een zwarte cape gehulde vrouw aan zag komen wandelen. In het niet al te heldere schijnsel van de straatverlichting kon hij haar gezicht niet zien, maar uit haar zelfbewuste, soepele tred maakte hij op dat ze vrij jong moest zijn. Een intrigerende verschijning, zeker omdat ze in het voorbijgaan belangstellend naar het huis van de Fumes keek.

Toen ze hem ontdekte, meende hij een zweem van een aarzeling bij haar te bespeuren. Hij bleef rustig staan, de handen in de zakken van zijn leren vliegeniersjack. Zonder haar pas te vertragen of te versnellen, kwam ze dichterbij. Toen ze vlakbij was, hief ze haar gezicht op. Een mooi, exotisch gezicht, dat hem vaag bekend voorkwam.

'Goedenavond,' zei hij vriendelijk, in de hoop haar stem te horen.

Ze hield haar gitzwarte, amandelvormige ogen strak op hem gericht. Prachtige lange wimpers, flitste het door hem heen. Net voor ze hem passeerde, knikte ze koeltjes. Toen liep ze zwijgend door.

Adrianne moest zich beheersen om geen blik over haar

schouder te werpen. Ze kon genoeg onschuldige redenen bedenken waarom de man daar stond, maar de vreemde tinteling in haar nek wees in een andere richting. Zijn ogen deden haar aan de mist denken, grijs en geheimzinnig. Zijn houding, hoe ontspannen ook, was haar net iets te alert.

Onzin, hield ze zich voor, terwijl ze de cape wat dichter om zich heen trok. Hij stond daar waarschijnlijk gewoon op zijn vriendin of zijn vrouw te wachten. Beschaafde stem, en uitermate aantrekkelijk met die grijze ogen en dat blonde haar. Nee, er was geen enkele reden om zich er druk over te maken. En toch...

Uiteindelijk hield ze het er maar op dat de vermoeienissen van de reis haar parten speelden en besloot ze vroeg naar bed te gaan.

Achteraf bezien, was het niet verstandig geweest om met alleen wat wijn in haar maag te gaan slapen.

Toen ze in bed stapte, had ze heel vaag de geur van Arabische koffie geroken, en dat was kennelijk voldoende geweest om de akeligste van haar herinneringen uit haar onderbewuste te wekken. Zodra de nachtmerrie begon, wist ze zelfs in haar slaap dat er geen houden aan was. Weer zou ze de gebeurtenissen van de nacht van haar vijfde verjaardag herleven.

Ten slotte werd ze wakker van haar eigen gesnik. Overeind schietend, drukte ze haar gebalde vuisten tegen haar ogen in een vergeefse poging zich aan de angstdroom te ontworstelen. Ze baadde in het zweet, en het duurde enige tijd voor ze weer wist waar ze was en dat het allemaal heel lang geleden was.

Ze was geen kind meer, dat angstig onder het bed wegkroop,

Allah smeekte haar vader te laten ophouden. Niettemin deed ze het licht aan en stond ze op. Ze had op honderd meter hoogte aan een touw gehangen in New York, ze had bij nacht en ontij door donkere steegjes in Parijs gerend, en ze had een kilometer door een moeras in Louisiana moeten waden, maar niets was beangstigender dan de afschuwelijke herinneringen aan die nacht.

Nadat ze zich in de badkamer met koud water had opgefrist, ging het weer een beetje. Met haar ellebogen op de wasbak geleund, hief ze haar gezicht op om haar spiegelbeeld te bestuderen. Ze zag nog wat bleekjes, maar de angst was uit haar ogen verdwenen.

Met een zucht begaf ze zich naar de zitkamer van de suite om een tijdje naar buiten te kijken. Green Park lag er stil en verlaten bij. Het moment van de afrekening kwam met rasse schreden naderbij, bedacht ze. De datum was bepaald, maar dat wist zelfs Celeste niet. Het vooruitzicht was zowel opwindend als angstaanjagend. Binnenkort zou ze naar Jaquir gaan om zich te wreken op de man die haar moeder had misbruikt en vernederd. Ze zou nemen wat van haar was. De Zon en Maan.

12

Helen Fume verwelkomde Adrianne allerhartelijkst. Ze droeg een groen zijden avondjapon met een diep decolleté om haar smaragden het best tot hun recht te laten komen. 'Je bent helemaal niet laat, liefje,' zei ze op Adriannes verontschuldiging. 'Maar ik heb wel een appeltje met je te schillen.'

'O?' Adrianne keek haar verwonderd aan.

'Je bent al dagen in Londen, en je hebt me niet eens even gebeld.'

'Ik had behoefte aan rust.' Ze gaf haar cape aan de wachtende bediende. 'Ik was niet erg aanspreekbaar.'

'O jee, toch geen ruzie met Roger?'

'Roger?' herhaalde Adrianne, terwijl ze arm in arm met de gastvrouw de brede gang in liep. 'Je loopt achter, Helen. Ik ben alweer weken vrij.'

'Daar valt iets aan te doen. Tony Fitzwalter is net gescheiden.'

'Spaar me.' Adrianne kreunde theatraal voor ze de imposante balzaal betraden, waar de meeste genodigden zich verpoosden. Ze herkende in de gauwigheid heel wat gezichten. Dat was een van de redenen waarom ze dergelijke gala's vervelend vond. Altijd dezelfde mensen, altijd dezelfde gesprekken, veelal dezelfde saaie roddels. 'Prachtig, Helen.'

'Achteraf is het steeds weer de moeite van alle voorbereidingen waard,' verzuchtte Lady Fume, hoewel ze zelf weinig anders had gedaan dan zich in haar avondjapon hijsen. 'Ik hou nu eenmaal van zulke ontvangsten.'

'Gelukkig maar.' Adrianne nam een glas champagne van het dienblad dat haar door een passerende kelner werd voorgehouden. 'Je ziet er fantastisch goed uit. Wat heb je gedaan?'

Helen liet gevleid een hand over haar wat minder gevulde heup glijden. 'Dank je. Ik heb een kuur gedaan in Zwitserland. Dat doe ik nooit meer, maar het heeft geholpen, nietwaar?' Ze glimlachte stralend. 'Je kent zo'n beetje iedereen, dus je amuseert je verder wel, hè? Ik moet weer voor gastvrouw gaan spelen.'

Adrianne had al berekend dat ze ongeveer een kwartiertje nodig zou hebben om de safe in de slaapkamer te lokaliseren. Om te beginnen moest ze even een praatje met Madeline Moreau maken, de ex-vrouw van een filmster, die ze komend voorjaar van een deel van haar juwelen wilde verlossen.

Philip herkende haar op het moment dat ze de balzaal betrad als de jonge vrouw die hij enkele avonden eerder in het donker voor het huis van de Fumes had gezien. Zelfs tussen deze bonte verzameling van fraai geklede mensen sprong ze eruit; ze was een adembenemende schoonheid in haar zwarte, hooggesloten avondjapon.

Hij tikte de man naast hem op zijn arm, die er prat op ging een verre neef van de prinses van Wales te zijn. 'Wie is de donkere jongedame met die mooie benen?' informeerde hij op gedempte toon.

'Prinses Adrianne van Jaquir. Niet alleen fantastische benen, maar fantastisch van top tot teen. En een hartenbreekster. Ze keurt een man geen blik waardig voor hij maanden voor haar door het stof heeft gekropen.'

Philip wist meteen waarom ze hem vaag bekend was voorgekomen. Uit de roddelbladen die zijn moeder altijd spelde. Prinses Adrianne, dochter van een Arabische heerser en een Amerikaanse filmster. Haar moeder zou zelfmoord hebben gepleegd, of iets dergelijks. Wat had zo'n vrouw 's avonds in de buurt van het huis van de Fumes te zoeken?

Na enkele plichtmatige woorden met de man naast hem te hebben gewisseld, verontschuldigde Philip zich. Terwijl hij, hier en daar een bekende groetend, door de zaal drentelde, hield hij Adrianne onopvallend in de gaten. Hij kon zich niet aan de indruk onttrekken dat ze, net als hij, de boel eerder observeerde dan er deel van uit te maken. 'Nogmaals goedenavond,' zei hij toen hij naast haar was beland.

Adrianne, die met een ruk opzijkeek, herkende hem direct. Die ogen zou ze nooit vergeten. Ze monsterde hem een fractie van een seconde voor ze hem een glimlach schonk. Ze wist intuïtief dat ze dat beter kon doen dan hem koeltjes blijven aankijken. 'Hallo.' Ze nam haar laatste slok champagne en overhandigde hem haar lege glas met net genoeg koninklijke waardigheid om een afstand te creëren. 'Wel vaker aan de wandel 's avonds?'

'Niet vaak genoeg om jou tegen te komen.' Hij wenkte een kelner met een blad met glazen. 'Wilde je bij de Fumes langs?'

Ze dacht snel na. De vraag zou een test kunnen zijn. 'Nee, ik maakte een ommetje. Ik had die avond geen behoefte aan gezelschap.'

Hij ook niet. 'Zoals je daar liep... helemaal in het zwart, met die mistflarden om je heen... Mysterieus en romantisch. Dat is me bijgebleven.'

Zijn bekentenis zou haar moeten amuseren, maar de manier waarop hij naar haar keek, verhinderde dat. Ze had het vreemde gevoel dat hij dwars door haar heen keek. 'Er is niets romantisch aan jetlag. Ik ben meestal rusteloos na een lange vlucht.'

'Waarvandaan?'

Adrianne nam een slokje champagne. 'New York.'

'En hoelang blijf je in Londen?'

Zijn onschuldige vragen brachten haar van haar stuk, al begreep ze niet waarom. 'Een paar dagen.'

'Prima. Dan kunnen we beginnen met een dansje en naar een etentje toe werken.'

Ze glimlachte neutraal. 'Dansen kan.' Ze stond hem toe haar naar de dansvloer te leiden.

Zijn hand verraste haar. Hij oogde als een man die geregeld in avondkostuum rondliep, maar het eelt op zijn vingertoppen en in zijn handpalm verstoorde dat beeld. Een aristocratisch gezicht, arbeidershanden en beminnelijke manieren… Een gevaarlijke combinatie.

Ze moest zich dwingen niet te verstrakken op het moment dat hij haar in zijn armen nam. Het was of ze een elektrische schok kreeg toen hun lichamen nauwelijks voelbaar contact maakten. Haar schoonheid mocht dan zijn sensuele aspecten hebben, de realiteit was dat geen man haar ooit intiem had kunnen benaderen. Ze had al jaren geleden besloten dat het daar ook nooit van zou komen.

Nu was ze zich echter hinderlijk bewust van die krachtige hand op haar rug, evenals van de spieren die ze onder haar hand ter hoogte van zijn schouder voelde. Het was voor het eerst dat het voelen van spieren haar gemoedsrust verstoorde. Het orkestje speelde een langzaam nummer, en om te voorkomen dat hij haar nog dichter tegen zich aan zou trekken, keek ze naar hem op.

'Ben je goed bevriend met Lord en Lady Fume?'

'Nee. We kennen elkaar via een wederzijdse vriendin.' Haar subtiele geur intrigeerde hem mateloos. 'Carlotta Bundy.' Hij zag aan haar ogen dat ze die kende. 'Carlotta kon er vanavond niet zijn. Ze is op haar zoveelste huwelijksreis.' Alleen om te testen, verhoogde hij de druk van zijn hand in haar rug. Ze gaf toe, maar het ontging hem niet dat ze direct op haar hoede leek. 'Ben je morgen vrij?'

'Het is mijn gewoonte om vrij te zijn.'

'Ga met me uit eten.'

'Waarom?'

Haar koele reactie loog er niet om. 'Omdat ik graag met een mooie vrouw dineer. Het liefst met één mooie vrouw die van eenzame wandelingen houdt.'

Adrianne voelde zijn vingertoppen heel even met haar haren spelen. Die subtiele flirtpoging had ze met een enkele blik de grond in kunnen boren, maar ze liet het zo. 'Ben je romantisch aangelegd?' Hij had er het gezicht voor en zeker de ogen.

'Ja, ik denk het wel. Jij?'

'Nee. En ik dineer niet met mannen die ik niet ken.'

'Philip Chamberlain.' Ogenblikkelijk stelde hij zich voor. 'Zal ik Helen vragen ons officieel aan elkaar voor te stellen?'

Die naam zei haar iets, maar ze wist niet wat. Ze zou zich er later wel in verdiepen. Voorlopig vond ze het interessanter zijn spelletje mee te spelen. Bij het volgende, wat snellere nummer bleef hij in hetzelfde trage ritme van voorheen dansen. Ze volgde hem werktuiglijk, al begreep ze niet waarom haar hart opeens sneller klopte.

'Wat zou Helen me over jou vertellen?'

Philip glimlachte innemend. 'Dat ik niet getrouwd ben, dat ik discreet ben – waar het mijn zakelijke aangelegenheden betreft zowel als mijn persoonlijke – dat ik veel reis en dat ik een geheimzinnig verleden heb. Verder dat ik het grootste deel van het jaar in Londen woon, maar dat ik een buiten in Oxfordshire heb. Dat ik van gokken hou en liever win dan verlies. En dat ik er geen doekjes om wind als ik me tot een vrouw aangetrokken voel.' Hij bracht haar hand naar zijn lippen en hij liet die vederlicht over haar knokkels glijden.

Met moeite negeerde Adrianne de tinteling die langs haar arm omhoogkroop. 'Dat laatste omdat je eerlijk bent of omdat je haast hebt?' Ze kwam bijna in de verleiding zijn glimlach te beantwoorden.

'Dat hangt van de vrouw in kwestie af.'

Het was een regelrechte uitdaging, en een uitdaging van een man was voor haar altijd moeilijk te weerstaan. Hoewel ze al wist dat ze er spijt van zou krijgen, ging ze er toch op in. 'Ik logeer in de Ritz,' verklaarde ze, terwijl ze zich van hem losmaakte. 'Acht uur.'

Terwijl Philip haar nakeek, tastte hij automatisch naar het pakje sigaretten dat hij niet had. Als ze na een enkele dans al zo'n effect op hem had, zou het verdraaid interessant zijn om uit te vinden hoe het na een hele avond ging.

Het kostte Adrianne meer dan uur om ongezien weg te glippen. In de wetenschap dat brutalen de halve wereld hadden, en omdat er voortdurend mensen in en uit liepen, liep ze de trap in de ontvangsthal op alsof ze thuis was. Eenmaal op de eerste verdieping, wandelde ze de gang in naar de vierde deur aan haar rechterhand. Ze klopte om het zekere voor het onzekere te nemen, maar er volgde geen reactie, dus hoefde ze haar smoes dat ze hoofdpijn had en op zoek was naar aspirine niet te gebruiken.

Na een laatste blik over haar schouder ging ze de slaapkamer binnen, de deur geruisloos achter zich sluitend. In plaats van licht te maken, haalde ze haar kleine zaklantaarn uit haar handtas. Binnen de kortste keren had ze de kluis gelokaliseerd. Hij ging schuil achter een onooglijk schilderij aan de muur tegenover het bed. Eén blik op het combinatieslot was voldoende; dat zou ze in een kwartier hebben gekraakt.

Aan een korte inspectie van de ramen had ze genoeg om te weten dat het geen enkel probleem zou zijn om langs die weg te ontsnappen, mocht dat nodig zijn. Op het moment dat ze haar zaklantaarn uitknipte, hoorde ze de deurknop kraken. Binnensmonds vloekend, verschool ze zich vliegensvlug achter de louvredeuren van de kast, waar ze met ingehouden adem wachtte. Door de spleetjes zag ze het silhouet van Philip Chamberlain tegen de verlichte gang afsteken.

Wat moest die vent hier, vroeg ze zich af. Vanuit de deuropening liet hij zijn blik door de kamer dwalen. Een levensgevaarlijk individu, dacht ze toen ze hem strak naar de kast zag kijken waarin zij zich had verborgen. In stilte verwenste ze hem. Die toevallige ontmoeting op straat zou toch niet haar wekenlange voorbereidingen tenietdoen?

Hij stond daar waarachtig te glimlachen! Het was alsof hij haar dwars door de deur aankeek; ze kreeg het ongekend benauwd. Wat moest ze zeggen als hij haar hier in de kast betrapte? Terwijl ze daar paniekerig over nadacht, draaide hij zich om en deed de deur achter zich dicht.

Adrianne wachtte twee volle minuten voor ze uit de kast kwam. Terwijl ze haar jurk gladstreek en haar kapsel controleerde, overwoog ze dat ze er goed aan had gedaan zijn uitnodiging aan te nemen. Een man als Philip Chamberlain kon je beter in de gaten houden dan negeren of mijden.

In ieder geval was ze gedwongen haar plannen te wijzigen. Lady Fume zou nog wat langer van haar smaragden moeten genieten, maar het was haar eer te na deze reis voor niets te hebben gemaakt.

Met een laatste blik op het lelijke schilderij verliet ze de kamer. Ze zou met Philip dineren en na afloop teruggaan naar de Ritz om haar werkkleding aan te trekken. Madeline Moreau zou een maand eerder dan gepland afstand moeten doen van haar kostbare saffier.

13

Na tot diep in de nacht voorbereidingen te hebben getroffen, was Adrianne de volgende dag al vroeg uit de veren. Ondanks de aanwezigheid van Philip Chamberlain zou De Schaduw Londen niet met lege handen verlaten. De smaragden van Lady Fume konden wachten, het weduwen- en wezenfonds niet. Adrianne was flexibel genoeg om er een mouw aan te passen.

Om kwart voor negen deed Lucille, de jonge huishoudster van Madeline Moreau, de deur open voor een bebaarde, aantrekkelijke jongeman in grijze overall. 'Wat kan ik voor u doen?'

'Ongediertecontrole.' Adrianne grijnsde door haar zandkleurige baard heen en knipoogde vertrouwelijk. Haar blonde pruik ging grotendeels schuil onder een versleten pet. 'Ik moet deze ochtend zes appartementen doen, schat. Dit is de eerste op de lijst.'

'Ongedierte?' Lucille bloosde onder de aanhoudende blik van de jongeman. 'Daar heeft Mademoiselle Moreau niets over gezegd.'

'Opdracht van de huismeester.' Adrianne hield haar een roze formulier voor. Ze had vuile werkhandschoenen aan, die tot halverwege haar onderarmen reikten. 'Hij had klachten over muizen.'

'Muizen?' Lucille keek haar verschrikt aan. 'Maar... Maar Mademoiselle Moreau slaapt nog.'

'Daar zit ik niet mee. Als je Jimmy nu niet kunt gebruiken om die kleine schooiers uit te roeien, gaat Jimmy gewoon naar de volgende op de lijst.' Ze wapperde met het formulier. 'Wil je dan wel even tekenen? Ik wil geen ruzie met mijn baas als het hier een plaag wordt.'

'Nee, alsjeblieft!' Lucille rilde. 'Als je even wacht, zal ik *mademoiselle* wekken.'

'Doe maar kalm aan, schat. Ik word per uur betaald.' Lucille was nog niet weg, of Adrianne stond binnen. Na haar cilinder te hebben neergezet, schoot ze door de kamer om achter schilderijen en in de boekenkast te kijken. Ze glimlachte flauwtjes toen ze Madeline in een kamer verderop in de gang hoorde tieren. Blijkbaar hield de *mademoiselle* er niet van zo vroeg te worden gewekt. Toen Lucille terugkwam, stond Adrianne, tegen de deurpost geleund, zachtjes te fluiten.

'Wil je alsjeblieft in de keuken beginnen? *Mademoiselle* wil weg zijn voor je aan de slaapkamers toe bent.'

'Natuurlijk, schat. Houd jij me gezelschap?'

Lucille wapperde met haar wimpers. 'Straks misschien.' De jongeman was mager en vrij klein van stuk, maar hij had een knap gezicht.

Eenmaal in de keuken, had Adrianne de meterkast zo gevonden. Het alarmsysteem stelde niets voor: één schakelaar, en het was buiten werking gesteld. Tegen de tijd dat Lucille verscheen, was ze bezig een onschadelijk poeder in alle hoeken en gaten te spuiten.

'*Mademoiselle* wil graag weten hoelang je nodig hebt.'

'Blijf maar even uit de buurt, schat,' adviseerde Adrianne. 'Ik ben over een uurtje klaar.' Ze grijnsde bij het horen van de boze stem van Madeline, die haar handtas niet kon vinden. 'Een en al vriendelijkheid, hè? Waar kan ik nu naartoe?'

'De logeerkamer, graag.'

Toen Adrianne daar klaar was, hoorde ze Madeline vertrekken. Alles verliep volgens plan, overwoog ze tevreden. Nu de lieve Lucille nog een beetje opvrijen, en het zou praktisch voor de bakker zijn. Vannacht het appartement binnen komen was geen probleem, maar het moest wel lang genoeg verlaten zijn.

Twintig minuten later wist ze precies waar de kluis in Madelines boudoir zat en had ze zelfs een deel van het eenvoudige combinatieslot ontcijferd. Zo'n routineklus was eigenlijk beneden haar waardigheid, maar het was voor een goed doel. Dat hield ze ook voor ogen toen Lucille haar opgetut en wel opwachtte in de gang.

'Ben je klaar?' informeerde ze met een verleidelijke glimlach.

'Een muis die hier nog binnenkomt, is er geweest.' Adrianne grijnsde veelbetekenend. '*Mademoiselle* is weg?'

'Ja, minstens een uur.' Het meisje wapperde weer met haar wimpers, maar ook zonder dat was de boodschap duidelijk genoeg geweest.

Het kon niet beter, overwoog Adrianne. 'Ik wilde dat ik nu ook tijd had, maar ik moet de andere appartementen nog doen. Hoe laat ben jij vrij?'

'Moeilijk te zeggen,' antwoordde Lucille pruilend, terwijl ze aarzelend Adriannes arm aanraakte. 'Dat mens is soms zo uit haar hum. Dan verzint ze van alles om me tot halverwege de avond te laten blijven.' Ze staarde naar Adriannes mond. Ze was nog nooit gekust door een man met een baard.

Adrianne glimlachte innemend. 'Wat zou je ervan zeggen als

we tegen middernacht bij Bester's in Soho afspraken voor een drankje?'

'Alleen een drankje?'

'Daar hoeft het zeker niet bij te blijven. Ik woon daar om de hoek.' Ze tikte Lucille speels op de wang. 'Je kunt altijd mee om me... Franse les te geven.' Haar cilinder optillend, maakte ze aanstalten om te vertrekken.

'Misschien.'

Bij de voordeur wierp Adrianne een blik over haar schouder om nog eens naar de zowaar blozende Lucille te knipogen. 'Ik reken op je.'

Een uur later betrad Adrianne, vermomd als een keurige, blonde secretaresse, een charmante herberg even buiten Londen. Ze besprak een kamer en regelde een souper met champagne en een fraai boeket rozen voor middernacht. 'Mijn baas wil het beste van het beste,' zei ze tegen de bedrijfsleider, terwijl ze contant betaalde en meteen een ruime fooi gaf. 'Uiteraard moet de nodige discretie in acht worden genomen.'

'Vanzelfsprekend,' zei de man gladjes. 'Op welke naam, als ik zo vrij mag zijn?' Hij liet de vijf extra biljetten van tien pond schielijk in zijn zak glijden.

'Mr. Smythe,' antwoordde Adrianne koeltjes. 'De champagne moet, goed gekoeld, om twaalf uur precies klaarstaan.'

'Ik zal er persoonlijk op toezien.'

Bij het verlaten van de herberg kon Adrianne een flauwe glimlach niet onderdrukken. Het ging van een leien dakje. Madeline moest nu ongeveer de eerste zending rozen met liefdesgedicht hebben ontvangen. De Française was ijdel en avontuurlijk genoeg om op de uitnodiging van een stille bewonderaar in te gaan, zeker als vanavond laat de limousine bij haar voorreed. Een rijke bewonderaar was nooit weg. Weliswaar zou ze bedrogen uitkomen doordat de man in kwestie niet kwam opdagen, maar de champagne en haar aangeboren nieuwsgierigheid zouden haar lang genoeg van huis weghouden om De Schaduw ongestoord zijn slag te laten slaan.

Terug op haar kamer in de Ritz, verzamelde Adrianne alle gemaakte aantekeningen en verbrandde ze de briefjes stuk voor stuk. Vervolgens spoelde ze de asresten door het toilet. De ontmoeting met de intrigerende Philip Chamberlain kon stom toeval geweest zijn, maar ze wenste geen enkel risico te nemen. Door vanavond met hem uit te gaan had ze in elk geval het beste alibi dat ze zich kon wensen. Ze zou zich verkleden zodra ze van het etentje terug was. Dan moest ze er alleen nog voor zorgen dat ze rond middernacht ongezien haar suite kon verlaten.

Die avond kleedde Adrianne zich met zorg voor het diner. Toen ze klaar was, bekeek ze zich kritisch in de spiegel. Ze knikte tevreden. Philip Chamberlain mocht een gevaarlijk man zijn, hij zou ontdekken dat zij ook niet voor de poes was.

Ze begaf zich naar beneden nadat de receptionist had gebeld om te zeggen dat Mr. Chamberlain was gearriveerd. Philip kwam haar in de lobby tegemoet, gekleed in een onberispelijk grijs kostuum. Hij droeg een dunne zwarte coltrui in plaats van een overhemd, en hij zag er schandalig aantrekkelijk uit. Ze begroette hem met een koele glimlach.

'Jij bent stipt.'

'En jij bent mooi.' Hij bood haar een enkele rode roos aan.

Adrianne wist te veel van mannen om zich met een bloem te laten verleiden, maar haar glimlach werd warmer.

Ze wist hoe ze een man met een enkele blik, een enkele beweging van zijn stuk kon brengen, realiseerde Philip zich. Het was hem een raadsel hoe een vrouw met zulke ogen aan de reputatie van ongenaakbaarheid kwam. 'Ik heb een tafel besproken in een charmante herberg een eindje buiten Londen. Rustig, sfeervol en heerlijk eten.'

Adrianne had op een exclusief restaurant in het centrum gerekend. Hij zou toch niet de herberg hebben uitgezocht waar Madeline vannacht vergeefs op haar bewonderaar wachtte? 'Dus toch romantisch aangelegd,' merkte ze op. 'Ik verheug me op de rit. Onderweg mag je me alles over Philip Chamberlain vertellen.'

Terwijl hij zich afvroeg wat de pretlichtjes in haar ogen te betekenen hadden, nam hij haar bij de arm. 'Daar is de rit te kort voor.'

Op de achterbank van de Rolls liet Adrianne haar jasje van haar schouders glijden. Meteen nadat de chauffeur de auto in beweging had gezet, pakte Philip de fles champagne uit de gereedstaande ijsemmer.

'Heb je je tot nu toe geamuseerd in Londen?' vroeg hij, terwijl hij de fles routineus ontkurkte.

'Ik amuseer me altijd in Londen.'

'Met?'

Ze accepteerde het glas dat hij haar voorhield met gratie. 'Met winkelen, vrienden opzoeken... en wandelen.' Ze nam ook het toastje met kaviaar aan. 'Wat doe jij zoal?'

'Waaraan?' Hij keek toe hoe ze een slokje nam.

'Werk, plezier, wat dan ook.'

'Wat me op het moment in kwestie het meest trekt.'

Anders dan andere mannen, leek hij niet genegen veel van zichzelf prijs te geven. 'Je had het over gokken,' drong ze langs haar neus weg aan.

'O, ja? Nog wat kaviaar?'

'Graag.' Ze speelden een spel, maar ze liet zich niet van de wijs brengen. 'Hoe gok je het liefst?'

Hij glimlachte. 'Met de grootst mogelijke risico's.'

Het was dezelfde glimlach die ze door de spleetjes van de louvredeuren van de kast in Lady Fumes slaapkamer had gezien. Ze gebaarde om zich heen. 'Niet zonder succes, zo te zien.'

'Nee.' Ook nu, hoopte hij. 'Ga je hierna terug naar New York?' Hij kon zich nauwelijks voorstellen dat ze een leeghoofdige jetsetter was.

'Dat weet ik nog niet. Het lijkt me wel iets om met vakantie de warmte op te zoeken.'

Philip zag aan haar ogen dat ze een binnenpretje had. 'Is Jaquir warm genoeg?' Vlak voor ze haar ogen neersloeg, zag hij dat het gedaan was met het binnenpretje.

'Zeker, maar ik geef de voorkeur aan tropische warmte boven woestijnhitte.'

Een paar seconden liet hij het rusten. Net toen hij erop wilde ingaan, zoemde de autotelefoon. 'Neem me niet kwalijk,' zei hij verontschuldigend. 'Chamberlain.' Hij slaakte een nauwelijks hoorbare zucht. 'Dag, mam.'

Adrianne trok één wenkbrauw op. Als het niet lichtelijk schaapachtig had geklonken, zou ze niet hebben geloofd dat hij een moeder had. Ze schonk ongevraagd zijn glas nog eens vol en daarna het hare.

'Nee, ik ben het niet vergeten. Morgen gaat gewoon door… Je

mag aantrekken wat je wilt; je ziet er toch wel fantastisch uit... Nee, het geeft echt niet... Ik ga uit eten.' Philip keek Adrianne even aan. 'Ja... Nee, je kent haar niet. Mam, alsjeblieft...' Weer een zucht. 'Dit lijkt me niet het moment – Ja, ja, natuurlijk.' Hij liet de hoorn op zijn knie zakken. 'Mijn moeder. Ze wil je graag even spreken.' Hij trok een gezicht bij het zien van haar stomverbaasde blik. 'Het kan geen kwaad. Ze is niet eng.'

Onzeker nam Adrianne de hoorn van hem over. 'Hallo?'

'Dag, liefje. Mooie auto, hè?'

De stem miste Philips beschaving. Het lichte accent herkende ze als Cockney. 'Heel mooi,' antwoordde ze, onwillekeurig glimlachend.

'Ik voel me altijd net de koningin als ik erin zit. Hoe heet je, liefje?'

'Adrianne... Adrianne Spring.' Ze liet onbewust haar titel achterwege. De naam van haar moeder gebruikte ze alleen wanneer ze zich bij mensen op haar gemak voelde.

'Wat een prachtige naam, kindje. Ik hoop dat je het gezellig hebt. Mijn Phil is een goeie jongen. Ook wel knap, hè?'

Adriannes ogen glinsterden toen ze naar hem glimlachte. 'Dat is hij zeker.'

'Laat je niet al te snel door hem inpalmen, lieve kind. Hij kan een schurk zijn.'

'Echt? Ik zal er rekening mee houden. Dank u, Mrs. Chamberlain.'

'Noem me maar Mary. Dat doet iedereen. Phil moet je eens meenemen. Dan kunnen we bij een kopje thee verder kletsen.'

'Heel graag. Tot ziens dan maar.' Zachtjes grinnikend, gaf ze de hoorn aan Philip.

'Tot morgen, mam... Nee, ze is niet knap. Ze kijkt scheel, heeft een hazenlip en afschuwelijke wratten. Ga jij nu maar televisie kijken... Ja, ik hou ook van jou.' Hij verbrak de verbinding en nam een fikse slok champagne. 'Sorry.'

'Het is nergens voor nodig om je te verontschuldigen.' Ze zag hem opeens heel anders. Hoe kon ze koel blijven doen tegen een man die zijn moeder kennelijk op handen droeg? 'Ze klinkt heel aardig.'

'Dat is ze ook. Ze is de vrouw van mijn hart.' Adrianne keek hem een moment onderzoekend aan. 'Je meent het nog ook, hè?'

'Jazeker.'

'Is je vader ook zo aardig?'

'Dat zou ik niet weten.'

Ze begreep uit zijn afgemeten reactie dat ze er niet op moest doorgaan. 'Waarom zei je dat ik scheel was?'

Philip nam lachend haar hand in de zijne voor een spontane handkus. 'Voor je eigen bestwil, Adrianne.' Hij keek haar diep in de ogen. 'Ze verlangt bijna wanhopig naar een schoondochter... en kleinkinderen.'

'O.' Ze moest even iets wegslikken voor ze haar hand uit de zijne losmaakte.

Het bleek inderdaad de herberg te zijn die zij die ochtend had bezocht. De bedrijfsleider verwelkomde haar met een hoofse buiging, zonder een spoor van herkenning.

Zoals Philip had beloofd, was het eten voortreffelijk, maar wat Adrianne niet had verwacht, was dat ze in zijn gezelschap zo ontspannen en op haar gemak zou zijn. Hij was een hoffelijke, attente en welgemanierde disgenoot, die haar moeiteloos wist te boeien, zowel met amusante verhalen als met intellectuele conversatie.

Tijdens de koffie met cognac begon hij opeens over oude films, ook een van haar hobby's. Hij meed de naam en de tragedie van haar moeder, en hij maakte haar aan het lachen met zijn voortreffelijke imitaties van Bogard, Gable en Tracy.

Adrianne betrapte zich erop dat ze meer en meer van hem gecharmeerd raakte, zeker toen ze ook nog van hem hoorde dat hij van tuinieren hield.

'Ik kan me jou haast niet voorstellen met schoffel en hark, maar het verklaart het eelt.'

'Eelt?'

'Op je handen.' Het was eruit voor ze er erg in had. Wat was bedoeld als een onschuldige constatering, kreeg in deze romantische omgeving bij kaarslicht en zachte vioolmuziek een veel te intieme lading. 'Het past niet bij de rest van je,' voegde ze er haastig aan toe.

'Beter dan je denkt,' zei hij zachtjes. 'We hebben allemaal onze fantasieën en illusies, nietwaar?'

Omdat ze zich niet aan de indruk kon onttrekken dat hij daar meer mee bedoelde, begon ze snel over iets anders.

Toen het onderwerp reizen ter sprake kwam, ontdekten ze dat er veel plaatsen waren die ze allebei hadden bezocht. Bij toeval kwamen ze erachter dat ze vijf jaar eerder tegelijkertijd een week in Rome hadden doorgebracht.

'Ik heb het daar heerlijk gehad,' merkte Adrianne dromerig op, terwijl ze de herberg verlieten. Ze dacht aan het snoer robijnen en de diamanten van een *contessa*, die samen goed waren geweest voor het lieve sommetje van driehonderdvijftig miljoen lire.

'Ik ook.' Philip had in die week een van zijn laatste kraakjes gezet. De edelstenen van de een of andere filmmagnaat hadden in Zürich zelfs meer opgebracht dan hij had durven hopen. 'Jammer dat we elkaar daar niet tegen het lijf zijn gelopen.'

'Ja,' antwoordde ze instemmend, hoewel ze ervan overtuigd was dat hij haar te veel van haar werk zou hebben afgeleid. Dat zijn dijbeen het hare raakte bij het instappen, deed haar al meer dan haar lief was. Het was maar goed dat de inbraak bij Madeline relatief simpel zou zijn.

'Ken je San Filippo?' vroeg Philip.

'Houd op!' Ze lachte. 'Ik kom al aan als ik alleen maar dénk aan dat zalige ijs.'

'Wie weet zitten we daar ooit nog eens samen.' Hij liet zijn vingertoppen vederlicht over haar wang glijden. Vergiste hij zich, of las hij echt een zweem van spijt in de zwarte diepten van haar ogen voor ze zich terugtrok? Ze wilde hem op een afstand houden, daar was in elk geval geen vergissing over mogelijk. Van het ene moment op het andere veranderde ze van een warme, levenslustige, exotische schone in een ijzig koele, ongenaakbare schoonheid. Hij had zoiets nog met geen enkele vrouw meegemaakt; ze intrigeerde hem mateloos met dat vreemde contrast. Afgezien daarvan was het nieuw voor hem dat hij zich zo onweerstaanbaar tot een vrouw aangetrokken voelde.

In het besef dat hij haar beter even kon laten betijen, liet hij haar met rust tot ze het centrum van Londen naderden. 'Wat deed je gisteravond in de slaapkamer van Lady Fume?' vroeg hij opeens zonder enige inleiding.

Adrianne schrok zich een ongeluk. Na de heerlijke avond was dit wel het laatste waarop ze had gerekend. Alleen dankzij haar jarenlange training in zelfbeheersing onder alle omstandigheden wist ze het op te brengen hem verwonderd aan te kijken. 'Pardon?'

'Je hoorde het goed.' Bijna afwezig hief hij een hand om zijn vingertoppen over haar weelderige haar te laten glijden.

'Hoe kom je erbij dat ik daar was?'

'Ik weet dat je er was,' antwoordde hij gemoedelijk. 'Je geur, Adrianne. Ik rook je op het moment dat ik de deur opende.'

'O?' Om tijd te winnen sloeg ze haar jasje om haar schouders. 'Ik zou je kunnen vragen wat jij daar deed.'

'Dat zou je kunnen vragen,' antwoordde hij met een stalen gezicht.

Ze begreep dat ze er niet onderuit kon. 'Simpel. Ik was boven om een stuk losgeraakte zoom vast te naaien,' loog ze. 'Moet ik gevleid zijn dat je mijn parfum herkende?'

'Je moet gevleid zijn dat ik je geen leugenaar noem,' reageerde hij bedrieglijk luchthartig. 'Maar ja, mooie vrouwen willen nu eenmaal nogal eens liegen.'

Of hij wilde of niet, hij moest haar gezicht aanraken. Niet plagend of flirtend, zoals eerder, maar liefkozend. Zo zacht, zo begeerlijk, flitste het door hem heen voor hij compleet werd verrast door wat hij in haar ogen zag. Niet de woede of de koele afstandelijkheid die hij min of meer verwachtte, maar angst. Het was slechts een flikkering, maar het was onmiskenbaar.

'Ik lieg alleen als het strikt noodzakelijk is, Philip.' Ze kon er met haar verstand niet bij dat zijn aanraking haar zo van haar stuk bracht. Hij wekte er verlangens mee waar ze immuun voor meende te zijn. Om te redden wat er te redden viel, dwong ze zich tot een koele glimlach. 'We zijn er.'

‘Waarom jaagt het idee dat ik je zal kussen je angst aan, Adrianne?’

Waarom zag hij zo scherp wat ze voor talloze anderen altijd verborgen had weten te houden? ‘Je vergist je,’ wierp ze toonloos tegen. ‘Ik wil het gewoon niet.’

‘Mmm, ik vrees dat ik je nu alsnog een leugenaar moet noemen.’

Ze ademde doelbewust heel langzaam uit. Niemand kende de destructieve gevolgen van haar opvliegendheid beter dan zijzelf. ‘Zoals je wilt. Verder was het een heerlijke avond, Philip. Welterusten.’

‘Ik zal je even naar je kamer brengen.’

‘Doe geen moeite.’

De chauffeur hield het portier al voor haar open. Zonder Philip nog een blik waardig te keuren, stapte ze uit en betrad ze de lobby van de Ritz.

Adrianne wachtte tot klokslag middernacht voor ze het hotel via de dienstuitgang verliet. Ze ging weer volledig in het zwart gekleed, een dunne wollen coltrui, leggings die haar slanke benen als een tweede huid omsloten, en een leren jack. Haar opgestoken haar ging schuil onder een muts die ze tot over haar oren had getrokken. Ze had leren laarzen met rubberzolen aan. Over haar schouder hing een grote tas.

Op vijfhonderd meter afstand van de Ritz hield ze een taxi aan. Het was mistig, maar ze wilde geen enkel risico nemen. Via een grote omweg liet ze zich door een derde taxi afzetten op de hoek van de straat waarin Madeline woonde.

Het was doodstil, en door de mist kon ze niet eens de overkant zien. Twee minuten later was ze over het muurtje geklauterd dat de binnenplaats van het appartementengebouw van het zijsteegje scheidde. Zorgvuldig de ramen tellend, stond ze binnen een mum van tijd onder het slaapkamerraam van Madeline. Na nogmaals te hebben gecontroleerd of er niet toevallig een aan slapeloosheid lijdende buur uit het raam keek, slingerde ze het touw vakkundig om de balustrade van het balkon op de eerste verdieping en trok ze zich met haar voeten tegen de muur geruisloos op.

Zodra ze het balkon had bereikt, was de rest routine. Met behulp van haar glassnijder, een bierviltje en een stukje kauwgum had ze zo een rond gaatje in de glazen deur. Ze stak haar hand erdoorheen, opende de deur en stapte naar binnen.

Nadat ze de gordijen had dichtgeschoven, bleef ze even staan om zich te concentreren. Ze pakte haar zaklantaarntje en scheen op het kastje waarachter de kleine kluis schuilging. Omdat ze haar handen vrij moest hebben, trok ze een schemerlamp dichterbij en knipte die aan. Vervolgens ging ze aan de slag. Dankzij de goede voorbereidingen van die ochtend, ging het kraken van de combinatie nog sneller dan ze had verwacht. Alleen toen ze een auto langs hoorde komen, staakte ze haar werkzaamheden tot ze er zeker van was dat hij was doorgereden.

Twintig minuten nadat ze over het muurtje was geglipt, was het doel bereikt. Ze borg haar instrumenten op voor ze de inhoud van de kluis nader bekeek, waarbij ze de officieel ogende documenten negeerde. Stuk voor stuk opende ze de juweliersdoosjes. De eerste drie zette ze meteen weer terug. Weliswaar zaten er aardige kostbaarheden in, maar het was haar om de hanger met grote saffier te doen. Ze nam niet de moeite haar loep tevoorschijn te halen. Al hoefde ze Madeline voorlopig nog niet thuis te verwachten, ze wilde ruimschoots op tijd weg zijn. Ze schoof de doos in haar tas, bracht de kamer voor zover nodig weer op orde en begaf zich naar het balkon.

Even geruisloos als ze was gekomen, verdween ze, vervuld van dat onbeschrijflijke gevoel van triomf en opwinding dat ze met niemand kon delen. Terug op straat, gunde ze zichzelf een halve minuut om daarvan te genieten. Toen haalde ze een paar maal diep adem en ging ze door de mist op weg naar het hotel.

Philip kon niet precies zeggen waarom hij er weer op uit was gegaan. Niet in staat de slaap te vatten, had hij zich aangekleed om een eindje te gaan wandelen. Voor hij het wist, was hij op weg naar de plek waar hij Adrianne voor het eerst had gezien. Hij hield zich meteen voor dat het niet vanwege haar was, maar om te controleren of er bij de Fumes niets vreemds aan de hand was. Het was immers een goede nacht voor een inbraak. Als hij nog in het vak had gezeten, zou hij bij zulk mistig weer zijn handjes hebben dichtgeknepen.

Nonsens. Het was wel degelijk om Adrianne. Hij had niet kunnen slapen omdat hij voortdurend aan haar moest denken. Ze was beeldschoon, exotisch, mysterieus, intelligent en... nog veel meer. Met al die kwaliteiten was ze onweerstaanbaar. Ze kon bijvoorbeeld ook met een stalen gezicht liegen, en de vraag waarom een vrouw als zij dat nodig had, bleef hem intrigeren. Hij had ongelooflijke trek in een sigaret.

Uit zijn gepeins ontwakend, keek hij om zich heen. Tot zijn stomme verwondering was hij richting de Ritz gelopen. Adrianne liet hem inderdaad niet los.

Op het moment dat hij de hoek om kwam, zag hij haar. Ze stak net de geheel verlaten straat over. Anders dan de eerste keer, droeg ze niet haar zwarte cape, al was ze wel in het zwart gekleed. Hoewel hij haar gezicht niet kon zien, en haar lange haar schuilging onder een strak over haar hoofd getrokken muts, herkende hij haar onmiddellijk aan haar manier van bewegen. Hij wilde haar roepen, maar iets weerhield hem. Even later zag hij haar door de dienstingang het hotel binnen glippen.

Philip bleef vanuit het duister naar het raam van haar suite staren. Hij verklaarde zichzelf voor gek. Het kon niet. Sterker nog, het was absurd. En toch… Hoe langer hij erover nadacht…

14

Adrianne keek in haar suite vluchtig de ochtendkrant door tijdens het uitgebreide ontbijt dat ze had besteld. Een van de weinige problemen van haar dubbelleven was het feit dat ze niets van de opwinding van haar successen met een ander kon delen. Zelfs Celeste, die van alles op de hoogte was, kon de spanning en de sensatie van een geslaagde inbraak onmogelijk navoelen.

Het was echter niet anders; ze had zelf voor dit eenzame bestaan gekozen, en ze moest het doen met de voldoening van haar successen. Ze dacht er niet verder over na. Er was werk aan de winkel voor Rose Sparrow, want prinses Adrianne moest het vliegtuig van zes uur naar New York halen – zonder de kostbare hanger die De Schaduw bij Madeline had ontvreemd.

Toen ze een uurtje later in haar leren minirok en met haar pruik op de Ritz verliet, kwam Philip net binnen. Ze passeerden elkaar bij de glazen deuren, en Philip mompelde in het voorbijgaan zelfs een verontschuldiging omdat hij haar bijna aanstootte. Het kostte Adrianne moeite om niet te giechelen. 'Geen probleem, kerel,' wist ze in haar beste cockney uit te brengen.

De portier bij de ingang snoof hoorbaar. Hij zag haar blijkbaar voor een dame van lichte zeden aan, die de nacht had doorgebracht bij een zakenman zonder smaak. Adrianne trok zich er niets van aan. Heupwiegend liep ze naar het station van de ondergrondse om naar West End te gaan, waar ene Freddie zich discreet over Madelines saffier zou ontfermen.

Om twee uur was ze terug in haar suite met een dikke bundel biljetten van twintig pond. Het enige wat haar nog te doen stond, was het geld op haar Zwitserse rekening storten, en via haar Londense advocaat een anonieme donatie regelen aan het weduwen- en wezenfonds.

Minus haar commissie, dacht ze, terwijl ze haar rode pruik diep in haar koffer wegstopte. Tienduizend pond leek haar redelijk. Ze was net bezig de laatste sporen van Rose van haar gezicht te halen, toen er op de deur werd geklopt. Omdat ze niet in haar ondergoed wilde opendoen, schoot ze snel haar peignoir aan.

'Philip!'

'Hallo. Ik hoopte al dat je er nu wel zou zijn.' Hij deed snel een stap naar voren om te voorkomen dat ze de deur in zijn gezicht zou dichtslaan. 'Ik was er om halftwaalf ook al, maar toen was je er niet.'

'Ik moest nog iets doen,' deelde ze hem koeltjes mee. 'Wat wil je?'

'Ik dacht dat je misschien vrij zou zijn om mee uit lunchen te gaan.'

'O. Aardig van je, maar ik vertrek over een paar uur.'

'Ga je al terug naar New York?'

'Voor een paar dagen. Ik moet nogal wat regelen voor het liefdadigheidsbal dat ik heb georganiseerd.'

'Ah.' Ze droeg geen make-up. Daardoor leek ze jonger, maar zeker niet minder bekoorlijk. 'En daarna?'

'Moet ik door naar Cozumel in Mexico. Een modeshow voor een goed doel met Kerstmis.' Meteen had ze spijt van haar antwoord. Ze hield er niet van iemand van haar plannen op de hoogte te stellen. 'Als je me nu wilt verontschuldigen? Ik ben aan het pakken.'

'Ga rustig door. Mag ik intussen iets drinken?'

'Ga je gaan.' Ze draaide zich geërgerd om en liep terug naar de slaapkamer. Na snel te hebben gecontroleerd of alles wat kwaad kon was opgeborgen, ging ze verder met pakken.

'Jammer dat je zo snel weg moet.' Philip verscheen in de deuropening, een glas whisky in de hand. 'Je zult alle opwinding missen.'

'O?' Geroutineerd vouwde ze twee truien op alvorens ze in de koffer te leggen.

'Ja. Je hebt het misschien niet gehoord, maar er is afgelopen nacht ingebroken bij Madeline Moreau.'

'Ach, nee!' Met een geschokt gezicht draaide ze zich om. Philip leunde op zijn gemak tegen de deurpost. Hij leek haar reactie te peilen. 'Arme Madeline. Is er veel gestolen?'

'Alleen haar hanger met de grote saffier,' antwoordde hij bedaard.

'Alléén?' Ze liet zich op de rand van het bed zakken. 'Wat afschuwelijk. Die had ze op het feest van Lady Fume toch om?'

'Ja.' Philip nam een slokje whisky. Hij moest haar nageven dat ze verdraaid goed was.

'Wat zal ze ontdaan zijn. Misschien moet ik haar even bellen. Of misschien juist niet. Ik kan me voorstellen dat ze niemand wil spreken voor ze het heeft verwerkt.'

'Aardig van je om rekening te houden met haar gevoelens.'

'Dat is toch wel het minste. Ik neem aan dat ze goed verzekerd is, maar de gevoelswaarde krijg je nooit terug. Juwelen zijn zo persoonlijk…' Ze stond op. 'Ik pak ook even iets te drinken. Dan mag je me vertellen wat je er verder van weet.'

Ze was de kamer nog niet uit, of Philip ging naast haar koffer zitten. Hij keek naar de leren minirok, die klaar lag om te worden ingepakt. Die was toch niets voor Adrianne, dacht hij afwezig, terwijl hij zich afvroeg hoe hij erbij kwam dat rokje eerder te hebben gezien.

'Heeft de politie aanwijzingen gevonden?' vroeg Adrianne toen ze zich met een glas droge vermout bij hem voegde.

'Niet dat ik weet. De dief is via het balkon in haar boudoir gekomen en heeft haar kluis gekraakt. Madeline was er niet. Ik hoorde dat ze naar dezelfde herberg was waar wij hebben gedineerd.'

'Meen je dat? Vreemd dat we haar niet hebben gezien.'

'Ze was er later dan wij. Het schijnt dat de dief zo slim is geweest haar van huis weg te lokken met de belofte van een intiem souper met een zogenaamde stille aanbidder.'

'Nu houd je me voor de gek!' Ze glimlachte, maar werd meteen weer ernstig omdat hij haar strak bleef aankijken. 'Jeetje, wat vreselijk voor haar.'

'En voor haar ego,' vulde hij droogjes aan.

'Dat ook.' Adrianne huiverde. 'Aan de andere kant misschien maar goed dat ze niet thuis was. Ze had vermoord kunnen worden.'

Philip liet de whisky over zijn tong rollen. Goede whisky. Heel goed. Net zo goed als De Schaduw. 'Dat denk ik niet.'

Adrianne deed alsof ze niet merkte dat hij strak naar haar keek. Ze zette haar glas neer en ging verder met pakken. 'Vind jij het niet vreemd dat alleen die hanger is gestolen? Ik bedoel dat

Madeline toch zeker meer waardevolle spullen in haar kluis zal hebben gehad.'

'Tja, je kunt er gevoeglijk van uitgaan dat de dief alleen belangstelling had voor die hanger.'

'Een excentrieke dief?' Ze liep flauwtjes glimlachend naar de kast. 'Het blijft heel naar voor Madeline, maar de politie zal hem wel snel te pakken hebben.'

'Vroeg of laat, dat is zeker.' Philip nam zijn laatste slok. 'Ze zijn in elk geval op zoek naar een jongeman met een baard. Die schijnt 's ochtends te zijn binnengekomen met de smoes dat er ongedierte moest worden verdelgd. Scotland Yard gaat ervan uit dat hij met het alarmsysteem heeft gerommeld, zodat óf hij óf zijn handlanger 's nachts zijn gang kon gaan.'

Met haar hoofd een beetje scheef keek Adrianne hem aan. 'Je schijnt er veel van te weten.'

'Connecties.' Hij speelde met zijn lege glas. 'Al met al heb ik wel bewondering voor hem.'

'Voor een dief? Waarom?'

'Om zijn vakmanschap en zijn stijl. Madeline op zo'n manier haar huis uit lokken getuigt van creativiteit en durf.' Hij zette zijn glas op het nachtkastje. 'Heb je vannacht goed geslapen, Adrianne?'

Ze wierp een blik over haar schouder. Er stak meer achter die schijnbaar onschuldige vraag. 'Waarom zou ik niet goed geslapen hebben?'

Philip staarde peinzend naar de minirok. 'Ik kon de slaap niet vatten, dus ben ik een eindje gaan wandelen. Ik weet niet hoe het kwam, maar ik bevond me opeens hier vlakbij. Rond kwart over één.'

Adrianne had opeens behoefte aan meer vermout. 'O? Misschien te veel champagne?' opperde ze. 'Hoewel, ik slaap daar altijd heel goed op.'

Hij hield haar blik gevangen. 'Ik vroeg het me gewoon af. Dit is niet echt iets voor jou, is het wel?'

Beheerst pakte ze het rokje om het in haar koffer te leggen. 'In een opwelling gekocht,' verklaarde ze langs haar neus weg. 'Aardig van je dat je me het nieuws even kwam vertellen.'

'Tot je dienst.'

'Het spijt me, Philip, maar ik moet nu opschieten. Mijn vliegtuig vertrekt om zes uur.'

'Oké. Tot ziens dan maar.'

Ze trok één wenkbrauw op. 'Wie zal het zeggen?'

'Ik, en ik zeg tot ziens.' Philip stond op.

Het ging zo snel, dat ze niet de kans had hem te ontwijken. Ze hief met een ruk haar hoofd op toen ze zijn hand in haar nek voelde, maar ze kreeg geen tijd om zich tegen zijn kus te wapenen. Om de een of andere reden bleef ze zich voorhouden dat het wel degelijk verschil zou hebben gemaakt. Dat ze, als ze erop verdacht was geweest, niet zou hebben gereageerd – en nooit zou hebben geweten hoe warm en verleidelijk zijn lippen aanvoelden.

Hoe dan ook, toen zijn greep verstrakte, gaf ze er onwillekeurig aan toe in plaats van zich los te rukken. Nauwelijks merkbaar, misschien, maar zelfs zover was ze nooit eerder iemand tegemoetgekomen.

Philip had slechts gehoor gegeven aan een spontane opwelling, zonder bij eventuele consequenties stil te staan. Andere vrouwen zouden op de kus zijn ingegaan of hem hebben afgeweerd. Adrianne bleef alleen maar doodstil staan, alsof het intieme contact haar volkomen verbijsterde. Wat hém verbijsterde, was het contrast tussen haar kennelijke verwarring en de verrukkelijke warmte van haar mond. Haar zachte, zoete lippen weken onder de zijne vaneen, en een aarzelende zucht ontsnapte haar. Het beroerde hem dieper dan enige andere seksuele ervaring ooit had gedaan.

Ze was zichtbaar wit weggetrokken toen ze achteruitstapte, en hij las opnieuw een zweem van angst in haar grote zwarte ogen. Hij wist de heftige neiging om haar met zich mee te trekken op het grote bed te onderdrukken, maar zijn verlangen haar geheimen te ontsluieren was sterker dan ooit.

'Ik wil dat je weggaat.'

'Goed.' Het weerhield hem er niet van haar hand te pakken. 'Maar we zijn nog niet klaar,' murmelde hij, terwijl hij haar knokkels kuste. 'Nee, we zijn nog niet klaar, dat weet jij net zo goed als ik. Prettige vlucht, Adrianne.'

Ze wachtte tot hij de deur uit was voor ze zich met knikkende knieën op de rand van het bed liet zakken. Zo wilde ze zich nooit meer voelen. Nooit!

'Je hebt me niet alles verteld, Adrianne.'

'Waarover?' Adrianne keek de balzaal van het Plaza Hotel rond. De bloemstukken stonden op hun plaats, het orkest zat op het podium te stemmen en het bedienend personeel stond klaar bij het koud buffet.

Nog even, en de deuren zouden worden geopend voor de crème de la crème van de society, die kwam dansen, eten en drinken à raison van duizend dollar per persoon. Succes verzekerd. Met de opbrengst zou de nieuwe kinderafdeling van een ziekenhuis even buiten New York kunnen worden ingericht. 'Misschien had ik toch ook een serie kerststerren moeten laten plaatsen,' mompelde Adrianne afwezig.

'Adrianne!' Celeste zei het zo ongeduldig, dat Adrianne in de lach schoot. 'Wat is er precies in Londen voorgevallen?'

'Dat heb ik je al verteld,' antwoordde ze luchtig.

'Ja, maar wat heb je verzwegen?'

'Celeste, alsjeblieft. Je leidt me af. Ik heb nu echt geen tijd –'

Haar vriendin greep haar bij de arm en trok haar uit de buurt van het orkest. 'Het is allemaal perfect geregeld, zoals gewoonlijk. Ik wil weten of er iets is misgegaan.'

'Niets.'

'Waarom ben je dan sinds je terug bent zo gespannen en lichtgeraakt?'

'Door de drukte van alle voorbereidingen.' Adrianne kuste Celeste vluchtig op de wang. 'Je weet hoe belangrijk ik dit vind.'

'Dat blijkt uit alles. Niet voor niets heb je er zo'n succes mee.' De actrice schudde haar hoofd. 'Als je hier al je tijd en energie aan zou besteden, was het helemaal nergens meer voor nodig om –'

'Niet nu, Celeste.' Ze gaf het teken dat de deuren konden worden geopend, de beste manier om een eind aan het gevraag te maken. 'Het doek gaat op.'

'Als je in moeilijkheden zit, Addy –'

'Ben jij de eerste, die het hoort.' Met een stralende glimlach ging ze de eerste gasten begroeten.

De avond verliep naar wens. Adrianne kreeg heel wat complimentjes over de voortreffelijke organisatie. Doordat ze het zo druk had met toezien of alles goed ging, door hier en daar een praatje te maken, waar nodig even te flirten en soms, als ze er echt niet onderuit kon, te dansen, kwam ze zelf niet aan eten en drinken toe. Het kon haar echter niet schelen, want het was allemaal voor het goede doel.

Zoals wel vaker op dergelijke avonden, zag ze ook mogelijkheden voor andere goede doelen. Bijvoorbeeld het schitterende nieuwe collier van Lauren St. John, de tweede vrouw van een bekende hotelmagnaat. Om dat nader te kunnen bekijken, volgde ze haar naar het toilet. Terwijl ze deed alsof ze haar make-up controleerde, was ze getuige van het staartje van een ruzie tussen twee aankomende filmsterretjes.

'Ach, ja, als er een man in het spel is...' zei Lauren geamuseerd toen ze zich even later bij haar voegde om haar handen te wassen.

Adrianne knikte glimlachend.

Lauren begon haar sluike, blonde haar te borstelen. 'Wiens hart ga jij deze week breken, schat?'

'Ik doe een tijdje kalm aan.' Adrianne stopte haar lipstick weg. 'Wat heb je daar trouwens een schitterend collier, Lauren.' Ze wist al waar en voor hoeveel het was gekocht.

'Ja, mooi, hè?' Lauren strekte haar hals om de edelstenen in het licht te laten flonkeren. 'Van Charlie gekregen. We waren vorige week een jaar getrouwd.'

'En iedereen maar denken dat jullie huwelijk tot mislukken gedoemd was.' Adrianne boog zich naar haar toe. 'Echt prachtig.'

'Zeventig karaat aan diamanten en achtenvijftig karaat aan Birmaanse robijnen.'

'Charlie weet wel wat hij koopt.'

'Gelukkig kan ik zoiets dragen, al zeg ik het zelf. Als je die oude taarten soms ziet...' Ze snoof verachtelijk voor ze Adrianne vluchtig bekeek. 'Wat jij daar nu om hebt, is trouwens ook een schatje.'

Glimlachend betastte Adrianne het collier met de kleine saffiertjes en diamanten. Als de stenen echt waren geweest, zou het minstens een ton waard zijn. Alleen een kenner zou zien dat het geheel slechts een fractie van Laurens collier kostte. 'Dank je,' zei ze, terwijl ze haar zilverkleurige rok gladstreek en een denkbeeldig stofje van haar donkerblauwe strapless lijfje plukte. 'We moeten binnenkort eens samen luchen, schat. Dan kunnen we het over de modeshow hebben.'

'Heel graag.' Lauren keek naar de dollar die Adrianne op het schoteltje achterliet. Dat was voldoende voor hen tweeën, overwoog ze, terwijl ze een flesje parfum van het hotel in haar tasje liet glijden.

Charles en Lauren St. John zouden uiteraard aanwezig zijn bij de show in hun nieuwe hotel in Cozumel, mijmerde Adrianne op weg naar de balzaal. Dat kwam verdraaid goed uit. Zeker met de drukte die daar te verwachten was, zou het weinig moeite kosten het collier te ontvreemden. Daar moest ze maar een vervelende lunch met Lauren voor over hebben.

'Is die glimlach voor mij?'

Pardoes botste ze tegen iemand op. Haar glimlach verdween op slag toen ze de man – die van de gelegenheid gebruikmaakte om zijn armen om haar heen te slaan – herkende. Philip! Haar mond viel open.

Ook die kans liet hij zich niet ontgaan. Hij kuste haar voor ze zich kon herstellen. Vervolgens nam hij haar handen in de zijne. 'Heb je me gemist?'

'Nee.'

'Ai. Het is maar goed dat ik weet hoe goed je kunt liegen.' Zijn blik dwaalde over haar blote schouders en haar halssnoer voor hij haar weer aankeek. 'Je ziet er fantastisch uit.'

Adrianne realiseerde zich dat ze iets moest doen. Alsof het niet erg genoeg was dat er van alle kanten naar hen werd gekeken, ging haar hart vreselijk tekeer. 'Sorry, Philip, dit feest is niet voor iedereen toegankelijk. Ik kan me niet herinneren dat je een kaartje hebt gekocht.'

'Ik ben binnengekomen met een gift.' Hij trok met een soepele beweging een cheque uit de binnenzak van zijn smoking. 'Voor de goede zaak, Adrianne.'

Het bedrag was tweemaal zo hoog als de prijs van een kaartje. Al vond ze het vervelend dat hij haar zo overviel, zijn vrijgevigheid trof haar diep. 'Dank je.' Ze stopte de cheque snel in haar handtas.

Philip stelde tevreden vast dat ze haar lange haar los droeg. 'Zullen we dansen?'

'Nee.'

'Bang mijn armen weer om je heen te voelen?'

Haar donkere ogen schoten vuur. Hij dreef de spot met haar, en dat pikte ze van niemand! 'Weer?' informeerde ze, maar het klonk minder ijzig dan ze bedoelde.

Hij begon te lachen. 'O, Adrianne, je bent verrukkelijk. Weet je dat je geen moment uit mijn gedachten bent geweest?'

'Dan heb je blijkbaar te weinig te doen. Als je me nu wilt verontschuldigen? Ik heb het druk.'

'Addy...' Celeste kwam monter op haar af. 'Je hebt me nog niet aan je vriend voorgesteld.'

'Philip Chamberlain,' zei Adrianne knarsetandend. 'Celeste Michaels.'

'O, ik heb Ms. Michaels vaak in het theater mogen bewonderen.' Met een zwierig gebaar kuste Philip haar de hand. 'Elke keer breekt ze mijn hart weer.'

'Jammer dat ik dat nooit heb geweten.' Celeste had aan die paar momenten genoeg om de stituatie in te schatten. Philip Chamberlain was onmiskenbaar een man die een vrouw van haar stuk kon brengen. 'Heb je Addy in Londen ontmoet?'

'Ja. Jammer genoeg kon ze niet blijven.' Ogenschijnlijk terloops liet hij een hand over Adriannes schouder naar haar hals glijden. 'Ze wil ook niet met me dansen. Jij misschien wel?'

'Graag.' Celeste nam zijn arm en liep met hem mee. Ondeugend naar Adrianne omkijkend, zei ze grinnikend: 'Je hebt haar razend gemaakt.'

'Dat mag ik hopen.'

Ze legde haar linkerhand op zijn rechterschouder. 'Addy is niet zo gemakkelijk kwaad te krijgen.'

'Daar was ik al achter; zo te horen is ze jou heel dierbaar.'

'Zij is me het liefste van de hele wereld. Vandaar ook dat ik je scherp in de gaten zal houden, Philip Chamberlain.'

Hij maakte een draai, zodat hij Adrianne met zijn blik kon volgen. 'Ze is een fascinerende vrouw, enerzijds meer, anderzijds minder dan wat ze laat zien.'

Op haar hoede, keek Celeste naar hem op. 'Heel scherpzinnig. Adrianne is bovendien een even gevoelige als kwetsbare vrouw. Als ik ontdek dat iemand haar pijn doet, krijgt diegene het met mij aan de stok. En ik kan je verzekeren dat het met mij kwaad kersen eten is, Philip.'

Hij keek onwapenend glimlachend op haar neer. 'Al eens overwogen een affaire met een jongere vent te beginnen?'

Ze schoot spontaan in de lach. 'Je bent een echte charmeur. Omdat je me wel bevalt, zal ik je een goede raad geven. Charme werkt niet bij Addy. Je maakt alleen kans met een hoop geduld.'

'Die raad zal ik ter harte nemen. Dank je.' Hij keek naar Adrianne, die juist op dat moment aan haar hals voelde en constateerde dat haar collier was verdwenen. Het ontging hem niet dat ze in eerste instantie verrast was. Pas daarna keek ze met fonkelende ogen rond tot ze hem op de dansvloer had ontdekt. Flauwtjes glimlachend, knikte hij nauwelijks merkbaar ten teken dat het sieraad in zijn zak zat.

De schoft. De ongelooflijke schoft! Haar halssnoer stelen zonder dat zij iets anders voelde dan het bonzen van haar hart. En dan doodgemoedereerd vanaf de dansvloer naar haar grijnzen!

Hij zou ervoor boeten, dacht Adrianne voor de zoveelste maal, terwijl ze haar handschoenen in haar schoudertas mikte. Deze nacht nog.

Ze wist dat het roekeloos was, te meer daar ze de zaak niet met een koel gemoed had voorbereid. De man had haar in haar gezicht uitgelachen. Dat kon ze eenvoudig niet op zich laten zitten. Celeste had langs haar neus weg laten vallen dat hij in het Carlyle Hotel logeerde, en dat was alle informatie die ze nodig had. Ze kon met een gerust hart bij hem inbreken. Om te beginnen rekende hij er hoogstwaarschijnlijk niet op dat ze zo snel zou reageren. Verder had hij vast nog last van het tijdsverschil tussen Londen en New York. Zij had na terugkeer uit Londen heel goed en lang geslapen, dus hij zou inmiddels ook wel in diepe rust zijn.

Bij het betreden van de lobby zag ze dat het lot haar gunstig gezind was. Zoals ze had gehoopt, was alleen de nachtreceptionist aanwezig. Ze wankelde naar binnen op een manier die Celeste haar niet zou hebben verbeterd. 'O, *monsieur*,' zei ze beverig met haar beste Franse accent, 'twee mannen probeerden me...' Trillend op haar benen, drukte ze een hand tegen haar voorhoofd. 'Ik moet een taxi bellen... Zo dom van me dat ik wilde lopen... Hebt u een beetje water, *s'il vous plait*? Dan zal het wel... weer gaan.'

De jongeman was al achter de balie vandaan gekomen om haar te ondersteunen. 'Bent u gewond?' informeerde hij bezorgd, terwijl hij haar naar een fauteuil leidde.

Ze keek hulpeloos naar hem op. 'Nee... alleen erg geschrokken. Ze wilden me in hun auto duwen, en er was niemand om me te –'

'Stil maar. U bent hier veilig.'

Adrianne leunde tegen hem aan. Hij was zo jong, dat ze zich eigenlijk schaamde misbruik van zijn vertrouwen te maken. 'Dank u. U bent erg aardig. Als u even een taxi voor me kunt bellen... Maar mag ik eerst een glaasje water? Of misschien een slokje cognac?'

'Natuurlijk. Blijft u maar rustig zitten. Ik ben zo terug.'

Hij was nog niet uit het zicht verdwenen, of Adrianne stond al achter de balie, waar ze de gastenlijst op het scherm toverde en Philip opzocht. Hij bleek een suite op de twintigste verdieping te hebben.

Ze zat alweer hoog en breed met gesloten ogen in de fauteuil toen de jongeman met een glaasje cognac kwam aanzetten. 'O, dank u,' verzuchtte ze, terwijl ze het glas met trillende hand aannam. 'Ik wil zo snel mogelijk naar huis. Ik zal me pas echt beter voelen als ik veilig in mijn eigen bed lig.'

'Moet ik de politie niet voor u bellen?'

'Nee.' Ze glimlachte dapper. 'Ik heb ze in het donker niet goed kunnen zien. Het ging ook allemaal zo snel. Ik was veel te blij dat ik me kon losrukken en hier naar binnen kon rennen.' Ze haalde diep adem en gaf hem het glas terug. 'Ik zal nooit vergeten wat u voor me hebt gedaan.'

'Ach, dat stelt toch niets voor,' weerde hij jongensachtig stoer af.

'Voor mij betekende het alles.' Op zijn arm leunend, liet ze zich naar buiten leiden. De taxi die ze enkele minuten eerder had verlaten, kwam – zoals afgesproken – direct aangereden. *'Merci bien.'* Ze kuste de jongeman op de wang voor ze instapte. 'Zet me maar op de hoek af,' verzocht ze de chauffeur zodra ze wegreden.'

'Moet ik daar weer blijven wachten?' vroeg de man. 'Nee, bedankt.' Ze gaf hem een biljet van twintig dollar. 'Graag gedaan, dame.'

Vijftien minuten later stond Adrianne voor Philips deur. Het hotel via de dienstingang binnen sluipen was geen probleem geweest. Nu was het enkel nog een kwestie van het deurslot en de veiligheidsketting. Dat ze daar langer dan gewoonlijk mee bezig was, weet ze aan haar ongeduld en haar humeur.

Eenmaal binnen, had ze slechts een paar minuten om vast te stellen dat in de zitkamer van de suite niets van waarde te vinden was. Geruisloos de donkere slaapkamer betredend, begon ze met behulp van haar kleine zaklantaarn te zoeken, waarbij ze ervoor zorgde niet in de richting van het grote bed te schijnen. Ze kon alleen maar hopen dat hij niet de moeite had genomen zijn waardevolle spullen in de hotelkluis op te bergen.

Het duurde niet lang voor ze haar collier onder een stapeltje overhemden in de ladekast vond. Daar trof ze ook een plat juwelendoosje aan, met een aantal fraaie manchetknopen en dasspelden.

Verrukt liet ze de doos samen met haar collier in haar schoudertas glijden. Jammer dat ze zijn gezicht niet zou zien wanneer hij morgenochtend ontdekte dat hij was bestolen.

Met de bedoeling zich snel uit de voeten te maken, draaide ze zich om en… botste pardoes tegen Philip op.

Ze kreeg niet eens de kans om adem te halen. Philip tilde haar moeiteloos op, slingerde haar over zijn schouder en wierp haar op het bed voordat ze zelfs maar kon tegenstribbelen. Daar liet hij zich meteen op haar vallen, zodat ze niets meer kon uitrichten.

'Goedemorgen, schat,' murmelde hij nog, vlak voor hij zijn lippen op de hare drukte. Hij voelde haar onder zich verstrakken in een poging hem af te werpen. Tegelijkertijd weken haar lippen echter vaneen onder de zijne. Dat vreemde contrast in reacties wond hem zo op, dat hij haar vuriger kuste dan in eerste instantie zijn bedoeling was geweest. Het kostte hem de grootste moeite zich te beheersen.

Na enkele zoete ogenblikken trok hij zich terug. Adriannes polsen met één hand omklemmend, reikte hij met de andere naar het lichtknopje. Hij kon niet anders zeggen dan dat het hem uitstekend beviel haar in zijn bed te hebben.

Adrianne realiseerde zich maar al te goed dat het haar eigen stomme schuld was dat ze in deze onmogelijke positie was beland. Bijna tien jaar lang was ze koel en berekenend te werk gegaan, zonder ooit een fout te maken. Nu had ze in haar haast alle voorzichtigheid uit het oog verloren, en dat vanwege een waardeloos collier en gekwetste trots. Er zat niets anders op dan te proberen zich met bluf te redden. 'Laat me onmiddellijk los!' brieste ze.

'Geen denken aan.' Haar polsen boven haar hoofd tegen de matras drukkend, streek hij een verdwaalde lok uit haar gezicht. 'Je zult moeten toegeven dat het een slimme manier was om je in mijn bed te krijgen.'

'Ik kwam voor mijn collier, niet om met je naar bed te gaan.'

'Het één hoeft het ander niet uit te sluiten.' Doordat hij grinnikte, verslapte zijn greep heel even, waarop ze als de weerlicht reageerde.

Ze was veel sneller en sterker dan hij had verwacht. Hij moest het moment van onachtzaamheid met een gevoelige stoot in zijn maagstreek bekopen voor hij haar weer in zijn macht had. Deze keer hield hij haar handen tussen hen in gevangen. 'Hier hebben we het later nog wel eens over,' gromde hij met zijn gezicht vlak boven het hare.

Het was gedaan met haar koele afstandelijkheid. 'Je hebt me erin laten lopen, vuile schoft,' siste ze met een vernietigende blik in haar zwarte ogen.

'Zo is het maar net.' Hij vond het heerlijk om te merken dat ze veel gepassioneerder was dan ze zich voordeed. 'Ik had niet gedacht dat je zulke risico's zou nemen voor een ketting van een paar honderd dollar. Heeft het ding zoveel gevoelswaarde voor je, Addy?'

Hij was een expert, concludeerde ze hijgend. 'Waarom heb je het gegapt?'

'Nieuwsgierigheid. Wat moet prinses Adrianne met een snoer gekleurd glas?'

'Ik besteed mijn geld aan belangrijker zaken.' Het drong nu pas tot haar door dat hij met ontbloot bovenlijf boven op haar lag. Ze voelde zijn hartslag onder haar handen. 'Als je me laat gaan, neem ik het gewoon mee en praten we er verder niet meer over. Ik zal je niet aangeven.'

'Kom, kom, je kunt veel beter.'

Ze had zichzelf weer redelijk onder controle. 'Wat wil je van me?'

Hij keek haar diep in de ogen. 'Daar zal ik maar geen antwoord op geven.'

'Als je maar niet denkt dat ik me ga verontschuldigen voor inbreken om mijn eigendom terug te halen.'

'En mijn juwelendoos dan?'

'Beschouw dat maar als wraakneming.' Haar donkere ogen fonkelden. 'Ik geloof heilig in wraak.'

'Oké. Wil je iets drinken?'

'Ja.'

Philip glimlachte. 'Op voorwaarde dat je blijft waar je bent.' Haar expressieve ogen verrieden haar gedachten. 'Je kunt er natuurlijk vandoor gaan, Addy. Ik ben er niet op gekleed achter je aan te jagen. Maar vandaag of morgen krijg ik je toch wel weer te pakken.'

'Ik geef je mijn woord. Ik ben wel aan een drankje toe.' Hij stond op en gaf haar de kans van het bed te glijden en in een stoel te gaan zitten. 'Whisky?'

Adrianne trok haar handschoenen uit. 'Ja, prima.'

Na haar een van beide glazen te hebben aangereikt, ging hij op de rand van het bed zitten. 'Ik hoopte op uitleg.'

'Jammer voor je. Ik ben je niets verschuldigd.'

'Je hebt mijn nieuwsgierigheid gewekt.' Hij reikte naar het pakje sigaretten op het nachtkastje. 'Ik was van het roken af tot ik jou leerde kennen, weet je.'

Ze glimlachte liefjes. 'Sorry, maar dat is een kwestie van wilskracht.'

'O, daar ontbreekt het me niet aan.' Hij bekeek haar op zijn gemak. 'Alleen heb ik die ergens anders voor nodig. Wat ik me afvraag, is waarom een vrouw als jij steelt.'

'Terughalen wat van mij is, noem ik geen stelen.'

'Madeline Moreaus hanger was niet van jou.'

Het was aan zelfbeheersing te danken dat ze zich niet in haar whisky verslikte. 'Waar slaat dat op?'

Zonder haar uit het oog te verliezen blies hij peinzend een rookwolk naar het plafond. 'Jij hebt dat ding gegapt, of je weet wie het heeft gedaan, Addy. Zegt de naam Rose Sparrow je iets?'

Haar handpalmen werden klam. 'Moet dat dan?'

'Het was die minirok,' verklaarde Philip bedaard. 'Het heeft me nogal wat hoofdbrekens gekost, maar na een bezoekje aan onze wederzijdse vriend Freddie wist ik dat ik Rose had gezien. Dat leren rokje is niets voor jou.'

'Als je blijft raaskallen, kan ik beter gaan.'

'Blijf zitten.'

Ze gehoorzaamde alleen omdat ze wist dat hij het haar anders nog moeilijker zou maken. 'Je schijnt te denken dat ik iets met de inbraak bij Madeline te maken heb.' Ze zette haar glas neer en ontspande zo goed en zo kwaad als het ging. 'Waarom zou ik? Voor het geld hoef ik het echt niet te doen.'

'Het gaat niet om geld, maar om het motief.'

Adrianne bleef hem strak aankijken. 'Wie ben jij eigenlijk? Iemand van Scotland Yard?'

Philip drukte lachend zijn sigaret uit. 'Nee, dat niet. Ik neem aan dat je de uitdrukking: "Je hebt een dief nodig om een dief te vangen" wel kent?'

Onwillekeurig hield Adrianne haar adem even in toen het tot haar doordrong wat hij bedoelde. Ze had zeker gehoord van de legendarische meesterdief die alleen bekend was als P.C., de beste geveltoerist aller tijden. Het verhaal ging dat hij even charmant als meedogenloos was. Er werd ook gezegd dat hij de wereldberoemde, vijfenzeventig karaats Wellingford-diamant had gestolen, en hij zich daarna had teruggetrokken. Ze had hem zich altijd als een oude, geslepen vos voorgesteld.

Het was verdraaid ironisch dat ze zelfs nu, in het gezelschap van de beste vakgenoot, niet over haar ervaringen kon praten. 'Wil je daarmee zeggen dat jij een dief bent?' informeerde ze schijnbaar onaangedaan, terwijl ze haar glas weer pakte.

'Was.'

'Interessant. Het is dus best mogelijk dat jij Madelines hanger hebt ontvreemd.'

'Een paar jaar geleden zou ik daar niet te beroerd voor zijn geweest. Maar waar het nu om gaat, is dat jij er iets mee te maken hebt, Addy. En ik wil het waarom weten.'

Ze stond langzaam op. 'Zelfs als ik er om de een of andere belachelijke reden wat mee te maken had, zou het jou niets aangaan, Philip.'

'Sorry, schat. Of je vertelt het me óf ik licht mijn superieuren in.'

'Je superieuren?'

'Bij Interpol.' Hij keek toe, terwijl ze de rest van haar whisky achteroversloeg. 'Daar zijn een hele serie inbraken in de loop van bijna tien jaar aan een en dezelfde persoon toegeschreven. De diefstal van de Moreau-saffier was de laatste.'

'Heel aardig, maar wat heeft dat met mij te maken?'

'Ik kan een gesprek regelen. Misschien kan ik je zelfs buiten schot houden als daar iets tegenover staat.'

'Wat attent van je.' Ze zette glimlachend haar glas weg. 'Dat wil zeggen, als je gelijk zou hebben. Wat zullen mijn vrienden lachen als ze horen dat ik ervan word beschuldigd met een dief samen te werken!'

'Verdorie, begrijp je dan niet dat ik probeer je te helpen?' Hij stond met een ruk op en rammelde haar door elkaar. 'Er is hier niemand die je kan horen. Je hoeft voor mij echt niet zo onschuldig te doen. Ik heb je die nacht geheel in het zwart gekleed de dienstingang van het hotel binnen zien glippen en ik weet dat je die hanger naar een heler hebt gebracht. Hoe je het wendt of keert, je bent erbij betrokken, Addy. Ik heb lang genoeg in die kringen verkeerd om te weten hoe het gaat.'

'Neem me niet kwalijk, maar je hebt geen poot om op te staan bij je superieuren.'

'Nog niet, maar dat is een kwestie van tijd. Je hoeft mij niet te vertellen hoe moeilijk het na een aantal jaren wordt. Als je in de narigheid zit, als je een paar juwelen hebt verkocht om je eruit te redden, heb ik geen reden om je aan de schandpaal te nagelen. Zeg iets, Addy. Ik wil je helpen.'

Het was te gek om los te lopen, maar het klonk alsof hij het meende. Nog erger, ze wilde niets liever dan hem geloven. 'Waarom?'

'Doe niet zo stom,' gromde hij. Opnieuw drukte hij zijn lippen op de hare.

Ze stribbelde slechts heel even tegen voor ze zich kreunend gewonnen gaf aan de passie die hij bij haar wekte. Terwijl hij bijna ruw door haar lange haar woelde, liet ze voor het eerst van haar leven haar handen over een naakte mannenborst dwalen. Binnen de kortste keren stond ze in lichterlaaie.

Philip realiseerde zich terdege dat het waanzin was om zo naar haar te verlangen, dat hij alles wilde vergeten om zich in haar te kunnen verliezen. Met haar vurige reactie en haar intrigerende geur wond ze hem echter onbeschrijflijk op, zodat hij zijn gebruikelijke fijnzinnigheid en stijl volkomen uit het oog verloor. Voor hij het wist, rolde hij met haar over het brede bed. Nooit eerder had hij zo wezenloos naar een vrouw verlangd als nu naar haar; in haar vond hij alle kwaliteiten verenigd van alle kostbaarheden die hij ooit had bezeten. Ze betoverde hem met de elegance en souplesse van haar ranke lichaam, met de kracht die ze in zich had. Niet in staat zich te beheersen, liet hij een hand onder haar trui glijden om haar borsten te liefkozen. Hij voelde haar hart bonzen.

Adrianne had zich altijd voorgehouden dat het voor haar nooit zo zou kunnen zijn. Ze kon er met haar verstand niet bij dat ze zich zomaar ineens compleet vrouw voelde, dat ze wilde geven en nemen. Het genot dat zijn liefkozingen teweegbrachten, maakte haar bijna radeloos. Ze wilde meer, eindeloos veel meer… tot plotseling de angst toesloeg.

Ze zag opeens haar moeders gezicht voor zich, nat van tranen, en ze hoorde, hoewel ze haar handen tegen haar oren drukte, het dierlijke gegrom van haar vader, gevolgd door zijn kreten van triomf.

'Nee!' Ze duwde Philip uit alle macht van zich af. 'Raak me niet aan! Niet doen!'

In een reflex greep hij haar bij de polsen toen ze naar hem uithaalde. 'Allemachtig, Adrianne!' Hij trok haar woest tegen zich aan, maar de bittere woorden die hij voor haar in petto had, kwamen nooit over zijn lippen. De tranen in haar ogen waren echt. De doodsangst die hij erin las, was evenmin gespeeld. 'Oké, rustig maar,' vervolgde hij sussend toen ze bleef worstelen. 'Houd op! Ik zal je echt geen pijn doen.'

'Laat me los,' wist ze nauwelijks hoorbaar uit te brengen. 'Houd je handen thuis.'

Het kostte hem de grootste moeite zijn woede in bedwang te houden. 'Het is niet mijn gewoonte vrouwen te overweldigen,' deelde hij haar afgemeten mee. 'Ik zou me verontschuldigen als ik me in je reacties had vergist, maar je weet net zo goed als ik dat ik me niet heb vergist.'

Adrianne rukte zich los. 'Ik zei toch dat ik niet was gekomen om met je naar bed te gaan. Of verwacht jij soms van iedere vrouw dat ze je ter wille is zodra jij daar zin in hebt?'

Het vergde heel wat van zijn wilskracht haar wat meer ruimte te geven. 'Je moet het ooit zwaar te verduren hebben gehad,' mompelde hij.

'Houd toch op. Ik heb gewoon geen belangstelling.' Voor hij haar nog eens kon aanraken, sprong ze overeind en greep ze haar schoudertas.

'Je bent gewoon bang,' verbeterde hij grimmig, terwijl hij ook opstond. 'Voor mij of voor jezelf.'

'Het ego van een man blijft me verwonderen.' Ze liep naar de deur. 'Dag, Philip.'

'Nog één vraag, Adrianne.' Ze bleef zowaar staan. 'En ik geef je mijn woord dat je hier vrijuit kunt spreken. De waarheid, graag, alleen voor mij. Ben je hier vanwege een man in verzeild geraakt?'

Achteraf bleef ze zich afvragen waarom ze niet met een hooghartige glimlach was verdwenen in plaats van zijn vraag te beantwoorden. 'Ja.' Ze zag haar vader weer met grote stappen de kamer verlaten, zonder zich iets aan het wanhopige gesnik van haar moeder gelegen te laten liggen. 'Ja, vanwege een man.'

De bittere teleurstelling overheerste zijn woede. 'Bedreigt hij je? Word je door hem gechanteerd?'

'Dat maakt in totaal drie vragen.' Ze vond de kracht om koeltjes te glimlachen. 'Omdat jij het bent, zal ik ze beantwoorden. De simpele waarheid is dat ik uit eigen vrije wil doe wat ik doe.' In een spontane opwelling haalde ze de platte juwelendoos uit haar tas. 'Houd het maar op beroepseer onder dieven,' zei ze, terwijl ze hem de doos toewierp. 'Voor deze keer, Philip.'

15

‘Is het niet zalig, schat?’ kweelde Lauren St. John nog voor ze zich goed en wel bij Adrianne aan de rand van het zwembad had gevoegd. Ze wachtte tot de cameraman op hen had ingezoomd en kuste haar op de wang. ‘Het loopt gesmeerd, hè?’

Adrianne hief haar glas. ‘Precies volgens plan.’ Met de ruim honderd genodigden was het op het terras gezellig druk. Nog zo’n vijftig amuseerden zich in de koelte van de balzaal. Zelf zou ze het liefst aan het goudgele strand liggen. ‘Het is een prachtig hotel, Lauren,’ vervolgde ze glimlachend. ‘Het kan niet anders dan dat de modeshow een geweldig succes wordt.’

‘Dat is hij al, lieve kind. Iedereen is er, en met alle publiciteit die we krijgen, kan er eenvoudig niets meer stuk. Heb je me vorige week niet op televisie gezien? Dat interview in Good Morning America?’

‘Jazeker. Je zag er fantastisch uit.’

‘Dank je, liefje.’ Lauren hield haar buik in voor ze zich naar de camera omdraaide.

Op haar gemak rondkijkend, herkende Adrianne tal van rijke beroemdheden, die zich vooral op het eiland Cozumel hadden verzameld om te worden gezien. In de felle zon was het geschitter van juwelen niet van de lucht. Een waar paradijs voor dieven, mijmerde ze. Het zou haar niets verwonderen als Interpol voor de gelegenheid een mannetje op het eiland had gestationeerd.

Niet dat het haar kon schelen. Zolang Philip er maar niet was, vond zij alles best.

'Ik hoorde dat de collecties fantastisch zijn.' Ze glimlachte braaf voor een fotograaf.

'Je had nog niets mogen horen. De creaties worden streng bewaakt. Je weet het, hoe geheimzinniger er wordt gedaan, hoe nieuwsgieriger de mensen zijn. Wat vind je van ons ideetje de mannequins over het zwembad te laten paraderen?'

'Heel origineel.'

'Tijdens de grote finale duiken de modellen die de nieuwe bikini's showen in het water.'

'Wat een spektakel,' mompelde Adrianne droogjes.

Lauren hoorde haar niet eens. Ze meende een dienstertje dat volgens haar niet hard genoeg liep een uitbrander te moeten geven. 'Ik krijg wat van dat personeel hier,' verzuchtte ze. 'Charlie heeft ze vreselijk achter hun vodden moeten zitten om het buffet op tijd klaar te krijgen.' Ze schudde haar hoofd. 'Maar ja, wat wil je met Mexicanen...'

Met enige moeite onderdrukte Adrianne haar ergernis. 'Tja, we zijn hier in Mexico.'

'Hè? O... ja. Het is dat het goedkope arbeidskrachten zijn. Dag, Christie, schat. Wat zie je er prachtig uit.' Ze snoof toen de blondine met een genadig knikje doorliep. 'Wat ik je niet allemaal over haar zou kunnen vertellen,' fluisterde ze hatelijk.

Adrianne had haar bekomst van de domme roddeltante. 'Lauren, je zult het wel druk hebben, ik –'

'Je moest eens weten, liefje. Maar voor de grootse opening van ons hotel moet ik wat over hebben, niet?'

Ze zou er meer voor over moeten hebben dan ze besefte, bedacht Adrianne geamuseerd.

Lauren keek verlekkerd naar een voorbijslenterende jonge acteur die, gezien zijn minieme zwembroek, graag met zijn volmaakte lichaam te koop liep. 'Hij schijnt in bed een geweldig uithoudingsvermogen te hebben,' prevelde ze dromerig.

'Hoe gaat het met Charlie?' informeerde Adrianne.

'Wie?' Lauren bleef de jongeling nakijken. 'O, prima. Om je de waarheid te zeggen, ben ik wel nerveus. Het is zo belangrijk dat de show slaagt.'

'Daar hoef je niet over in te zitten. Jullie houden minstens een ton over voor het leukemiefonds.'

'Mmm? Ja, dat ook, natuurlijk.' Lauren haalde onverschillig haar schouders op. 'Maar de mensen zijn niet gekomen om aan die vreselijke ziekte te denken. Heb ik al verteld dat de Hertogin van York niet kan komen? Gelukkig dat we met jou nog wat koninklijk bloed in de gelederen hebben.' Ze glimlachte liefjes. 'O, daar heb je Elisabeth. Die moet ik even spreken. Amuseer je, schat.'

Adrianne slaakte een zucht van verlichting en ging op zoek naar een rustig plekje om in de zon van de muziek te kunnen genieten. Mensen als Lauren en Charlie St. John zouden nooit veranderen. Hun riante hotel bracht werkgelegenheid in dit arme deel van Mexico, maar daar was dan ook alles mee gezegd, want de St. Johns zelf was het uitsluitend om winst en aanzien te doen. Vandaar dat de pers in ruime mate vertegenwoordigd was.

Nu, die zou op zijn wenken worden bediend, bedacht Adrianne vermaakt. De diefstal van Laurens collier zou zeker opzien baren.

'Speel je voor Greta Garbo of wil je wel gezelschap?'

'Marjorie!' Adrianne sprong verheugd op. De dochter van Michael Adams, die zich altijd een goede vriend van Phoebe en haar had betoond, was een dierbare vriendin geworden sinds ze allebei uit Hollywood weg waren. 'Ik wist niet dat jij ook zou komen. Wat leuk!'

De aantrekkelijke blondine kuste haar op de wang. 'Een spontane opwelling.'

'Is Michael er ook? Die heb ik al minstens een jaar niet gezien.'

'Nee, het spijt me. Papa is in Ontario met een film bezig.' Marjorie maakte een weids gebaar. 'Geef mij maar palmbomen en zon.'

'Hij gaat maar door, hè. Doe hem vooral de groeten van me wanneer je hem weer ziet.'

'Overmorgen. We brengen de kerstdagen samen door.' Ze ging zitten en ze bestelde vruchtensap bij een passerende kelner. 'Wat een circus, zeg,' verzuchtte ze.

'Praat me er niet van! Wat kom jij eigenlijk doen? Haute couture is toch niets voor jou?'

'Ik verlangde naar de warmte... en naar Keith Dixon.'

'Keith Dixon?' herhaalde Adrianne verwonderd.

'Ik weet dat hij acteur is.' Marjorie stak haar hand op. 'Maar na lang aarzelen, is het er toch van gekomen.' Met een vinger tegen haar lippen liet ze Adrianne heimelijk een ring met een diamant zien.

'Verloofd?' fluisterde die verrast. 'En dat moet geheim blijven? Weet Michael ervan?'

'Ja. En hij vindt het nog prachtig ook,' antwoordde haar vriendin stralend. 'Ze kunnen het heel goed met elkaar vinden. En dan te bedenken dat ik altijd zo mijn best heb gedaan vrienden en minnaars te zoeken met wie hij niets op had.'

Adrianne glimlachte. 'Die tijd ligt ver achter je. Waarom moet het geheim blijven?'

'Om nog even geen last te hebben van de roddelpers. We trouwen met de kerst. Ik zou het prachtig vinden als jij erbij kon zijn, maar ik weet dat de feestdagen je gestolen kunnen worden. Ga je vanavond met ons mee eten in het dorp?'

'Graag, dat lijkt me enig.' Ze keek Marjorie onderzoekend aan. 'Ik heb je nog nooit zo gelukkig gezien, meid.'

'Zo voel ik me ook.' Marjorie stak een sigaret op. Roken was de enige slechte gewoonte die ze zichzelf nog toestond. 'Terugkijkend, kan ik me bijna niet meer voorstellen wat ik mijn vader en mezelf allemaal heb aangedaan. Ik weeg inmiddels weer zestig kilo.'

'Ik ben blij voor je, Mar.'

'Die krantenfoto van drie jaar geleden heb ik bewaard. Eenenveertig kilo... Ik zag eruit als een geest. Ik houd hem om mezelf eraan te herinneren hoe blij ik mag zijn dat ik nog leef.'

'Michael is ook zo trots op je. De laatste keer dat ik hem sprak, raakte hij niet over je uitgepraat.'

'Zonder hem zou ik het niet hebben gered.' Ze gaf de kelner die haar drankje kwam brengen een biljet van vijf dollar. 'En jij bent me ook geweldig tot steun geweest.' Ze klonk met Adrianne. 'Op de tweede generatie Hollywood-krengen,' toostte ze grinnikend voor ze weer serieus werd. 'Je weet niet half wat het voor me heeft betekend dat je me in het ziekenhuis kwam opzoeken. Jouw verhaal over hoe je moeder zichzelf te gronde had gericht, was voor mij de ommekeer. Dat zal ik nooit vergeten.'

'Michael heeft altijd geprobeerd Phoebe te helpen.' Adrianne verborg haar ontroering door een slokje te nemen. 'Hij was een van de weinige mensen die werkelijk om haar gaf.'

'Ja.' Marjorie glimlachte flauwtjes. 'Volgens mij hield hij van haar. Van jou ook, trouwens. Dat was de voornaamste reden waarom ik je vroeger niet kon uitstaan. Hij hield maar niet op over je. Dat je het op school zo goed deed, dat je zo welgemanierd was, dat je moeder altijd overal met je voor de dag kon komen –'

'Walgelijk, hè?' Adrianne onderbrak haar lachend.

'Nee, het was walgelijk dat ik alles heb gedaan om mijn vaders leven te vergallen tot ik er zelf bijna aan onderdoor ging. De anorexia was het laatste.'

'Precies, het laatste.'

Marjorie grijnsde. 'Genoeg, hè? Heb je Althea Gray al gezien? Kijk... Daar. Je zou toch zeggen dat die knalroze minirok en dat strakke hesje meer iets voor haar dochter waren.'

Adrianne schoof haar zonnebril omhoog, terwijl ze in de aangegeven richting blikte. 'Althea loopt graag met haar talenten te koop,' mompelde ze.

'Haar laatste film is als een bom ingeslagen.'

'Zoiets heb ik gehoord.' Het kon haar niet schelen. Ze had zich een jaar eerder al op de actrice gewroken door haar een prachtige set opalen en diamanten afhandig te maken. Met de opbrengst had ze een aardige bijdrage kunnen storten op de rekening van het oud-acteursfonds.

'Er gaat toch niets boven af en toe eens lekker roddelen,'

merkte Marjorie giechelend op. 'Zo hoorde ik laatst iets over Larry Curtis.' Ze leek niet te merken dat Adrianne verstrakte. 'Die geruchten over zijn voorkeur voor jonge meisjes waren er niet voor niets. Hij is vorige week gesnapt met een vijftienjarige, die zogenaamd auditie deed.'

Adrianne onderdrukte haar opkomende misselijkheid. 'Is hij gepakt?' informeerde ze heel beheerst.

'Door vaderlief. Die heeft, voor hij de politie belde, nog even zijn kaak gebroken. Het ziet ernaar uit dat Larry nooit meer aan de bak komt. Alleen nog ín de bak. Hé!' Marjorie veerde gealarmeerd op. 'Je bent ineens spierwit. Wat is er met je?'

'Ik denk dat ik te lang in de zon heb gezeten,' prevelde ze zwakjes. Ze wilde niet aan Larry Curtis denken. Nooit meer. 'Laten we in de schaduw gaan zitten. Het zal zo wel weer gaan.'

Marjorie gaf haar een arm. 'Je wilt de show toch niet missen? Daar onder het zonnescherm is nog een tafeltje vrij.'

Tegen de tijd dat ze zich daar hadden geïnstalleerd, was Adrianne over de schok heen. Samen met haar vriendin kon ze van de wervelende modeshow genieten.

Hoewel Adrianne niets te klagen had over haar luxueuze suite in El Grande, gaf ze de voorkeur aan de kamers die ze op naam van Lara O'Connor in El Presidente had gereserveerd. Daar bevonden zich alle spullen die ze nodig had voor haar volgende inbraak. Na de confrontatie met Philip had ze met spijt in het hart afscheid genomen van Rose Sparrow. Aan Lara moest ze nog wennen.

Een paar uur na de modeshow zat ze bij het raam de blauwdrukken van El Grande te bestuderen om de details uit te werken. Toen de telefoon naast haar rinkelde, nam ze meteen op. '*Hola?*' Op haar gemak achterover leunend, stelde ze vast dat haar contactpersoon nerveus was. 'Ik zal er zijn, *amigo*. Als je me niet vertrouwt, moet je het maar zeggen. Ik heb zo een andere koper.' Ze nam een slokje mineraalwater. 'Je kent zijn reputatie. Als De Schaduw aan een zaak begint, houdt hij zich aan de afspraak. Ik hoef hem toch niet door te geven dat je aan zijn capaciteiten twijfelt? Dat dacht ik ook. Tot morgen.'

Na de hoorn op de haak te hebben gelegd, drentelde ze zuchtend naar het balkon. Het was haar een raadsel waarom ze zo gespannen was. Dat was haar in jaren niet gebeurd, en het ging om niet meer dan een routineklus.

Philip kon haar niets maken, hield ze zich voor de zoveelste keer voor. Hij had geen enkel bewijs en hij was, voor zover ze wist tenminste, niet op het eiland.

Ach, waar maakte ze zich druk om? Over niet al te lange tijd zou ze haar doel hebben bereikt. De Zon en Maan – daar was het allemaal om begonnen. 'Zodra ik terug heb wat van ons is, zullen we allebei rust hebben, mama,' prevelde ze zacht. Terwijl de zoele zeebries haar gezicht streelde, staarde ze naar het strand, waarop zich tientallen badgasten vermaakten.

Ze werd zich opeens weer bewust van haar eenzaamheid. Misschien lag het aan de feestdagen, of anders aan het weerzien met de inmiddels gelukkige Marjorie. Nee, het was meer...

Sinds haar ontmoeting met Philip was het met haar gemoedsrust gedaan. Door hem was ze zich meer dan ooit gaan realiseren dat ze, waar ze ook ging en wat ze ook deed, altijd alleen zou zijn. Prinses van een land dat nooit het hare zou zijn. Ingezetene van een land dat vreemd voor haar bleef, zelfs na alle jaren dat ze er woonde. Een vrouw die geen vrouw durfde te zijn. Een dief die uit was op gerechtigheid.

Als ze ergens naar verlangde, dan was het naar iemand aan wie ze houvast zou hebben.

Adrianne haalde diep adem voor ze zich weer naar binnen begaf. Ze had niemand, afgezien van Celeste, op wie ze altijd kon terugvallen. En verder was er maar één ding waar ze aan vasthield. Wraak.

16

De dag voor Kerstmis wilde Adrianne het er eens lekker van nemen. Ongeveer de helft van de gasten was op Cozumel gebleven om er de feestdagen door te brengen. Aangezien ze geen behoefte had aan contact met bekenden die ze niets te zeggen had, ging ze naar het strand van El Presidente, waar het heel rustig was. Ze wilde luieren, zonnen, snorkelen en aan zo min mogelijk denken, ook niet aan de kraak, die morgenochtend, wanneer de kerstklokken luidden, achter de rug zou zijn.

Sinds ze haar moeder vijf jaar terug op kerstochtend in alle vroegte dood op de badkamervloer had aangetroffen, weigerde ze de feestdagen in New York door te brengen. Het was voor haar en Celeste een raadsel gebleven hoe Phoebe aan de whisky en de blauwe pillen was gekomen, maar hoe dan ook, de combinatie had haar verwoestende uitwerking niet gemist.

Ondanks de vele andere, goede herinneringen aan Kerstmis in New York, zorgde Adrianne er altijd voor ver weg te zijn, liefst ergens waar het warm was en waar ze het nuttige met het aangename kon combineren. Zoals hier op Cozumel.

Nadat ze een hele tijd had gesnorkeld in het verbijsterend heldere water voor de kust, waadde ze dorstig en vermoeid naar het strand. Ze gooide haar zwemvliezen en duikbril op de handdoek onder de grote rieten parasol en stond zich net af te drogen, toen ze iemand achter zich hoorde naderen.

'Adrianne?'

Verstoord draaide ze zich om. Achter haar stond een prachtig gebruinde jonge vrouw met modieus kortgeknipt haar in een piepkleine bikini. Haar ergernis verdween op slag toen ze de jonge vrouw herkende. 'Duja!' Spontaan omhelsde ze haar nichtje. 'Jeetje, wat een verrassing!'

Ze kusten elkaar hartelijk voor ze elkaar loslieten. 'Wat heerlijk dat ik jou hier tegen het lijf loop,' verzuchtte Duja, zichtbaar aangedaan. 'Hoelang is het geleden?'

'Een jaar of acht. Wat doe je hier?'

'Me vervelen. Tot nu toe dan. We zaten in Cancún, maar J.T. besloot opeens dat hij hier wilde duiken. Wat een geluk dat ik niet bij het zwembad ben blijven liggen. Ben je alleen?'

'Ja.'

'Laten we dan iets gaan drinken, zodat we op ons gemak kunnen bijpraten.' Ze stak haar arm door die van Adrianne en trok haar mee richting bar. 'Ik lees voortdurend berichten over je in de krant. Prinses Adrianne bij de première van een ballet; Prinses Adrianne opent het Lentebal... Had je tussendoor niet eens naar Houston kunnen komen?'

'Ik kon het niet,' bekende Adrianne bedrukt. 'Toen mama nog leefde, was reizen te problematisch. Daarna...' Ze keek naar haar nichtje, dat een sigaret opstak. 'Ik dacht dat ik het niet aankon jou... of wie dan ook uit Jaquir te zien.'

'Ik heb zo met je meegeleefd.' Duja raakte even haar arm aan. 'Je moeder was altijd zo lief voor me. Ik heb alleen maar goede herinneringen aan haar.' Ze wendde zich tot de naderende barkeeper. '*Dos margaritas, por favor.*'

‘Er zijn zoveel jaren verstreken. Soms lijkt het allemaal niet echt,’ verzuchtte Adrianne.

‘Ik weet wat je bedoelt. De tijd van de harem ligt ver achter ons.’

Niet lang genoeg, dacht Adrianne. ‘Ben je gelukkig, Duja?’

‘Ja,’ antwoordde haar nicht zonder enige aarzeling, terwijl ze haar slanke bruine benen over elkaar sloeg. Met haar dertig jaar was ze een gerijpte, exotische schone. ‘Ik ben behoorlijk geëmancipeerd. J.T. is een geweldige man. Uitgesproken Amerikaans. Ik heb zelfs mijn eigen creditcards.’

‘Is dat je criterium voor geluk?’

‘Nee, natuurlijk niet, maar het helpt wel. Hij houdt van mij, en ik van hem. In het begin was ik doodsbang toen ik hoorde dat mijn vader me aan hem wilde uithuwelijken. Het heeft een tijdje geduurd voor ik door had dat er maar weinig klopte van wat ons over westerlingen in het algemeen en Amerikanen in het bijzonder was bijgebracht.’ Ze keek over Adriannes schouder naar de zonnebaders bij het zwembad. ‘Ik moet er niet aan denken dat ik nu, voor de zoveelste keer zwanger, in een harem had kunnen zitten. Ja, ik kan rustig stellen dat ik gelukkig ben. Ik hou van mijn zoon, en ik ben er tevreden mee dat ik alleen hem heb.’

‘Waar is Johnny?’

‘Bij zijn vader. Ze zijn samen aan het duiken. Hij is net zo Amerikaans als J.T. Eerlijk gezegd, denk ik nog maar zelden aan onze jeugd in Jaquir.’

‘Ik ben blij voor je, Duja. Weet je dat ik vroeger altijd geweldig tegen je opkeek?’

‘Jij hebt het moeilijker gehad dan ik. Jij stond voor de onmogelijke opgave de koning te behagen zonder je moeder af te vallen. Ik heb me pas veel later gerealiseerd hoe afschuwelijk het voor Phoebe moet zijn geweest dat hij een tweede vrouw nam.'

'Dat was het begin van het einde voor haar,' merkte Adrianne zachtjes op. Om haar verbittering te verbergen, nam ze snel een slokje. 'Ga jij nog wel eens terug?'

'Eén keer per jaar om mijn moeder te bezoeken. Er is nog niets veranderd,' voegde ze eraan toe, Adriannes onuitgesproken vraag beantwoordend. 'Toch kost het me, vreemd genoeg, weinig moeite om me aan te passen wanneer ik daar ben. Ik ga gesluierd over straat en ik denk weer bijna zoals een Arabische vrouw. Misschien doordat ik weet dat het maar voor tijdelijk is. Zodra ik weer in het vliegtuig zit, ben ik Amerikaanse.'

'Dat kan ik me haast niet voorstellen. Alsof je twee totaal verschillende personen in je verenigt.'

'Dat geldt toch voor ons allebei? Aan de ene kant dragen we onze opvoeding met ons mee, aan de andere kant zijn we zoals we hier in Amerika zijn geworden.' Duja glimlachte. 'Jij bent nooit terug geweest.'

'Nee, maar ik denk erover.'

'Ik ga dit jaar niet. J.T. is te bezorgd over de situatie in de Perzische Golf. Jaquir is nog buiten schot gebleven, maar hoelang dat goed gaat...'

'Abdu weet hoe hij mogelijke vijanden te vriend moet houden.'

Duja trok één wenkbrauw op. Zelfs na zoveel jaren zou zij de koning niet bij zijn voornaam durven noemen. 'Dat zei J.T. laatst ook al.' Ze zuchtte. 'Weet je al dat je vader zich van Risa heeft laten scheiden? Ze was onvruchtbaar.' Ze zag Adrianne knikken. 'Hij is twee maanden geleden weer getrouwd.'

'Zo snel? Dat wist ik niet. Leiha heeft hem toch zeven gezonde kinderen geschonken.'

'Tja, maar vijf dochters.' Duja haalde haar schouders op. 'De twee oudsten zijn al getrouwd. Hij is zo slim geweest de eerste naar Iran te sturen en de tweede naar Irak. Van de derde, die pas veertien is, wordt gezegd dat ze naar Egypte of Saoedi-Arabië gaat.'

Adrianne snoof. 'Hij heeft meer genegenheid voor zijn paarden dan voor zijn dochters.'

'In Jaquir zijn paarden van meer nut.' Duja wenkte de barkeeper voor nog een drankje.

Vanuit zijn kamer op de vijfde verdieping had Philip een uitstekend zicht op het zwembad, het park en het strand. Hij had Adrianne geobserveerd vanaf het moment dat ze uit het water was gekomen. Door zijn verrekijker had hij de druppels op haar prachtige huid zien glinsteren.

Over de vrouw die naar haar toe was gekomen, kon hij slechts speculeren. Ze was geen contactpersoon, daarvoor was Addy te aangenaam verrast geweest toen ze haar herkende. Eerder een goede vriendin van vroeger, of misschien zelfs een familielid. Voor zover hij wist, was Adrianne alleen op Cozumel. Ze had de twee keer dat hij haar van El Grande was gevolgd, geen gezelschap gehad.

Het was jammer dat hij de festiviteiten van de afgelopen paar dagen had moeten missen, maar het had hem wel zo verstandig geleken zich tot vandaag schuil te houden. Hij nam een trek van zijn sigaret, terwijl hij wachtte tot Spencer zich zou melden. 'Hallo,' zei hij welgemoed toen hij zijn chef hoorde grommen.

'Oké, Chamberlain, vertel op. Aan dat rapport vanuit New York heb ik niks.'

'Je weet dat deze zaken tijd vergen.' Philip staarde naar Adriannes glanzende lange haar, dat bijna tot haar middel reikte.

'Alles goed en wel, maar ik wil meer weten.'

'Natuurlijk.' Hij hief zijn verrekijker op om Adriannes gezicht te bestuderen. Ze lachte zonder een spoor van de koele afstandelijkheid die hij van haar kende. Het kon niet anders dan dat de vrouw naast haar familie was. Iets ouder, volledig veramerikaanst en, aan de ring aan haar vinger te zien, getrouwd.

'Nou, komt er nog wat van?'

Philip hoorde Spencer driftig aan zijn pijp zuigen. 'Er valt nog niet veel aan het rapport toe te voegen.' Wat was Adriannes goudbruine huid toch ongelooflijk mooi, mijmerde hij. 'Als onze man in New York zat, dan is hij me ontglipt. Het enige wat ik te weten ben gekomen, is dat hij mogelijk richting Parijs is gegaan. Je moet je mensen daar maar waarschuwen.' Het speet hem dat hij tegen zijn chef moest liegen om tijd te winnen.

'Parijs? Waarom Parijs?'

'Vanwege Gravin Tegari, of liever: haar bijzondere collectie juwelen. Zij brengt de feestdagen bij haar dochter door. Als ik nog in het vak zat –'

'Daar heb ik wat aan.' Spencer onderbrak hem humeurig. 'Waar zit je trouwens?'

'Ik heb deze dagen even vrijaf genomen, Stuart. Je kunt me in het nieuwe jaar terug verwachten. Vrolijk kerstfeest,' besloot hij monter. Hij zou er wat voor geven Adriannes gave huid te kunnen strelen, dacht hij, terwijl hij ophing.

Omdat Adrianne Duja's uitnodiging om te komen dineren moeilijk kon afslaan, besloot ze sneller tot actie over te gaan. Het weerzien met haar nicht betekende veel voor haar en, afgezien daarvan, haar verblijf aan boord van het jacht zou haar een waterdicht alibi verschaffen, mocht ze dat nodig hebben.

Ze verkleedde zich op haar kamer in El Presidente. De St. Johns hadden een ontvangst voor de pers in de Fiësta Room, en dat gaf haar ongeveer een uur speling. Dan zou Lauren naar de presidentiële suite komen om zich te verkleden voor het galadiner van El Grande.

Uitgedost als een Amerikaanse toeriste met een slechte smaak, betrad Adrianne een halfuur later de lobby van El Grande. Met haar grote zonnebril, haar breedgerande strooien hoed en opzichtig gebloemde tentjurk was ze onherkenbaar. Zonder op of om te kijken liep ze, zwaaiend met haar schoudertas, direct door naar de liften. Ze wachtte tot er een lege kwam en zette die halverwege tussen twee verdiepingen stil. Binnen een halve minuut had ze zich van zonnebril, hoed en gebloemde gewaad ontdaan en alles samen met haar tas in een meegebrachte waszak gepropt. Met haar zwartgrijze pruik in een haarnetje en haar uniform met schort kon ze zo doorgaan voor een al wat oudere werkster.

Eenmaal op de bovenste verdieping, begaf ze zich naar de linnenkast aan het einde van de gang. Ze wurmde het slot open en trok het karretje met schone handdoeken tevoorschijn. Zonder zich iets aan te trekken van een naderend echtpaar, duwde ze het langzaam voor zich uit richting presidentiële suite. '*Buenas tardes,*' zei ze in het voorbijgaan bescheiden, maar het druk pratende stel keurde haar geen blik waardig.

Even later klopte ze op de deur van de suite van de St. Johns. 'De werkster met schone handdoeken!' riep ze vervolgens in gebroken Engels.

Na tot tien te hebben geteld, keek ze om zich heen om zich ervan te overtuigen dat ze het rijk alleen had voor ze het slot moeiteloos forceerde. Ze glipte naar binnen en blokkeerde de deur met haar karretje. Het obstakel zou haar in geval van nood kostbare seconden tijdwinst opleveren.

Snel rondkijkend, constateerde ze dat Charles en Lauren kosten noch moeite hadden gespaard om hun verblijf op Cozumel zo aangenaam mogelijk te maken. De luxe stond in schril contrast met de armoedige omstandigheden waarin de meeste eilandbewoners leefden.

In de badkamer trof Adrianne een stel achteloos op een hoop gegooide, vochtige handdoeken aan. Lauren had kennelijk uitgebreid gebaad voor haar ontmoeting met de pers. Met de informatie die ze had verzameld, vond ze haar weg naar de kluis in de ruime garderobekast zonder enige moeite. Het was een standaardkluis, net zo een als zij ook in haar suite had. Ze gebruikte haar eigen sleutel, waarvan ze een duplicaat had laten maken, en begon die met behulp van haar instrumenten zorgvuldig bij te vijlen. Het was een karwei dat enorm veel geduld en concentratie vergde. Ze onderbrak haar werkzaamheden alleen wanneer ze voetstappen op de gang hoorde.

Net als anders gaf het veel voldoening toen het slot na verloop van tijd meegaf en met een zachte klik opensprong. Bij de aanblik van de twee juwelenkistjes begon haar hart sneller te kloppen. Zich tot kalmte dwingend, bekeek ze de inhoud. Het lange parelsnoer, de verschillende paren kostbare oorbellen en de zonder meer fraaie armbanden liet ze ongemoeid. Pas nadat ze het collier had gevonden waarom het haar te doen was, pakte ze haar loep.

De robijnen waren van ongekende kwaliteit. Dat de diamanten bij nadere bestudering iets minder zuiver bleken dan Lauren had beweerd, deed niets af aan de pracht van het hele collier. Ze liet het samen met de bijpassende armband en oorbellen in de zak van haar werkschort glijden, zette het half-lege juwelenkistje terug en sloot de kluis zorgvuldig af.

Tevreden wierp ze een blik op haar horloge. Ze had nog alle tijd om terug te gaan naar El Presidente en zich op haar gemak te verkledenvoor het dineetje bij haar nicht.

Op dat moment hoorde ze dat de sleutel in het slot van de deur werd gestoken. 'Verdorie nog aan toe, haal dat ding hier weg!' klonk de bitse stem van Lauren.

Adrianne kwam haastig aangesneld. 'Neem niet kwalijk, *señora*. Schone handdoeken, *por favor*.'

'Ja, geef me er meteen maar een. Allemachtig!' Zonder zelfs maar naar Adrianne te kijken, griste ze een exemplaar van de stapel op de kar, waarmee ze driftig een grote vlek op haar exclusieve rok begon te deppen. 'Die onhandige idioot heeft zijn hele glas over me heen gekieperd.'

Adrianne onderdrukte een opborrelend gegiechel. '*Señora... Agua*, eh... water? Koud water?'

'Dit is zijde, imbeciel.' Lauren keek haar vernietigend aan. Ze zag slechts een Mexicaanse werkster. 'Wat weet jij in 's hemelsnaam van zijde? Het is toch niet te geloven dat er geen behoorlijke stomerij op dit achtergebleven eiland is. Waarom Charlie dit hotel niet in Cancún heeft laten bouwen, is me een raadsel.'

Ze wapperde met een van woede vertrokken gezicht met haar rok. 'Tweeduizend dollar, en ik kan hem zo weggooien!' Furieus begon ze aan de rits te rukken. 'Heb je niets beters te doen dan me stompzinnig aangapen? Je wordt per uur betaald. Donder op en ga aan het werk!'

'*Sí*, Señora St. John,' prevelde Adrianne onderdanig. '*Gracias. Buenas tardes.*'

'En leer behoorlijk Engels spreken!' Lauren gaf haar een zet en sloeg de deur knallend achter haar dicht.

Philip beschikte, net als Adrianne, over het nodige geduld. Hij had zijn auto op een plek in de schaduw geparkeerd, vanwaar hij zowel haar Jeep als de ingang van El Grande in de gaten kon houden. Ondanks de warmte bleef hij rustig zitten wachten. Hij moest afstand bewaren, want ze mocht hem voorlopig nog niet zien. Vroeg of laat zou ze hem naar de man leiden die hij was gaan bewonderen om zijn capaciteiten en gaan benijden om Adriannes toewijding.

De Schaduw was even goed als hij in zijn beste dagen. Met de inbraak bij Madeline Moreau had hij zijn deskundigheid eens te meer bewezen. Bleef de vraag welke rol Adrianne in het geheel speelde. Zorgde zij slechts voor de afleidingsmanoeuvres, of was ze misschien tevens zijn informant? Als er iemand in een positie verkeerde om voor allerlei gegevens van binnenuit te zorgen, dan was zij het wel. Maar waarom?

Hij veerde op toen hij haar glimlachend het hotel zag verlaten. De reden van die glimlach zou hij ook nog wel te weten komen. Voorlopig diende hij zich er echter tevreden mee te stellen haar op veilige afstand te volgen.

Terug bij El Presidente, installeerde hij zich in een hoek van de lobby zodra ze de lift naar haar suite had genomen. Ze zou zich zo langzamerhand moeten haasten als ze naar het galadiner van de St. Johns ging. Vreemd genoeg, nam ze de tijd. De zon was al bijna onder toen ze beneden verscheen in een elegante, rugloze zomerjurk.

Anders dan hij verwachtte, liep ze niet naar het parkeerterrein, maar begaf ze zich via de zij-uitgang richting strand. Haar volgend, zag hij haar even later de lange pier betreden en aan boord gaan van het schitterende jacht dat daar lag afgemeerd. Ze werd begroet door de vrouw met wie ze in het begin van de middag iets had zitten drinken. Vervolgens schudde ze de hand van een kalende, vrij fors gebouwde man en omhelsde ze lachend een joch van een jaar of tien.

Philip wist genoeg. Het was duidelijk dat ze aan boord ging dineren. Dat gaf hem de gelegenheid eens een kijkje in haar suite te gaan nemen.

Hoewel hij in geen jaren had ingebroken, was het voor hem een fluitje van een cent haar kamer binnen te komen. Ze was verdraaid ordelijk, stelde hij vast terwijl hij haar geur, die er nog hing, diep opsnoof.

Het duurde even voor hij in de gaten had dat hij stond te dagdromen. Hoofdschuddend begon hij de kamers te doorzoeken. Waarom die tweede suite in El Presidente, vroeg hij zich af. En waarom onder een andere naam? Dat waren vragen waar hij een antwoord op wilde.

Normaal gesproken, zou Adriannes beautycase hem niet hebben geïnteresseerd. Hij had haar tot nu toe met slechts een minimum aan make-up meegemaakt, en een schoonheid als zij had ook niet meer nodig. Vandaar dat het hem hogelijk verwonderde dat hij bij een eerste vluchtige blik zag dat er genoeg potjes, tubes, flesjes en penselen in zaten om tien actrices voor een voorstelling op te maken. Geïntrigeerd tilde hij het bovenste gedeelte eruit. Onderin trof hij een serie valse wimpers en diverse grimespullen aan, waaruit hij opmaakte dat ze ervan hield zich nu en dan te vermommen. Helemaal onder in de beautycase lagen tot zijn verrassing de nieuwe juwelen van Lauren St. John.

De Schaduw was niet zomaar goed, hij was een genie! De man had kans gezien zich binnen korte tijd toegang te verschaffen tot de presidentiële suite, de juwelen uit de kluis te halen en ze bij Adrianne te deponeren. En dat alles zonder zich één enkel ogenblik te laten zien.

Philip bekeek het collier nauwkeurig voordat hij het zuchtend teruglegde. De verleiding was groot om het in zijn zak te laten glijden en weg te lopen. Geen haan die ernaar zou kraaien. Jammer dat zijn loyaliteit jegens Spencer zo sterk was geworden. Gelukkig niet zo sterk, dat hij hem Adrianne op een presenteerblaadje zou aanbieden. Eerst maar eens afwachten wat zij met de juwelen ging doen.

Na de beautycase te hebben afgesloten, besloot hij maar niet te gaan eten. Hij pakte een kussen en maakte het zich zo gemakkelijk mogelijk in de garderobekast die Adrianne niet gebruikte. Wie weet, zou hij lang moeten wachten.

Hij was ingedommeld, maar hij schoot meteen overeind toen hij hoorde dat er een sleutel in het slot werd gestoken. Door de kier van de dubbele kastdeuren zag hij Adrianne binnenkomen, en het viel hem op dat ze heel ontspannen leek.

Het was misschien maar goed dat ze naar de slaapkamer verdween, zodat hij er geen getuige van kon zijn dat ze zich verkleedde. Alleen al de geluiden die tot hem doordrongen, speelden hem behoorlijk parten. Bij het horen van het karakteristieke gerammel van de potjes in haar beautycase vond hij het jammer dat hij niet zag wat ze deed.

Een kwartier nadat ze was binnengekomen, vertrok ze weer. Philip gaf haar vijftien seconden voorsprong en haastte zich daarna naar beneden. Op het parkeerterrein duurde het even voor hij haar ontdekte. De enige vrouw die hij voor zich uit zag lopen, was blond en bepaald niet zo slank als Adrianne. Hij herkende haar echter aan haar tred, en hij volgde haar glimlachend. Ze liep zo zelfverzekerd naar haar auto, dat ze er kennelijk van overtuigd was onherkenbaar te zijn, maar ze ging niet naar een gemaskerd bal.

Zorgvuldig een paar honderd meter afstand houdend, reed Philip achter haar aan richting San Miguel. Pas in de buurt van het stadje werd het wat drukker op de weg. Veel eilandbewoners bereidden zich voor op de nachtmis. Hoewel de winkels al dicht waren, liepen hier en daar nog groepjes toeristen die de Mexicaanse kerst wilden meemaken. Vanuit bars en restaurants klonk nog muziek.

Adrianne parkeerde de auto op het plein in het centrum. Ze wilde de zaak snel afhandelen. Na het diner bij Duja en haar man, waarbij ze samen met haar nicht herinneringen had opgehaald, had ze besloten dat de kraak van die middag haar laatste was geweest. Zodra ze de opbrengst had overgemaakt en de opwinding was geluwd, zou ze op weg gaan naar haar einddoel: de Zon en Maan.

Na even te hebben rondgekeken, verliet ze het plein via een steegje. Ondanks de heldere sterrenhemel en een driekwart maan was het vrij donker. Even later was ze op de afgesproken plaats, een open markthal, waarin overdag druk werd gehandeld.

'Keurig op tijd, *señorita*,' klonk een lijzige stem. Vanuit de schaduw kwam een kleine man met een onguur gezicht tevoorschijn. Hij stak een sigaret op; in het licht van zijn aansteker zag Adrianne hoe pokdalig zijn huid was.

'Voor zakelijke afspraken ben ik altijd op tijd,' antwoordde ze met zwaar Texaans accent. 'Je hebt al het geld bij je?'

'Jij hebt de waar?'

Adrianne wist wat voor vlees ze in de kuip had. 'Laat me eerst het geld maar zien.'

'Zoals je wilt.' De man ontsloot een van de deuren, waarachter een bonte verzameling koopwaar schuilging. Onder een hoop rommel trok hij een leren tas vandaan. 'Honderdvijftigduizend dollar. Mijn opdrachtgever wilde niet hoger dan honderdduizend gaan, maar ik heb hem weten over te halen.'

'Gunstig voor ons allebei.' Ze haalde een fluwelen zakje uit haar schoudertas. 'Je zult de stenen wel even willen bekijken. Ze zijn echt.'

'Dat spreekt vanzelf. Misschien wil jij het geld tellen, al kan ik je verzekeren dat het klopt.'

'Dat spreekt vanzelf.' Zonder elkaar een moment uit het oog te verliezen, wisselden ze tas en juwelen uit. 'In orde,' merkte Adrianne na een vluchtige controle koeltjes op. 'Prettig zaken met je te hebben gedaan.'

'Het genoegen was mijnerzijds.' De man borg zijn loep op en

toverde in dezelfde beweging een vervaarlijk ogend mes tevoorschijn. 'Ik wil nu het geld graag terug, *señorita*.'

Adrianne staarde even naar het mes voor ze hem strak aankeek. 'Is dit je opdrachtgevers manier van zaken doen?'

'Nee, mijn manier,' antwoordde hij, vals grijnzend. 'Hij krijgt het collier, ik het geld, en jij blijft in leven, mooie dame.'

'En als ik je dat geld nu eens niet gun?' informeerde ze liefjes.

'Dan ga je eraan en houd ik het toch.' Hij zwaaide het mes dreigend voor haar neus heen en weer. 'Wat heb je er nu aan om op kerstavond te sterven?'

'O, dat ben ik ook niet van plan.' Op het moment dat hij zijn vrije hand naar de tas met geld uitstak, haalde ze simpel en doeltreffend uit. Met de punt van haar schoen trof ze hem vol in het kruis. Hij klapte dubbel, en het mes kletterde uit zijn krachteloze hand op de grond. 'Inhalige vlerk,' mompelde ze, terwijl ze het wapen een eind wegschopte. 'Je bent net zo stom als je eruitziet.'

'Je haalt me de woorden uit de mond,' verklaarde Philip droogjes. Hij stak afwerend zijn hand op toen ze zich met een ruk naar hem omdraaide. Zijn pistool hield hij op de uitgevloerde schurk gericht. 'Pak de juwelen maar, dan kunnen we weg.'

'Wat doe jij hier?' riep ze uit.

'Ik dacht dat ik je moest redden, maar dat was gelukkig niet nodig. Zullen we?'

Adrianne griste het juwelenzakje van de grond. 'Loop naar de maan.'

'Een ander keertje, als je het niet erg vindt.' Na zijn pistool te hebben weggestopt, greep hij haar bij de arm. 'Hoe haal je het in je hoofd hier 's nachts met zo'n onguur type af te spreken?' Hij bekeek haar wat beter. 'Met die pruik op zie je er trouwens niet uit.'

'Zoals je hebt gemerkt, kan ik heel goed voor mezelf zorgen,' deelde ze hem hooghartig mee. 'Als je me wilt arresteren, zal ik het je niet gemakkelijk maken.'

'Dat is duidelijk,' mompelde hij. 'Kom, we nemen mijn auto.'

'Pardon? Ik rij zelf.'

'Niets daarvan. Eerst ga jij die rommel van je gezicht halen, en dan gaan we de juwelen terugbrengen waar ze horen.'

Pas halverwege het plein drong het tot Adrianne door wat hij wilde. 'Je bent gek,' mompelde ze.

'We hebben het er nog wel over. Als het jou hetzelfde is, wil ik hier een eind vandaan zijn voordat die onverlaat bij zijn positieven komt.' Hij gaf haar een zetje om haar door te laten lopen. De torenklok sloeg twaalf op het moment dat ze bij zijn auto waren.

17

De rit naar El Presidente vermocht Adrianne niet te kalmeren. Bij het betreden van haar kamer was ze zo mogelijk nog kwader dan toen Philip opeens was verschenen. 'Allemachtig, Philip! Vanaf de eerste ontmoeting bezorg je me niets dan ellende.' Ze rukte de pruik van haar hoofd en smeet hem in een hoek.

'Stank voor dank,' mompelde hij ironisch.

'Als jij zo graag de held wilt uithangen, ben je bij mij aan het verkeerde adres.'

'Ik zal het onthouden.' Hij sloot de deur.

'Ik haat mannen!' riep ze uit, terwijl ze de goedkope gouden ringetjes uit haar oren rukte. 'En jou helemaal!'

'Prettig om te weten dat ik een speciale plaatsje in je hart heb.'

'Verdorie! Heb je nu echt niets beters te doen dan mij het leven zuur maken?' informeerde ze briesend.

'Op het moment niet.' Hij keek toe, terwijl ze haar lange haren losschudde. 'Wat heb je toch met je gezicht gedaan?'

Ze stoof naar de slaapkamer. 'Hoepel alsjeblieft op,' verzuchtte ze toen hij haar doodleuk volgde. 'Het was een lange dag.'

'Zeg dat wel. Trouwens, die jonge vrouw met wie je vanmiddag iets dronk, was dat een nicht van je?'

Adrianne begon knarsetandend haar gezicht van make-up te ontdoen. 'Me bespioneren,' siste ze. 'Dieper kun je niet zinken.'

'Ach, zo ziet een mens nog eens wat.'

'Je bent walgelijk.' Behoedzaam de gekleurde contactlenzen verwijderend, trok ze een gezicht. 'Lekker met een verrekijker voor het raam gezeten?' Ze hoorde hem grinniken. 'Je vindt het zeker leuk werk.'

'Bij tijd en wijle.' Hij zag de laatste sporen van Lara verdwijnen. 'Nou, jij kunt er wat van.'

'Dank je. Als je me nu wilt verontschuldigen... Ik zou me graag verkleden.'

'Sorry, schat. Zolang de juwelen hier zijn, laat ik je niet alleen.' Hij ging ongevraagd op de rand van het bed zitten. 'Trek maar iets zwarts aan. Dat is wel zo handig voor het terugbrengen van de juwelen.'

'Ik peins er niet over ze terug te brengen.'

'Dat hoef jij ook niet. Ik breng ze terug, en jij gaat met me mee.'

Adrianne was inmiddels wat tot bedaren gekomen. 'Waarom zou ik?' vroeg ze, terwijl ze zich in een stoel liet vallen.

Die reactie had hij verwacht. 'Ten eerste omdat ik het je verdraaid moeilijk zou kunnen maken als je weigert mee te werken.' Hij negeerde haar gegnuif. 'Ten tweede omdat ik je anders niet tegen de gevolgen van deze diefstal kan beschermen.' Het was gedaan met haar onverschilligheid, constateerde hij tevreden. 'Zodra het bekend wordt, zullen mijn superieuren beseffen dat Parijs een dwaalspoor was.'

Adrianne veerde op. 'Parijs? Heb jij... Waarom?'

Philip slaakte een geërgerde zucht. 'Ik wilde tijd winnen om jou de kans te geven een en ander aan mij uit te leggen.'

Ze bleef hem aanstaren. 'Ik begrijp je niet,' prevelde ze verwonderd.

Niet vreemd, dacht hij meesmuilend. Hij begreep zichzelf ternauwernood. 'Daar hebben we het later nog wel eens over. Ik zou graag zien dat je in actie kwam. Deze zaak moet zo snel mogelijk worden afgehandeld.'

Verdraaid! Ze kreeg er wat van dat hij zo kalm bleef. Waarom ging hij niet tegen haar tekeer? Het was te gek dat hij haar een gevoel van verplichting wist aan te praten. 'Ik wist niet dat jij op Cozumel was.'

'Je kent me niet goed, terwijl ik jou beter ken dan je denkt. Zo weet ik bijvoorbeeld dat je meestal in dit hotel logeert als je hier bent. Gezien de omstandigheden, leek het me raadzaam je in de gaten te houden zonder me te vertonen. Het was wel een verrassing voor me dat je zowel in El Presidente als in El Grande een suite had.'

Hij had meer ontdekt dan goed voor haar was, dacht ze geërgerd. 'Ik heb spionnen altijd al onderkruipsels gevonden.'

'Wel ja, en dat terwijl ik klaarstond om voor reddende engel te spelen.'

'Ik heb je nergens om gevraagd, en ik ben ook niet van plan je te bedanken.' Ze deed alsof ze zijn grimas niet zag. 'Die bemoeizucht van jou kan ik missen als kiespijn.'

'Natuurlijk, Hoogheid. Het gewone volk moet zijn plaats weten, nietwaar?'

'Houd toch op. Dit heeft niets met rang of status te maken. Ik weiger me schuldig te voelen.' Zijn flauwe glimlach ontging haar niet; ze trommelde met haar vingers op de stoelleuning. 'Je krijgt zeker problemen als de juwelen niet worden terugbezorgd?'

'Hoe kom je erbij? Alleen omdat ik vijftien jaar als dief door het leven ben gegaan en omdat ik Interpol op een mogelijke kraak in Parijs af heb gestuurd, terwijl er hier een werd gezet?' Hij grijnsde ironisch.

'Oké, oké, het is duidelijk.' Ze stond op en haalde een zwarte blouse en broek uit de kast voor ze hem afwachtend aankeek.

Philip stak doodgemoedereerd een sigaret op. 'Als je verlegen bent, ga je je maar in de badkamer verkleden.'

'Je bent een heer of je bent het niet,' mompelde ze hatelijk.

'Terwijl je bezig bent, mag je mij de plattegrond van El Grande even laten zien.'

'Bekijk het maar!' riep ze vanachter de gesloten badkamerdeur.

'Misschien moet ik je even een handje komen helpen?'

Adrianne brak van de weeromstuit een plastic hanger in tweeën. 'De St. Johns hebben een suite op de bovenste verdieping. Vier kamers, twee badkamers. De kluis zit in de inloopkast. Gaat met een sleutel open.'

'Die jij hebt?'

'Hoe raad je het?'

'Handig. Hoe komen we binnen?'

De juwelen konden haar niet schelen. Het was haar om het geld te doen. Aangezien ze dat in haar bezit had, kon ze het zich veroorloven mee te werken. 'Deze middag heb ik plan B gebruikt omdat ik bij mijn nichtje ging dineren. Werkstersuniform en linnengoedkarretje. Charles en Lauren hadden een persontvangst.'

Ze had de juwelen dus zelf gestolen, concludeerde Philip geïntrigeerd. 'Nog moeilijkheden gehad?'

'Ach, nee. Lauren kwam binnen toen ik net klaar was. Ze keek uiteraard niet eens naar zo'n bediende.'

'Je bent wel een koele, hè?'

'Is dat een compliment?' Ze voegde zich weer bij hem.

'Een constatering. Plan B kan om deze tijd van de nacht niet. Wat is plan A?'

Adrianne deed een haarband om. 'De ventilatiebuizen. Openingen in de badkamers.' Ze bekeek hem vluchtig. 'Een beetje nauw voor jou.'

'Daar ben ik aan gewend.' Hij haalde zijn pistool tevoorschijn.

'Waar is dat voor nodig?' informeerde ze koeltjes.

Ze toonde geen spoor van angst, viel hem op. 'Ik heb liefst zo min mogelijk ballast.' Hij borg het pistool in een la.

'Wel zo slim. Een gewapende overval wordt zwaarder bestraft.'

'Zwaarder dan wat? Ik ben nog nooit gepakt. Waar het mij om gaat, is dat ik geen buit wil waar bloed aan kleeft.'

Ze keek hem onderzoekend aan. Hij meende wat hij zei, zonder enige vorm van arrogantie. 'Ik heb het graag snel achter de rug, want het druist tegen mijn gevoel in.'

Philip wist precies wat ze bedoelde. Hij pakte het juwelenzakje om het collier te bekijken. 'Niet slecht, hè? Ik heb altijd de voorkeur aan diamanten gegeven, maar deze robijnen mogen er zijn. Je hebt ze goed bekeken?'

'Uiteraard.' Ze glimlachte flauwtjes. 'Wil jij ze ook even goed zien? Ik heb mijn loep bij de hand.'

Het was verleidelijk. 'Ach nee, het heeft in dit geval weinig zin,' verzuchtte hij. 'Heb je een zaklantaarn en een extra paar handschoenen? Vergeet de sleutel niet.'

Adrianne verzamelde alle spulletjes. 'Alsof ik niets beters te doen heb,' mopperde ze.

‘Beschouw het maar als een kerstcadeautje voor de St. Johns.’

‘Dat verdienen ze niet. Charles is een dwaas, en Lauren is een opportunistische haaibaai.’

Philip stopte de sleutel in zijn zak. Zonder commentaar te leveren nam hij haar bij de arm.

Eenmaal bij El Grande, gingen ze via de dienstingang naar binnen. Zo diep in de nacht hoefden ze zich geen zorgen te maken dat ze zouden worden gezien. De deur naar de kelder was afgesloten. ‘Waarom maken we het onszelf niet wat gemakkelijker door via jouw suite te gaan. Dat scheelt heel wat gekruip.’

‘Beter van niet. Gezien het aantal rijke gasten is het best mogelijk dat er deze dagen meer diefstallen plaatsvinden. Ik wil liever niet dat er bij een eventueel onderzoek in mijn suite sporen worden gevonden.’

‘Voorzichtigheid is de moeder van de porseleinkast,’ mompelde hij droogjes, terwijl ze haar instrumenten tevoorschijn haalde. ‘Degelijke spullen. Mag ik?’

Ze gebaarde dat hij wat haar betrof zijn gang kon gaan. Even later moest ze met tegenzin toegeven dat hij uiterst vakkundig te werk ging. Sloten kraken was haar specialiteit, maar hij was nog beter. ‘Hoelang ben je al uit het vak?’

‘Bijna vijf jaar.’ Flauwtjes glimlachend, gaf hij haar het stel verfijnde lopers terug voor hij de deur openduwde.

‘Je kunt er nog steeds wat van.’

‘Dank je.’

Hij ging haar in de vrij muf ruikende ruimte voor naar de centrale schacht van het ventilatiesysteem. Een enkele blik op het rooster leerde hem dat ze gelijk had gehad met haar opmerking dat de buizen vrij nauw waren. Binnen de kortste keren hadden ze het rooster verwijderd. 'Oké. Als je mij even een opzetje geeft, kan ik daarna jou optrekken.'

'We kunnen nu nog terug,' merkte ze zachtjes op. 'Ik kan de edelstenen voor iets beters gebruiken dan Laurens hals. We kunnen de opbrengst zestig-veertig verdelen.'

'Zestig-veertig?'

'Ja, hoor eens, ik heb het al het werk gedaan.'

Philip moest even iets wegslikken. Kennelijk realiseerde ze zich niet dat hij er ook de grootste moeite mee had de juwelen terug te brengen. Daarbij ging het om het principe, niet om het geld. Jammer dat hij er inmiddels ook andere principes op na had leren houden. 'Geef me je zaklantaarn nu maar,' bromde hij.

Ze gehoorzaamde schouderophalend. 'Zelf weten.'

'Je zei de bovenste verdieping. Welke kamer?'

'De laatste aan de westkant.'

'Heb je een kompas bij je?'

'Nee.' Ze grinnikte. 'Weet je niet waar het westen is?'

Hij hield zijn gezicht in de plooi. 'In grote gebouwen is een kompas nooit weg,' deelde hij haar waardig mee.

Nog steeds grinnikend, strengelde ze haar vingers ineen om hem een opzetje te geven. 'Allez hop, schat. Laat het maar aan mij over.'

Hij schonk geen aandacht aan het plagerijtje, maar zette zijn voet in haar handen en veerde zo soepel omhoog, dat ze zijn gewicht nauwelijks voelde. Met enig gewring hing hij stevig in de schuin oplopende schacht. Het kostte hem alleen wel moeite zo te manoeuvreren dat hij haar omhoog kon trekken. Even later zat ze vlak achter hem. Of ze wilde of niet, ze moest giechelen toen ze hem zachtjes hoorde vloeken.

‘Zo te zien, is het maar goed dat ik het kerstdiner heb gemist,’ gromde hij.

‘De bochten zijn nog wat nauwer,’ kon ze niet nalaten op te merken. ‘Misschien had ik vaseline voor je moeten meenemen.’

Het was zelfs te smal om haar over zijn schouder vernietigend aan te kijken. ‘Met wat meer tijd had ik een beter plan kunnen verzinnen.’

‘Ik heb alle tijd, hoor.’

Philip verbeet zijn ergernis. Hij kreeg haar nog wel. ‘Blijf vlak achter me. We hebben een lange weg te gaan.’

Hoewel ze dat als geen ander wist, viel het haar toch tegen. Wellicht dat ze in haar eentje sneller was opgeschoten, maar in de benauwend kleine ruimte was ze blij met gezelschap. Bovendien kreeg ze meer en meer bewondering voor zijn lenigheid. Zelfs wanneer hij even bleef steken bij een versmalling, wist hij zich iedere keer weer los te wurmen en verder te schuiven.

Nu en dan moesten ze roerloos blijven liggen tot een gast zich had verwijderd uit de badkamer die ze passeerden. Bij elke nieuwe afsplitsing tikte Adrianne Philip op de betreffende voet om hem de weg te wijzen. Hoewel ze ook voor het eerst in het stelsel van schachten zat, kende ze de weg dankzij haar grondige voorbereiding op haar duimpje.

Na verloop van dertig uiterst vermoeiende minuten hadden ze het rooster boven het toilet van de St. Johns bereikt. ‘Weet je het zeker?’ informeerde Philip sissend. ‘Ik bedoel, het zou wel heel onprofessioneel zijn als we de juwelen in de verkeerde kluis stopten.’

‘Natuurlijk weet ik het zeker,’ fluisterde ze geërgerd. ‘Zie je die afschuwelijke badjas hangen? Die heb ik Lauren voor haar verjaardag gegeven.’

Hij wierp een blik op de badjas. 'Volgens mij mag jij Lauren niet,' zei hij zachtjes.

'Dat egoïstische kreng. Ze snauwt alle bedienden af, en ik heb haar er nooit op kunnen betrappen dat ze ergens een fooi achterlaat, terwijl ze toch bulkt van het geld.' Ze trok een kleine schroevendraaier uit haar heuptasje en begon onhoorbaar het rooster los te wrikken.

Terwijl ze bezig was, vroeg Philip zich af waarom zij zich er druk over maakte hoe Lauren haar personeel behandelde. Hij vergat het echter zodra hij het rooster opzij kon schuiven. 'Blijf hier maar even wachten,' fluisterde hij.

'Geen denken aan. Ik ga met je mee. Hoe weet ik anders of je de handel echt teruglegt?'

'Allemachtig. Je hebt wel lef, dame,' gromde hij geïrriteerd voor hij zich soepeltjes op de badkamervloer liet zakken. Ze volgde hem moeiteloos, maar hij kon het niet laten haar bij het laatste sprongetje op te vangen.

Ze hielden allebei hun adem in bij het horen van uiterst veelzeggende geluiden vanuit de slaapkamer. Philip trok een gezicht, en Adrianne sloeg haar hand voor haar mond om te voorkomen dat ze het uit zou proesten.

'Laten we ze maar niet storen,' zei Philip droogjes. Op haar aanwijzing sloop hij voor haar uit naar naar de andere kamer.

Begeleid door de gesmoorde geluiden van het gepassioneerde liefdesspel, openden ze de kluis en legden ze de juwelen terug in het kistje dat Adrianne eerder die dag had achtergelaten.

'Kom mee.' Philip trok Adrianne mee naar de badkamer. 'Omhoog.'

Ze hadden zich net weer opgetrokken, toen ze iemand hoorden aan komen sloffen. 'Hè, hè,' klonk het even later vermoeid onder hen. Ze zagen Charlie zijn dunnende haar uit zijn gezicht strijken en gulzig wat water drinken alvorens de badkamer weer te verlaten.

'Kom op,' zei Philip kortaf, terwijl hij snel het rooster op zijn plaats legde. 'Wegwezen.'

Samenwerken met een partner gaf niet dezelfde opwinding van een geslaagde inbraak, maar het kwam in de buurt. Doordat ze de opborrelende lach tijdens de lange tocht door de schachten had moeten onderdrukken, kwam ze op de terugweg naar El Presidente niet meer bij.

'Echt ongelooflijk,' verzuchtte ze voor de zoveelste keer toen ze op haar kamer waren. Ze liet zich zwaar in een stoel vallen en ze schopte haar schoenen uit. 'Zo leuk dat ik haast niet meer boos op je ben,' verklaarde ze grijnzend tegen de stuurs op haar neer kijkende Philip.

Zo stralend had hij haar niet eerder meegemaakt. 'Geweldig. Nu kan ik tenminste slapen,' gromde hij.

'Altijd zo humeurig na een geslaagde missie?'

Opgefokt was een beter woord, overwoog hij grimmig. Het was niet slim geweest haar bij de afdaling voor te laten gaan. Bijna twintig minuten naar haar verrukkelijke draaiende billen moeten kijken, was hem niet in de koude kleren gaan zitten. Hij drentelde ongedurig heen en weer. 'Vanwege jou heb ik mijn avondeten gemist.'

'Arme jongen,' reageerde ze plagend. 'Ik moet ergens nog een reep chocola hebben.' Ze stond op om haar handtas te doorzoeken. 'Alsjeblieft. Er is ook wijn.'

Hij scheurde het wikkel van de reep. 'Geen hazelnoot?'

'Nee, ik hou niet van noten.' Ze schonk de wijn in twee glazen, waarvan ze er een aan hem overhandigde. 'Ik hoef eigenlijk niet boos te zijn. Ik heb het geld immers nog.'

'Is geld echt zo belangrijk voor je?'

Adrianne dacht aan het fonds voor mishandelde vrouwen. 'Ja.'

Philip begon weer te ijsberen. 'Wat houd jij eraan over, Addy? Krijg je nu en dan een paar duizend van hem? Je moet heel wat voor hem over hebben, want jij neemt alle risico's, terwijl hij buiten schot blijft.'

Hij deed haar aan een rusteloze panter denken. 'Wie is hij?' informeerde ze bedaard.

'Dat moet jij mij nu maar eens vertellen,' viel hij uit, zo scherp dat hij er zelf van schrok. Hij kende zichzelf goed genoeg om te weten dat hij stikjaloers was. Dat zat hem niet lekker, om het zachtjes uit te drukken. 'Ik wil weten wie hij is en waarom je met hem samenwerkt met die diefstallen.'

Zwijgend keek ze toe, terwijl hij zichtbaar gespannen een sigaret opstak. 'Ik werk met niemand samen.'

'Voor vandaag heb ik genoeg spelletjes gedaan.'

'Niks spelletjes. Ik heb je al eens gezegd dat ik uit eigen vrije wil doe wat ik doe.'

'Je hebt ook gezegd dat het vanwege een man was.'

'Niet zoals jij denkt. Er is geen man die me chanteert, me betaalt, of het bed met me deelt. Ik werk alleen en uitsluitend voor mezelf.'

Philip blies een rookwolk naar het plafond, en het was of hij daarmee zijn kalmte hervond. 'Je gaat me toch niet wijsmaken dat jij alleen verantwoordelijk bent voor de mysterieuze diefstallen van de afgelopen negen, tien jaar waarbij voor miljoenen aan juwelen zijn verdwenen?'

'Ik wil je niets wijsmaken. Je wilde de waarheid horen, en die geef ik je nu.' Ze staarde naar haar glas. 'Niet dat het wat uitmaakt. Je hebt geen enkel bewijs, en je superieuren zullen je voor gek verklaren. Afgezien daarvan had ik al besloten dat de zaak van vandaag mijn laatste zou zijn in deze fase van mijn carrière.'

'Ik geloof er niets van. Je moet begonnen zijn toen je nog een kind was.'

'Ik was zestien,' verklaarde ze heel bedaard. 'Zo groen als gras, maar ik heb snel geleerd.'

'Waarom ben je ermee begonnen?'

Ze verstrakte zichtbaar. 'Dat gaat je niet aan.'

'Kom nou, Addy, dat stadium ligt achter ons.'

Ze zette haar glas neer voor ze hem vanuit de hoogte aankeek. 'Zelfs na deze amusante nacht lijkt me dat sterk overdreven, Philip,' reageerde ze ijzig. 'Als het jou hetzelfde is, wil ik nu gaan slapen. Ik ben doodop.'

'Je kunt uitslapen. We zijn nog niet klaar.' Hij keek op zijn horloge. 'Ik moet even bellen voor we verdergaan. Ik heb een vriend in Parijs, die iets kan doen om Interpol een paar daagjes zoet te houden.' Hij begaf zich ongevraagd naar de slaapkamer.

Toen hij tien minuten later terugkwam, lag Adrianne op de sofa te slapen. Ze sliep zo diep, dat ze niet merkte dat hij een haarlok uit haar gezicht streek. In plaats van koninklijk en koel leek ze in totale ontspanning opeens heel jong en kwetsbaar. Hij zou haar moeten wekken om haar verder te ondervragen nu ze weinig weerstand had. Tegen beter weten in liet hij haar echter slapen en deed de lamp uit.

Het begon net licht te worden toen hij wakker werd van Adriannes gesnik. Hij stond als de weerlicht van haar bed op en haastte zich zonder de moeite te nemen zijn overhemd aan te trekken naar de aangrenzende kamer. Daar trof hij haar ineengekrompen als een hoopje ellende op de sofa aan. Naast haar hurkend, raakte hij teder haar natte wang aan. Pas op dat moment realiseerde hij zich dat ze nog sliep.

'Addy...' Hij schudde haar zachtjes. 'Addy, word eens wakker.'

In eerste instantie verzette ze zich hevig en kromp ze nog verder in elkaar, alsof hij haar had geslagen. Vervolgens maakte ze zich met wijd opengesperde ogen klein tegen de rugleuning.

Hij bleef sussend op haar inpraten, terwijl hij de neiging onderdrukte haar in zijn armen te nemen. Geleidelijk aan keek ze minder glazig, waardoor het intense verdriet en de angst duidelijker werden. 'Een nachtmerrie,' murmelde hij en hij nam behoedzaam haar ene hand in de zijne. 'Ik pak even wat water voor je.' Hij haalde een flesje mineraalwater uit de minibar.

Adrianne sloeg haar armen om haar opgetrokken knieën. Een paar maal diep inademend, probeerde ze haar evenwicht te hervinden. 'Dank je,' fluisterde ze toen Philip haar het glas aanreikte. Ze omklemde het met beide handen. De schaamte dat hij haar zo zag begon de ellende van de droom te verdringen. Het liefst zou ze zien dat hij wegging en haar met rust liet. Zodra hij naast haar kwam zitten, moest ze zich echter tegen de neiging verzetten haar hoofd op zijn schouder te vlijen en zich te laten troosten.

‘Spreek je eens uit, Addy,’ drong hij vriendelijk aan.

‘Ach, het was gewoon een nare droom.’

‘Oké, maar je lijdt.’ Hij raakte haar wang aan. ‘Ik kan goed luisteren.’

Ze kneep haar ogen een moment stijf dicht. ‘Ik heb niemand nodig.’

‘Ik ga niet weg voor je me erover vertelt.’

Adrianne staarde naar het glas tussen haar handen. ‘Mijn moeder is op kerstochtend overleden,’ verzuchtte ze. ‘Laat me nu alsjeblieft met rust.’

Philip nam zwijgend het glas van haar over om het weg te zetten voor hij zijn armen om haar heen sloeg. Hij trok zich er niets van aan dat ze verstijfde. In het besef dat ze geen behoefte had aan woorden van medeleven, streelde hij haar haren tot hij haar voelde ontspannen.

‘Waarom doe je dit?’ piepte ze.

‘Mijn goede daad voor vandaag. Kom, praat er eens over.’

Ze had er nooit eerder over gesproken, maar de woorden leken opeens vanzelf te komen. ‘Ik vond haar vlak voor zonsopgang op de badkamervloer. Ze lag erbij alsof ze nog naar de deur had willen kruipen. Misschien heeft ze wel om hulp geroepen… alleen heb ik niets gehoord.’ Zonder er erg in te hebben, dwaalde haar hand naar zijn andere schouder. Ze hield haar ogen dicht. ‘Je hebt de verhalen misschien wel gehoord. Zelfmoord,’ vervolgde ze haperend. ‘Ik weet dat het anders is gegaan. Ze was al zo vreselijk lang ziek. Ze wilde vast niet meer dan een nacht zonder pijn… gewoon rustig kunnen slapen. Ze zou zich nooit willens en wetens van het leven beroofd hebben zolang… zolang ze wist dat ik haar zou vinden.’

Philip bleef haar strelen. Hij kende de verhalen. Nu en dan werd het schandaal weer opgerakeld zonder dat iemand er het fijne van wist. 'Jij hebt haar het beste gekend.'

Adrianne richtte haar hoofd op om hem even onderzoekend aan te kijken voor ze het weer op zijn schouder vlijde. 'Dat is zo,' verzuchtte ze. 'Mijn moeder was lief, zachtaardig en eenvoudig. Niemand heeft ooit echt begrepen dat de glamour slechts bij de filmster hoorde, niet bij de vrouw, die ze was. Ze heeft de verkeerde mensen vertrouwd, en dat is uiteindelijk haar ondergang geworden.'

'Je vader?'

Hij drong zo snel tot de kern door dat Adrianne in eerste instantie de pijn niet eens voelde. 'Hij heeft haar gebroken.' Ze stond opeens op en ze begon met haar armen stijf om zich heen geslagen heen en weer te lopen. 'Stukje bij beetje, dag in dag uit, en hij genoot er nog van ook,' vervolgde ze ongemeen fel. 'Hij moest en zou de vrouw trouwen die het schoonheidsideaal van haar tijd was. Een westerse vrouw, een filmactrice, die door de meeste mannen als een godin werd vereerd. Nadat ze verliefd op hem was geworden, heeft ze niet alleen haar carrière voor hem opgegeven, maar ook haar land en haar culturele achtergrond. Maar toen hij haar had, heeft hij haar kapotgemaakt. Hoewel zij alles vertegenwoordigde wat hij wilde, verachtte hij haar om precies diezelfde reden.'

Ze bleef voor het raam staan en staarde naar het verlaten strand. 'Ze begreep niets van zijn wreedheid. Pas veel later begreep ik haar totale wanhoop en verwarring doordat ze zich tegenover mij begon uit te spreken. Ze had daar niemand anders.'

'Waarom heeft ze hem niet eerder verlaten?'

‘Om dat te begrijpen zou je Jaquir moeten kennen... en mijn moeder. Ze hield van hem, zelfs nadat hij een tweede vrouw had genomen omdat zij hem slechts een dochter had kunnen schenken. Hoewel hij haar beledigde en vernederde, hield ze vol. Ze zat gevangen in de harem, terwijl zijn tweede vrouw in verwachting was van een zoon. Ze nam zelfs voor lief dat hij haar sloeg. En ze verweet zichzelf dat ze geen kinderen meer kon krijgen. Bijna tien jaar lang heeft ze het volgehouden, tot ze geen greintje zelfrespect meer over had. Misschien had ze kunnen ontsnappen, maar ze wilde mij niet kwijt.’ Ze haalde diep adem. ‘Alles wat ze heeft gedaan en heeft doorstaan, deed ze voor mij.’

‘Ze hield van je.’

‘Misschien meer dan goed voor haar was. Nee, niet misschien. Ze heeft zich laten vernederen, aftuigen en verkrachten omdat ze mij niet in de steek kon laten. De hemel weet hoe vaak hij haar heeft verkracht. Eén keer ben ik er getuige van geweest. Ik lag onder het bed met mijn handen tegen mijn oren gedrukt om haar kreten niet te hoeven horen. Sindsdien haat ik hem.’

Philip veerde op. Hij keek strak naar haar rug, terwijl zijn medeleven met haar langzaam maar zeker plaatsmaakte voor kille woede. Ze moest nog een klein kind geweest zijn. Hij opende zijn mond om iets te zeggen, maar hij bedacht zich bijtijds. Woorden zouden haar pijn niet verzachten.

‘Ik weet niet of ze ooit de kracht zou hebben gevonden hem te verlaten als Abdu haar, toen ik net acht was geworden, niet had verteld dat hij van plan was me naar een school in Duitsland te sturen. Als ik daarvan terugkwam, zou ik uitgehuwelijkt worden aan de zoon van een bevriende sjeik.’

‘Op je achtste?’

'Nee, op mijn vijftiende,' antwoordde ze toonloos. 'Mijn moeder was zo verstandig zijn beslissing toe te juichen. Gelukkig kon ze nog acteren, en ze wist hem ertoe te bewegen dat ik mee mocht naar Parijs onder het mom dat ik toch iets meer van de wereld moest hebben gezien dan Jaquir. Dat zou de man aan wie ik uitgehuwelijkt zou worden ten goede komen.'

'Uitgehuwelijkt,' mompelde hij hoofdschuddend.

Adrianne glimlachte onwillekeurig. Als echte Brit scheen hij daar niet over uit te kunnen. 'In Jaquir is het heel gewoon dat vaders al heel vroeg huwelijken voor hun kinderen regelen. Vrije keus en liefde zijn niet van belang. Het gaat om het in stand houden en versterken van de stam, en vrouwen hebben daarbij helemaal niets in te brengen.'

De zon was inmiddels opgekomen. De stralen schitterden op het water. 'Hoe het ook zij, toen we in Parijs waren, wist mijn moeder contact op te nemen met Celeste, en die heeft gezorgd dat er twee tickets op het vliegveld voor ons klaarlagen. We mochten onder geleide winkelen en daarna naar het Louvre. Daar heeft mijn moeder de lijfwachten weten te ontkomen door me opeens mee te sleuren.'

Ze hield even op met praten en drukte haar handpalmen tegen haar ogen. 'We zijn naar New York gevlucht, maar ondanks de herwonnen vrijheid is mijn moeder nooit beter geworden. Vraag me niet hoe het mogelijk is, maar ze is altijd van Abdu blijven houden.' Ze draaide zich langzaam naar Philip om. 'Ik heb ervan geleerd dat een vrouw aan haar liefde ten onder kan gaan. Om te overleven moet je uitsluitend en alleen op jezelf vertrouwen.'

'Heb je er niet van geleerd dat liefde onvoorwaardelijk kan zijn? Dat je ondanks alles van iemand kunt houden?'

De doordringende blik in zijn grijze ogen deed haar onwillekeurig huiveren. Ze las er iets wat ze niet wilde zien, net zoals ze zich er niet in wilde verdiepen waarom ze hem had verteld wat ze nooit eerder met wie dan ook had gedeeld. 'Ik ga onder de douche,' verklaarde ze gedecideerd. Ze liep langs hem naar de badkamer zonder hem aan te kijken. Daar aarzelde ze om de een of andere reden even voor ze de deur stevig achter zich sloot.

18

In de overtuiging dat Philip wel weg zou gaan, nam Adrianne de tijd om de naweeën van de nachtmerrie zo goed en zo kwaad als het ging van zich af te spoelen. Hoewel het in zekere zin bevrijdend was geweest er eindelijk eens over te praten, had ze er spijt van Philip zoveel te hebben verteld. Ze troostte zich met de gedachte dat het van weinig belang was omdat ze hem binnenkort toch niet meer zou zien. Ze moest zich immers op Jaquir en op haar wraak concentreren…

Toen ze ruim een halfuur later, gehuld in haar dunne badjas uit de badkamer tevoorschijn kwam, ontdekte ze tot haar verwondering dat Philip er nog steeds was. Blootsvoets en met ontbloot bovenlijf gaf hij net de kelner die het ontbijt had gebracht een fooi.

'*Buenas dias, señora. Merry Christmas.*'

Uit zijn verheugde glimlach leidde ze af dat Philip heel vrijgevig was geweest. Ze nam niet de moeite de jongeman, die kennelijk aannam dat zij en Philip getrouwd waren, uit de droom te helpen. In plaats daarvan zei ze: '*Buenas dias. Feliz Navidad.*' Ze wachtte tot hij was vertrokken voor ze zich tot Philip wendde. 'Wat doe jij nog hier?'

'Met je ontbijten.' Hij ging haar voor naar de gedekte tafel op het balkon, waar hij koffie inschonk. Geduld, zorg en charme, had hij zich voorgenomen.

'En als ik nu eens geen ontbijt wil?' informeerde Adrianne met gefronst voorhoofd.

'Geen probleem. Dan eet ik jouw deel ook op.'

'En geen gezelschap?'

'Je kunt zo naar het strand. Een beetje melk?'

Ze hield zich voor dat ze de verleiding gemakkelijk zou kunnen weerstaan. 'Graag,' antwoordde ze na een korte aarzeling, en ging zitten alsof ze hem een audiëntie toestond.

Philip glimlachte geamuseerd. 'Suiker, Hoogheid?'

Er verscheen een vervaarlijke schittering in haar zwarte ogen, maar ze hield haar temperament onder controle. 'Ik gebruik mijn titel slechts bij officiële gelegenheden... en in gezelschap van idioten.'

'Ik voel me gevleid.'

'Doe maar niet. Ik ben er nog niet uit of jij al dan niet een idioot bent.'

Philip begon aan zijn omelet. 'Wat mij betreft, heb je deze hele dag om dat nader te bepalen. Aangezien ik het tot nu toe te druk heb gehad met jou in de gaten houden, heb ik nog niet van de zee en de zon kunnen genieten.'

'Jammer voor je.'

'Precies, dus doe mij een plezier.' Hij deed boter en jam op een snee toast en legde die op haar bordje. 'Tenzij je de dag niet met me dúrft door te brengen.'

'Waarom zou ik dat niet durven?'

'Omdat je weet dat ik met je wil vrijen, en je bang bent dat je daarvan zou genieten.'

Adrianne moest zich dwingen hem te blijven aankijken. 'Ik

heb je al gezegd dat ik niet van plan ben met je naar bed te gaan.' Ze nam snel een hap.

'Oké, dan maken die paar uurtjes in de zon ook niet uit.' Hij tastte weer toe. 'Meende je het vannacht toen je zei dat het je laatste kraak was geweest?'

Tot haar verbazing vond ze het opeens moeilijk om tegen hem te liegen. 'Ik zei dat het de laatste kraak in deze fase van mijn carrière was.'

'In deze fase?' herhaalde hij, terwijl hij haar een moment scherp aankeek. 'Luister, Addy, ik heb bepaalde verplichtingen tegenover mijn superieuren,' verklaarde hij toen, 'maar daarnaast heb ik de behoefte jou te helpen.'

Hoewel ze een argwanend gezicht trok, haalde ze haar hand niet weg toen hij die met de zijne bedekte.

'Als jij open kaart met me speelt, hoeft het een het ander niet uit te sluiten. Zo niet, dan kan ik net zo in moeilijkheden raken als jij.'

'Je raakt niet in moeilijkheden als je mij rustig mijn gang laat gaan. Het enige wat ik je kan zeggen, is dat de volgende fase iets persoonlijks betreft. Iets wat jou noch Interpol iets aangaat.'

'Sorry, het gaat mij wel degelijk aan.'

'Hoe dat zo?'

'Omdat ik om je geef.' Hij hield haar hand vast toen ze hem wilde terugtrekken. 'Een boel.'

De even simpele als directe verklaring klonk onthutsend gemeend. 'Dat heb ik liever niet,' prevelde ze.

'Ik ook niet,' bekende hij onmiddellijk, 'maar het is niet anders.' Hij liet haar hand los. 'Waarom vertel je me niet eens waarom je met stelen bent begonnen?'

'Ik krijg zeker geen rust voor ik dat doe, hè?' informeerde ze hoofdschuddend.

Tegelijkertijd besefte ze dat het er in feite weinig toe deed omdat hij al zoveel wist. Bovendien kende hij als geen ander het klappen van de zweep. Als er iemand was met wie ze haar ervaringen kon delen, dan was hij het wel.

'Nou, je weet dat mijn moeder al heel lang ziek was,' begon ze nadat hij nog een koffie voor haar had ingeschonken. 'De kosten voor doktoren, medicijnen en verpleging rezen de pan uit.'

Daarmee vertelde ze hem niets nieuws. De tragedie van Phoebe Spring was breed uitgemeten in de media. 'Wat mankeerde haar precies?' vroeg hij. Over de ziekte van de actrice was slechts gespeculeerd.

Dit was het moeilijkste van alles, realiseerde Adrianne zich. Ze wilde zo snel mogelijk door de zure appel heen bijten. 'Ze was manisch depressief. Haar stemming kon van het ene op het andere moment volkomen omslaan. Soms blaakte ze van de energie en maakte ze nieuwe plannen. Dan kon ze van opwinding niet eten of slapen. Daarna volgde onvermijdelijk een periode van neerslachtigheid. Dan zat ze maar voor zich uit te staren en was ze zelfs voor mij onbereikbaar.'

Ze schraapte haar keel. Het was onmogelijk om te beschrijven hoe vreselijk ze zich had gevoeld. Met afgewend gelaat nam ze een slokje koffie.

'Dat moet een hel voor je zijn geweest,' merkte Philip zachtjes op.

Doelbewust in de verte starend, haalde ze haar schouders op. 'Voor haar was het veel ellendiger. Haar verslaving aan kalmerende middelen en drank was in Jaquir begonnen. Wat daar haar redding was, werd later in Hollywood haar definitieve ondergang. Ze bleef eigenlijk tegen beter weten in hopen dat het wel goed zou komen met haar carrière. Na een paar kleine succesjes bleek het echter meer en meer bergafwaarts te gaan. Ik kan niet zeggen of haar ziekte de verslaving heeft verergerd of andersom. Het enige wat ik weet, is dat ze tot het laatst toe is blijven vechten. Het vreselijkst van alles was dat niets haar lukte, ook omdat ze naar de verkeerde mensen luisterde. Haar agent was de grootste schurk van allemaal.'

Het ontging Philip niet dat die laatste toevoeging nog grimmiger klonk dan de rest. 'Heeft hij jou ook iets aangedaan?' vroeg hij.

Adrianne keek hem met een ruk aan. Een moment spraken haar grote donkere ogen boekdelen, maar vrijwel meteen werden ze volkomen uitdrukkingsloos.

Hij omklemde zijn vork alsof zijn leven ervan afhing. 'Hoe oud was je?' informeerde hij voorzichtig.

'Veertien,' antwoordde ze toonloos. 'Het was niet zo erg als je denkt. Mijn moeder kwam thuis voor hij... toen ik nog met hem vocht. Ze...' Ze moest even slikken voor ze verder kon. 'Zoals ze hem in blinde razernij te lijf ging... Als een tijgerin die haar jong verdedigt.' Ze schudde de herinnering haastig van zich af. 'Ik denk dat ze ook alle opgekropte woede en wanhoop van zich af sloeg. De man had haar alleen maar gebruikt om er zelf beter van te worden.'

Philip begreep dat hij niet verder moest vragen. 'Jullie zijn niet in Californië gebleven.'

'Na dat incident zijn we teruggegaan naar New York. Daar ging het in het begin een stuk beter. Ze scheen zich in elk geval uit het dal te kunnen worstelen, en ze sprak geregeld over aanbiedingen van theaters. Pas een tijd later begreep ik dat ze daar alleen maar over fantaseerde. Toen ik net zestien was, kwam ik op een dag thuis uit school. Ze zat in het donker wezenloos voor zich uit te staren; wat ik ook deed, ze reageerde niet. Het... Het was of ze vanbinnen dood was.'

In het besef dat woorden te kort zouden schieten, verstrengelde hij zwijgend zijn vingers met de hare.

Adrianne staarde naar hun handen op tafel. Ze kon er met haar verstand niet bij dat zo'n simpel contact zoveel troost kon bieden. 'Dat was de eerste keer dat ik haar in een sanatorium moest laten opnemen. Na een maand was ons geld op, maar ze kwam erbovenop – voor een poosje. Ik ben van school gegaan en heb werk gezocht, al heeft ze dat nooit geweten.'

Philip knikte begrijpend. 'Helemaal geen familie die je kon helpen?'

'Nee. Haar ouders leefden allang niet meer. Ze is door haar grootouders opgevoed, en die zijn gestorven toen ik nog een baby was.' Ze haalde haar schouders op. 'Om je de waarheid te zeggen, beviel werken me beter dan school, alleen was wat ik verdiende bij lange na niet genoeg voor huur, eten en de kosten van verpleging en medicijnen. Dat is de reden waarom ik ben gaan stelen. Dat ging me goed af.'

'Heeft je moeder zich nooit afgevraagd waar het geld vandaan kwam?'

'Nee. De laatste jaren leefde ze eigenlijk merendeels in een droomwereld. Ze dacht echt dat ze nog met films bezig was.' Er verscheen een vage glimlach om haar lippen toen ze een meeuw over de golven zag scheren. 'Ik heb het na verloop van tijd wel aan Celeste verteld. Die kreeg bij wijze van spreken een rolberoerte. Zij zou met liefde alles voor ons hebben betaald, maar dat wilde ik niet. Ik voelde me verantwoordelijk voor mijn moeder, en Celeste had al zoveel voor ons gedaan. Hoe dan ook, ik heb nooit van iemand gestolen die het niet verdiende.'

'O? Hoe bedoel je dat?'

'Ik koos mijn slachtoffers met zorg. Alleen echt rijke stinkerds kwamen in aanmerking.'

'Verstandig,' mompelde Philip meesmuilend.

'De gierigaards onder de rijke stinkerds. Zoals Lady Caroline.'

Philip liet haar hand los om een sigaret op te steken. 'Ach ja, die grote diamant... Daar heb ik je altijd om benijd.'

Adrianne zette haar ellebogen op tafel en legde haar kin op haar handen. 'Dat was een van mijn mooiste kraakjes,' zei ze mijmerend. 'De geheime kluis was beveiligd met warmtesensoren en bewegingsdetectors. Topklasse. Ik heb zes maanden aan de voorbereiding gewerkt.'

'Hoe heb je het uiteindelijk aangepakt?'

'Ik heb mezelf voor een weekend laten uitnodigen. Op die manier hoefde ik me niet om het buitenalarm te bekommeren. Dat scheelde een slok op een borrel. Verder heb ik gebruikgemaakt van magneten en een minicomputer. De warmtesensoren kon ik ontwijken door eronderdoor te kruipen. Het tijdslot van de kluis zelf heb ik met behulp van mijn computer kunnen verzetten. Om in de kluis te komen, moest ik nog een paar camera's vastzetten en twee extra beveiligingen mijden. Eenmaal terug op mijn kamer, heb ik met behulp van afstandsbediening het alarm in werking gesteld.'

'Wat? Terwijl je nog in huis was?'

'Ja, een mooier alibi kon ik me niet wensen.' Ze glimlachte bij de herinnering. 'De diamant had ik in mijn pot gezichtscrème verstopt. Het zou in niemand opkomen mijn spullen te doorzoeken, zeker niet omdat ik, net als Lady Caroline en het personeel, om vier uur in de ochtend wakker schrok van het alarm.'

Philip zag tot zijn voldoening dat ze nog een snee toast met jam nam. 'Dat noem ik nog eens koel en berekenend.'

'Tja, wat moet je als iemand die goed is voor veertig miljoen, te beroerd is om een cent aan goede doelen te besteden?'

'Is dat je motivatie?' informeerde hij belangstellend.

'Al zou je dat nu misschien niet zeggen, ik weet wat het betekent om van anderen afhankelijk te zijn, en ook wat armoede is. Nadat mijn moeder was overleden, ben ik doorgegaan. Ten eerste om op mijn manier de welvaart wat meer te spreiden. Zo is bijvoorbeeld een belangrijk deel van de opbrengst van Madeline Moreaus hanger naar een weduwen- en wezenfonds in Londen gegaan.'

Philip doofde zijn sigaret. 'Je gaat me toch niet vertellen dat je een moderne Robin Hood bent?'

Daar dacht ze even over na. De vergelijking beviel haar wel. 'In zekere zin, ja. Eerlijkheidshalve moet ik toegeven dat ik het zelf meer als een zakelijke aangelegenheid zie. Ik moet er zelf wel uitspringen, bedoel ik, dus ik reken commissie. Het voorbereiden en uitvoeren van de inbraken kost tijd, geld en energie. Denk maar eens aan de kosten voor een behoorlijke uitrusting, vermommingen, geavanceerde apparatuur en, niet te vergeten, mijn levenswijze om verdenking te voorkomen. Ik hou er ook niet van om arm te zijn.'

Hij glimlachte toegeeflijk. 'Daarin voel ik volledig met je mee,' mompelde hij. 'Hoeveel commissie?'

'Afhankelijk van de kosten, tussen de vijftien en twintig procent van de opbrengst.' Zijn ironische blik ontging haar niet. 'Wie ben jij om dat te veroordelen? Jij bent zelf jarenlang een dief geweest.'

'O, ik ben de laatste om je te veroordelen,' gaf hij gemoedelijk toe. 'Nee, ik sta er gewoon van te kijken. Eerst vertel je me dat je al die klusjes van de afgelopen tien jaar zelf hebt opgeknapt –'

'Ja. Jij hebt toch ook altijd alleen gewerkt?'

'Ja, maar...' Hij stak afwerend een hand op. 'Oké. Het volgende dat ik te horen krijg, is dat je zo'n tachtig procent van de opbrengst aan liefdadigheid besteedt.'

Adrianne begon te grinniken. 'Op mijn manier ben ik filantroop. Ik moet er onmiddellijk bij zeggen dat ik intens van het werk geniet. Ik hoef jou niet te vertellen wat voor gevoel het je geeft de kostbaarste en mooiste edelstenen in je handen te houden doordat je iedereen te slim af bent geweest. Jij weet hoe opwindend het is om telkens weer op het scherp van de snede te balanceren.'

Dat hoefde ze hem inderdaad niet te vertellen. 'Ik weet hoe verslavend het kan zijn,' verklaarde hij instemmend. 'Maar ik weet ook dat er een moment komt om te stoppen, liefst vóór je wordt gepakt.'

'Zoals jij hebt gedaan?'

Philip stak zijn tweede sigaret op na zijn inmiddels afgekoelde koffie te hebben opgedronken. 'Precies. Een slimme gokker weet wanneer het risico te groot wordt.' Hij glimlachte flauwtjes.

'Je hebt me net één reden gegeven waarom je bent doorgegaan. Is er nog een andere?'

Adrianne antwoordde niet direct. Ze stond op en liep naar de balustrade van het balkon. Hij mocht haar dan waarschijnlijk beter begrijpen dan wie ook, met zijn verleden, dat wilde nog niet zeggen dat ze hem kon vertrouwen. Diep inademend, draaide ze zich langzaam naar hem om. 'Ik wil eerst je woord dat wat ik je vertel onder ons blijft... dat je er niet mee naar je superieuren gaat.'

Hoewel hij tegen de zon in keek, weerstond hij haar vorsende blik zonder met zijn ogen te knipperen. Zoals ze daar stond, zou hij haar alles kunnen beloven. 'Ik dacht dat we te ver gevorderd waren om het daar nog over te hebben.'

'Ik weet het niet, Philip.' Ze monsterde hem nogmaals. 'Ik weet wat jij bent geweest, maar ik heb jou niet naar je motieven gevraagd.'

'Wil je die horen?'

Het aanbod verraste haar. Dat hij zo gemakkelijk over de brug wilde komen, had ze niet verwacht. 'Een andere keer misschien. Ik heb jou inmiddels meer verteld dan iemand anders van me weet. Zelfs Celeste is maar van enkele dingen op de hoogte. Ik hou er gewoon niet van anderen bij mijn privéaangelegenheden te betrekken.'

'Oké, maar het is te laat om iets terug te nemen, en het is zonde van je tijd en energie om er spijt van te hebben.'

'Ja.' Ze knikte bedachtzaam. 'Dat bevalt me wel aan je. Romantisch of niet, je bent ook praktisch ingesteld. De beste dieven zijn praktisch en hebben visie. Hoe staat het met jouw visie?'

Philip stond op en kwam naast haar staan voor hij antwoordde. 'Goed genoeg om te zien dat onze wegen elkaar zullen blijven kruisen – hoe ongemakkelijk dat voor ons beiden ook kan zijn.'

Ondanks de warmte van de zon huiverde Adrianne. Ze wist dat er weinig tegen het lot was in te brengen, ook al omdat het niet viel te stelen. 'Mogelijk,' zei ze, 'maar daar gaat het nu niet om. Je vroeg me naar een tweede reden achter de voortzetting van mijn carrière. Heel simpel gezegd, ik wilde trainen voor de grootste kraak van mijn leven – misschien zelfs de grootste kraak aller tijden.'

Philip voelde zijn maag ineenkrimpen. 'Wat bedoel je daarmee?'

'Wel eens van de Zon en Maan gehoord?'

Hij ademde hoorbaar in. 'Allemachtig! Ben je gek geworden?' riep hij uit.

Ze glimlachte fijntjes. 'Je hebt er dus van gehoord.'

'Ja, wie uit onze branche heeft er niet van dat collier gehoord? En wie weet niet wat er in 1935 met de stommeling is gebeurd die probeerde het te stelen? Eerst zijn zijn handen afgehakt, en daarna is zijn keel afgesneden.'

'En zijn bloed vloeide over de Zon en Maan...' mompelde ze. 'Zo ontstaan legenden.'

'Verdorie, Addy, het is geen spel!' Hij greep haar zo ruw bij haar schouders, dat ze bijna haar evenwicht verloor. 'Dieven worden daar niet netjes achter de tralies gezet. Jij weet toch als geen ander hoe wreed je vaders opvatting van gerechtigheid is.'

'Gerechtigheid. Dat is precies waar het mij om te doen is.' Ze rukte zich los. 'Ik heb gezworen daar weg te halen wat van mijn moeder is. Het collier was haar huwelijksgeschenk van Abdu. In

Jaquir schrijft de wet voor dat wat een vrouw bij haar huwelijk krijgt, altijd van haar blijft, hoewel ze verder al haar rechten en bezittingen aan haar man afstaat. Abdu heeft na de scheiding geweigerd de Zon en Maan op te geven. Ik ga het collier dus halen.'

'Wat heeft zij daar nu nog aan? Voor haar is het te laat.' Philip wist dat hij bot was, maar hij wist geen andere manier om haar tegen te houden.

'Denk je dat ik dat niet weet?' Haar ogen schoten vuur. 'Een fractie van de waarde van dat collier – niet meer dan een fractie – zou voldoende zijn geweest om mijn moeder de best mogelijke verzorging te geven. Abdu wist hoe wanhopig we waren.' Ze slikte moeizaam. 'Dat wist hij doordat ik hem per brief om hulp heb gesmeekt. Ik kreeg een brief terug met de kille mededeling dat hij vanaf het moment van de scheiding niet meer verantwoordelijk was voor mijn moeder. Daar konden we het mee doen. Mijn moeder was te ziek, en ik was te jong om naar Jaquir te gaan en met een beroep op de geldende wetten haar eigendom op te eisen.'

Philip schudde zijn hoofd. 'Luister, Addy, wat hij je moeder en jou ook heeft aangedaan, er valt met de beste wil van de wereld niets meer aan te veranderen. Het bezit van het collier maakt ook niets meer uit.'

'Daar vergis je je in,' wierp ze ijzig kalm tegen. 'Voor wraak is het nooit te laat. Door me de trots van Jaquir toe te eigenen, zal ik hem een gevoelige klap toebrengen. Het is niets vergeleken bij wat hij mijn moeder heeft aangedaan, maar het is tenminste iets. En mijn wraak zal des te zoeter zijn als hem ter ore komt wie de Zon en Maan heeft ontvreemd.'

Hoewel hij een dergelijke intense haat niet uit eigen ervaring kende, besefte hij wel hoe verblindend en levensgevaarlijk zo'n emotie kon zijn. 'Enig idee wat er met je kan gebeuren als je wordt gepakt?'

Ze weerstond zijn doordringende blik met koninklijke waardigheid. 'Zeker. Ik weet beter dan wie ook dat ik aan de goden overgeleverd zal zijn. Mijn titel, noch het feit dat ik Amerikaans staatsburger ben, zal me kunnen beschermen. Als ik moet boeten, dan is dat jammer. Sommige dingen zijn alle risico's van de wereld waard.'

Philip keek naar haar goudbruine huid, die leek te gloeien in het stralende zonlicht. 'Dat is waar,' mompelde hij.

'Ik weet hoe ik het moet aanpakken, Philip. Ik heb tien jaar de tijd gehad om me voor te bereiden.'

Hij had slechts enkele weken, misschien zelfs maar enkele dagen om haar tot andere gedachten te brengen. 'Laat maar eens horen.'

'Een andere keer misschien.'

Tot haar verbazing glimlachte hij. 'Binnenkort dan. Zullen we nu gaan zwemmen?' opperde hij welgemoed.

Adrianne realiseerde zich opnieuw dat ze op haar tellen moest passen met hem. Die glimlach was haar net iets te charmant geweest. 'Heerlijk. Ik zie je over een kwartiertje op het strand.'

Het werd een zalige middag. Ze reisde al zo lang alleen, dat ze bijna was vergeten hoe heerlijk het kon zijn iemand bij je te hebben met wie je leuke ervaringen kon delen. Snorkelend in het onvoorstelbaar heldere water boven het schitterende koraal, weigerde ze zich er echter in te verdiepen waarom ze zo op haar gemak was bij Philip. Ze hield het er gemakshalve op dat hij haar, ondanks haar wantrouwen, het gevoel gaf een vriend te zijn. In elk geval genoot ze evenzeer van zijn gezelschap als van de schoonheid van de onderwaterwereld.

Op een gegeven moment kwam ze proestend boven water. Balancerend op een stomp stuk koraal, schoof ze haar duikmasker omhoog.

'Wat valt er te lachen?' informeerde Philip, die naast haar opdook.

'Zag je die vis met de uitpuilende ogen? Ik moest meteen aan Lord Fume denken.'

Hij schudde grijnzend zijn natte haar uit zijn gezicht. 'Drijf je altijd de spot met je slachtoffers?'

'Alleen als het zo uitkomt. O, wat is dit zalig!' Met haar gezicht in de zon, sloot ze haar ogen. 'Jij mag trouwens wel oppassen met die bleke Britse huid van je.'

Die vis mocht haar aan Lord Fume doen denken, zoals zij daar stond met haar in de zon glanzende, kletsnatte, sluike haar, deed zij hem aan een wonderschone zeemeermin denken. 'Bezorgd?' informeerde hij plagend.

Er schitterden pretlichtjes in haar zwarte ogen toen ze die opende. 'Ik heb het niet graag op mijn geweten dat je verbrandt.'

Philip vond het een gunstig teken dat ze hem gewoon terugplaagde. 'Stel je voor: in Londen sneeuwt het nu misschien.'

'In New York ook. Geef mij maar kerst in de warmte.' Met haar hand boven haar ogen tuurde ze naar de horizon. 'Kijk, daar komt weer zo'n prachtig jacht naar de haven.'

Doordat ze zich half omdraaide om beter te kunnen kijken, gleed haar voet van het stuk koraal en tuimelde ze tegen Philip aan. Met zijn armen om haar heen hield hij haar boven water. Ze wilde zich terugtrekken, maar ze moest zich aan zijn schouders vastgrijpen omdat ze net geen vaste grond onder haar voeten kon krijgen.

Ze zag zijn ogen een tint donkerder worden, en zijn warme adem streek over haar wang. Op het moment dat hij zijn hoofd naar haar toe boog, draaide ze het hare opzij, zodat zijn lippen vederlicht over haar wang gleden. Ze schrok van het verlangen dat in haar oplaaide.

'Je smaakt naar de zee,' murmelde hij. 'Koel en nooit veroverd.' Traag liet hij zijn lippen naar haar oor dwalen. Ze zette haar nagels in zijn schouders, en hij voelde haar huiveren, terwijl haar adem stokte. 'Adrianne...'

Adrianne dwong zich hem aan te kijken. Het was haar gewoonte het onvermijdelijke onder ogen te zien. Zijn blonde haar glansde in het zonlicht, dat haar haast verblindde met zijn schittering op het water. Boven het luide bonzen van haar hart uit hoorde ze in de verte vaag een moeder haar kind vermanen.

'Ontspan toch eens.' Met een adembenemende glimlach liet hij zijn vingers over haar ruggengraat glijden. 'Ik laat je niet verdrinken.'

Dat deed hij wel degelijk. Dat gevoel had ze tenminste toen hij haar kuste. Het was een tedere kus, alsof hij wist dat hij daarmee veel meer bereikte dan met een vurige, veeleisende. De verleiding die ervan uitging, was onweerstaanbaar; ze kon niet anders dan eraan toegeven, huiverend van ongekend verlangen.

Philip hield zijn begeerte streng onder controle. Het kostte hem de grootste moeite, maar hij besefte dat het dat waard was. Als hij haar vertrouwen wilde winnen, moest er meer zijn dan begeerte alleen. Heel even zette hij zachtjes zijn tanden in haar onderlip. Haar reactie bezorgde hem een huivering. In het besef dat hij niet van steen was, hield hij haar haastig op armlengte. De wazige blik in haar ogen sprak boekdelen.

'Wat dacht je van een drankje?' opperde hij schor.

Ze knipperde in verwarring met haar lange, donkere wimpers. 'Wat?'

Philip kuste haar glimlachend op het puntje van haar neus. 'Een drankje, zodat ik mijn bleke Britse huid in de schaduw kan koesteren.'

'O...' Het was alsof ze uit een vreemde trance ontwaakte. Een trance waaraan ze gemakkelijk verslaafd zou kunnen raken, overwoog ze. 'Ja, goed.'

'Prima. Wie het laatst bij de bar is, trakteert.'

Hij liet haar zo onverwacht los, dat ze kopje-onder ging. Tegen de tijd dat ze bovenkwam, was hij al halverwege het strand. Dat kon ze niet op zich laten zitten! Lachend zette ze de achtervolging in.

Na zich tegoed te hebben gedaan aan een paar cocktails en de hartige hapjes die er vanwege de kerst bij werden gepresenteerd, besloten ze in een spontane opwelling het eiland rond te rijden in Philips Jeep. Door hun respectieve bezigheden waren ze er nog niet aan toegekomen de bezienswaardigheden te bezichtigen.

Philip was vastbesloten Adrianne af te leiden van het hartverscheurende verdriet van die ochtend. Hij hoefde zich niet langer af te vragen waar die behoefte haar te beschermen en aangenaam bezig te houden vandaan kwam. Hij had genoeg van zijn leven aan vrouwen besteed om te weten dat hij eindelijk de ware had gevonden.

Via een moeilijk begaanbaar landweggetje reed hij naar de

noordelijke punt van Cozumel, waar de enige vuurtoren die het eiland rijk was, hoog op de rotsen verrees. Gewapend met twee flesjes frisdrank, die ze bij een armoedig stalletje langs de weg hadden gekocht, vonden ze een stil plekje, vanwaar ze een prachtig uitzicht hadden op de golven die onophoudelijk tegen de steile rotswand beukten.

'Vertel me eens iets over je huis,' stelde ze voor nadat ze een tijdje zwijgend naar het natuurgeweld hadden gekeken.

'Mijn huis in Londen?'

'Nee.' Ze trok haar sandaaltjes uit. 'Je landhuis.'

'Jij zou zeggen dat het zeer Brits was.' Het trof hem aangenaam dat ze zich niet terugtrok toen hij ogenschijnlijk terloops haar lange haar even aanraakte. 'Typisch edwardiaanse bouw, vrij strak, maar wel chic en stijlvol. Twee verdiepingen met ruime, hoge kamers en een zolder waarin vroeger het bedienend personeel huisde. Er is zelfs een portretgalerij. Daar heb ik allerlei aangenomen voorouders, neven en nichten en ooms en tantes hangen die ik in de loop der jaren in antiekzaakjes heb opgeduikeld. Afgezien van mijn moeder, ken ik mijn echte familie niet.'

'Zo te horen heb je het als een gemis gevoeld dat je niet uit een groot gezin kwam,'

'Misschien is dat wel zo. Hoe dan ook, mijn galerij hangt inmiddels aardig vol.' Hij glimlachte. 'De salon heeft openslaande deuren naar het terras en de tuin. Gazons, heggen, struiken, bloembedden en bomen... Het is er allemaal. Er stroomt zelfs een beekje over het landgoed.'

'Is het wel iets voor jou? Je lijkt me niet het type man voor rustige avonden bij de open haard of wandelingen in de bossen.'

'Wie zal het zeggen? Ik heb het gekocht met het oog op de

toekomst.' Hij glimlachte ironisch. 'Voor als ik eraan toe ben me als notabele te vestigen.'

'Is dat je levensdoel?'

'Nee, het enige waarnaar ik altijd heb gestreefd, is een comfortabel leven.' Hij schokschouderde. 'Ik heb in de achterbuurten van Londen al jong geleerd dat je, om dat te bereiken, moest pakken wat je pakken kon. Gelukkig was ik wat sneller dan anderen die dat ook wilden.'

'Hm, wat dat betreft, ben je een levende legende. Nee, laat die grijns maar achterwege. Ik weet nog goed dat, telkens wanneer er weer een spectaculaire inbraak had plaatsgevonden, het gerucht ging dat de roemruchte P.C. erachter zat. Bijvoorbeeld bij de Marco-collectie.'

Philip grinnikte. 'Zit je te vissen?'

'Dat was toch jouw werk?' drong ze aan.

'De Marco-collectie,' mompelde hij dromerig, terwijl hij aanstalten maakte een sigaret op te steken. 'Zo'n beetje de mooiste verzameling edelstenen ter wereld.'

'Dat weet ik ook wel. Ik vroeg of jij ze hebt gestolen.'

'Dat museum in Milaan was tot het uiterste beveiligd, met alle laatste snufjes. Licht- en warmtesensoren, camera's... Je kunt het zo gek niet verzinnen.' Hij leunde op zijn gemak achterover. 'Het gedeelte waarin de collectie werd tentoongesteld, werd als ondoordringbaar beschouwd –'

'Je vertelt me niets nieuws.' Adrianne onderbrak hem geërgerd. 'Ik wil weten hoe je het hebt aangepakt. De wildste verhalen deden de ronde.'

'Heb je ooit Royal Wedding gezien? Die film waarin Fred Astaire op het plafond danst?'

'Ja, maar dat was trucage. Je maakt mij niet wijs dat jij –'

'Binnenkomen was gewoon een kwestie van het juiste uniform en het juiste vervalste legitimatiebewijs,' legde hij bedaard uit. 'Eenmaal binnen, had ik twee uur voor de bewaker zijn ronde deed. Het kostte me een halfuur om via de muur en het plafond boven de plaats van bestemming te komen.'

'Als je me niet wilt vertellen hoe je dat hebt gedaan, waarom zeg je het dan niet gewoon?'

'Met behulp van zuignappen. Het probleem was dat zelfs het grote formaat dat ik had gefabriceerd, niet krachtig genoeg was om er de hele tijd ondersteboven aan te hangen. Daarom had ik een trapeze bij me, die ik aan een balk kon bevestigen.'

Hij glimlachte. 'Ik weet nog precies hoe het was om op mijn kop boven die kasten van gewapend glas te hangen. Met een vrijwel geruisloze boor heb ik gaten gemaakt, waarbij ik vanwege de sensoren moest voorkomen dat ik ging transpireren. Daarna kwam het moeilijkste... Ik had stenen bij me van precies hetzelfde gewicht als de edelstenen. Die moest ik een voor een voor verwisselen zonder dat het alarm afging. Dat kostte me nog eens drie kwartier, ook al doordat ik me af en toe moest optrekken vanwege slapende benen en een barstende kop. Ten slotte ben ik met een zwaai van de trapeze net buiten het bereik van de sensoren op de grond gesprongen. Waar ik geen rekening mee had gehouden, was dat mijn benen dienst weigerden.'

Nu, veel later kon hij erom lachen. 'Stel je voor dat ik was gepakt, niet doordat ik de zaak verkeerd had aangepakt, maar doordat mijn benen sliepen!'

Adrianne lachte met hem mee. 'Wat heb je gedaan?'

'Ik heb me voorgesteld hoe het zou zijn om achter de tralies te zitten, en dat was genoeg om me in staat te stellen het pand waardig kruipend te verlaten. Tegen de tijd dat het alarm afging, zat ik allang op mijn hotelkamer in een warm bad.'

Ze keek hem onderzoekend aan. 'Volgens mij mis je het.'

'Soms,' bekende hij, terwijl hij zijn sigaret uitdrukte. 'Maar het is een kwestie van de dingen zakelijk bekijken, Addy. Toen Spencer, mijn huidige chef, me iets te vaak naar mijn zin te dicht op de hielen had gezeten, wist ik dat het tijd was voor verandering.'

'Wil je daarmee zeggen dat Interpol je in dienst heeft genomen, terwijl ze wisten wie en wat je was?'

'Ik heb hen ervan weten te overtuigen dat ik hun van dienst kon zijn. Vroeg of laat worden we allemaal slordig. Eén vergissing, één fout kan fataal zijn.'

Adrianne staarde in de verte. 'Ik heb nog één zaakje op het programma, en ik ben niet van plan daarbij slordig te werk te gaan.'

Philip leverde geen commentaar. Met een beetje geduld en de juiste woorden zou hij haar wellicht kunnen overhalen de zaak te vergeten. Als praten niet hielp, kon hij haar nog altijd gewoon tegenhouden. 'Wat zou je zeggen van een korte siësta en daarna een kerstdiner?'

'Dat klinkt goed.' Ze stond op en liep naar de Jeep zonder haar sandaaltjes aan te trekken.

Adrianne kon het niet laten zich mooi te maken voor het etentje met Philip. Waarom, wist ze niet – wilde ze ook niet weten; ze hield het er maar op dat het gewoon prettig was om uitgebreid in het bad te gaan en zichzelf te vertroetelen.

Ze was zich er terdege van bewust dat het Philip er voornamelijk om te doen was haar in de gaten te houden. Hij verenigde het nuttige met het aangename, en dat kwam haar goed uit, bedacht ze, terwijl ze haar witte, rugloze jurk met de lange, wijd uitwaaierende rok aantrok. Ze was, net als hij, vrij om te doen en te laten wat ze wilde, en misschien zou hij na een prettige avond samen minder op zijn hoede zijn, zodat zij er morgenochtend ongemerkt vandoor kon gaan. Ze moest immers de laatste details voor haar reis naar Jaquir regelen, die vlak na oud en nieuw was gepland, en daarbij kon ze geen pottenkijkers gebruiken.

Toen Philip op haar deur klopte, was ze net klaar. In zijn lichte zomerpak zag hij er meer dan aantrekkelijk uit.

'Er gaat niets boven een winter in een warm land,' merkte hij op, terwijl hij zijn hand even op haar blote schouder liet rusten. 'Heb je nog kunnen rusten?'

'Ja,' jokte ze. Hij hoefde niet te weten dat ze snel naar El Grande was geweest om haar spullen te pakken en de rekening te betalen. 'En ik heb echt honger na deze dag aan het strand en in de buitenlucht.'

'Zo mag ik het horen. Maar voor we gaan, wil ik je iets geven.' Hij viste een juweliersdoosje uit zijn zak.

'Nee, hè?' Ze deinsde achteruit, maar of ze wilde of niet, ze moest het aannemen.

'Kerstcadeautjes weigeren is niet alleen onbeleefd, het brengt ook ongeluk.' Ze hoefde niet te weten dat hij hemel en aarde had moeten bewegen om een juwelier te vinden die zijn winkel voor hem wilde openen.

'Dit is toch niet nodig, Philip,' prevelde ze.

'Echte cadeautjes zijn nooit nodig,' wierp hij gemoedelijk tegen. 'Kom, open het nu maar.'

In het besef dat hij gelijk had, opende ze het doosje. 'O, Philip, wat mooi,' zei ze welgemeend bij het zien van de fraaie broche – een sierlijke zwarte panter met twee fonkelende robijnen als ogen.

'Ja, ik moest meteen aan jou denken toen ik hem zag.' Hij speldde hem op haar jurk.

Ze glimlachte. 'Van de ene dief voor de andere?' informeerde ze luchthartig, hoewel het geschenk haar meer deed dan haar lief was. 'Dank je, Philip.'

'Van de ene rusteloze ziel voor de andere,' verbeterde hij glimlachend.

Tijdens het verrukkelijke diner praatten ze ontspannen, terwijl buiten de zon in een overweldigende kleurenpracht onderging. Toen Adrianne naar Philips jeugd informeerde, toonde hij tot haar verrassing geen enkele terughoudendheid. Het trof haar dat hij zijn moeder op handen droeg. Dat was iets wat ze gemeen hadden. 'Het moet niet gemakkelijk voor haar zijn geweest dat ze er altijd alleen voor heeft gestaan,' merkte ze zachtjes op.

'Dat klopt, maar daar heeft ze nooit iets van laten merken. Mary is een geboren optimist, het type vrouw dat tevreden kan zijn met het weinige dat ze heeft en er altijd iets van weet te maken.' Hij glimlachte ontwapenend. 'Ze is trouwens altijd een fan van jouw moeder geweest. Toen ze hoorde dat ik met de dochter van Phoebe Spring had gedineerd, was ze zeer verontwaardigd dat ik je niet mee naar huis had genomen om je aan haar voor te stellen.'

Adrianne dacht glimlachend terug aan het telefoongesprekje

in Philips Rolls. ‘Is je moeder op de hoogte van jouw… carrière?’

‘We hebben het er nooit over, maar ik kan je wel zeggen dat ze niet op haar achterhoofd is gevallen. Nog wat wijn?’

‘Een bodempje, graag. Zeg eens eerlijk, denk jij er nooit over nog een laatste kraak te zetten? Een soort kroon op je werk, waarmee je voorgoed binnen bent?’

‘De Zon en Maan, bijvoorbeeld?’

‘O nee, die is van mij,’ zei ze streng.

‘De Zon en Maan,’ herhaalde hij, geamuseerd door haar reactie. ‘De twee puurste edelstenen ter wereld, aan een collier met een geschiedenis die teruggaat tot de zestiende eeuw. De ruwe diamant waar de Zon uit is geslepen, komt oorspronkelijk uit India. In de loop der eeuwen heeft hij slechts weinigen geluk gebracht. Hij is via via ten slotte in Jaquir beland, waar een Venetiaanse diamantslijper hem heeft bewerkt. Door de zenuwen, of door gebrek aan vakmanschap, is meer van de ruwe steen verloren gegaan dan strikt noodzakelijk was. Dat heeft hij met zijn leven moeten bekopen.’

Hij stelde tevreden vast dat Adrianne hem met stijgende verbazing aanhoorde. ‘De gigantische parel is ongeveer even oud, en hij komt uit de Perzische Golf. De glans van de maan, gecombineerd met de schittering van de zon – mooier kan het niet. Volgens de legende houden ze elkaar met hun magie in perfect evenwicht, oorlog en vrede, water en vuur…’ Hij hief zijn glas. ‘Op de Zon en Maan.’

Adrianne bracht haar glas naar haar lippen om ook een slokje wijn te nemen. Zij kende de opwindende geschiedenis op haar duimpje, maar magie of niet, voor haar telde alleen haar herinnering aan het collier om haar moeders hals. Om haar nagedachtenis te eren, zou ze zich de Zon en Maan toeeigenen. 'Je hebt je huiswerk goed gedaan,' merkte ze zo bedaard mogelijk op.

'Ach, ik weet er niet meer van dan van andere legendarische juwelen. Maar hoe fantastisch ook, geen enkele edelsteen is het waard er je leven voor te wagen.'

'Als het alleen om de waarde of het bezit gaat, ben ik dat met je eens.'

Op het moment dat ze aanstalten maakte om op te staan, greep Philip haar hand. De geamuseerde blik was uit zijn ogen verdwenen. 'Als je je door wraak laat leiden, ben je helemaal levensgevaarlijk bezig,' zei hij dreigend zacht. 'Ik hoef jou niet te vertellen dat je altijd met een koel gemoed te werk moet kunnen gaan. Wraak verteert een mens met het vuur van een passie.'

Adriannes donkere ogen fonkelden. 'Ik heb maar één passie,' verklaarde ze ogenschijnlijk kalm. 'Een passie die ik twintig jaar lang heb gecultiveerd. Niet alle passies zijn heet en gevaarlijk, Philip. Sommige zijn ijskoud.'

Hij liet haar hand los en stond zwijgend op. Als het aan hem lag, zou hij haar nog deze avond bewijzen dat ze het mis had.

19

Op de terugweg naar het hotel was Philip weer uiterst aimabel. Het liet zich niet moeilijk raden waarom hij een graag geziene gast was op allerlei society-aangelegenheden. Van een man met zijn aristocratische voorkomen, zijn beschaving en aangeboren elegance, kon niemand vermoeden dat hij uit een achterbuurt afkomstig was en zich met stelen een fortuin had verworven. Ook Adrianne zou nooit hebben vermoed dat hij een vermaard juwelendief in ruste was.

Nee, niet in ruste, verbeterde ze. Hij werkte voor Interpol, en dus diende ze in de gaten te houden dat hij niet zonder meer te vertrouwen was.

Desondanks wist hij haar met zijn amusante verhalen over wederzijdse kennissen toch weer zo voor zich in te nemen, dat ze het jammer vond dat de avond ten einde was.

'En dan te bedenken dat ik het vervelend vond je hier op het eiland aan te treffen,' zei ze, nadat ze hem had bedankt. Ze haalde de kamersleutel uit haar handtas.

'Vervelend? Zeg maar rustig dat je woest was.' Hij nam de sleutel van haar over om hoffelijk de deur te openen.

'Oké,' gaf ze toe. 'Ik verander niet vaak van gedachten, maar je was vandaag heel prettig gezelschap.'

'Fijn om te horen, temeer daar ik bij je blijf.' Terwijl hij dat zei, pakte hij haar bij haar elleboog en leidde hij haar naar binnen.

'Je denkt toch niet dat ik opnieuw op de juwelen van Lauren uitga?'

Philip legde haar sleutel op de ladekast. 'Nee, het heeft niets met juwelen te maken.' Voor ze hem kon ontwijken, legde hij zijn handen op haar schouders en streelde haar blote armen.

'Nee.'

Hij verstrengelde zijn vingers met de hare. 'Wat nee?'

Adrianne slikte moeizaam, in een vergeefse poging haar oplaaiende verlangen te onderdrukken. 'Ik wil liever dat je weggaat.'

'Als je dat meende, zou ik gaan. Wist je dat er van je wordt gezegd dat je een onneembare vesting bent?'

Dat wist ze maar al te goed. 'Is dat de reden waarom je met me naar bed wilt? De uitdaging?'

Hij hief een hand op om met haar haren te spelen. 'Dat zou ooit een reden geweest kunnen zijn.'

'Ik dacht dat ik je duidelijk had gemaakt geen belangstelling te hebben.'

'Ik krijg steeds meer bewondering voor je talent om te liegen.' Hij boog zich wat dichter naar haar toe.

'Hoe moet ik je ervan overtuigen dat je je tijd verdoet?'

'Dat zou een kleine moeite zijn als het waar was. Jij bezit het vermogen een man met één enkele blik zijn plaats te wijzen, Addy. Zo kijk je niet naar mij.' Zijn hand gleed naar haar nek, en hoewel hij haar even voelde verstrakken, zag hij ook dat haar lippen vaneen weken. Het wekte zijn begeerte nog meer.

Adriannes hart sloeg op hol op het moment dat hij zijn lippen vederlicht op de hare drukte. Ze hief haar vrije hand op om hem uit zelfbehoud weg te duwen, maar in plaats daarvan klemden haar vingers zich vast in zijn overhemd. Tot haar schaamte scheen ze geen controle over haar verlangens te hebben. 'Ik… Ik kan je niet geven wat je wilt,' wist ze uit te brengen. 'Ik ben niet zoals andere vrouwen.'

'Dat klopt.' Opnieuw streelde hij haar nek, intuïtief haar onzekerheid aanvoelend. 'Ik wil ook niet meer dan jij kunt geven,' mompelde hij sussend. Ze kreunde zachtjes toen hij de druk van zijn lippen wat verhoogde. In het geluid klonk zowel wanhoop als verwondering door. Hij wist niet wat hem overkwam toen ze opeens toegaf, zij het voor even. Ze vlijde zich dicht tegen hem aan en beantwoordde zijn kus, hem haast overweldigend met haar warmte.

Het volgende moment trok ze zich echter terug en keerde ze hem de rug toe. 'Het heeft geen zin, Philip.' Ze strengelde haar vingers ineen. 'Dit is niets voor mij.'

Hij legde zijn handen weer op haar schouders. 'Tot nu toe.'

Langzaam draaide ze zich om. Haar trots gaf haar de kracht de waarheid te spreken. 'Ik ben nog nooit met iemand naar bed geweest,' verklaarde ze waardig, 'omdat ik het nooit heb gewild.'

'Dat weet ik.' Hij was blij dat ze hem aankeek. 'Ik begreep het toen je me vanochtend vertelde dat je er als meisje getuige van bent geweest dat je vader je moeder verkrachtte. Ik kan niets doen om die afschuwelijke ervaring te verzachten. Het enige wat ik kan zeggen, is dat het niet zo hóéft te gaan, niet zo hoort te gaan.'

Hij hief een hand op om haar wang te strelen. Met een brok in zijn keel zag hij dat ze haar ogen sloot, alsof ze zich met alles wat ze in zich had op het vederlichte contact wilde concentreren. Hij begreep eruit dat hij het pleit bijna had gewonnen.

‘Ik ben bang,’ fluisterde ze.

‘Ik ook,’ bekende hij, terwijl hij de ivoren kammen uit haar haren trok.

Adrianne opende haar ogen. ‘Waarom zou jij bang zijn?’

‘Omdat je zo belangrijk voor me bent.’ Philip haalde zijn vingers door haar lange lokken. ‘Omdat dit zo belangrijk is.’ Met een beroep op zijn zelfbeheersing, trok hij haar zachtjes naar zich toe. Vanavond diende hij rekening te houden met haar kwetsbaarheid in plaats van met haar kracht. ‘We kunnen er de hele nacht over praten, Addy. Of je kunt me je laten beminnen om het je te bewijzen.’

Ze realiseerde zich met een schok dat ze eigenlijk vanaf het allereerste begin geen keus had gehad. Het was onvermijdelijk, en ze zou zich in haar lot moeten schikken. Vannacht zou ze ervaren, al was het voor deze ene keer, wat het betekende haar lichaam aan een man te geven.

Ze wist van de hartstocht die daarbij te pas kwam, daarover had ze genoeg gehoord in de vrijmoedige gesprekken die ze in de harem had opgevangen. De opwinding die mannen tot het uiterste dreef, de honger die vrouwen ertoe bracht hun zelfrespect te verloochenen. De indruk die ze in haar kinderjaren van seks had gekregen, was er een van een onbeheerste, onwaardige vertoning, die maar het best met de mantel der duisternis kon worden bedekt.

Het kwam voor haar dan ook als een verrassing dat Philip haar slechts met zijn lippen streelde. Toen ze in vervoering haar ogen opsloeg, keek ze recht in de zijne.

Hij begreep haar verwarring, net zoals hij het groeiende verlangen in haar donkere ogen herkende. Uit zijn trage liefkozingen sprak geen bezitsdrang, geen zucht naar bevrediging, maar tederheid en geduld. Elke streling was voor haar en voor haar alleen, en in plaats van te verstrakken of terug te deinzen, leek ze dan ook onder zijn handen op te bloeien. Ze kwam hem zelfs tegemoet en begon geleidelijk aan initiatief te tonen.

Adrianne liet zich blindelings leiden door haar intuïtie. Ze wist dat het goed was op het moment dat ze Philip zijn adem hoorde inhouden. Zijn liefkozingen wonnen aan hartstocht, en onder haar handen begon zijn hart te bonzen. Hij murmelde iets, maar hoewel ze de woorden verstond, begreep ze niet waarom hij haar vroeg kalm aan te doen. Ze had er ook geen idee van hoeveel moeite het hem kostte haar voorzichtig uit te kleden, zijn groeiende begeerte strak aan de teugel te houden.

De aanblik van haar naakte lichaam, glanzend in het zilveren maanlicht, benam hem de adem. Het lange zwarte haar dat hem zo opwond, viel als een donkere waterval over haar borsten. Hij kende verlangen en begeerte, maar dat die emoties hem zo konden overweldigen dat zijn handen ervan trilden, had hij nooit eerder meegemaakt. Zijn keel leek dichtgeknepen te zitten toen hij haar behoedzaam op het bed vlijde.

Adrianne was nog steeds bang, maar niet meer voor hem. Ze was bang voor zichzelf, voor de ongekende gevoelens die Philip in haar wekte. Hoe ver zou ze bereid zijn te gaan om die gevoelens te behouden? Zou ook voor haar geen prijs te hoog zijn?

Hij nam, zoals ze van tevoren had geweten, maar hij gaf ook, en de pijn die ze had verwacht, bleef achterwege. Zijn tederheid wond haar op; zijn hartstocht deed haar smelten. Zijn ervaren handen en lippen verjoegen de schrikbeelden en leerden haar verrukkingen die haar de adem benamen.

Haar geur bracht Philip bijna buiten zinnen. Haar aarzelende strelingen wonden hem onbeschrijflijk op. Toch proefde hij nog steeds reserve in haar respons, angst voor de kwetsbaarheid waaraan ze zich dreigde over te leveren. Liefkozende woordjes fluisterend, boog hij zijn hoofd om haar te kussen.

Adrianne was zich niet eens meer bewust van de strijd die in haar woedde. Philip beroerde haar waar niemand haar ooit had beroerd, maar in plaats van zich bedreigd te voelen, kwam ze hem instinctief tegemoet en ging haar angst geluidloos onder in het genot dat haar overspoelde. Een andere emotie worstelde zich naar de oppervlakte. Machteloosheid. Philips strelingen maakten haar machteloos van verlangen, en dat wekte een onwillekeurig verzet. Ze was echter niet opgewassen tegen de reacties van haar lichaam. Niets van wat ze had gehoord, had haar daarop kunnen voorbereiden.

Een siddering doorvoer haar toen de extase haar in zijn greep kreeg. Haar adem stokte, en haar handen klauwden in Philips schouders. Enkele momenten later klemde ze zich uit alle macht aan hem vast voor ze met een loom gekreun verslapte.

Vanaf dat ogenblik was alle reserve verdwenen. Ze wilde alles voelen, alles leren, gedreven door een bijna desperaat verlangen. Haar instinct volgend, sloeg ze haar slanke benen om hem heen. Ze omhelsde een nieuwe vrijheid toen ze hem omhelsde; ze schonk hem haar vertrouwen terwijl ze hem zichzelf schonk.

Voor beiden nam de wereld een nieuwe dimensie aan toen Philip zich diep in haar verloor. Niet alleen voor Adrianne. Philip ontdekte een kwetsbaarheid in zichzelf waarvan hij het bestaan niet had geweten. Terwijl de controle over zijn benevelde zinnen hem langzaam maar zeker uit handen glipte, besefte hij dat hij tot alles bereid was om haar in zijn leven te houden.

Roerloos lag ze naast hem. Het zou niet zoveel mogen betekenen. Er kon immers niets veranderd zijn? Het was dan ook waanzin dat ze zich anders voelde. In Jaquir hoorde een vrouw van haar leeftijd allang getrouwd te zijn en kinderen te hebben gebaard. Wat er was gebeurd, hoorde eenvoudig bij het leven. Het was de taak van een vrouw een man genot te schenken en hem zonen te geven.

Met een schok realiseerde ze zich dat ze dacht als een vrouw uit Jaquir. Het besef gaf haar een bittere smaak in de mond, die alle sporen van Philips kussen verdreef. In een impuls maakte ze aanstalten bij hem weg te schuiven, maar voor ze zich had kunnen bewegen, sloeg hij een arm over haar heen.

Op zijn elleboog steunend, keek hij op haar neer. Nog steeds hield ze geheimen voor hem verborgen. Haar gesloten gezicht verried niets van wat ze dacht. 'Heb ik je pijn gedaan?' vroeg hij zachtjes. Het was niet de vraag die als eerste in zijn hoofd was opgekomen, maar net als zij, was hij er nog niet aan toe al zijn gedachten prijs te geven.

'Natuurlijk niet.'

Hij hief zijn hand op om haar wang aan te raken. Ze ontweek hem niet, maar ze reageerde ook niet op de tedere liefkozing. Omdat haar huid koel aanvoelde, trok hij het laken op om te voorkomen dat ze het koud zou krijgen. Anders dan hij hoopte, bleef ze zwijgen en liet ze hem op geen enkele manier blijken hoe ze zich voelde.

Toen de stilte hem begon te hinderen, glimlachte hij flauwtjes. 'Nu zul je me niet meer vergeten,' murmelde hij. 'Niemand vergeet de eerste keer.'

Zijn stem was net scherp genoeg om te verraden dat hij geërgerd was; dat haar afstandelijkheid hem kwetste, besefte ze echter niet. 'Nee, ik zal je niet vergeten.'

Haar met zich meetrekkend, rolde hij op zijn rug. Haar lokken vielen over zijn schouders. Toen hun ogen elkaar ontmoetten, zag ze een uitdaging in de zijne schitteren. 'Maar voor alle zekerheid...' murmelde hij, terwijl hij haar hoofd omlaagtrok voor een kus.

De zon stond al hoog aan de hemel toen Adrianne met een glimlach om de lippen ontwaakte. Ze voelde zich loom en intens tevreden, maar zodra ze zich realiseerde hoe dat kwam, werd dat gevoel getemperd. Diep in haar hart werd ze nog steeds gekweld door het geloof dat een vrouw die zich aan haar hartstocht overlevert, zich met huid en haar heeft overgeleverd.

Philip lag naast haar te slapen. Ze had niet gedacht dat hij de hele nacht zou blijven en ze had helemaal niet verwacht dat ze het zo heerlijk zou vinden om naast hem wakker te liggen en naar hem te kunnen kijken.

Tevergeefs verzette ze zich tegen een opwellende tederheid. Haar vingers jeukten om zijn wang te strelen en door zijn blonde haar te strijken, al was het alleen maar om zich ervan te overtuigen dat ze niet had gedroomd.

Heel voorzichtig hief ze een hand op. Ze raakte net vederlicht zijn wang aan, toen hij zijn ogen opende. Hoewel ze haar hand snel terugtrok, was ze niet snel genoeg.

Philip greep haar bij de pols en bracht haar hand naar zijn lippen. 'Morgen.'

'Morgen.' Ze had geen idee wat ze met de situatie aan moest. 'We hebben langer geslapen dan mijn bedoeling was.'

'Daar zijn vrije dagen voor.' Hij rolde grinnikend over haar heen. 'En voor andere dingen.' Adrianne sloot haar ogen op het moment dat hij haar hals kuste. Ze kon er met haar verstand niet bij dat het zo moeilijk was om zich te verzetten tegen de behoefte om te geven. Zo mogelijk verlangde ze nog heftiger naar hem dan gedurende de nacht. 'Zoals ontbijten?' opperde ze geforceerd luchtig.

Hij knabbelde liefkozend op haar onderlip voor hij zich half oprichtte. 'Honger?'

'Ik rammel.'

'Zal ik roomservice bellen?'

Nee.' Ze haatte zichzelf al om de bedriegerij. 'Ik wil liever eerst douchen en me aankleden. Eigenlijk heb ik wel zin om naar Palancar te varen en daar te gaan duiken.'

'Heb je al een boot gehuurd?'

'Nog niet.'

Philip ging overeind zitten. 'Wat dacht je ervan als ik dat even doe?' stelde hij voor. 'Dan ga ik nu meteen even douchen. Laten we over een uurtje in de eetzaal afspreken, dan gaan we na het ontbijt.'

'Prima.' Ze dwong zich tot een glimlach. 'Het kan iets langer duren, want ik moet Celeste bellen.'

'Niet te lang, alsjeblieft.' Hij kuste haar en trok haar dicht tegen zich aan toen ze zijn kus vol overgave beantwoordde. 'Je hebt mensen die dagen zonder eten kunnen,' mompelde hij veelbetekenend.

'Dit mens niet,' wierp ze lachend tegen.

Toen hij haar alleen had gelaten, liet ze haar hoofd op haar opgetrokken knieën rusten. Het zou geen pijn mogen doen. Wat moest, dat moest, en dat mocht geen pijn doen. Een diepe zucht slakend, stond ze op. Ze kon beter in actie komen. Dat hielp altijd.

Philip gaf haar een kwartier extra voor hij zijn tweede kop koffie terzijde schoof en zijn sigaret uitdrukte. Dat hij de minuten telde, betekende dat hij er niet best aan toe was. De roos die hij naast Adriannes bord had gelegd, bewees dat ook nog eens. Hij was er niet op uit geweest, maar het was niet anders. Hij had zijn hart verloren, en zijn besluit stond vast.

Vastberaden stond hij op, niet van plan nog langer te wachten. Hij wilde haar er nu van overtuigen dat zijn besluit het enige juiste was.

Tegen de tijd dat hij voor haar kamerdeur stond, had hij zichzelf al een paar maal voor verliefde idioot uitgescholden. Toen er ook geen reactie volgde nadat hij voor de tweede keer had geklopt, aarzelde hij niet langer. Binnen de kortste keren was hij het slot de baas. Hij had aan een enkele blik in de suite voldoende om te weten dat ze weg was.

In machteloze woede vloekte hij hartgrondig voordat hij met grote stappen naar de telefoon beende en het nummer van de receptie draaide. 'Hoelang geleden is Lara O'Connor vertrokken?' informeerde hij afgemeten. 'Drie kwartier? Dank u.'

Hij smeet de hoorn op de haak, vloekte nogmaals en verliet de kamer. Ze kon vluchten wat ze wilde, maar hij zou haar weten te vinden, en dan kreeg ze geen kans meer om te ontsnappen.

Om te beginnen moest hij echter naar Londen om met Spencer te overleggen en zijn volgende stappen voor te bereiden.

Terwijl Philip zich naar zijn eigen kamer begaf om te gaan pakken, maakte Adrianne in het vliegtuig haar stoelriem vast. Haar ogen gingen schuil achter een grote zonnebril. Niet dat ze tranen had vergoten, maar niemand hoefde te zien hoe moeilijk ze het had. Philip zou woest zijn als hij ontdekte dat ze ervandoor was gegaan. Zijn leven zou echter doorgaan, net als het hare, waarin geen plaats was voor de emoties die hij had weten los te maken. Tot ze de Zon en Maan in haar bezit had, was er alleen ruimte voor wraak.

20

Vlak voor middernacht verschafte Philip zich toegang tot Adriannes appartement, na zich ervan te hebben vergewist dat ze uit was. Hij keek snel rond en maakte het zich vervolgens gemakkelijk in haar slaapkamer om, terwijl hij op haar thuiskomst wachtte, enigszins bij te komen van de vermoeiende reis.

In Londen had hij zowel zijn moeder als Stuart gesproken. Mary had hem, zoals hij had verwacht, heel wat over Phoebe Spring en haar zogenaamde sprookjeshuwelijk kunnen vertellen. Ze bleek zelfs een heel plakboek over haar te hebben bijgehouden. Het feit dat haar zoon eindelijk zijn hart had verloren, verrukte haar. Ze wilde niets liever dan Adrianne zelf ontmoeten.

De ontmoeting met zijn chef was hem zwaarder gevallen omdat hij hem het een en ander op de mouw had moeten spelden om tijd te winnen. Want wat er ook gebeurde, hij wilde niets over Adrianne prijsgeven tot ze in veiligheid was en hij de zaak met haar tot een goed einde kon brengen. Als zoethoudertje had hij Spencer verteld het vermoeden te hebben dat de man achter wie ze aan zaten, een vrouwelijke medeplichtige had. In eerste instantie had zijn chef het niet willen geloven, maar na te hebben geschermd met een paar doorgaans betrouwbare bronnen, wier namen hij uiteraard niet kon noemen, was diens belangstelling gewekt.

'Ik heb ook gehoord dat De Schaduw zich na dat mislukte zaakje in Parijs een tijdje gedeisd wil houden,' had Philip vervolgens terloops laten vallen. 'Het schijnt dat hij niet meer een van de jongsten is. Ik stel voor dat we rustig afwachten tot ik weer iets opvang van zijn eventuele volgende zet.'

'Dan wil ik intussen wel wat meer van die medeplichtige te weten komen,' had Spencer humeurig opgemerkt.

'Ik ook. Alleen moet ik de komende paar weken een paar persoonlijke dingen regelen. Als ik in die tijd iets hoor wat van belang kan zijn, geef ik dat natuurlijk door.'

'Als je maar weet dat ik die man te pakken wil krijgen, Philip.'

Philip had flauwtjes geglimlacht. 'Geloof me, Stuart. Ik ook.'

Even na twee uur in de nacht kwam Adrianne thuis. Het oud-en-nieuwfeest waarvan ze was weggeglipt, zou nog een poosje doorgaan, maar zij was niet in de stemming voor festiviteiten. Het zou nog wel even duren voordat ze eraan gewend was de juwelen van de aanwezigen zonder bijgedachten te bewonderen; de macht der gewoonte was sterk. Toch zou de even gevaarlijke als belangrijke klus in Jaquir definitief haar laatste zijn. Daarna was het uit met de pret en zou ze zich uitsluitend nog wijden aan de organisatie van haar veelgeroemde liefdadigheidsmanifestaties.

Spijt was uit den boze, zo hield ze zich dapper voor. Succes had zijn prijs, en die moest betaald worden, hoe hoog hij ook was. Ze had haar schepen achter zich verbrand toen ze van Cozumel vertrok. Hoewel… misschien had ze dat al jaren eerder gedaan.

Philip zou haar ongetwijfeld vergeten. Voor hem was ze gewoon de zoveelste geweest, niet de eerste, en zeker niet de laatste. Van haar kant had zij zich er al bij neergelegd dat hij voor haar allebei was.

In gedachten verzonken, begaf ze zich naar haar slaapkamer. Piekeren over Philip was zinloos. Ze kon het zich in elk geval niet veroorloven spijt te hebben van het feit dat ze met hem naar bed was geweest, of van het feit dat ze de deur had gesloten voor een vervolg. Liefde borg nu eenmaal altijd zijn eigen ondergang in zich.

Als ze aan iets behoefte had, dan was het slaap. Ze diende immers zo veel mogelijk energie te verzamelen voor de reis naar Jaquir. De vlucht was al geboekt.

Zonder de moeite te nemen het licht aan te doen, begon ze haar lange vlecht los te maken. Nog voor het goed en wel tot haar doordrong dat ze iets vaag bekends rook, werd plotseling de lamp bij het bed aangeknipt. Ze verstarde, haar armen nog opgeheven.

Zoals ze daar stond, deed ze Philip aan een standbeeld van een Egyptische godin denken. Haar goudbruine huid leek door het contrast met haar lange witte japon nog donkerder dan hij zich herinnerde. Terwijl hij zijn glas hief, keek hij naar haar zwarte ogen, waarin hij een glimp van verrukking had betrapt voordat ze haar zelfbeheersing had hervonden. 'Gelukkig nieuwjaar, schat.' Hij dronk haar toe alvorens zijn glas neer te zetten om ook voor haar champagne in te schenken.

Even was Adrianne sprakeloos. Philip was geheel in het zwart gekleed. Een zwarte coltrui, een nauwsluitende zwarte broek en zwarte schoenen. Hij had een paar van de vele kussens in zijn rug gepropt en leek zich prima thuis te voelen op haar bed.

Ze werd heen en weer geslingerd tussen tal van tegenstrijdige emoties: verlangen, ergernis, blijdschap, schuldgevoel... 'Ik had niet verwacht jou nog eens te zien,' wist ze wonder boven wonder redelijk koeltjes uit te brengen, terwijl ze haar armen liet zakken.

'Dat had je wel moeten verwachten. Geen toost op het nieuwe jaar, Addy?'

Om zowel hem als zichzelf te bewijzen dat zijn plotselinge opduiken haar onverschillig liet, liep ze langzaam naar hem toe en nam het glas dat hij haar voorhield aan. 'Op een nieuw begin en de afrekening met het verleden.' Ze klonken. 'Je hebt een lange reis gemaakt voor een glaasje champagne.'

Haar geur bedreigde zijn zelfbeheersing. Hij had haar met liefde gewurgd om het effect dat ze op hem had. 'Ach, je hebt gelukkig een goed merk in huis.'

Ze proefde het nauwelijks. 'Als je wilt, zal ik me verontschuldigen voor het feit dat ik zo plotseling ben vertrokken.'

'Doe geen moeite.' Hij onderdrukte de woede die in hem oplaaide. 'Ik had moeten weten dat je een lafaard was.'

'Ik ben geen lafaard.' Ze zette haar glas neer.

'Reken maar van wel. Een zielige, op eigenbelang gerichte lafaard.'

Voor ze zich realiseerde wat ze deed – voor hij zich realiseerde wat ze ging doen – sloeg ze hem in het gezicht. De klap leek te echoën in de kamer. Zijn ogen werden donker van woede, maar hij reageerde niet. Alleen aan de witte knokkels van de hand waarmee hij zijn glas weer oppakte, was te zien wat er in hem omging.

'Daar bereik je niets mee.'

'Je hebt het recht niet over mij te oordelen. Ik laat me niet door jou beledigen. Ik heb gedaan wat mij het beste leek. Ik ben vertrokken omdat ik er geen behoefte aan had een aangename verpozing voor je te zijn.'

'Ik kan je verzekeren dat je weinig weg hebt van een aangename verpozing, Adrianne.' Hij bleef haar strak aankijken, terwijl hij zijn glas wegzette. 'Dacht je nu heus dat het mij om een paar nummertjes te doen was?'

Ze verschoot van kleur. 'Waar het om gaat, is dat ik niet geïnteresseerd ben in een affaire.'

'Noem het zoals je wilt, maar jij bent degene die het heeft verlaagd tot een goedkoop avontuurtje van één nacht.'

'Wat doet het ertoe?' riep ze woedend uit. Schuldgevoel vervulde haar met schaamte. 'Eén nacht of een paar?'

'Verdraaid!' Hij greep haar bij de polsen en trok haar ruw op bed. Ondanks haar tegenstribbelen, hield hij haar moeiteloos in bedwang. 'Je weet net zo goed als ik dat het veel meer betekende. Het was niet zo maar seks om de seks, het was geen verkrachting, en ik ben je vader niet!'

Bij dat laatste verstilde haar verzet op slag. Ze trok wit weg.

'Dacht ik het niet?' vervolgde hij grimmig. 'Altijd wanneer er een man te dichtbij kwam, wanneer de verleiding op de loer lag, riep je je hem voor de geest. Maar niet bij mij, Adrianne. Niet bij mij!'

'Je weet niet waarover je praat.'

'O, nee?' Met zijn gezicht vlak boven het hare, zag hij met haar kleur haar woede terugkeren. 'Je hebt alle recht om hem te haten, maar haal het niet in je hoofd mij met hem te vergelijken… of met wie dan ook.'

Hij drukte zijn lippen op de hare, niet teder of liefkozend, maar boos en eisend. Adrianne verzette zich niet, maar haar handen balden zich tot vuisten, al voelde ze haar bloed beginnen te bruisen.

'Jij wilde even graag als ik,' grauwde hij. 'Jouw verlangen deed niet onder voor het mijne. Kijk me aan!' Hij wachtte tot ze met tegenzin haar ogen had geopend. 'Durf je dat te ontkennen?'

Adrianne wilde niets liever dan het ontkennen, maar ze kreeg de leugen niet over haar lippen. 'Nee, maar het is wel voorbij,' prevelde ze.

'Vergeet het maar. Denk je nu heus dat je hart alleen uit woede zo tekeergaat? Denk je dat twee mensen die hebben gedeeld wat wij hebben gedeeld, uit elkaar kunnen gaan alsof er niets is gebeurd en alles zomaar kunnen vergeten?' Hij liet haar polsen los om haar haren te kunnen strelen. 'Die nacht heb ik je één manier van liefhebben getoond. Nu zal ik je een andere tonen.'

Voor ze iets kon terugzeggen, kuste hij haar. Hoewel ze vast van plan was niet te reageren, niets te geven en niets te nemen, werd ze meegesleurd in zijn hartstocht. Haar lippen weken vaneen, en ze was verloren zodra zijn tong een duel met de hare begon. Het was meer dan een zoete verleiding met zachte woordjes. Hij daagde haar uit, en ze kon niet anders dan de handschoen opnemen. In een mum van tijd waren haar voornemens vergeten.

Ze beantwoordde zijn hartstocht met een vuur dat hem buiten zinnen bracht. De verleider werd verleid. Macht en machteloosheid bleken twee kanten van dezelfde medaille. En alleen de verrukking telde nog.

Philip had het gevoel alsof hij zou sterven van genot. Maar

als hij dan moest sterven, dan in de gevangenschap van haar bevrijding, was zijn laatste bewuste gedachte voordat de extase zich over hen ontfermde.

Adrianne wachtte op de schaamte en de zelfverachting die haar zouden overspoelen, maar die bleven uit. Ze voelde alleen een intens tevreden loomheid, die van geen wijken wist. Ook had ze geen spijt van wat er was gebeurd; ze had van elke seconde genoten, en ze wist dat ze dat weer zou doen, iedere keer weer.

Philip keek dromerig op haar neer. Al hield ze haar ogen dicht, de lome glimlach om haar lippen verwarmde hem tot in het diepst van zijn wezen. Teder speelde hij met de diamantjes in haar oren. 'Deze zijn wel echt,' merkte hij op.

'Ja,' mompelde ze zonder haar ogen te openen.

'Van wie heb je ze gekregen?'

'Van Celeste, voor mijn achttiende verjaardag.'

'Gelukkig. Als je ze van een man had gekregen, zou ik jaloers moeten zijn, en ik ben bang dat ik daar op het ogenblik niet genoeg energie voor heb.'

Adrianne opende haar ogen en keek hem glimlachend aan. 'Wat word ik nu geacht te zeggen?'

'Wat dacht je van: wat een verrukkelijke manier om het nieuwe jaar te beginnen?'

Ze wilde een warrige blonde lok van zijn voorhoofd strijken, maar ze beheerste zich. 'Philip, begrijp alsjeblieft dat er niets door is veranderd. Het zou beter zijn als je naar Londen terugging.'

Zijn hand dwaalde over haar heup. 'Geen denken aan. Weet je dat je hier een moedervlek hebt?'

'Ik moet praktisch zijn,' verzuchtte ze, hoewel ze onwillekeurig dichter tegen hem aan schoof. 'En jij ook.'

'Groot gelijk,' beaamde hij monter, en hij pakte de champagneglazen. 'Daar moet op gedronken worden.'

'Begrijp je dan niet dat ik van Cozumel ben weggegaan omdat ik dacht dat ik het daarmee gemakkelijker zou maken?'

'Het probleem met jou is dat je meer denkt dan voelt, Addy,' antwoordde hij glimlachend.

'Luister nu toch,' verzuchtte ze geërgerd. 'Ik kan me niet veroorloven iets met je te beginnen. Voor wat ik ga doen, heb ik al mijn concentratie nodig. Jij zou toch moeten weten hoe belangrijk het is om geen problemen buiten het werk aan je hoofd te hebben.'

'Aha, dus je beschouwt me als een probleem?'

Op die geamuseerde vraag had ze niet zo gauw een antwoord. 'Zelfs wanneer ik klaar ben in Jaquir, ben ik van plan alleen te blijven,' verklaarde ze zo zakelijk als ze kon. 'Ik wil mijn leven niet laten draaien om een man; ik wil me in mijn beslissingen niet laten leiden door mijn gevoelens voor een man. Als je dat egocentrisch vindt, dan spijt me dat, maar ik weet hoe gemakkelijk het is om je identiteit te verliezen.'

Philip was opeens een en al ernst. 'Alles goed en wel, Addy, maar ik hou van je.'

Haar mond viel open. Ze was nauwelijks van de schok bekomen, of ze schoot overeind.

Hij greep haar echter voor ze kon opstaan. 'Nee, ik laat je niet gaan, en je gaat ook niet voor jezelf op de loop.'

Adrianne vergat zich los te rukken. 'In 's hemelsnaam, Philip. Je romantiseert het allemaal gewoon,' prevelde ze.

‘Vind je het veiliger om dat te denken?’

‘Veiliger? Nee, het is gewoon een kwestie van gezond verstand,’ wierp ze met bonzend hart tegen. ‘Laten we het niet moeilijker maken dan het al is.’

‘Goed idee. We houden het simpel.’ Hij omvatte haar gezichtje met beide handen en keek haar diep in de ogen. ‘Ik hou van je, Addy, en daar kun je maar beter aan wennen, want ik geef je niet op.’ Een van zijn handen gleed naar haar borsten. ‘Ontspan liever, dan zal ik je laten zien wat ik bedoel.’

21

Toen Adrianne zich de volgende ochtend behaaglijk wilde uitrekken, was haar rechterarm loodzwaar en klonk er een vreemd metalig gerammel. Verward de ogen openend, zag ze Philips arm met de hare omhooggaan. 'Wel allemachtig! Schoft die je bent!'

'Daar waren we het al over eens,' mompelde hij slaperig. Met een simpel rukje trok hij haar over zich heen. 'Goedemorgen, lieveling.'

Ze probeerde weg te komen, met als enig gevolg dat ze weer tegen hem aan viel. 'Wat heeft dit te betekenen?' Ze gaf zo'n harde ruk, dat hij met zijn ogen knipperde van pijn.

'Een voorzorgsmaatregel. Ik zou niet graag zien dat je er weer vandoor ging.' Met zijn vrije hand trok hij haar hoofd omlaag voor een zoen. 'Ik hou van je, maar dat wil niet zeggen dat ik je vertrouw.'

'Maak me onmiddellijk los!'

Hij rolde over haar heen. 'Hè nee, ik wilde je juist bewijzen dat ik je ook zonder handen kan beminnen.'

Ze hield met moeite haar gezicht in de plooi. 'Een ander keertje.

'Zoals je wilt.' Hij draaide op zijn rug en sloot zijn ogen. 'Ze gaan af wanneer we opstaan.'

Adrianne gaf weer een ruk. 'Ik wil nu opstaan.'

'Nu al?'

‘Het is al over twaalven. Waar is het sleuteltje?’ Ze klom over hem heen en tuurde zoekend rond. Omdat hij niet reageerde, ging ze op haar knieën naast het bed zitten en trok uit alle macht. Ze had haar wraak toen hij met een harde bons op de vloer belandde.

‘Hé, ho, au! Waarom zo’n haast?’

‘Ik moet naar de wc!’

‘O. Zeg dat dan meteen.’

Geërgerd klemde ze haar kaken op elkaar. ‘Ik kon moeilijk weten dat ik jou om verlof moest vragen voordat ik wist dat ik aan je vastgeketend zat,’ legde ze hatelijk uit.

‘Maar is het geen heerlijk gevoel?’ Hij boog zich over haar heen om haar te kussen.

‘Kom nu maar op met die sleutel.’

‘O ja, de sleutel, eh...’ Hij keek zoekend rond en sleepte haar vervolgens mee naar zijn broek, zonder zich iets aan haar gemopper gelegen te laten liggen. ‘Ik neem aan dat je geen behoefte aan gezelschap hebt op de wc?’ opperde hij na vergeefs in zijn zakken te hebben gezocht.

‘Philip!’ Ze bezwoer zichzelf niet te lachen. Lachen op dit moment zou rampzalig zijn.

‘Niet? Heb je dan een haarspeld of iets dergelijks voor me?’

Toen hij zich enige tijd later gedoucht en wel naar de keuken begaf, trof hij Adrianne tot zijn verrassing bij het fornuis aan. De geur van gebakken eieren met spek maakte hem nog verliefder dan hij al was. ‘Wat krijgen we nu? Jij achter het fornuis?’

‘Ja, waarom niet? Ik kan uitstekend voor mezelf zorgen. De koffie is klaar.’

'Je maakt ontbijt voor me...'

Ze schoof de gebakken eieren vanuit de koekenpan op een bord en begon aan de volgende portie. 'Alsof dat wat zegt,' mompelde ze geërgerd.

Philip ging achter haar staan. Hij schoof haar haren opzij om haar in haar nek te kunnen kussen. 'Je maakt ontbijt voor me,' herhaalde hij verrukt. 'Je houdt van me, Addy, alleen heb je dat zelf nog niet in de gaten.'

Tijdens het ontbijt hield hij het doelbewust rustig om haar de kans te geven te ontspannen. Wat hij niet wist, was dat Adrianne hetzelfde deed. Bij het raam gezeten, zagen ze de eerste sneeuwvlokken op Central Park neerdalen.

'New York in de sneeuw is zo mooi,' verzuchtte ze. 'De eerste keer dat ik het meemaakte, was ik uitgelaten.' Ze schoof haar koffiekopje opzij. 'Ik wilde dat ik een paar dagen vrij kon nemen om je de stad te laten zien, maar ik heb nog zoveel te regelen.'

'Ik hobbel wel met je mee, hoor.'

Ze schraapte haar keel. 'Als je over een paar weken terugkomt, heb ik alle tijd om leuke dingen te doen.'

Philip stak een sigaret op. 'Ik ben voor jou gekomen, Addy. Niet om New York te bewonderen.'

'Philip, ik vertrek eind deze week naar Jaquir.'

'Daar moeten we het eens rustig over hebben.'

'Nee, het is iets dat ik móet doen. Het spijt me als jij het daar niet mee eens bent, maar het is niet anders.'

Zwijgend staarde Philip naar Central Park. Hij besefte dat hij zich hier best thuis zou kunnen voelen. 'Luister, Addy,' begon hij uiteindelijk bedaard. 'Ik heb invloed genoeg om het je moeilijk, zo niet onmogelijk te maken het land te verlaten.'

‘Pardon?’ De koninklijke blik die in haar ogen verscheen, deed hem denken aan de foto die zijn moeder hem van haar vader had laten zien. ‘Ik ben prinses Adrianne van Jaquir, en als ik mijn geboorteland wil bezoeken, is er niemand die me kan tegenhouden.’

‘Als het alleen om een bezoek zou gaan, is dat zeker zo. Gezien je andere plannen is het voor mij echter een fluitje van een cent om je hier te laten vasthouden.’

‘Daar heb je het recht niet toe.’

‘Sorry, maar jou in leven houden is voor mij heel belangrijk geworden.’

‘Fijn, dan zul je ook wel begrijpen dat ik net zo goed dood kan zijn als ik niet de kans krijg om te doen wat ik moet doen.’

‘Je overdrijft.’ Over tafel reikend, pakte hij haar handen om haar te dwingen hem aan te kijken. ‘Dankzij mijn moeder weet ik inmiddels heel wat meer over je vader en moeder en jouw vroege jeugd.’ Hij zag haar verstrakken. ‘Ik zal niet tegenspreken dat het verschrikkelijk voor je moet zijn geweest, maar het ligt ver achter je.’

‘Ik wil alleen maar terughalen waar ik volgens de wet recht op heb. Ik wil de waardigheid terug die mijn moeder is ontstolen.’

‘Je weet net zo goed als ik dat juwelen niets met waardigheid te maken hebben.’

‘Je begrijpt er niets van.’ Hoofdschuddend maakte ze haar handen uit de zijne los. ‘Kom maar eens even mee.’ Ze ging hem voor naar de zitkamer, waar ze hem op het portret boven de open haard wees.

Philip kon niet anders dan er zwijgend naar staren. Het toonde de Phoebe Spring van de staatsiefoto die hij in zijn moeders plakboek had gezien. Haar onvoorstelbare schoonheid, die intrigerende mengeling van onschuld en belofte in haar prachtige ogen, kwamen hier zelfs nog beter tot hun recht. Om haar hals droeg ze het collier met de Zon en Maan.

'Ze was de mooiste vrouw die ik ooit heb gezien, Addy.'

'Ja, maar ze was meer dan dat. Innerlijk was ze net zo mooi. Dat kun je op dit portret goed zien. Ze was hier jonger dan ik nu... op het hoogtepunt van haar geluk, de dag voor ze trouwde met de man van haar dromen. Ze heeft me wel eens verteld dat ze zich op dat moment, met de Zon en Maan om, werkelijk een koningin voelde. Niet omdat ze met een koning trouwde, maar omdat ze trouwde met de man van wie ze zielsveel hield. Voor hem...' Ze haperde.

Troostend raakte Philip even haar wang aan. 'Ze wás een koningin, Addy.'

Adrianne greep zijn hand om die tegen haar wang te drukken. 'Ze was een gewone, naïeve vrouw met een groot hart, die alles voor hem heeft opgegeven. Dat collier was zijn huwelijksgeschenk, het symbool van zijn liefde voor haar. Toen hij het terugnam, verloochende hij zowel haar als mij. De scheiding was niet voldoende voor hem. Hij wilde het huwelijk uitvlakken alsof het nooit had bestaan. Daarmee heeft hij mijn moeder haar laatste restje waardigheid afgenomen, en tegelijkertijd mij van mijn geboorterecht beroofd.'

'Addy, kom eens even zitten...' Hij leidde haar naar de sofa. 'Ik kan me dat gevoel maar al te goed voorstellen,' zei hij. 'Zelf heb ik jarenlang naar mijn onbekende vader gezocht, al was het alleen maar om hem te kunnen laten weten hoe ik hem haatte om wat hij mijn moeder had aangedaan. Ik weet niet of het daar ook echt van zou zijn gekomen, maar ik weet wel dat je er op een gegeven moment achter komt dat je het met jezelf alleen zult moeten doen.'

'Jij hebt je moeder nog, Philip,' wierp ze zachtjes tegen. 'Zij is er niet aan onderdoor gegaan. Jij hebt haar niet stukje bij beetje zien sterven. Ik hield zielsveel van mijn moeder. Ik ben haar zoveel schuldig.' Ze sloeg haar ogen neer. 'Ze heeft haar leven voor mij geriskeerd. Als Abdu haar in Parijs nog te pakken zou gekregen hebben...' Onwillekeurig huiverde ze.

'Denk je dat je moeder zou hebben gewild dat jij jouw leven voor haar riskeerde?'

'Daar gaat het niet om. Het collier is van mij.'

'Zelfs als je erin slaagt Jaquir met de Zon en Maan te verlaten, zul je er weinig aan hebben.'

'Het bezit is voor mij van geen enkel belang.' Toen ze weer opkeek, schitterden haar ogen vervaarlijk. 'Ik steel het alleen maar om hem te laten weten hoe ik hem veracht.'

'Denk je dat hem dat iets kan schelen?'

'Dat zijn dochter hem haat? Nee. Een dochter is voor hem niets anders dan een middel om familierelaties aan te knopen met heersers van andere staten.' Ze staarde naar het portret. 'Maar het collier met de Zon en Maan betekent alles voor hem en voor Jaquir. Het is zijn trots omdat het zijn macht en rijkdom symboliseert. De vermissing van de juwelen, die van onschatbare waarde zijn, zal het land in rep en roer brengen en zijn heerschappij aantasten.'

'Wil je je op je vader wreken of op Jaquir?'

'Het is me puur om hem te doen. Hij zal zijn positie nooit willen riskeren. Om zijn trots terug te krijgen, zal hij duur moeten betalen.'

'Als hij jou niet vernietigt,' mompelde Philip.

'Dat risico moet ik nemen.' Ze stond op en stak haar hand naar hem uit. 'Ik wil je graag nog iets laten zien. Ga je mee?' Ze ging hem voor naar de deur, hem zwijgend gebarend zijn jas aan te trekken.

Een paar minuten later verlieten ze de ondergrondse parkeergarage. Adrianne verwonderde zich er niet eens meer over dat ze Philip zoveel had verteld. Meer dan ze Celeste ooit had verteld, die ook niets van het project wist waar ze nu mee bezig was. Om de een of andere reden vond ze het belangrijk dat hij haar plannen kende, had ze behoefte aan zijn goedkeuring en morele steun.

Philip keek haar verwonderd aan toen ze in een naargeestige buurt van Eastside stopte. Een groot gedeelte van de haveloze gebouwen en flats hadden dichtgetimmerde ramen, en het liet zich niet moeilijk raden dat de misdaad hier welig tierde. 'Vreemde plek om op nieuwjaarsvisite te gaan.'

'Het duurt maar even.' Ze stapte uit en ze liep om de hoopjes los vuilnis heen naar een van de voordeuren.

'Wat moeten we hier? Dit is geen plek voor een vrouw als jij.'

'Maak je geen zorgen.' Ze haalde een sleutelbos uit haar handtas. 'Ik ken de meeste mensen die hier wonen.'

'Een geruststellende gedachte,' bromde hij ironisch, terwijl hij haar bij de arm nam om te voorkomen dat ze op de angstaanjagend krakende trap onderuit zou gaan. 'Laten we hopen dat ze geen familie van buiten de stad op bezoek hebben. Wat moet dit voorstellen?'

'Dit pand is van mij.'

Hij keek stomverbaasd om zich heen. Het enige wat hij zag, was een gigantische, kale ruimte met gaten in de muren en vloer. Het was er akelig goor, en twee van de vier ramen waren dichtgespijkerd. 'Ik wist niet dat je huisjesmelker was.'

'Ik verhuur niet.' Ze liep naar het minst smerige raam.

'Dit is ooit een armoedig hotel geweest. Ik zou je de kamers boven ook wel willen laten zien, maar de trap is een paar weken terug ingestort.'

'Bof ik even.'

'Tien verdiepingen met elk twaalf kamers. Alles moet natuurlijk grondig worden opgeknapt, en dan is er nog de inrichting –'

'Inrichting waarvoor?' Hij viel haar geërgerd in de rede, terwijl hij een spinnenweb voor zijn gezicht wegsloeg. 'Je gaat toch geen hotel beginnen? Alleen het opknappen gaat je al minstens een miljoen kosten.'

'Anderhalf miljoen voor renovatie en nog een miljoen voor inrichting, apparatuur en personeel. Ik wil het beste van het beste.'

'Het Waldorf is hier vlakbij. Luister, Addy, ik hou van je. Als jij met alle geweld een hotel wilt beginnen, mij best, maar volgens mij kan het heel wat beter.'

'Het wordt geen hotel, maar een kliniek. De Phoebe Spring Kliniek voor mishandelde vrouwen en kinderen. Als alles klaar is, zullen hier vijftig vrouwen en kinderen kunnen worden ondergebracht en behandeld.' Ze stak afwerend haar hand op toen hij zijn mond opende. 'Zeker hier in deze achterbuurt is er een schrijnend tekort aan faciliteiten om de ellende op te vangen. Om ten minste in een deel van de behoefte te voorzien, heb ik dit gebouw drie maanden geleden aangekocht. Ik speelde al langer met de gedachte, maar inmiddels weet ik precies hoe ik het ga aanpakken.'

Ze begon heen en weer te drentelen. 'Begrijp me goed, de Zon en Maan stelen doe ik uitsluitend en alleen voor mezelf. Ik wil me wreken. Als ik slaag, is daarmee de kous af voor mij. Abdu kan het collier terugkrijgen, maar hij zal er stevig voor moeten dokken.' Zelf in het vale licht was te zien hoe haar ogen glinsterden. 'Vijf miljoen dollar. Dat is een fractie van de werkelijke waarde, maar het is ruim voldoende voor het opzetten van de kliniek, het eren van de nagedachtenis van mijn moeder, en voor een zakcentje voor mezelf. Er is tien jaar voorbereiding aan voorafgegaan, en ik laat me door niets en niemand tegenhouden.'

Philip stak zijn handen in zijn zakken. Hij begreep haar motivatie beter dan ooit, maar er bleven nog genoeg twijfels over. 'Wie zegt dat hij dat wil betalen? Zelfs al krijg je het collier in handen en weet je er heelhuids mee uit Jaquir te komen, dan hoeft hij alleen maar de autoriteiten in te lichten.'

'En openlijk toegeven dat hij willens en wetens de wet heeft geschonden?' Ze lachte honend. 'Openlijk toegeven dat hij door een vrouw is bestolen, het gezichtsverlies van het Huis van Jaquir erkennen? Nooit. Misschien zal hij mijn hoofd willen, maar daarmee krijgt hij de Zon en Maan niet terug. Nee, je kunt gevoeglijk aannemen dat zijn trots voor alles gaat.' Ze zag dat Philip niet overtuigd was. 'Je weet nu alles. Kom, het is hier koud. Laten we naar huis gaan.'

Op de terugweg zei Philip niets. Hij dacht diep na over haar plannen en over wat hem te doen stond. Nu hij haar bedoelingen volledig begreep, viel er bitter weinig tegen haar vastberadenheid in te brengen. Alleen al uit morele overwegingen kon hij haar niet tegenhouden, maar er was wel iets anders dat hij kon doen.

Zodra ze binnen waren, werd hij opeens een en al zakelijkheid. 'Heb je een plattegrond van het paleis? Blauwdrukken van het beveiligingssysteem?'

Adrianne wierp haar jas over een stoel. 'Ja, wat dacht jij dan? Ik ken mijn vak.'

'Ik wil ze zien.'

Ze schudde haar haren naar achteren. 'Waarom? Ik heb geen adviseur nodig.'

'Voor ik ergens aan begin, wil ik alles weten. Laten we aan tafel gaan zitten.' Hij negeerde haar stomverbaasde blik. 'Ik ga met je mee.'

'Geen denken aan!' Ze greep hem bij de arm voor hij kon doorlopen. 'Ik werk alleen.'

Hij pakte haar hand en bracht die naar zijn lippen. 'Hoor ik daar je ego spreken, schat?'

'Houd op.' Adrianne rukte zich los en rende naar haar slaapkamer. Philip volgde haar op zijn gemak. 'Ik ben er al jaren mee bezig,' begon ze fel toen hij binnenkwam. 'Ik ken het land, de cultuur en de risico's. Het gaat om iets wat ik moet doen, Philip, en daar kan ik jou niet bij gebruiken. Ik wil jouw bloed niet aan mijn handen.'

Hij strekte zich doodgemoedereerd op bed uit. 'Luister, meid, ik deed al aan geveltoerisme toen jij nog met poppen speelde. Jij mag verdraaid goed zijn, maar je zult nooit zo goed worden als ik.'

'Jij zelfingenomen, verwaande kwast!' tierde ze tot zijn verrukking. 'Ik ben inmiddels waarschijnlijk beter dan jij, al was het alleen maar omdat ik de afgelopen vijf jaar niet met mijn duimen heb zitten draaien!'

'Ik ben nooit gepakt,' bracht hij haar fijntjes onder ogen.

'Ik ook niet.' Ze werd woest bij het zien van zijn grijns. 'Dat was heel iets anders. Jij vermoedde pas iets nadat ik had besloten je wat te vertellen.'

'Bij die inbraak in mijn kamer om je ketting terug te halen, was je slordig en onvoorzichtig doordat je je door je emoties liet leiden. Nu het je om wraak te doen is, wordt het levensgevaarlijk. Daarom ga je niet alleen.'

'Jij bent ermee opgehouden.'

'Ik ben tijdelijk terug,' verklaarde hij bedaard. 'Je hebt me ooit gevraagd of ik niet naar een laatste, formidabele kraak verlangde... Nou, dit lijkt me het einde.'

'Zoek maar iets voor jezelf. Deze is van mij.'

'Je gaat met mij naar Jaquir of helemaal niet. Eén telefoontje van mij is voldoende om je te laten oppakken.'

Adrianne liet zich verbijsterd op de rand van het bed zakken. 'Dat doe je niet na alles wat ik je heb verteld,' prevelde ze.

'Ik doe wat ik moet doen.' Voor ze hem kon ontwijken, trok hij haar tegen zich aan. 'Ik hou van je, en ik ben niet van plan je kwijt te raken. Mijn buiten in Kent is voor jou gemaakt. Wat er ook voor nodig is, ik wil je daar in de lente bij me hebben.'

'Dan kom ik daar in de lente naar toe.' Ze greep hem bij zijn trui. 'Ik geef je mijn woord,' vervolgde ze bijna wanhopig. 'Ik zou het niet kunnen verdragen als jou iets overkwam.'

Hij keek haar scherp aan, 'Hoezo?'

Ze schudde haar hoofd en deed een vergeefse poging zich van hem los te maken.

Na enig nadenken besloot hij niet verder aan te dringen. 'Oké, daar hebben we het nog wel eens over. Maar kort en goed, je hebt geen keus. Het is met mij of helemaal niet. Als ik begrijp hoe belangrijk deze zaak voor jou is, moet jij toch begrijpen waarom hij net zo belangrijk voor mij is.'

Ze bleef zitten, ook nadat hij haar had losgelaten. Strak naar hem kijkend, hief ze in een opwelling een hand op om zijn wang te strelen. Het was haar eerste liefkozing uit eigen beweging. 'Je bent hopeloos romantisch, Philip. Ik zal de papieren halen.'

Zij was romantischer dan ze zelf dacht, mijmerde hij, terwijl hij haar volgde.

Toen alle gegevens die ze in de loop van de tijd had verzameld op tafel uitgespreid lagen, ondervroeg Philip haar punt voor punt. Hij maakte zelf herhaaldelijk aantekeningen, die hij af en toe raadpleegde alsof hij wilde controleren of alles met het volgende klopte. Hij ging door toen zij in de keuken sandwiches klaarmaakte en verse koffie zette. Tijd om uit eten te gaan was er niet.

'Hoe weet je zo zeker dat het alarmsysteem niet is gemoderniseerd?' vroeg hij tussen twee happen in.

'Ik heb nog altijd mijn contacten. Neven, nichtjes, tantes… Abdu's zoon –'

'Je broer?'

'Abdu's zoon,' herhaalde ze koel, om niet te worden herinnerd aan de Fahid van vroeger. 'Toen hij in Californië op college zat, heb ik hem een paar keer gezien. In die tijd beschouwde hij zichzelf als heel vooruitstrevend. Hij zei erop te hopen dat Abdu eindelijk eens politieke veranderingen zou doorvoeren. Een van zijn klachten was dat het in en rond het paleis nog altijd grotendeels ouderwets toeging. Dat er nog wachten met wapens liepen, terwijl bewaking met een elektronisch systeem veel handiger zou zijn.'

'Dat is buiten.'

'Zeker. Maar in combinatie met de ligging van het paleis, is die bewaking voldoende voor de veiligheid. Ongezien in de buurt komen, is onmogelijk – als iemand dat al zou wagen. Vandaar dat ik aanspraak zal maken op mijn recht in het paleis te worden ondergebracht.'

'Oké. Beschrijf de schatkamer waarin de kluis zich bevindt nog maar eens.'

'De schatkamer is al ruim honderd jaar oud. Een hermetisch afgesloten, geluiddichte ruimte van zes bij zes meter. Rond de eeuwwisseling is er een overspelige vrouw in opgesloten, die te midden van alle rijkdommen eenzaam en ellendig aan haar eind is gekomen. Sindsdien heet de schatkamer in de wandeling Berina's graf.' Ze nam een slokje koffie. 'In 1950 is de toegangsdeur vervangen door een stalen geval met twee cijfersloten en een sleutelslot. De sleutel draagt de heerser van Jaquir bij zich als symbool van zijn macht.'

Philip bestudeerde de blauwdrukken nog eens. 'Hoe zit het met het alarm?'

Adrianne schoof zuchtend haar kopje terzijde. 'Dat dateert uit de jaren zeventig. Een direct gevolg van de technologische vernieuwingen tijdens de opbloei van de olie-industrie. Met de komst van vele westerlingen, met name de volgens Abdu onbetrouwbare Amerikaanse zakenlieden, vond hij een extra beveiliging van de schatkamer noodzakelijk.' Ze wees het aan op de voor Philip liggende kaart. 'Een vrij simpel systeem. De draden zijn hier bij de bron gemakkelijk te onderbreken. Ik wil ze niet doorsnijden omdat ik misschien pas een paar dagen later het land uit kan.'

'Goed, dat is het alarm voor het ontsluiten van de deur. Hoe zit het met het openen?'

'Voor het tweede alarm heb ik een afstandsbediening ontwikkeld. Het lijkt sprekend op zo'n apparaatje waarmee je de televisie bedient. Het heeft me bijna een jaar gekost om het te vervolmaken.'

'Je weet zeker dat het werkt?'

'Ik heb het in oktober gebruikt bij de Barnsworth-kraak,' verklaarde ze, flauwtjes glimlachend. 'Elektronica is een van mijn specialiteiten.' Zijn sceptische blik ontging haar niet. 'Met dat ding kan ik een alarm op vijftig meter afstand uitschakelen. Het grootste probleem wordt gevormd door de bewakers in het paleis. Pas wanneer ik daar ben, kan ik te weten komen hoe frequent er wordt gepatrouilleerd.'

'Camera's?'

'Zijn er niet. Abdu haat camera's'

'Wat is dit hier ?'

'De oude tunnel die de verblijven van de koning met de haremafdeling verbindt.'

'Is die nog in gebruik?'

'Waarschijnlijk wel. Hoezo?'

'Ik zoek mogelijke ontsnappingsroutes. Hoe hoog is dit raam boven de grond?'

'Twintig, vijfentwintig meter. Niet boven de grond, maar boven de steile rotsen en de zee.'

'Mmm, geef mij de harem dan maar.'

'Hè ja, als je daar wordt aangetroffen, word je gecastreerd.' Ze pakte een boek van de stapel. 'Hierin worden zowel het land als de zeden en gewoonten heel goed beschreven. Ik zou het doorlezen als ik jou was, al was het maar om te voorkomen dat je ergens een verkeerde vraag stelt, of terloops in het openbaar de arm van een vrouw aanraakt. Er is veel dat een westerling niet kan begrijpen, en je zult je in je eentje moeten zien te redden. Ik weet nog niet hoe ik contact met je kan opnemen wanneer het karwei is geklaard.'

'Pardon? Als je soms denkt dat ik ergens in een hotel ga zitten, terwijl jij in het paleis de prinses uithangt, heb je het mis.'

Ze schudde haar hoofd. 'Lees dat boek maar heel goed. Als we eenmaal in Jaquir zijn, mag je niet eens meer met me praten, laat staan dat je mee mag naar het paleis. Dat is daar de wet. Als vrouw mag ik geen woord wisselen met een man die niet tot de familie behoort. Alleen als ik getrouwd was, zou ik ook met de leden van mijn schoonfamilie mogen praten.'

Philip begon in het boek te bladeren. 'Daar moeten we dan een oplossing voor vinden. Je zult ervoor moeten zorgen dat ik ook in het paleis word uitgenodigd.'

'Ik ben niet in de positie Abdu om gunsten te vragen. Onder mij kan hij niet uit omdat ik als zijn dochter bepaalde rechten heb. Maar dat is dan ook alles.'

'Dan zul je met me moeten trouwen.'

'Doe niet zo belachelijk.' Ze stond met een ruk op, greep de koffiekan en liep naar de keuken.

‘Oké, dan nog even niet.’ Hij kwam achter haar aan. ‘Ik wil je eerst ook graag aan mijn moeder voorstellen.’

‘Ik trouw nooit.’

‘Goed, dan leven we in zonde tot ons eerste kind op komst is. Maar ter zake.’ Hij glimlachte innemend. ‘Stel dat we verloofd zijn...’ Hij stak een hand op voor ze weer kon protesteren. ‘Nee, denk er eens over. Je kunt toch doen alsof je na al deze jaren vrede wilt sluiten met je vader voor je trouwt? Om het nog overtuigender te maken kunnen we zeggen dat ik daarop heb aangedrongen. Ik speel wel voor arrogante seksist.’

‘Dat gaat je vast heel goed af,’ mompelde ze peinzend. ‘Tja, het zou voordelen kunnen bieden. Abdu zal je zeker willen keuren. Als je dan toch meegaat, kun je je ook een beetje nuttig maken.’

‘Je bent te goed.’ Hij tikte haar plagend op de wang. ‘Als jij nu wat oefent voor de rol van het ondergeschikte vrouwtje, ga ik even bellen.’ Hij negeerde haar verontwaardigde uitroep. ‘Eerst een visum voor Jaquir regelen en dan zorgen dat het nieuws van onze verloving snel bekend wordt, hoogheid.’

‘Ik trouw niet met je, Philip.’

‘We zien wel.’

Voor ze nog iets kon zeggen, was hij verdwenen. Ze kreeg opeens behoefte aan een stevige whisky.

DEEL 3

Het zoet

Vroeg of laat is liefde haar eigen wreker.

LORD BYRON

Hoe bitterder wat voorafging, hoe welkomer het zoet.

SHAKESPEARE

22

Het lange wachten was bijna voorbij. Dat kleine eiland in het blauw van de Middellandse Zee moest Cyprus zijn. Nog even, en het privévliegtuig zou zijn bestemming hebben bereikt. Adrianne zou zeventien jaar van haat kunnen laten culmineren in wraak.

Naast haar lag Philip rustig te slapen, maar daar was zij te gespannen voor, ondanks hun opwindende vrijpartij direct na vertrek uit Parijs. Ze vroeg zich af hoe het zou zijn om zich na zoveel jaren aan te passen aan de in Jaquir geldende gebruiken. Als ze ergens bang voor was, dan was het dat de terugkeer naar de tradities van haar jeugd haar parten zou gaan spelen. Ze mocht dan nog zo westers zijn, het feit bleef dat ze ook bedoeïenenbloed had, en daardoor zou ze wel eens kunnen reageren op een manier die geen enkele Amerikaanse vrouw zou begrijpen.

Die angst had haar er ook van weerhouden tegenover Philip toe te geven dat ze van hem hield. Zeker nu ze al haar aandacht en energie nodig had om deze zaak tot een goed einde te brengen, kon ze zich niet veroorloven ook maar één stap af te wijken van haar zo zorgvuldig uitgestippelde pad. En liefde kon een mens totaal van richting laten veranderen.

Zodra ze voelde dat het vliegtuig de daling inzette, legde ze een hand op Philips schouder. 'We zijn er bijna. Ik moet me voorbereiden,' zei ze zachtjes.

Hij was meteen klaarwakker. De spanning in haar stem was hem niet ontgaan. 'Je kunt nog terug, Addy.'

'Nee,' zei ze kortaf, terwijl ze opstond om haar spullen uit haar handbagage te halen. 'Zodra we zijn geland, gaan we uit elkaar. We worden met aparte auto's naar de aankomsthal gereden, en we gaan gescheiden door de douane.' Terwijl ze sprak, bond ze een hoofddoek om, zodat er geen haartje meer te zien was. 'Ik zie je in elk geval niet meer voor we in het paleis zijn. Zelfs dan weet ik niet hoe het zal gaan en of ik wel toestemming zal krijgen. Buiten het paleis is contact helemaal onmogelijk. Misschien zullen de regels voor mij niet al te streng zijn vanwege onze zogenaamde trouwplannen, maar wat er ook gebeurt, je mag niet naar mij toe komen. Als het kan, kom ik naar jou.'

'Ik geef je achtenveertig uur.' Hij deed zijn stropdas om, terwijl Adrianna zich in het traditionele zwarte overkleed hulde. 'Dan kom ik naar je toe.'

'In het beste geval worden we dan meteen het land uitgezet.' Ze haalde haar sluier tevoorschijn. Het trof haar dat Philip in zijn keurige pak opeens op en top Brits oogde. Uiterlijk werd de kloof tussen hen al breder. 'Je zult op mijn oordeel moeten afgaan, Philip. Ik blijf maximaal twee weken in Jaquir, en ik wil met het collier vertrekken.'

'Ik had graag dat je daar "we" van maakte.'

'We.' Ze glimlachte toegeeflijk. 'Als jij Abdu er maar van overtuigt dat je een goede echtgenoot voor me zult zijn. Vergeet vooral niet over de bruidsschat te onderhandelen.'

Hij nam haar beide handen in de zijne. 'Hoeveel ben je waard, denk je?'

'Een miljoen lijkt me een aardig uitgangspunt.'

'Een miljoen wat?'

'Engelse ponden.' Gelukkig kon ze nog lachen. Ze ging weer zitten. 'Gezien de achtergrond die je van jezelf hebt gegeven, is minder een belediging.'

'In dat geval moeten we hier maar mee beginnen.' Hij tastte in zijn zak.

De ring die hij tevoorschijn haalde, maakte haar zo aan het schrikken, dat ze haar hand onwillekeurig terugtrok. Het weerhield hem er niet van de schitterende diamant aan haar ringvinger te schuiven. Juist vanwege haar reactie had hij tot het laatste moment gewacht, zodat ze geen tijd zou hebben om tegenwerpingen te maken. 'Als je wilt, beschouw je het maar als een deel van de dekmantel.'

Adrianne staarde ernaar alsof ze haar ogen niet kon geloven. Het was een prachtige diamant van minstens vijf karaat. Heel zuiver en volmaakt geslepen. 'Een duur bedrog,' mompelde ze.

'De juwelier heeft me verzekerd dat hij hem graag terugkoopt.'

Ze keek met een ruk naar hem op en zag hem nog net glimlachen voor hij zijn lippen op de hare drukte.

De schok van de landing bracht haar weer bij zinnen. 'Ik ga eerst.' Diep inademend, maakte ze haar stoelriem los. 'Voorzichtig, Philip. Ik wil jouw bloed niet aan de Zon en Maan.'

'We hebben over twee weken een afspraak met een fles champagne in Parijs.'

'Maak daar maar een magnum van,' zei ze, waarna ze de sluier voor haar gezicht deed.

Vanaf de achterbank van de limousine kon Adrianne op weg naar de stad vaststellen dat er veel was veranderd. Waar ze keek, zag ze grote kantoren van glas en staal. Er was veel meer verkeer op de brede, geasfalteerde wegen, en de haven was enorm uitgebreid ten behoeve van de reusachtige olietankers. De watertoren van Karfia, vroeger het hoogste bouwwerk van heel Jaquir, viel in het niet vergeleken bij de kantoorkolossen en moderne hotels die waren verrezen. Ook de minaretten van de verschillende moskeeën waren hun prominente plaats in het straatbeeld kwijt.

Ondanks dat alles had ze aan een paar indrukken genoeg om te beseffen dat er ook veel bij het oude was gebleven. Bij het passeren van de soek in de oude stad zag ze in het zwart gehulde vrouwen boodschappen doen, hetzij in groepjes, hetzij begeleid door een mannelijk familielid. Ook de *matawain* met hun lange rode baarden en kamelenzweepjes waren er nog. Anders dan in de hoofdstraten, liepen de mannen hier uitsluitend in de traditionele Arabische gewaden. Zwaar beladen ezeltjes torsten hun lasten door de smalle straatjes.

Zodra Adrianne de eerste glimp van het hoger gelegen paleis opving, keek ze niet langer om zich heen. Ze had geen oog voor de buitenwijk met de luxueuze, door weelderige tuinen omringde huizen. Al gauw rezen de witte muren hoog op in de felle middagzon en reed de limousine door de zwaarbewaakte poort naar binnen. Ze haalde opgelucht adem toen de chauffeur in plaats van door te rijden naar de hoofdtoegang van het paleis, de bochtige weg door de tuinen insloeg. Dat betekende dat ze aan de achterzijde van het paleis bij de harem zou worden afgezet.

Ze wachtte met uitstappen tot de chauffeur met afgewend gelaat het portier voor haar had geopend. Zonder een woord te zeggen liep ze naar het poortje waarachter zich de tuin met de fontein bevond die Abdu ooit voor haar moeder had laten aanleggen. Om zich niet in pijnlijke herinneringen te verliezen, begaf ze zich snel naar de half verscholen deur, die door een bediende werd geopend op het moment dat ze haar hand naar de kruk uitstak.

Bij het betreden van de harem waande ze zich meteen in haar jeugd door de bekende mengeling van geuren. De deur was nog niet achter haar in het slot gevallen, of ze trok haar sluier af.

'Adrianne…' Er kwam een vrouw in een rood gewaad op haar af. In het gedempte licht verwelkomde ze haar met een kus op beide wangen. Er hing een sterke geur van muskusolie om haar heen. 'Je was nog een kind toen ik je voor het laatst zag. Ik ben je tante Lafita, vrouw van Fahir, de broer van je vader.'

Adrianne glimlachte warm. 'Ik weet wie je bent, tante Lafita.' Ze kuste haar ook. 'Ik heb Duja vorige maand nog gezien. Ze maakt het goed en ze is heel gelukkig.'

Lafita knikte. 'Kom, we hebben verfrissingen voor je klaarstaan. De anderen willen je ook graag begroeten.'

Het was alsof de jaren wegvielen. Alles was nog precies zoals Adrianne het zich herinnerde. De geur van wierook vermengde zich met zware parfums, en in het gemeenschappelijke verblijf was een lange tafel vol lekkernijen opgesteld.

De eerste die haar op de traditionele wijze kwam begroeten, was Leiha, de tweede vrouw van Abdu. De inmiddels ruim veertigjarige vrouw bleek voor de achtste maal in verwachting te zijn.

Er waren nichtjes van wie ze de meesten nog wel vaag herkende, en ze werd door Lafita voorgesteld aan Sara, de vierde vrouw van Abdu, een slanke, aanvallige verschijning van hooguit zestien. Aan de omvang van haar buik te zien, was ze net als Leiha in verwachting. Adrianne had met haar te doen.

'En dit is prinses Yasmin.' Lafita legde haar hand op de schouder van een meisje van een jaar of twaalf. 'Je zuster.'

Adrianne moest even iets wegslikken. Ze was er weliswaar op voorbereid geweest met Abdu's kinderen te worden geconfronteerd, maar ze had er niet op gerekend een halfzusje te hebben dat zoveel op haar leek. Het was alsof ze in haar eigen ogen keek.

'Welkom in het huis van mijn vader,' prevelde Yasmin nadat ze elkaar hadden gekust.

'Dank je. Je spreekt goed Engels.'

'Ik doe goed mijn best op school om niet onwetend te zijn wanneer ik trouw.'

'O.' Adrianne trok haar overkleed uit. Er schoot een bediende naderbij, maar die wuifde ze weg. Ze vouwde het gewaad zelf zorgvuldig op. Niemand mocht weten dat haar vakgereedschap erin verborgen zat. 'Je moet binnenkort maar eens vertellen wat je allemaal hebt geleerd.'

Yasmin bekeek de simpele witte rok en blouse van Adrianne kritisch. Ze vond het jammer dat haar mooie grote zuster geen rood gewaad met glinsterende versiersels droeg. 'Ik zal je eerst naar onze grootmoeder brengen,' zei ze waardig.

De andere vrouwen stortten zich kwetterend op de uitgestalde lekkernijen. Jiddah zat achteraf in de zaal, in een stoel met zachte kussens, geflankeerd door twee bedienden die haar koelte toewaaierden. Ze was taniger dan Adrianne zich herinnerde, en de lijnen in haar koninklijke gezicht waren dieper.

Het weerzien ontroerde haar zo, dat ze spontaan begon te huilen. In plaats van de traditionele begroeting die van haar werd verwacht, knielde ze voor Jiddah neer en vlijde ze haar hoofd op haar schoot. Zodra ze een hand strelend over haar haren voelde glijden, besefte ze hoe ze haar grootmoeder al die jaren had gemist.

'Ik wist wel dat ik je nog eens zou zien,' zei Jiddah met krakende stem. 'Ik heb gehuild toen je ons verliet. Ik huil weer nu je terug bent.'

Adrianne veegde de tranen van haar wangen. 'Grootmoeder, je bent nog mooier dan ik dacht. Ik heb je zo gemist.' Ze verhief zich om Jiddah alsnog te kussen.

'Je bent een volwassen vrouw geworden. De gelijkenis met je vader is treffend.'

Hoewel ze onwillekeurig verstrakte, wist ze het op te brengen te glimlachen. 'Misschien is de gelijkenis met mijn grootmoeder treffend.'

Jiddah beantwoordde haar glimlach. Haar tanden waren te wit en te regelmatig om echt te zijn, maar kennelijk was ze even trots op haar nieuwe gebit als op haar juwelen. 'Wie zal het zeggen.' Ze nam een glas thee aan van een bediende. 'Chocola voor mijn kleindochter. Daar hou je toch nog wel van?'

'Ja, heerlijk.' Adrianne installeerde zich op een kussen aan haar voeten. 'Ik weet nog goed hoe je me daar altijd mee verwende.' Ze glimlachte naar Yasmin, die aarzelend van de een naar de ander keek, alsof ze zich buitengesloten voelde. 'Kom erbij.' Ze trok haar naast zich op het kussen. 'Vertelt grootmoeder jou ook spannende verhalen?'

Het meisje knikte. 'Wil jij me van Amerika vertellen en van de man met wie je gaat trouwen?'

Met haar hoofd tegen Jiddahs knie, begon Adrianne te vertellen. Pas na verloop van tijd realiseerde ze zich dat ze automatisch Arabisch sprak.

Philip kon niet anders zeggen dan dat hij gastvrij was onthaald, maar ondanks zijn riante kamer met uitzicht op de prachtige tuinen, voelde hij zich niet prettig in het paleis. Hij maakte zich zorgen over Adrianne. Kroonprins Fahid, haar halfbroer, die hem van het vliegveld had afgehaald, had alleen opgemerkt dat ze in de harem zou worden ondergebracht.

Hij sloot zijn ogen en haalde zich de plattegrond voor de geest. Ze moest twee verdiepingen lager ergens in de oostelijke vleugel zitten. De schatkamer bevond zich aan de andere kant van het paleis. Vanavond zou hij eens poolshoogte gaan nemen, maar eerst diende hij zich een goede gast en keurige bruidegom te betonen.

Nadat hij had gebaad in het verzonken bad met de gouden kranen, hoorde hij de oproep voor het gebed van de minaretten schallen. De derde keer van deze dag, berekende hij met een blik op zijn horloge. Er zouden er nog twee volgen, één voor zonsondergang en de laatste een uur daarna. In heel Jaquir, ook in het paleis, werden alle bezigheden gestaakt om Allah te eren.

Philip opende zijn kamerdeur; dit was een goed moment om op onderzoek uit te gaan. Hij begon met de aangrenzende kamers. De eerste was leeg, net als die daartegenover. Pas toen hij de deur van de derde kamer geluidloos openduwde, zag hij een jongen met de rug naar hem toe geknield op een bidkleed zitten. Gezien zijn kledij en het interieur van zijn kamer, was hij een van de jongere prinsen.

Nadat hij de deur weer even zacht had gesloten, daalde hij af naar de eerste verdieping. Daar bevonden zich de vertrekken van Abdu en de grote vergaderzaal. Omdat hij daar niets te zoeken had en zijn tijd beperkt was, ging hij snel verder naar beneden, waar hij via de stille gangen moeiteloos zijn weg naar de schatkamer zocht. Tot zijn opluchting bleek de plattegrond van Adrianne accuraat te zijn. De gangdeur naar de eigenlijke ruimte zat op slot, maar dat was met behulp van zijn nagelvijltje zo verholpen.

Anders dan in de andere kamers, was het binnen aardedonker doordat er geen ramen waren. Hij schuifelde voetje voor voetje naar voren tot hij met zijn handen de stalen deur voelde. Uiterst behoedzaam liet hij zijn vingertoppen over de sloten glijden. Voor zover hij kon nagaan, klopte alles met de gegevens van Adrianne; het sleutelslot was ouderwets groot; beide combinatiesloten hadden standaardschijven met cijfertjes. Tevreden met zijn bevindingen, stapte hij achteruit. Hij zou nog eens moeten terugkomen om de sloten bij licht nader te bestuderen.

Op het moment dat hij de deur wilde openen, hoorde hij voetstappen in de gang. Inwendig vloekend, drukte hij zich tegen de muur. Het waren twee mannen, die in rad Arabisch met elkaar spraken. De ene was, zo te horen, boos en opgewonden, de andere leek eerder gespannen en geërgerd. Philip schrok toen hij opeens Adriannes naam hoorde vallen.

Ze hadden het over haar, dat kon niet anders. Verdorie, waarom verstond hij de taal ook niet? Hij balde onwillekeurig zijn vuisten van spanning bij het horen van een scherp commando, gevolgd door doodse stilte. Daarna liep een van beiden weg.

Met zijn oor tegen de deur gedrukt, hoorde Philip de ander binnensmonds vloeken... in het Engels. Dat moest Fahid zijn, bedacht hij. Hij begreep dat hij getuige was geweest van een discussie tussen de kroonprins en de koning. Bleef de vraag waarom ze ruzie hadden over Adrianne.

Hij wachtte tot hij er zeker van was dat Fahid ook was verdwenen voor hij schielijk de gang in stapte. Na de deur weer keurig op slot te hebben gedaan, drentelde hij met zijn handen in zijn zakken in de richting van de tuin. Mocht hij daar worden betrapt, dan zou hij zich kunnen redden met de smoes dat hij geïnteresseerd was in de flora. Hij moest even naar buiten om rustig na te denken.

Adrianne had van tevoren niet kunnen weten dat de hernieuwde kennismaking met de geborgenheid en de vertrouwdheid van de harem zo'n invloed op haar zou hebben. Het was ook een aangename ontdekking dat er langzaam maar zeker aan veranderingen werd gewerkt. Zo konden de vrouwen bijvoorbeeld via een gesloten televisiecircuit aan verschillende lessen deelnemen.

Ze schrok uit haar overpeinzingen op toen Jiddah op haar af kwam. 'Je vader wil je zien,' zei ze zachtjes.

Adrianne verstarde een moment. Toen stond ze op. Hoewel ze haar zwarte overkleed aantrok, zag ze af van de sluier. Haar gezicht zou ongetwijfeld herinneringen wekken, en dat was precies wat ze wilde.

23

Het eerste wat Adrianne opviel, was dat haar vader onmiskenbaar verouderd was. De harde, aristocratische trekken waren nog dezelfde, maar de tijd en de zon hadden de groeven dieper gemaakt. De scherpe blik in zijn zwarte ogen was er nog altijd, maar in zijn gitzwarte haar was al heel wat zilver te ontdekken. Hij was echter nog net zo rijzig en atletisch gebouwd als zeventien jaar terug. Zijn koninklijk trotse houding werd geaccentueerd door zijn lange witte gewaad met de gouden stiksels. Hij was en bleef een imponerende verschijning.

Een angstaanjagende verschijning, bedacht Adrianne, terwijl ze naderbij kwam. Misschien had ze toch beter een sluier kunnen dragen. Toch had de spanning waaraan ze onderhevig was, weinig met angst, en nog minder met respect te maken. Het was eenvoudig de spanning van het moment voor de langverwachte confrontatie.

Vreemd genoeg had hij haar niet in een van zijn privévertrekken ontboden, maar in de zaal waarin hij zijn wekelijkse audiënties hield. Dat was een aanwijzing dat hij haar eerder als een onderdaan beschouwde dan als een dochter. Een onderdaan die zich aan de wil van haar koning had te onderwerpen.

Ze wilde het spel best meespelen, maar haar wraak zou er niet minder om zijn, besloot ze, terwijl ze voor hem bleef staan. Hij boog zich naar haar toe voor de traditionele begroeting, maar zijn lippen raakten haar wangen niet. De kille, emotieloze geste stak haar doordat ze er niet op had gerekend.

'Je bent welkom.'

'Dank u voor uw toestemming voor mijn komst.'

Abdu nam plaats op de door een gouden leeuw bewaakte, koningsblauwe zetel. Na een korte stilte gebaarde hij haar op de stoel naast de zijne te gaan zitten. 'Ben je een kind van Allah?'

Dat was een vraag die ze had verwacht. 'Ik ben geen moslim,' antwoordde ze waardig, 'maar God is één.'

Het antwoord leek hem gunstig te stemmen, want hij wenkte een bediende om thee in te schenken. 'Het doet me deugd dat je gaat trouwen. Een vrouw heeft de bescherming van een man nodig. En zijn leiding.'

'Dat zijn niet de redenen waarom ik met Philip in het huwelijk treed.' Ze nam een slokje thee. 'Hij trouwt ook niet met mij om zijn stam uit te breiden.'

Het was een flagrante schending van de regels om, zeker als vrouw, de koning op zo'n manier tegen te spreken. Hij had het recht haar een klap te geven, maar in plaats daarvan ging hij met het fragiele kopje tussen beide handen op zijn gemak achterover zitten. 'Je bent een vrouw van het Westen geworden.'

'Daar ligt mijn leven. Net zoals het leven van mijn moeder daar lag.'

'We zullen het niet over je moeder hebben.'

'Zij heeft het wel over u gehad. Vaak zelfs.'

Er verscheen een boze blik in zijn ogen, en dat terwijl Adrianne had gehoopt op enige vorm van spijt of berouw. 'Als mijn dochter ben je hier welkom, en als lid van het Huis van

Jaquir heb je ook bepaalde rechten, maar tijdens je verblijf heb je je te schikken naar onze regels en tradities. Je bedekt naar behoren je haren en je slaat je ogen neer. Je hebt je bescheiden te gedragen. Als je me te schande maakt, zal ik je straffen zoals ik iedere vrouw in het paleis zou straffen.'

Adrianne kneep het tere theepkopje bijna fijn. Dat hij na al deze jaren nog steeds alleen maar met dreigementen en bevelen kon komen, viel haar zo bitter tegen, dat ze zich niet kon beheersen. Haar voornemen zich te gedragen zoals hij wilde, was op slag vergeten. 'Ik ben niet degene die u te schande maakt, dat doet u zelf. Mijn moeder heeft vreselijk geleden voor ze stierf, en u hebt geen vinger uitgestoken om haar te helpen.' Ze stond met een ruk op toen Abdu zich verhief. 'Ik vraag me nog altijd af hoe u dat hebt kunnen doen.'

'Ze was niets voor me.'

'Ze was uw echtgenote,' wierp ze fel tegen. 'Het zou zo'n kleine moeite zijn geweest, maar u hebt niets gegeven. U hebt zowel haar als mij in de steek gelaten. Dat is uw schande.'

De klap die ze eerder had verwacht, kwam alsnog. Hij raakte haar met de achterkant van zijn hand vol op haar wang, zodat ze achteruitwankelde, tegen haar stoel aan, en zich slechts met de grootste moeite staande wist te houden. Vechtend tegen de prikkende tranen, betastte ze de kleine snee die zijn ring had teweeggebracht. Ze weerstond zijn woedende blik omdat ze weigerde haar ogen neer te slaan; ze realiseerde zich terdege dat hij in feite weer naar Phoebe had uitgehaald.

'Jaren geleden zou ik misschien dankbaar zijn geweest voor deze vorm van aandacht,' wist ze waardig uit te brengen.

'Laat me je dan dit zeggen,' beet Abdu haar toe. 'Je moeder

heeft al haar rechten verspeeld toen ze verkoos Jaquir te verlaten. Ook jouw rechten. Ze was zwak, sluw en verdorven.'

'Verdorven?' herhaalde Adrianne honend om hem vooral te laten merken dat ze niet bang voor hem was. 'Dat u zoiets kunt beweren van de zachtaardigste, warmste vrouw ter wereld.'

'Een actrice,' klonk het verachtelijk. Abdu had zijn woede weer onder controle. 'Een vrouw die zichzelf aan mannen toonde. De enige schande die ik meedraag, is dat ik me door haar heb laten verblinden en haar tot mijn vrouw heb gemaakt. Dat ik het bed met haar heb gedeeld als met de eerste de beste hoer.'

'Zo hebt u haar vroeger ook meer dan eens genoemd.' Adriannes stem trilde van machteloze woede. 'Maar dat zegt meer over de man die met haar trouwde en een kind bij haar heeft verwekt.'

'Een man kan met een vrouw trouwen en haar de zijne maken. Wat hij niet kan, is haar karakter veranderen. Ze weigerde zich tot de islam te bekeren. Ze heeft nooit haar plaats geweten en ze heeft haar plichten verzaakt.'

'Door uw toedoen is ze ziek en ongelukkig geworden.'

'Ze was zwak en zondig.' Hij stak gebiedend zijn hand op. 'Jij bent het resultaat van mijn blindheid. Je bent hier slechts omdat je ook mijn bloed hebt en omdat Fahid een goed woordje voor je heeft gedaan. Mijn eer is in het geding. Je kunt hier blijven zolang je mijn eer respecteert.'

Adrianne zou hem toe willen schreeuwen dat hij geen greintje eer had, maar ze hield zich in en sloeg haar ogen neer. Dat hij haar moeder weer had beledigd, deed niets af aan het feit dat ze zijn woede had weten te wekken. Dat, en het besef dat ze zich op hem zou wreken, gaf haar de kracht onderdanigheid te betonen.

'In het huis van mijn vader zal ik zijn wensen respecteren,' prevelde ze.

Abdu knikte ten teken dat hij als koning niet anders verwachtte dan gehoorzaamd te worden. Het was dat ze zijn eerste kind was, en dat hij zich erbij had neergelegd dat het Allahs wil was geweest dat hij een dochter kreeg van de vrouw die hem schande had gebracht. Hij moest haar geven waar ze recht op had, maar dat was dan ook het enige.

Na een kort bevel kwam een bediende met een doosje aangesneld. 'Een geschenk voor je verloving.'

Adrianne had zichzelf weer in de hand. Ze nam het doosje van hem aan en zag een grote paarse amethist in een gouden zetting aan een verfijnde gouden halsketting. 'Dank u voor uw gulle gift,' zei ze bescheiden. 'Ik zal altijd aan mijn vader denken wanneer ik hem draag,' beloofde ze plechtig. Ze had in haar leven heel wat mooiere juwelen gestolen.

Abdu maakte opnieuw een gebiedend gebaar. 'Ik zal nu je verloofde ontvangen om over de voorwaarden van het huwelijk te spreken. Jij gaat terug naar je verblijf.'

Adrianne stopte het doosje zorgvuldig weg in de plooien van haar overkleed. 'Zoals u wilt.'

Toen Philip, voorafgegaan door de ceremoniemeester, de ontvangstzaal betrad, kwam het voor hem als een verrassing Adrianne met gebogen hoofd bij haar vader te zien staan. Haar zwarte overkleed contrasteerde scherp met het witte, koninklijke gewaad van de koning. Hoewel ze dicht bij elkaar stonden, was er geen sprake van enige warmte tussen vader en dochter. Abdu keek langs haar heen alsof ze er niet was.

'Met uw permissie,' hoorde hij haar nederig fluisteren.

'Ga je gang,' zei Abdu zonder haar een blik waardig te keuren.

'Koning Abdu ibn Faisal Rahman Al Jaquir, sjeik der sjeiken, Mr. Philip Chamberlain, de man met wie ik met uw goedvinden zal trouwen.'

'Mr. Chamberlain.' Abu trad Philip met uitgestoken hand tegemoet. De westerse hoffelijkheid ging hem goed af. 'Welkom in Jaquir en in mijn huis.'

'Dank u.' Philip schudde hem met een lichte buiging de hand.

'U bent tevreden met uw kamers?'

'Meer dan. Ik sta bij u in het krijt.'

'U bent mijn gast.' Hij keek even naar Adrianne. 'Je kunt gaan.'

Hoewel Philip schrok van de neerbuigende wijze waarop Abdu zijn dochter wegstuurde, hield hij zijn gezicht in de plooi. Hij kookte inwendig toen hij een glimp van haar vuurrode wang en de kleine wond zag. Het was toch niet mogelijk dat Abdu haar bij het eerste weerzien na zoveel jaar had geslagen?

'Gaat u zitten.'

Philip beheerste zich met de grootste moeite. 'Dank u.' Nadat er thee was geschonken, schraapte Abdu zijn keel. 'U bent Brit?'

'Ja. Ik ben geboren en getogen in Engeland. Ik reis echter over de hele wereld.'

'Ik heb begrepen dat u in juwelen handelt.'

'Dat is juist, Hoogheid.' Het was een dekmantel die hij al jaren gebruikte.

'Wij Arabieren weten wat handelen is. En we hebben oog voor de waarde van edelstenen.'

Philip knikte instemmend. 'Ik heb geregeld goede zaken met Arabieren mogen doen. Voor kwaliteit, schoonheid en waarde heb ik groot respect, Hoogheid. Vandaar dat ik met uw dochter wil trouwen.'

'Ik waardeer uw openhartigheid. Er zit echter meer aan een huwelijk vast.' Als Adrianne niet van gemengd bloed was geweest, zou hij een huwelijk met een Europeaan nooit hebben goedgekeurd. Zo was ze voor hem echter van minder waarde dan een goed paard. Anderzijds zou de band de betrekkingen tussen Jaquir en Europa kunnen verbeteren, en hij zou met ere van haar af zijn. 'Ik weet voldoende van uw achtergrond om te weten dat u een waardig echtgenoot zult zijn, Mr. Chamberlain. Vandaar dat ik geneigd ben toestemming te verlenen... indien we het eens kunnen worden over de voorwaarden.'

'Tot mijn spijt ben ik slecht bekend met uw tradities en cultuur, maar ik heb begrepen dat een zekere vereffening wordt verwacht.'

'De prijs voor de bruid,' verklaarde Abdu instemmend knikkend. 'Een gift voor haar, aan haar, die altijd van haar zal blijven.' Hij dacht niet aan de Zon en Maan, maar Philip wel. 'En een geschenk aan haar familie om het verlies te compenseren.'

'Ik begrijp het, Hoogheid. Wat verwacht u terug voor Adrianne?'

Hoewel Abdu had vernomen dat de Engelsman rijk was, kon geld hem niet schelen. Hij had zijn trots. 'Zes kamelen,' antwoordde hij na een korte stilte.

Philip verblikte of verbloosde niet. Hij wist dat er van hem werd verwacht dat hij onderhandelde. 'Twee,' bood hij.

Abdu schonk hem een van zijn spaarzame glimlachje. 'Vier.'

Hoewel Philip er geen idee van had hoe hij aan vier kamelen moest komen, knikte hij. 'Vier.'

'Het zal genoteerd worden.' Abdu wenkte een bediende en hij snauwde een bevel. 'Mijn secretaris zal de contracten opstellen. Eén in het Engels en één in het Arabisch, met uw goedvinden.'

Philip glimlachte innemend. 'Ik ben in uw land, Hoogheid. Ik pas me graag aan.' Hij had zin in een sigaret. 'Ik neem aan dat u zeker wilt zijn van een goede toekomst voor uw dochter.'

Het milde sarcasme in zijn opmerking was niet aan Abdu besteed. 'Dat is juist,' klonk het toonloos.

'Goed, ik wilde een miljoen pond voor haar vastzetten.'

Abdu werd zelden verrast, en als het gebeurde, toonde hij dat niet. Deze keer werd hij echter volkomen overvallen. De Engelsman moest geschift zijn, tenzij Adrianne, net als haar moeder, het vermogen had een man te verblinden. Niet dat het er iets toe deed. Het ging hem verder niet aan, en onderhandelen was te veel eer voor haar. 'Ook dat zal worden genoteerd. Tijdens het avondmaal zal ik u aan de familie voorstellen en de verloving bekendmaken.' Hij verhief zich ten teken dat het onderhoud voorbij was.

'Dank u. Ik voel me vereerd.' Philip vond Abdu nog killer dan hij had verwacht. 'Het zou ook een eer voor me zijn als u ons huwelijk in het voorjaar kunt bijwonen.'

Abdu glimlachte flauwtjes. 'Als u een ceremonie in uw eigen land wilt houden, kan dat uiteraard. Het huwelijk zal echter volgende week hier plaatsvinden, volgens de tradities van Jaquir. Ik neem aan dat u nog wel wat wilt rusten.'

Philip was een moment met stomheid geslagen. De ironie van de zaak werkte op zijn lachspieren, maar Adrianne zou er zeker niets grappigs aan vinden.

Die avond besloot Adrianne opnieuw haar sluier niet te dragen. Toen ze had vernomen dat Philip aan de familie zou worden voorgesteld, koos ze voor de gelegenheid een sobere zwarte japon met een hooggesloten hals en lange mouwen. Dat Abdu de verloving had geaccepteerd, betekende dat de volgende stap op weg naar de afrekening was gezet.

Terwijl ze zich bescheiden opmaakte, ook om de blauwe plek op haar wang te maskeren, glinsterde de diamanten ring die ze van Philip had gekregen in het licht boven de spiegel. Ze bekeek zichzelf kritisch. Hoewel haar strenge zwarte japon zou opvallen tussen de felgekleurde gewaden van de andere vrouwen, zou hij vooral opvallen door zijn soberheid. Ze hing de amethist om haar hals, zoals Abdu zou verwachten. Bescheiden en gehoorzaam, precies zoals de koning het wilde.

Onwillekeurig betastte ze de blauwe plek. Philip had gelijk gehad toen hij zei dat heftige emoties tot roekeloosheid leidden. De klap die ze had gekregen, was een goede les geweest, want ze wist dat ze van nu af aan geen enkele fout meer mocht maken als ze wilde slagen. En ze zou slagen om eindelijk gemoedsrust te krijgen, zowel voor zichzelf als voor haar moeder.

Ze draaide zich om toen er werd geklopt. Yasmin, gekleed in een opzichtig gestreept satijnen gewaad, kwam binnen. '*Jellah*... Kom snel,' zei ze gejaagd. 'Mijn vader wil ons zien. Waarom draag je zwart in plaats van rood, dat je meer zou flatteren?' Zonder een antwoord af te wachten, trok ze Adrianne mee.

De mannen hadden zich al in de salon verzameld. Philip was er ook – als een oase in de barre woestijn. Ze zou er wat voor hebben gegeven om hem even te kunnen aanraken, maar ze hield haar ogen zedig neergeslagen en vouwde haar handen in haar schoot.

Philip moest zich inhouden om niet op haar toe te lopen. Hij wilde niets liever dan haar een paar minuten voor zichzelf hebben, al was het alleen maar om haar voor te bereiden op de schok van Abdu's beslissing.

De kennismaking begon. Met een strak ceremonieel dat in Buckingham Palace niet zou hebben misstaan, werden de vrouwelijke familieleden aan hem voorgesteld. Met gebogen hoofd en in hun mouwen verstopte handen, schuifelden ze hem voorbij.

Op een wenk van de koning trad toen Adrianne naar voren om haar broers te begroeten. Eerst Fahid, die haar op beide wangen kuste, terwijl hij haar bedekte armen vluchtig aanraakte. 'Ik ben blij voor je, Adrianne. Welkom thuis.'

Ze voelde dat hij het meende. Hoewel ze Jaquir onmogelijk als haar thuis kon beschouwen, deden zijn warme woorden haar goed. 'Fijn je weer te zien,' prevelde ze.

Philip keek toe, terwijl ze het hele rijtje halfbroers, ooms en neven afging, van wie ze de jongeren nooit eerder had gezien. Pas nu realiseerde hij zich hoeveel broers en zussen Adrianne bezat – bloedverwanten, al was de kloof die tussen hen gaapte ook nog zo diep. Ze sprak Arabisch alsof ze het dagelijks deed, waardoor hij het idee kreeg in een sprookje uit Duizend-en-eennacht beland te zijn. Haar ogen dwaalden geen moment in zijn richting, zelfs niet toen ze zich weer naast Abdu opstelde.

'Op deze heuglijke avond...' Uit hoffelijkheid jegens Philip sprak Abdu Engels. '...is het Allahs wil dat ik deze vrouw uit mijn familie aan deze man geef. Zij zullen in het huwelijk treden, Allah zij geloofd.' Hij pakte Adriannes linkerhand om die in Philips rechterhand te leggen. 'Moge Adrianne een vruchtbare, gehoorzame echtgenote zijn.'

Adrianne kwam even in de verleiding om te glimlachen, maar ze beheerste zich toen ze Jiddah, die door twee nichtjes werd ondersteund, een traantje zag wegpinken.

'De documenten zijn getekend,' hernam Abdu vormelijk. 'De ceremonie zal over zeven dagen plaatsvinden. *Inshallah*.'

Philip voelde Adriannes vingers verkrampen. Ze keek met een ruk op, en in haar ogen laaide een vervaarlijk vuur, maar twee tellen later had ze haar wimpers weer neergeslagen. Ogenschijnlijk gedwee, nam ze alle gelukwensen in ontvangst.

Ze hadden nog steeds geen woord gewisseld toen Adrianne even later, omringd door de andere vrouwen, de zaal verliet om de bekendmaking van het huwelijk in de harem te gaan vieren.

Geplaagd door even vage als onrustbarende dromen, lag Adrianne in bed te woelen. Na het schier eindeloze opgewonden gekwetter van haar tantes, zusters en nichtjes over trouwjurken en huwelijksnachten was ze doodop geweest toen ze naar haar eigen kamer ging. De slaap bracht echter geen rust en verlichting.

Toen er een hand over haar mond werd gelegd, schoot ze overeind.

'Rustig,' fluisterde Philip met zijn lippen tegen haar oor. 'Als je gaat gillen, moeten we het voortaan zonder mijn vitale delen stellen.'

In eerste instantie was ze zo opgelucht, dat ze meteen haar armen om zijn nek sloeg. Haar verzuchting werd gesmoord door zijn vurige kus, die ze vol overgave beantwoordde.

'Ik dacht dat ik gek werd,' murmelde hij even later. 'Ik wilde met je praten, je aanraken... Als je eens wist hoe ik naar je verlangde.' Hij begon aan haar oor te knabbelen. 'Hoe ik nu naar je verlang, Addy.'

Ze wilde net toegeven aan haar overweldigende verlangen toen de realiteit tot haar doordrong. 'Allemachtig, wat doe je?' siste ze, terwijl ze hem wegduwde. 'Weet je wel wat er gebeurt als ze je hier vinden?'

'Mmm, ik heb jou ook gemist.'

'Het is geen grap, Philip. We kunnen onthoofd worden.'

Hij kuste haar handen. 'Jij hebt me het hoofd al zo op hol gebracht, dat ze het niet zullen kunnen vinden.'

'Je bent gek.' Haar hart ging vreselijk tekeer.

'Op jou. Ik ben romantisch.'

'Dat is hetzelfde.' Ze stond op. 'Je moet hier weg.'

'Niet voor we hebben gepraat, Addy. Het is drie uur, en iedereen is in diepe rust na de festiviteiten.'

Adrianne liet zich op de rand van het bed zakken. Vijf minuutjes van zijn gezelschap genieten kon geen kwaad, hield ze zich voor. 'Hoe ben je hier gekomen?'

'Via de tunnel.'

'O, Philip! Als je betrapt was… Nee, luister nu.'

'Ik ben een en al oor.'

'En handen.' Ze sloeg ze weg toen hij aan de knoopjes van haar nachthemd begon te friemelen. 'Hoe heb je mijn kamer weten te vinden?'

Philip grinnikte zachtjes. 'Een klein zendertje in je beautycase.'

Nerveus stapte ze uit bed en begon heen en weer te drentelen. 'Je hebt te lang bij Interpol gezeten. Het is veel te riskant.'

'Sorry, ik moest je zien om me ervan te overtuigen dat het goed met je gaat.'

'Je zou wachten tot ik contact met jou zocht.'

'Hebben we niet iets belangrijkers om over te praten? Het spijt me dat Abdu je zo overviel met het nieuws. Er was geen mogelijkheid om je te waarschuwen.'

'Tja...' Ze zuchte gelaten. 'Wat doen we eraan?'

'Wat kunnen we eraan doen?' In het schemerduister was zijn glimlachje niet aan haar besteed. 'Ik heb getekend, en ik betwijfel of we er voor de trouwerij met het collier vandoor kunnen gaan.'

'Je hebt gelijk.' Adrianne stak een kaars aan en ging weer zitten. 'Hij zet er zo'n vaart achter, dat ik me afvraag of hij iets vermoed.'

'Onzin. Het lijkt me waarschijnlijker dat hij zijn invloed wil laten gelden. Abdu's wil is wet.'

'Daar zit iets in. Het zal in elk geval niet uit een gevoel van vaderlijkheid zijn,' mompelde ze hatelijk. 'Tonen dat hij en hij alleen de baas is, daar gaat het om.' Ze speelde nerveus met de ring aan haar vinger. 'Hoe pakken we het aan?'

'Dat moet jij mij vertellen. Ik wilde toch al met je trouwen. Of het hier gebeurt of in Londen, maakt wat mij betreft weinig uit.'

Kennelijk ontging het hem volkomen dat zij zich in de hoek gedrukt voelde. 'Je weet hoe ik over trouwen denk?'

'Jazeker,' antwoordde hij monter.

Ze schraapte haar keel. 'Nou ja, het is maar een ceremonie. Aangezien we geen van beiden moslim zijn, hoeven we er geen waarde aan te hechten.'

'Een huwelijk is een huwelijk.'

'Oké, maar een moslimhuwelijk kan gemakkelijk ontbonden worden. Zodra we thuis zijn, kun je van me scheiden.'

‘Op grond waarvan?’ informeerde Philip geamuseerd.

‘Jij bent de man. Je hebt geen redenen nodig. Het enige wat je hoeft te doen, is driemaal herhalen dat je me verstoot, en het is geregeld.’

Hij schoof wat dichter naast haar. ‘Dan krijg ik dus niets terug voor die vier kamelen.’

‘Wil hij maar vier kamelen voor me hebben?’ Ze stootte een kort lachje uit.

‘Ik heb op jouw advies onderhandeld, maar ik heb geen idee of ik ben afgezet of niet.’ Hij grinnikte.

Adrianne zag er de humor niet van in. ‘Nee, het is een koopje. Je bent meer kwijt voor een lamme die je als derde vrouw wilt.’ Ze schudde geërgerd zijn hand van haar schouder. ‘Hij hoopt me zo te kleineren, maar hij zal wel anders piepen als ik de Zon en Maan eenmaal in mijn bezit heb.’

‘Zolang we hier zijn, hebben we ons aan de regels te houden –’ Toen hij teder haar naar voren vallende haar achter haar oor streek en in het kaarslicht de blauwe plek met kleine snee op haar wang ontwaarde, kon hij zich niet meer inhouden. ‘Hoe kom je daaraan?’

‘Ik ben iets te eerlijk geweest.’ Ze glimlachte geruststellend, maar bij het zien van de vlammende blik in zijn grijze ogen verstrakte ze. ‘In ’s hemelsnaam, Philip –’

‘Heeft Abdu je geslagen?’ brieste hij.

‘Het heeft niets te betekenen.’ Ze greep hem bij de arm voor hij overeind kon springen. ‘Het is zijn recht en –’

Philip rukte zich los. ‘Dit gaat te ver!’

Adrianne gebaarde dodelijk verschrikt dat hij zijn stem moest dempen. ‘Je zei net zelf dat we ons aan de hier geldende regels moesten houden. Beheers je, in vredesnaam. Zo'n blauwe plek trekt wel weer weg.' Ze probeerde zijn wang te strelen, maar hij draaide zijn gezicht met een heftige beweging af. 'Mijn wraak zal zoet zijn, heus...'

In het besef dat ze gelijk had, ademde hij een paar maal diep in. 'Maar als hij je nog één haar krenkt, sta ik niet voor de gevolgen in,' gromde hij. Hij had een hekel aan geweld, maar wie Adrianne te na kwam...

'Hij kan me niet raken, Philip,' voerde ze opgelucht aan. 'Niet wezenlijk.'

Philip beroerde de plek met zijn vingertoppen voor hij haar vederlicht kuste. 'Ik hou van je, Addy. Als hij het waagt je nog eens...'

Ze vlijde zich dicht tegen hem aan. 'Jij betekent meer voor me dan wie ook,' fluisterde ze.

Haar bekentenis kwam heel dicht in de buurt van de vier woorden die hij het liefst zou horen. Geduld, hield hij zich dapper voor, terwijl hij haar haren streelde. 'Ik ben bij de schatkamer geweest.' Hij gaf haar niet de kans zich uit de omhelzing los te maken. 'Niet zeuren. Ik heb gewoon poolshoogte genomen. Al je gegevens kloppen, maar het lijkt me verstandig nog eens samen te gaan kijken. De sleutel –'

'Ik heb een vrij grof model, dat alleen moet worden bijgevijld.'

'Het lijkt me prettig dat van tevoren te doen.' Hij liet haar los. 'Als je hem aan mij geeft, zal ik morgenavond –'

'Zullen wé morgenavond.'

'Het is niet nodig om samen te gaan.'

'Oké, dan doe ik het alleen,' verklaarde ze beslist.

Philip schudde zijn hoofd. 'Jij je zin, juffrouw eigenwijs. Als je maar niet denkt dat je altijd je zin krijgt.'

‘We zullen zien.’ Ze glimlachte flauwtjes. ‘Ik heb trouwens bedacht dat de huwelijksnacht heel geschikt is voor de eigenlijke kraak. Niemand zal het in zijn hoofd halen ons lastig te vallen.’

‘Hm, daar zeg je zoiets,’ zei hij peinzend. ‘Ik had andere plannen, maar het past wel bij ons om juist dan zo’n geweldige klus te klaren. Samen nog wel.’ Hij nam haar opnieuw in zijn armen. ‘Maar eerst gaan we iets heel anders doen,’ verklaarde hij veelbetekenend.

24

Meteen de volgende dag moest Adrianne er al aan geloven. Haar vader had er geen gras over laten groeien; er was in allerijl een modeontwerpster uit Parijs overgevlogen, die in nauw overleg met haar aan de bruidsjapon begon. Dagmar had grootse ideeën, maar Adrianne wilde het simpel houden, te meer daar ook zeven bruidsmeisjes exclusief gekleed moesten worden. Haar vader kon nog zoveel willen, ze weigerde in een jurk te trouwen die hij betaalde. Ze stond erop dat Dagmar haar de rekening stuurde.

Het enige wat ze prettig vond, die dag, was dat ze de kans kreeg de nieuwsgierige Yasmin wat beter te leren kennen. Het meisje volgde haar overal en bleef maar vragen stellen. Het herinnerde Adrianne aan haar jeugd, toen zij haar moeder honderduit had gevraagd over haar leven in Amerika. Het verwonderde haar dan ook niet dat ze zich binnen de kortste keren aan haar halfzusje begon te hechten.

Philip werd het grootste deel van de dag aangenaam beziggehouden door kroonprins Fahid. Hij kreeg een rondleiding door het paleis – met uitzondering van de harem, natuurlijk – zodat hij op zijn gemak de plattegrond van Adrianne kon repeteren, terwijl hij ogenschijnlijk belangstellend luisterde naar de verhalen over roemruchte voorouders.

Fahid was uiterst voorkomend. Philip kon niet anders zeggen dan dat hij de jongeman heel wat sympathieker vond dan zijn vader. Desondanks was hij zich er terdege van bewust dat kritische vragen uit den boze waren. Het laatste wat hij wilde, was zijn gastheren voor het hoofd stoten.

Later, tijdens een rit door de hoofdstad en omgeving kwam Fahid wat meer los, vooral nadat Philip zijn bewondering had uitgesproken voor de woeste schoonheid van het landschap. 'Jaquir is een land van uitersten,' verklaarde hij, waarna hij Philip schetste hoe moeilijk het was om de moderniseringsdrang die het gevolg was van de toenemende welvaart in goede banen te leiden. 'Mijn vader moet altijd manoeuvreren tussen in het volk verankerde tradities van eeuwen, het behoud van onze cultuur, de wetten van de islam en de vooruitgang.'

In zijn jeugdig enthousiasme liet hij doorschemeren ook wel kritiek te hebben op het trage tempo waarin Abdu de veranderingen doorvoerde, maar hij liet niet na zijn vaders inzicht en evenwichtigheid te roemen. 'Het is aan hem te danken dat er inmiddels een universiteit voor vrouwen is,' vertelde hij met gepaste trots. 'Hij is overtuigd van de noodzaak van een goede scholing op alle mogelijke gebieden, ook voor vrouwen.'

Op de terugweg naar het paleis kreeg Philip meer en meer respect voor de rijpheid van de drieëntwintigjarige jongeman. Fahid was zich zeer bewust van de zware taak die hem wachtte wanneer hij zijn vader opvolgde. Hoewel hij een open oog moest hebben voor nieuwe ontwikkelingen, diende hij ook de verantwoordelijkheid op zich te nemen voor het verdedigen van een waardevolle cultuur en beschaving.

Hij verraste Philip eens te meer toen hij opeens over Adrianne begon. 'Ik weet dat mijn geliefde zuster geen gemakkelijk leven heeft gehad. Vergeef me mijn vraag, maar hoe ver gaat haar haat jegens mijn vader?'

Philip begreep dat hij voorzichtig moest zijn. 'Haat lijkt me sterk uitgedrukt.'

'Mogelijk, maar vergeet niet dat ik haar enkele jaren geleden in Amerika heb gesproken.' Hij gebaarde Philip hem te laten uitspreken. 'Liefde en haat zijn geen passies om mee te spotten. Ik wil je graag dit zeggen...' Hij haalde diep adem. 'Als je haar werkelijk liefhebt, neem haar dan na het huwelijk zo snel mogelijk mee het land uit, en kom niet terug zolang mijn vader leeft. Hij is er de man niet naar om te vergeven. Bij mij zal ze later altijd welkom zijn.'

Voor Philip kon reageren, kwam de limousine tot stilstand. De oproep tot het gebed klonk. Net als iedere andere man in Jaquir onderbrak Fahid zijn bezigheden van het moment. Hij stapte uit en knielde op het bidkleed dat de chauffeur voor hem had neergelegd. Met het gezicht naar Mekka gekeerd, onderwierp hij zich aan de wil van Allah.

Philip stelde zich naast de auto op. Verderop zag hij voor een kantoorgebouw ook een paar westerse mannen geduldig wachten tot het gebed was afgelopen. Hij hoopte van harte dat Fahid de wijsheid zou hebben Adrianne haar wraak op haar vader te vergeven, zodat in een later stadium de familiebetrekkingen zouden kunnen worden genormaliseerd. Hij kon zich namelijk voorstellen dat ze de behoefte zou hebben nu en dan terug te gaan naar haar mooie geboorteland, waaraan ze immers ook veel goede herinneringen had. Als hem deze dag iets duidelijk was geworden, dan was het wel dat het bloed kroop waar het niet gaan kon.

In het holst van de nacht ging Adrianne op de afgesproken tijd op pad. Ze nam alleen de koperen sleutel, een vijltje, een zaklantaarntje en haar speciaal ontworpen, supergevoelige versterker mee.

Even later sloop ze via de verboden tunnel naar de westelijke vleugel van het paleis. Ze maakte zich zorgen over Philip. Het zou immers kunnen dat zijn kamer onopvallend werd bewaakt. De gevolgen zouden niet te overzien zijn als hij werd gesnapt.

Die angstaanjagende gedachte zo veel mogelijk onderdrukkend, zocht ze snel haar weg door de stille, spaarzaam verlichte gangen. Bij het passeren van de vertrekken van Abdu hield ze onwillekeurig haar adem in. Alleen het besef dat alles voor niets zou zijn geweest, weerhield haar ervan aan de verleiding toe te geven hem ruw uit zijn slaap te wekken en haar gal van jaren te spuwen.

Na verloop van enkele minuten was ze bij de gangdeur waarachter de schatkamer schuilging. Met een blik op haar horloge stelde ze vast dat ze bijna anderhalf uur de tijd had voor de wisseling van de wacht en de volgende ronde van de bewakers plaatsvonden. Geluidloos begon ze aan het slot te prutsen. Ze was binnen de kortste keren binnen, waarna ze de deur onhoorbaar achter zich sloot.

Haar hart stond een moment stil toen er een hand over haar mond werd gelegd. Ze rukte zich echter onmiddellijk los en vloekte zachtjes, terwijl ze de lichtbundel van haar zaklantaarn op Philips gezicht richtte. 'Als je dat nog eens doet, ben je je hand kwijt,' siste ze.

'Ja, ik ben ook blij jou te zien,' fluisterde hij droogjes voordat hij haar vluchtig kuste. 'Had je problemen met het slot?'

'Helemaal niet.' Ze wilde zich omdraaien, maar bedacht zich en liet haar armen om zijn nek glijden. 'Ik wist niet dat ik je zo zou missen.'

Hij drukte zijn neus in haar haren. 'Hm, we gaan de goede kant op. Wat heb jij gedaan, terwijl ik met Fahid de omgeving bekeek?'

'Eindeloze verhalen aangehoord over vruchtbaarheid en kinderen baren. Uren stilgestaan voor Dagmar, terwijl ze om me heen draaide.'

'Ik krijg niet de indruk dat je ervan hebt genoten.'

'Tja, het valt niet mee om mijn grootmoeder te bedriegen. En verder bevalt het me niet om wit satijn te dragen voor een huwelijk dat niets voorstelt.'

'Dan zullen we er meer van moeten maken.'

Het klonk luchthartig, maar ze wist dat hij het meende. 'Je weet hoe ik erover denk,' mompelde ze. 'Maar goed, ter zake. Heb je de sloten gezien?'

'Ja.' Philip richtte het licht van zijn zaklantaarn op de stalen deur. 'Elk slot is met een alarm verbonden. De draden zijn af te klemmen, zoals je al zei. De combinaties zullen weinig problemen opleveren.'

'Dit is een aardig hulpje.' Ze reikte hem een apparaatje aan dat in zijn handpalm paste. 'Een versterker, die ik zelf heb ontworpen. Druk hem tegen die deur daar, en je kunt iemand drie kamers verderop horen snurken.'

Hij bekeek het kleine ding aandachtig. 'Slim. Zelf gemaakt ook?'

'Aangepast. Handzaam en gevoelig.'

'Voor iemand die niet eens haar school heeft afgemaakt, weet je veel van elektronica.'

‘Laten we het op aanleg houden. Ik schat dat we een uur nodig hebben voor de sloten.’

‘Veertig minuten. Maximaal vijftig.’

Ze tikte hem glimlachend op zijn wang. ‘Laten we rekening houden met zestig. Niet dat ik aan je talent twijfel, hoor, schat.’

‘Ik zet er duizend pond op dat ik het in veertig doe.’

‘Afgesproken. Je zult pas om drie uur aan de slag kunnen gaan, als ik om halfdrie met het alarm begin. Het lijkt me het handigst als jij meteen hiernaartoe gaat. Ik kom zodra ik het alarm heb uitgeschakeld.’

‘Dat laat ik je niet graag in je eentje doen.’

‘Toe, daar hebben we het al eerder over gehad. Ik zou het hele karwei in mijn eentje doen, weet je nog?’

Philip trok een gezicht toen ze haar sleutel tevoorschijn haalde. ‘Hoe weet ik zeker dat het alarm is uitgeschakeld?’

‘Vertrouwen.’ Adrianne keek hem strijdlustig aan. ‘Ik kan me geen vergissing permitteren. Als je me niet vertrouwt, laat je alles maar aan mij over.’ Ze pakte de vijl.

‘Het is maar goed dat we er hierna mee ophouden, Addy.’

Ze glimlachte flauwtjes. ‘Luister, dit is misschien de laatste keer dat we kunnen praten,’ zei ze ernstig. ‘Ik wil dat je me belooft je uit de voeten te maken als er iets misgaat.’

‘Verdorie, Addy, je begrijpt er nog steeds niets van, is het wel?’ Met een hand onder haar kin dwong hij haar naar hem op te kijken. ‘Je kunt nog zo vaak zeggen niet in liefde en relaties te geloven, dat verandert niets aan mijn liefde voor jou. Wanneer dit achter de rug is, zul je toch eens goed over ons moeten nadenken.’

‘Deze zaak heeft niets met liefde te maken.’

'O, nee? Jij bent hier uit liefde voor je moeder. Ik ben hier omdat alles wat jij bent en voelt voor mij van essentieel belang is.'

Ze pakte hem bij zijn pols. 'Ik weet nooit wat ik moet zeggen als jij zoiets zegt.'

'Dat komt vanzelf als het komen moet.' Hij trok haar dichter tegen zich aan. 'Ga ik zo mee naar je kamer?'

'Ik zou niets liever willen,' bekende ze voor ze hem verlangend kuste, 'maar het is beter van niet.'

'Binnenkort, dan.' Hij liet haar los, zodat ze weer met de sleutel aan de gang kon.

Na nog eens heel behoedzaam te hebben gepast, borg ze hem op. 'Het laatste stukje zal moeten wachten tot het alarm is uitgeschakeld.' Ze staarde naar de deur. 'Zo dichtbij...' fluisterde ze.

'Ooit overwogen het collier te houden?'

'Vroeger heb ik me vaak voorgesteld hoe het zou zijn om het om te hebben... en me echt een prinses te voelen.' Ze schudde haar hoofd. 'Maar daar gaat het niet langer om. Het doel is genoegdoening en de kliniek.'

Voor ze zich kon omdraaien, hield Philip haar nog even tegen. 'Wees voorzichtig, Addy. Met je vader.'

Met haar apparaatje tegen de deur luisterde ze of de kust veilig was. 'Maak je geen zorgen. Ik heb jaren de prinses gespeeld.'

'Wat je bent, hoef je niet te spelen, Adrianne,' fluisterde hij, terwijl zij de deur geruisloos opende.

25

Philips compliment bleef Adrianne de volgende paar dagen bij. Toch had ze zelf eerder het gevoel dat ze alleen in staat was zich als een prinses te gedragen dankzij het acteertalent dat ze van haar moeder had meegekregen. Want acteren moest ze tijdens de talloze bijeenkomsten en lunches met vrouwelijke familieleden, door wie ze werd bestookt met goedbedoelde, maar daarom niet minder vervelende opmerkingen over het huwelijk. Het vergde ook heel wat van haar zelfbeheersing om haar geduld te bewaren bij het herhaaldelijk passen van haar trouwjurk. Haar enige troost was dat het een schitterende japon werd, al zou hij haar ook flink wat kosten.

De geschenken begonnen ook al binnen te stromen. Niet alleen van vooraanstaande families uit Jaquir, maar ook van bevriende staatshoofden uit het Midden-Oosten en diverse koninklijke families. Het was een aspect van het huwelijk waarmee ze geen rekening had gehouden, maar ze begreep al snel dat ze er haar voordeel mee kon doen.

Philip had op haar verzoek inmiddels Celeste gebeld, en de dag voor het huwelijk arriveerde er een bijzonder cadeau. Het was een prachtige Chinese lakdoos, die te pronk werd gezet te midden van de schitterende vazen, kostbare zilveren bekers en gouden schalen.

In een van de voor een oningewijde onvindbare geheime lades zou ze de Zon en Maan verbergen, zodat het collier met de hele lading cadeaus naar New York zou worden vervoerd. Het was een veel betere oplossing dan het eigenlijk te gevaarlijke plan het collier persoonlijk het land uit te smokkelen. Bovendien was het de vervolmaking van haar wraak, doordat Abdu haar ongeweten deze mogelijkheid had geboden met zijn door trots ingegeven bepaling dat het huwelijk in het Huis van Jaquir zou plaatsvinden.

Ze werd nog eens in haar vastberadenheid gesterkt toen Abdu haar nederige verzoek Yasmin en twee andere zusjes mee naar het strand te mogen nemen, hooghartig van de hand wees. Hoewel hij het zou uitleggen als een ongehoorde brutaliteit, drong ze aan. 'Het zijn toch mijn zusjes? Hoe graag we het misschien ook willen, we kunnen de bloedband niet ontkennen.'

'Ik kan en moet mijn dochters beschermen tegen jouw verdorven invloed. Zij zijn dochters van de islam, dat zegt genoeg. Na de huwelijksplechtigheid die bij je status past, zul je Jaquir verlaten. Ik zal niet langer aan je denken. *Inshallah*.'

Niet in staat zich te beheersen, hief ze haar hoofd om hem recht in de ogen te kijken. Het kon haar niet schelen dat ze wellicht weer zou worden geslagen. 'Er komt een dag dat u zeker aan me zult denken,' beet ze hem toe. 'Dat zweer ik op het graf van mijn moeder.'

Die nacht huilde ze zichzelf in slaap.

De volgende ochtend werd Adrianne gewekt door de oproep tot het gebed. In het besef dat ze nog slechts enkele minuten alleen zou zijn, bereidde ze zich geestelijk voor op wat waarschijnlijk de langste en moeilijkste dag van haar leven zou worden.

Tegen de tijd dat haar tantes en zusters haar onder leiding van Jiddah kwamen halen om haar, zoals de traditie voorschreef, te helpen met kleden en opmaken, had ze al haar emoties onder controle; alleen het vage gevoel van spanning liet haar niet los, hoe dapper ze zich ook voorhield dat het hele huwelijk een schijnvertoning was.

Tijdens het met veel gegiechel en opgewonden gebabbel gepaard gaande ceremonieel gedroeg ze zich met gepaste waardigheid, terwijl ze nu en dan een blik van verstandhouding wisselde met de goedkeurend toekijkende Jiddah. En toen ze uiteindelijk klaar was en ze zichzelf in de spiegel mocht bekijken, zag ze een beeldschone, vreemde vrouw, gehuld in een bijzonder elegante, witsatijnen creatie.

Dagmar kon tevreden zijn; de naaisters hadden haar werk voorbeeldig uitgevoerd. Het vrij strakke lijfje met de lange mouwen zat volmaakt, en de wijd uitwaaierende rok viel in prachtige plooien tot op de grond. De sierlijke sluier aan het met honderden rijgpareltjes afgezette kapje dat haar gevlochten haar bedekte, was als een oosterse sjaal om haar hoofd gedrapeerd.

Nadat Jiddah haar ontroerd had omhelsd, haalde ze diep adem en volgde de stoet bruidsmeisjes naar de zaal waar de plechtigheid zou worden gehouden. Ze was vastbesloten alles gelaten en onaangedaan over zich heen te laten komen, maar zodra ze Philip ontwaarde, die haar in gezelschap van de mannelijke familieleden opwachtte, begon haar hart sneller te kloppen. Tot haar verwondering droeg hij een lang wit gewaad over zijn pak en de traditionele Arabische hoofdtooi op het hoofd. Vreemd genoeg maakte het de vertoning niet nog onwerkelijker voor haar, integendeel. De plechtigheid won juist aan overtuigingskracht. Hoe gemakkelijk het huwelijk ook weer te ontbinden zou zijn, vandaag trouwde ze wel degelijk met hem.

Haar verschijning benam Philip de adem. Gedurende enkele ogenblikken vervaagde alles om hem heen, behalve het droombeeld dat ze presenteerde. Hoewel hij zich heilig had voorgenomen geen waarde te hechten aan de ceremonie, moest hij wel erkennen dat de verbintenis die er het resultaat van zou zijn – afgedwongen of niet – oneindig veel voor hem betekende.

Terwijl hij toekeek hoe ze stijfjes door haar vader, en een stuk hartelijker door de kroonprins, werd begroet, deed hij zijn best zijn hartslag en ademhaling onder controle te krijgen. Ook Adrianne was meer onder de indruk dan ze had verwacht, merkte hij. Toen Abdu haar hand in die van hem legde, viel het hem op dat ze niet op zijn bemoedigende kneepje reageerde. Het was alsof ze in trance verkeerde, en dat vervulde hem met hoop.

Nadat de zegen over de verbintenis was uitgesproken, werd er een stuk uit de Koran voorgelezen. Dat gebeurde in het Arabisch, waardoor Philip er niets van verstond. Pas toen hij Adriannes opvallend koele hand in de zijne voelde trillen, begreep hij dat ze voor het aangezicht van Allah in de echt verbonden moesten zijn.

Na verloop van een uur kon de processie beginnen. Die werd aangekondigd door een luide kreet, gevolgd door het traditionele tonggeklak van de bedoeïenenvrouwen, dat het tromgeroffel en de muziek in de hal van het paleis begeleidde.

'Was dit het?' informeerde Philip zachtjes toen ze aan de lange wandeling door de gangen begonnen.

Adrianne schrok op van zijn onverwachte gefluister. 'Nog

lang niet,' fluisterde ze terug. 'De gasten moeten vermaakt worden. Eerst krijgen we muziek en dans, maar daar mag jij niet bij zijn.' Ze schonk hem een vluchtige glimlach. 'Dat zal een minuut of twintig duren. Dan volgt het officiële trouwfeest. Jij leidt me tussen de rijen gasten door, waarna we, omgeven door bloemen, op een verhoginkje plaatsnemen om alle felicitaties en goede wensen in ontvangst te nemen. Reken maar op een uur of twee.'

'Allemachtig,' mompelde hij. 'En worden we nog gevoederd?'

Adrianne grinnikte. Eindelijk was ze weer in staat de humor van de situatie in te zien. Ze had hem wel om de hals kunnen vliegen. 'Na afloop, tijdens het banket. Waarom ben jij zo gekleed?'

Omdat Abdu hem daarom had verzocht. Het leek hem echter raadzaam dat niet uit te spreken. 'Ach, ik pas me graag aan,' antwoordde hij luchtig.

Verder kwam er niets van praten. Achteraf kon Philip nauwelijks bevatten wat ze allemaal hadden moeten doorstaan. De koning van Jaquir was het voor het oog van de wereld natuurlijk aan zijn stand verplicht Adrianne op passende wijze af te staan, maar in feite was het de ironie ten top dat hij kosten noch moeite had gespaard voor een dochter wier bestaan hij al zo lang ontkende.

Ruim acht uur nadat ze zich voor het huwelijk hadden gekleed, werden ze eindelijk door de bruidsmeisjes naar de vertrekken geleid waarin ze hun eerste nacht als man en vrouw zouden doorbrengen.

'Wat een vertoning,' verzuchtte Adrianne doodop toen het gegiechel was weggestorven.

'Hm, er ontbrak maar één ding,' zei Philip.

'Modderworstelen?' opperde ze.

'Hé, niet zo cynisch.' Hij nam haar handen in de zijne. 'Ik heb de bruid niet mogen kussen.'

Ze glimlachte ontspannen. 'Daar heb je nog alle tijd voor.' Voor dit ene moment wilde ze niets liever dan zich eraan overgeven. Ze wilde geloven, al was het maar voor even, dat ze met hem een gelukzalige toekomst tegemoet ging. Zich tegen hem aan vlijend, hief ze haar gezicht naar hem op.

'Je bent zo mooi, Addy,' murmelde hij even later. 'Mijn hart stond stil toen je vanochtend binnenkwam.'

'Tot ik jou zag, was ik niet nerveus,' bekende ze met zijn hoofd op zijn schouder. 'Ik zal je nooit kunnen vergoeden wat je allemaal voor me doet.'

'Zolang het ook om mijn eigenbelang gaat, is dat nergens voor nodig. We vertrekken morgen.'

'Maar –'

'Ik heb je vader al ingelicht.' Hij had haar sluier verwijderd. Zijn vingers jeukten om haar gevlochten haar los te maken. 'Hij heeft er geen problemen mee dat ik meteen op huwelijksreis naar Parijs wil.'

'Je hebt gelijk; het is beter zo. Hoe minder ik mijn broers en zusters zie, hoe minder moeilijk het afscheid zal zijn. Zolang mijn vader leeft, zal ik hen niet meer zien.' Ze liet hem los en ze begon de knoopjes in haar nek los te maken. 'We moeten rusten, Philip, het wordt een lange nacht.'

Hij trok haar handen weg om het werk voort te zetten en drukte een kus in haar nek. 'We hebben nog alle tijd. Ik heb je zo gemist, Addy. Ik moet je voelen, proeven...'

De witte satijn gleed van haar schouders. 'Ja,' fluisterde ze verlangend. 'Nu hebben we nog alle tijd.'

Philip werd als eerste wakker. Zonder zich te verroeren genoot hij van Adriannes warmte en geur. Hij zou haar naam maar hoeven te fluisteren om haar te wekken, maar hij wilde hun volmaakte samenzijn nog even rekken.

Normaal gesproken, zou hij vlak voor zo'n belangrijke kraak geen oog hebben dichtgedaan. De Zon en Maan… Adriannes wraak… Onwillekeurig wenste hij dat de hele zaak achter de rug was. De opwinding en spanning konden hem ditmaal gestolen worden. Hij hield van Adrianne met heel zijn hart, en haar veiligheid was hem te lief. Bovendien zou de afwikkeling, zelfs als alles volgens plan verliep, nog weken in beslag nemen, en ook dat zinde hem niet.

Het verwonderde hem nog steeds dat het hele circus dat ze vandaag hadden meegemaakt, zoveel voor hem betekende. Blijkbaar hoefde hij niet in de islamitische ceremonie te geloven om zich getrouwd te voelen. Hoe hij het ook wendde of keerde, Adrianne was zijn echtgenote, de vrouw die hij mee naar huis wilde nemen, die hij aan zijn moeder wilde voorstellen, de vrouw met wie hij zijn toekomst wilde delen.

Hij keek even naar de met diamantjes bezette gouden ring om haar vinger en streelde haar wang.

Adrianne was meteen wakker. 'Hoe laat is het?'

'Even over enen.'

Ze kuste hem liefdevol voor ze snel opstond. Hij volgde haar voorbeeld, en binnen de kortste keren hadden ze zich aangekleed. Allebei geheel in het zwart. Zwijgend controleerden ze of ze alles bij zich hadden.

'Geef me een halfuur.' Ze drukte de stopwatch van haar horloge in en gespte haar heuptasje om haar middel. 'Denk eraan dat de wacht in de oostelijke vleugel om halfdrie wisselt. Tot die tijd blijf je hier,' deelde ze hem zakelijk mee.

'We zouden de klus sneller klaren als we samen gingen.'

'Nee.' Het hoofd schuddend, trok ze haar operatiehandschoenen aan. 'We doen het zoals afgesproken, Philip. Jij concentreert je op de combinatiesloten.' Ze kuste hem vluchtig. 'Veel geluk.'

Hij kon het niet laten haar nog één keer heel stevig tegen zich aan te drukken. 'Jij ook,' prevelde hij voor hij zijn lippen op de hare drukte.

Een moment later gleed ze als een schaduw de deur uit. Omdat ze besefte dat ze te gespannen was, bleef ze enkele ogenblikken staan om te kalmeren. Nu het uur U was aangebroken, diende ze het hoofd koel te houden. Ze wachtte tot haar ogen aan het schemerduister gewend waren voor ze haar weg zocht naar de wapenkamer, waarin zich de schakelkast van het alarmsysteem bevond. Zeker na de festiviteiten van overdag was de stilte in de gangen bijna oorverdovend. Het hele paleis was in diepe rust.

Het kostte haar geen moeite de verborgen deur in de hoek van de ontvangsthal te vinden. Met ingehouden adem schoof ze hem open. Na een moment scherp te hebben geluisterd, ging ze de ruimte binnen, de deur meteen achter zich sluitend. Het was aardedonker; ze moest op de tast de open trap afdalen. Toen ze goed en wel beneden was, haalde ze opgelucht adem. Nog even, en fase één zou achter de rug zijn.

Ze haalde haar potlooddunne zaklantaarntje tevoorschijn en liet de lichtbundel door de kelderruimte glijden. Ze schonk geen aandacht aan de met zware sloten beveiligde rekken met geweren. Ook de stapels houten kratten interesseerden haar niet. Haar ging het om het zwarte kastje aan een van de muren.

Een blik op haar horloge leerde haar dat ze nog vijfentwintig minuten had voor Philip aan het bovenste combinatieslot van de kluis zou beginnen. Niet langer aarzelend, ging ze aan de slag.

Binnen vijf minuten had ze de dekplaat losgeschroefd en de wirwar van gekleurde draden bekeken. Zich de blauwdruk van het systeem voor de geest halend, begon ze ze te sorteren. Vier draden voor elk slot – twaalf in totaal – moesten worden afgeklemd. Met de precisie die ze zich in de loop der jaren eigen had gemaakt, ging ze systematisch te werk. Wit, blauw, zwart, rood... Wit, blauw, zwart, rood...

Ook nadat ze zich ervan had overtuigd dat de twee bovenste sloten geen gevaar meer zouden opleveren, bleef ze tot het uiterste gespannen. Eén enkele vergissing, één moment van onoplettendheid, en alles zou voor niets zijn geweest.

Net toen ze de onrustbarende gedachte aan de mogelijke consequenties had onderdrukt en ze met de draden van het derde slot aan de gang wilde, hoorde ze voetstappen. Vliegensvlug handelend, zette ze de dekplaat met een enkele schroef vast. Toen dook ze weg achter de hoogste stapel kratten, op hetzelfde moment waarop de deur boven haar hoofd openschoof en het licht aanfloepte.

Twee bewakers met vervaarlijke pistolen in schouderholsters stommelden de trap af. Met ingehouden adem hoorde ze een van de twee kankeren over de extra nachtdienst vanwege de gasten in het paleis. De andere leek daar, gezien zijn sussende commentaar, minder moeite mee te hebben.

Adrianne had het helemaal niet meer toen ze de rustige van de twee hoorde opmerken dat hij een seksblaadje te koop had.

De man ging op zijn gemak op een krat zitten, terwijl zijn collega grommend een sigaret opstak. Over precies vijf minuten zou Philip met de sloten beginnen, en als ze dan het derde alarm niet had uitgeschakeld...

Het blaadje werd tevoorschijn gehaald. Ze hoorde dat erin werd gebladerd, en uit de schunnige opmerkingen die volgden, kon ze opmaken dat de inhoud er niet om loog. Even later werd er over de prijs onderhandeld.

Het zweet brak Adrianne uit. Als ze nu niet opschoten, zou alles verloren zijn. Ongeduldig luisterde ze naar het heen en weer gepraat nadat de koop was gesloten. Toen was het echter zover. De sigaret werd uitgedrukt, en de peuk vloog over haar hoofd naar de hoek van de kelder.

Direct daarna hoorde ze de bewakers de trap op stommelen. Zodra het licht uitging en de deur was dichtgeschoven, schoot ze overeind. Ze had nog twee minuten voor vier draden.

Zich tot kalmte dwingend, verwijderde ze de dekplaat weer.

Wit... blauw...

Nog één minuut.

Zwart en...

Rood.

Klokslag drie uur schroefde ze met trillende vingers de plaat vast, haar oren gespitst. Het was gelukt! Ze wiste zich het zweet van het voorhoofd en nam een minuutje voor zichzelf om de spanning te verwerken.

Klokslag drie uur drukte Philip zijn oor tegen Adriannes versterkertje, dat hij op het bovenste slot had bevestigd, en begon hij omzichtig aan de schijf te draaien. Hij was zo geconcentreerd, dat hij zich pas na verloop van tien minuten afvroeg waar Adrianne bleef.

Weer vijf minuten later hoorde hij de voldoening gevende klik die aangaf dat hij de combinatie had gekraakt. Het bleef doodstil; Adrianne had dus inderdaad kans gezien het alarm te blokkeren. Terwijl hij zijn aandacht op het tweede slot richtte, besloot hij haar nog vijf minuten te geven voor hij haar zou gaan zoeken.

Het eerste cijfer van de volgende combinatie lag vast toen hij de deurknop hoorde bewegen. Hij drukte zich tegen de muur. 'Je bent laat,' fluisterde hij, nog voor ze goed en wel binnen was.

Ze giechelde nerveus. 'Sorry, geen taxi te krijgen op dit uur van de nacht.' Heel even klemde ze zich aan hem vast; dat was voldoende om er weer tegen te kunnen.

'Moeilijkheden?' informeerde Philip bezorgd.

'Nee, alleen een paar bewakers met een seksblaadje. Een enig feestje.'

Met een hand onder haar kin dwong hij haar naar hem op te kijken. Ze weerstond zijn vorsende blik kalm, maar ze was ongewoon bleek. 'Mag ik je er even op wijzen dat je getrouwd bent? Voortaan geen feestjes met vreemde kerels meer zonder mij.'

'Afgesproken. Hoe gaat het hier?'

'Naar wens. Schiet jij maar op met die sleutel, want ik ben bijna klaar.'

'Mijn held.'

'Als je dat maar weet.'

De volgende twintig minuten werkten ze zwijgend naast elkaar, alleen vroeg Philip haar tot tweemaal toe even te stoppen met het bijvijlen van de sleutel omdat hij anders niet genoeg kon horen. 'Dat is dat,' verklaarde hij ten slotte tevreden. Hij keek op zijn horloge en begon breed te grijnzen. 'Je bent me duizend pond schuldig, schat. Negenendertig minuten en dertig seconden.'

Adrianne keek niet op. 'Zet maar op de rekening.'

'Wat een enthousiasme,' verzuchtte hij. 'Ben je bijna zover?'

'Ik heb jou de gemakkelijkste taak gegeven,' bromde ze. 'Er zitten een paar uiterst grillige inkepingen in. Als ik ergens iets te veel wegvijl, kunnen we het verder wel vergeten.' Ze onderbrak haar werkzaamheden even om de sleutel nog eens te passen. 'Nog even.'

Het 'even' werd een halfuur. Ze stak de sleutel voor de zoveelste keer in het slot en draaide heel voorzichtig. De bevrijdende klik klonk haar als muziek in de oren. Het was volbracht!

'Addy?' zei Philip aarzelend toen ze zich niet verroerde.

Ze slikte moeizaam. 'Het– Het is een bijna angstige ervaring om het belangrijkste doel in je leven te bereiken. Net alsof je nu zult sterven.' Zich vermannend, stopte ze de sleutel weg. 'Maar we zijn er nog niet.' Ze haalde haar afstandsbediening tevoorschijn en toetste de code in die ze uit haar hoofd had geleerd. Eerst knipperde een rood lichtje, maar zodra ze het signaal op de deur richtte, ging er een groen lampje aan. 'Nu zou het veilig moeten zijn.'

'Zou?'

Glimlachend keek ze naar hem op. 'Garantie tot aan de hoek. Daar gaan we.' Ze omvatte de zware deurgreep, haalde diep adem en trok. De deur zwaaide open; warmte sloeg haar tegemoet. Terwijl ze met haar zaklantaarn naar binnen scheen, hoorde ze Philip zijn adem inhouden.

'De grot van Aladdin,' fluisterde hij, diep onder de indruk. 'De ultieme droom van elke dief... Allemachtig, en ik maar denken dat ik alles had gezien!'

Zelfs in het beperkte licht van hun twee zaklantaarns werd Adrianne haast verblind door de schittering van goudstaven, ringen, armbanden, edelstenen en allerlei zilveren gebruiksvoorwerpen. Verbijsterd rondkijkend, liep ze naar binnen, op de voet gevolgd door de minstens even verbijsterde Philip. Toen ze op goed geluk een van de vele kisten opende, ontwaarde ze een vracht ruwe diamanten.

Er stonden ook diverse schilderijen in de schatkamer. In de gauwigheid herkende Philip een Picasso, een Rubens en een Monet; stuk voor stuk voorstellingen die Abdu nooit ergens in het paleis zou hangen, maar die hij kennelijk als investering had gekocht.

'Niet te geloven,' fluisterde Adrianne. 'Zoveel schatten, en mijn moeder is volkomen berooid gestorven, afgezien dan van wat ik voor haar heb gestolen. En het ergst van alles is dat ze tot op het laatst van hem is blijven houden.'

Philip draaide zich naar haar om. Met een teder gebaar veegde hij de tranen van haar wangen. 'Hij is het niet waard, lieveling.'

'Nee.' Ze had zichzelf weer onder controle. 'Ik neem alleen wat van mij is.' Ze speurde verder tot opeens haar adem stokte. 'Daar.' In de lichtbundel van haar zaklantaarn leek het glazen kastje haar tegemoet te stralen. 'De Zon en Maan,' prevelde ze, terwijl ze ernaartoe liep. 'Liefde en haat, oorlog en vrede. Belofte en verraad.'

Philip kwam naderbij. 'Allemachtig, en nog mooier dan ik me

had voorgesteld. Hierbij vergeleken, valt alles wat ik ooit heb gestolen in het niet.' Hij legde een hand op haar schouder. 'Kom op, het is van jou nu.'

Heel behoedzaam tilde ze het collier uit het kastje. Prachtig,' fluisterde ze ademloos. 'Het zou voor mijn moeder gemaakt kunnen zijn.'

'Misschien is het wel voor haar gemaakt.'

Ze glimlachte droefgeestig omdat hij precies leek te begrijpen wat ze bedoelde. 'Jammer dat ik het haar niet kan teruggeven.'

'Je kunt meer dan dat.' Hij dacht aan het haveloze gebouw in Manhattan, waar ze een kliniek van wilde maken. 'Ze zou trots op je zijn, Addy.'

Adrianne knikte alleen maar, terwijl ze de Zon en Maan in een fluwelen doek wikkelde en vervolgens in haar heuptasje wegstopte. 'Hij zal me hiervoor achterna komen,' merkte ze zachtjes op voor ze naar Philip opkeek. Haar donkere ogen schitterden. 'Dat begrijp je toch, hè?'

'Wat ik begrijp, is dat het leven met jou nooit saai zal zijn.'

Ze liet de lichtbundel nog een keer door de schatkamer dwalen. Bij toeval zag ze een paar in de muur gekraste woorden. Ze liep ernaartoe. De Arabische tekens waren oud, maar nog duidelijk leesbaar. Misschien was er wel een diamant voor gebruikt.

'Wat staat daar?'

'Het is een boodschap van Berina. "Ik sterf uit liefde, niet uit schaamte. *Allahu Akbar*".' Ze pakte zijn hand. 'Misschien kan zij nu ook in vrede rusten.'

26

Het afscheid viel Adrianne nog zwaarder dan ze had gedacht. Dat kwam voornamelijk door Yasmin, die haar tijdens het pakken duidelijk te verstaan gaf het heel naar te vinden dat ze wegging.

'Het kan niet anders, Yasmin. Ik moet mijn man volgen.' Ze had geen betere smoes. 'Misschien mag je over een paar jaar bij ons op bezoek komen. Dan laat ik je New York zien.'

'Gaan we dan ook uit eten in restaurants? En naar Bloomerdale's?' vroeg Yasmin hoopvol.

'Bloomingdale's,' verbeterde Adrianne werktuiglijk, terwijl ze haar zwarte overkleed aantrok. Alles was in kannen en kruiken. De grote kist met huwelijksgeschenken – de Chinese lakdoos met inhoud incluis – was al onderweg naar het vliegveld. 'Ik vind het ook heel moeilijk om weg te gaan, Yasmin, maar ik beloof je dat ik je zal schrijven.' Ze kuste het meisje op beide wangen. Als ze haar brieven aan Jiddah richtte, zou die er wel voor zorgen dat haar jongste kleindochter ze kreeg.

Hoewel ze zich had voorgenomen geen tranen te vergieten, begon ze toch te huilen toen ze even later haar grootmoeder omhelsde. Het was immers vrijwel zeker dat ze haar nooit meer zou zien.

'Ik zal je missen, grootmoeder,' wist ze uit te brengen.

De oude vrouw glimlachte met de wijsheid van haar jaren. 'Een bruid hoort niet te huilen, Addy. Ik hou van je zoals ik van al mijn kleinkinderen hou, maar jij bent en blijft mijn eerste. In dit leven zal ik je niet meer zien, maar dat komt goed in het hiernamaals.'

'Als ik ooit kinderen krijg, zal ik ze jouw verhalen vertellen,' beloofde Adrianne met verstikte stem.

'Je zult zeker kinderen krijgen. *Inshallah*. Ga in vrede met je man.'

De rest van de plichtplegingen ging als in een roes aan haar voorbij; voor ze het wist, viel de deur van de harem achter haar dicht en wierp ze nog een laatste blik op de fontein in de tuin waarin ze zo vaak met haar moeder had gezeten.

Buiten de poort stond Philip haar bij de limousine op te wachten, in het gezelschap van Fahid.

'Ik wens je een lang en gelukkig leven.' Fahid omhelsde haar. 'Vergeet niet dat ik altijd van je zal blijven houden.'

Tegen de regels in legde Adrianne een hand tegen zijn wang. 'Dank je, Fahid. Voor alles. Als je ooit nog eens naar Amerika komt, staat mijn deur altijd voor je open.'

Ze stapte snel in, voor er weer tranen konden vloeien. Op weg naar het vliegveld zei ze geen woord, en ze was Philip dankbaar dat hij haar met rust liet. Kennelijk begreep hij dat het haar heel moeilijk viel het dierbare deel van haar jeugd voorgoed achter zich te laten.

Dankzij de speciale pas die Fahid had verzorgd, konden ze zonder tussenkomst van de douane doorrijden naar het platform waar de kleine jet al met draaiende motoren klaarstond. Philip schudde zichtbaar opgelucht de hand van de piloot, die hen opwachtte bij de trap.

'De suite in Parijs is gereserveerd, *sir*,' vertelde de man, terwijl zijn copiloot de bagage begon in te laden. 'Mag ik u feliciteren met uw huwelijk?'

'Dank je, Harry.' Hij keek nog een keer om. 'Wat mij betreft, kunnen we niet snel genoeg vertrekken.'

Adrianne had haar zwarte overkleed al uitgetrokken toen hij zich in de luxueuze cabine bij haar voegde. In haar wijnrode mantelpakje en met haar glanzende zwarte haar in een sierlijke wrong, zag ze er adembenemend exotisch uit, vond hij. 'Gaat het nu weer een beetje?' informeerde hij liefdevol.

Ze trok een gezicht naar het achteloos terzijde geworpen overkleed. 'Iets beter,' verzuchtte ze. 'Kunnen we meteen weg?'

'Zodra Harry toestemming krijgt om op te stijgen. Wat dacht je intussen van een glaasje champagne?'

'Heerlijk.' Te ongedurig om meteen te gaan zitten, begon ze heen en weer te lopen. Ze was wat blij het rijk alleen te hebben met Philip. 'Waarom ben ik in 's hemelsnaam nog nerveuzer dan toen we hier aankwamen?'

'Dat lijkt mij niet zo vreemd, Addy.' Hij ontkurkte de perfect gekoelde champagne.

'O, nee? Jij bent anders heel kalm.'

'Ik laat niets dierbaars achter.'

Ze wist niet of ze het prettig dan wel vervelend vond dat ze blijkbaar een open boek voor hem was. 'We hebben nog heel wat op te lossen, Philip,' zei ze na een korte stilte. 'Bijvoorbeeld wat we met die ladingen huwelijkscadeaus aan moeten.'

In het besef dat het niet meest geschikte moment was om over haar werkelijke gevoelens te beginnen, schonk hij rustig in. 'Ik zou zo zeggen dat ze hun nut nu bewijzen. Het collier is veilig en wel op weg naar New York.'

'Ja, prima, maar we kunnen ze onmogelijk houden. Per slot van rekening hebben we ze onder valse voorwendselen gekregen.'

Met opgetrokken wenkbrauwen reikte hij haar een glas aan. 'Was die huwelijksceremonie niet wettig, dan?'

Ze slikte. 'Jawel, maar het gaat om de bedoeling.'

Hij glimlachte flauwtjes. Over zíjn bedoelingen bestond geen enkele twijfel. 'Het collier lijkt me voorlopig belangrijker dan die geschenken, Addy. Eén stap tegelijk.'

Adrianne knikte bedachtzaam. 'Ja, je hebt gelijk. Tussen al die andere kostbaarheden, en ook nog in die geheime lade van de lakdoos, zal de Zon en Maan niet worden ontdekt.' Ze dwong zich tot een glimlach. 'Misschien niet zo spectaculair als het collier eigenhandig het land uit smokkelen, maar wel zo praktisch. De Amerikaanse douane zal ook niet moeilijk doen over de huwelijksgeschenken van prinses Adrianne. Bovendien zal het nog wel even duren voor Abdu de diefstal ontdekt nu het alarm weer gewoon werkt.'

'Vind je dat jammer?'

'Wat?' Ze schudde haar hoofd. 'Nee. De confrontatie kan beter buiten Jaquir plaatsvinden. Want reken maar dat die confrontatie komt.'

Ze zat net, toen Harry via de intercom doorgaf dat ze konden vertrekken. Op het moment dat ze opstegen en Jaquir onder hen in de diepte verdween, moest ze ongewild aan Phoebe denken.

'Ik weet nog goed hoe gespannen mijn moeder was toen we opstegen om naar Parijs te gaan. Ik was alleen misselijk van opwinding, maar zij was al bezig met de ontsnapping. Pas boven zee durfde ze me ter afleiding een boek met foto's van de

Eiffeltoren en de Notre Dame te laten zien.' Ze glimlachte wat geforceerd toen Philip haar hand in de zijne nam om haar een bemoedigend kneepje te geven. 'Ik heb me pas veel later gerealiseerd dat ze voor mij letterlijk alles heeft achtergelaten. Dat ze haar leven voor mij heeft geriskeerd.'

'Ze was een buitengewone vrouw,' zei Philip zachtjes voordat hij haar hand kuste. 'Net zo buitengewoon als haar dochter en het collier dat jij voor haar hebt teruggehaald. Ik zal nooit vergeten hoe je keek toen je het in je handen hield.'

De emoties werden haar bijna te machtig. Als ze ooit behoefte had gehad aan Philips warmte, kracht en steun, dan was het nu. Ze vlijde zich dicht tegen hem aan. 'Vrij met me, Philip,' fluisterde ze.

Philip trok haar in zijn armen. Zijn intense verlangen haar te beschermen, werd nog eens versterkt door zijn behoefte haar definitief voor zich te winnen. Tegelijkertijd was hij zich er echter terdege van bewust dat hij geen misbruik mocht maken van haar kwetsbaarheid. Het enige wat hij kon en mocht doen, was haar zijn oneindige liefde tonen.

Doordat haar anders zo zekere vingers te veel trilden, kreeg ze de knoopjes van zijn overhemd niet los. 'Idioot,' prevelde ze. 'Het lijkt wel alsof het de eerste keer is.'

'Dat is het in zekere zin ook,' hield hij haar voor. Zijn handen waren vast genoeg voor alle knopen die op hun weg zouden komen. 'Er zijn voor iedereen verschillende keerpunten in het leven, Addy.'

Zonder zijn liefkozingen te onderbreken, leidde hij haar naar de sofa achter in de cabine, waar ze zich met hart en ziel aan de liefde overgaven. Adrianne besefte meteen dat het deze keer anders was. Ze hád geen idee wanneer ze haar hart aan hem had verloren. Ze begreep ook niet hóé het had kunnen gebeuren, terwijl ze zo vastbesloten was geweest het te voorkomen. Maar dat deed er ook niet toe. Waar het om ging, was dat ze het nu eindelijk durfde te erkennen, al was het dan alleen nog tegenover zichzelf.

Philip voelde de verandering in haar zonder precies te kunnen zeggen wat die inhield. Haar huid leek warmer onder zijn strelingen, haar lippen en haar mond guller dan ooit, en de manier waarop ze hem tegemoet kwam vrijmoediger. Hij voelde een rilling door haar lichaam trekken, en toen hij zijn hoofd ophief om op haar neer te kunnen kijken, zag hij dat haar donkere ogen verdacht glansden. 'Addy –'

'Nee.' Ze legde een vinger tegen zijn lippen. 'Niet nu... Later...'

En terwijl het vliegtuig hoog boven de Middellandse Zee koers zette naar Parijs, verloren ze zich in hun wederzijdse liefde.

'We vertrekken morgen naar New York.' Philip liep met de telefoon naar het raam om over het kille, natte Parijs uit te kijken. Hij vroeg zich af waar Adrianne bleef.

'Fijn dat ik ook nog eens iets te horen krijg.'

Spencers sarcasme was niet aan Philip besteed. 'Een man heeft toch wel recht op enige privacy tijdens zijn huwelijksreis?'

'Hm,' gromde Spencer. 'Nog gefeliciteerd. Je had me anders weleens kunnen inlichten.'

'Tja, tijdens de stormachtige ontwikkelingen heb ik daar geen moment bij stilgestaan.'

'Dat geeft je nog niet het recht om achter mijn rug om allerlei faciliteiten van Interpol te gebruiken voor iets dat niets te maken heeft met de zaak waaraan we werken.'

'Ik hoef jou toch niet te vertellen dat in liefde en oorlog alles geoorloofd is, Stuart,' pareerde Philip geamuseerd. 'Hoe dan ook,' vervolgde hij voor zijn chef commentaar kon leveren, 'ik heb wel degelijk nieuwe informatie. Via mijn contacten heb ik vernomen dat onze man zich definitief heeft teruggetrokken.' Hij negeerde het hartgrondige gevloek aan de andere kant van de lijn. 'Ik vrees dat we hem verder kunnen vergeten. Daar staat tegenover dat ik je mogelijk aan de Rubens kan helpen die jaren geleden uit de Van Wyes-collectie is gestolen.' Denkend aan Abdu's schatkamer, overwoog hij dat ook zíjn wraak zoet zou zijn.

'Wat zeg je me daar?' riep Spencer uit. 'Ik verwacht je morgen in Londen om rapport uit te brengen.'

'Sorry, Spencer, ik moet eerst een paar dagen naar New York. Daarna vertel ik je alles wat ik weet... vooropgesteld dat we een overeenkomst kunnen sluiten.'

'Zeg eens even, je moet niet te ver gaan, Chamberlain!' bulderde zijn chef. 'Het is je plicht me onvoorwaardelijk alle inlichtingen te verschaffen.'

Philip draaide zich glimlachend om toen hij Adrianne hoorde binnenkomen. Ik weet precies wat mijn plicht is, commandant.' Hij kuste Adrianne, die zich huiverend van de kou tegen hem aan vlijde. 'We moeten snel bijpraten. Waarom probeer je niet ook naar New York te komen? Ik wil je graag aan mijn vrouw voorstellen.'

Na die woorden legde hij de hoorn op de haak en omhelsde

hij de vrouw van zijn dromen. 'Gefeliciteerd namens commandant Spencer. Hij draait wel bij als hij hoort wat ik voor hem heb.'

Adrianne schudde haar hoofd. 'Niet zo netjes van je om zomaar de verbinding te verbreken. Arme man.'

'Hij kan wel tegen een stootje.' Philip knikte naar de pakjes waarmee ze was binnengekomen. 'Heb je ook iets voor mij gekocht?'

Ze verraste hem met een prachtige kasjmieren trui in de kleur van zijn ogen. 'Die zag ik hangen toen ik op een sjaal voor Celeste uit was. Mooi?'

Geroerd door haar geste, paste hij hem meteen. 'Mocht ik daarom niet met je mee?'

Adrianne plukte gespannen een denkbeeldig stofje van de trui. 'Nee, ik wilde even alleen zijn om rustig na te denken. Ik heb Celeste gebeld. Alles is keurig aangekomen. Ze heeft voor alle zekerheid even in de Chinese lakdoos gekeken.'

'Dus het is gelukt,' concludeerde hij, terwijl hij haar onderzoekend aankeek. 'Waarom vertel je me nu niet wat er echt aan de hand is?'

Ze haalde diep adem. 'Ik heb mijn vader een brief gestuurd met de mededeling dat ik de Zon en Maan heb.'

27

‘Valstrik of niet, ik blijf erbij dat ik het geen manier van je vind dat je me niet hebt uitgenodigd.’ Celeste drapeerde de nieuwe sjaal om haar nek en bestudeerde het resultaat in de spiegel.

‘Jeetje, Celeste, ik heb toch uitgelegd dat het hele huwelijk niets om het lijf heeft?’

‘Je kunt zeggen wat je wilt, Philip Chamberlain is er de man niet naar om je te laten gaan.’ Ze grinnikte. ‘Zo’n twintig jaar terug zou ik het wel hebben geweten.’

‘Dat zal best. Maar zodra alles achter de rug is, gaan we elk onze eigen weg.’

Celeste draaide zich naar haar om. ‘Sorry, liefje, je acteert niet half zo goed als je moeder.’

‘Ik weet niet waar je het over hebt.’

‘Ha! Je houdt van hem, dat is zo klaar als een klontje. Als je eens wist hoe blij ik voor je ben.’

Adrianne begon aan haar trouwring te friemelen. ‘Gevoelens veranderen niets aan de feiten. Philip en ik hebben het nu eenmaal afgesproken.’

‘Houd toch op, Addy.’ Celeste glimlachte. ‘Gevoelens veranderen juist alles. Wil je erover praten?’

Nee,’ verzuchtte Adrianne geërgerd. ‘Ik wil er niet eens over denken. Ik heb wel wat anders aan mijn hoofd.’

De glimlach verdween op slag van het gezicht van de actrice. 'Ja, en daar maak ik me zorgen over. Abdu is een machtig man.'

'Hij kan me weinig maken.' Adrianne stond op om haar jas aan te trekken. 'Hij zou me kunnen vermoorden, maar daarmee krijgt hij het collier in ieder geval niet terug. Geloof me, hij zal zich naar mijn wensen schikken.'

'Ik begrijp niet hoe je er zo rustig onder kunt blijven,' mompelde Celeste hoofdschuddend.

'Ik heb genoeg bedoeïenenbloed in me om me in mijn lot te schikken als het moet. Hier heb ik vrijwel mijn hele leven op gewacht, Celeste. Heus, hij vermoordt me niet. Reken maar dat hij betaalt.' Haar gezicht verstrakte. 'Pas daarna kan ik over andere dingen nadenken.'

Celeste pakte haar hand voor ze kon weglopen. 'Is het het allemaal waard geweest, Addy?' vroeg ze ernstig.

'Dat zal weldra blijken,' antwoordde Adrianne waardig. Ze kuste haar vriendin. 'Maak je geen zorgen, Celeste.' Toen liep ze zonder verder nog iets te zeggen de deur uit.

Hoewel het koud was, besloot ze te gaan lopen. Het was vrij stil op straat, en dat vond ze wel zo prettig. Philip zou waarschijnlijk nog niet terug zijn van zijn bespreking met Spencer, dus ze hoefde zich niet te haasten.

Nadat hij zijn chef had gebeld om door te geven dat hij in New York was aangekomen, was hij vreemd afwezig geweest. Omdat ze wel had begrepen dat hij met rust gelaten wilde worden, was zij naar Celeste gegaan. Het ging haar immers niet aan wat hij met Spencer moest bespreken.

Ze schrok niet toen ze de zwarte limousine voor de ingang van haar appartement ontwaarde, maar haar hart begon wel te bonzen. Ze wist al wie eruit zou stappen voordat het achterportier werd geopend.

Onder zijn Arabische hoofdtooi droeg Abdu een pak van Italiaanse snit. Adrianne had hem nog maar één keer eerder zo gekleed gezien. Een eeuwigheid geleden in Parijs, toen ze hem zo mogelijk nog imposanter en bedreigender had gevonden.

'Kom mee,' beval hij hooghartig nadat ze elkaar enkele ogenblikken zwijgend hadden aangestaard.

Ook zonder dat ze de lijfwacht naast hem een blik waardig keurde, wist ze dat een enkel gebaar van de koning voldoende zou zijn om hem zijn pistool te laten trekken en haar te doden.

'Het lijkt me beter dat u met mij meekomt,' zei ze koel en al even uit de hoogte. Ze keerde hem de rug toe en liep de lobby binnen. 'En laat die gorilla maar buiten,' voegde ze er bedaard aan toe zodra ze voelde dat hij haar volgde.

Even later stonden ze naast elkaar in de lift. De spanning was om te snijden, maar vreemd genoeg was Adrianne niet bang. Ook het gevoel van triomf, dat ze min of meer verwacht had, bleef uit.

'U hebt mijn brief dus gekregen.' Ze keek naar hem op. 'Jaren geleden heb ik u ook eens een brief gestuurd. Toen bent u niet gekomen. Kennelijk is het collier waardevoller voor u dan het leven van mijn moeder.'

'Ik had je naar Jaquir kunnen laten halen,' klonk het nors. 'Je had blij mogen zijn als dan alleen je handen waren afgehakt.'

De deuren schoven open; ze stapte uit. 'En dan te bedenken dat ik ooit van u heb gehouden en u heb gevreesd. Nu is zelfs de angst weg.'

Zodra ze de deur van haar appartement opende, stokte haar

adem. Zijn mannen waren al binnen geweest. De ravage was niet te overzien. 'Dacht u nu heus dat ik de Zon en Maan hier zou verstoppen?' riep ze woedend uit. 'Ik heb veel te lang op dit moment gewacht om het zo eenvoudig voor u te maken!'

Doordat ze de klap verwachtte, kon ze bijtijds opzijspringen. Zijn harde hand schampte langs haar wang. 'Waag dat nog eens, en u ziet het collier nooit meer terug,' beet ze hem toe.

Abdu balde zijn vuisten in machteloze woede. 'Het is van mij, en ik wil het terug,' snauwde hij weinig koninklijk.

Het deed haar deugd om te zien hoe hij zijn waardigheid verloor. Met het collier veilig weggeborgen in een bankkluis, had ze hem in haar macht. 'Ik heb niets wat van u is. U hebt de Zon en Maan aan mijn moeder geschonken. Dat collier was van haar. En sinds haar overlijden behoort het mij toe. Dat is de wet van de islam, de wet van Jaquir. De wet waaraan zelfs de koning gehouden is.' Ze weerstond zijn razende blik moeiteloos.

'Ik ben de wet. De Zon en Maan behoort mij toe, niet de dochter van een hoer.'

Het trof haar dat zelfs zijn beledigingen haar niet meer raakten. Ze liep naar het portret van haar moeder, dat van de muur was gerukt. Na het te hebben opgehangen, draaide ze zich naar Abdu om. Ze zag hem naar de glorieuze beeltenis van Phoebe Spring staren.

'Het collier was het huwelijksgeschenk van de koning aan de vrouw met wie hij voor het aangezicht van Allah en zijn hele volk trouwde,' wreef ze hem fijntjes onder de neus. 'Een koning die zichzelf en zijn liefde heeft verloochend door haar te onteren, haar de Zon en Maan onrechtmatig af te nemen en haar uiteindelijk van haar leven te beroven. Ik heb jaren geleden gezworen het collier voor mijn moeder terug te halen, en dat is me gelukt. Ik heb ook gezworen dat u er duur voor zult betalen.'

Abdu greep haar ruw bij de arm. 'Echt iets voor een verdorven vrouw om edelstenen te begeren,' grauwde hij. 'Je hebt geen benul van de werkelijke waarde en betekenis.'

Adrianne rukte zich los. 'De koning heeft geen benul,' hoonde ze. 'Alsof het mij om de diamant en de parel te doen zou zijn.' Ze keerde hem verachtelijk haar rug toe. 'Ze hadden betekenis omdat ze het symbool waren van uw liefde. Dat was het enige wat werkelijk telde voor mijn moeder. U gaf het collier uit liefde. Toen u het haar afnam, brak u haar hart voorgoed.'

Abdu keek onwillekeurig weer naar het portret, ook al verachtte hij zichzelf omdat de herinnering hem nog zo van zijn stuk kon brengen. 'Ik heb het in een vlaag van verstandsverbijstering gegeven. Toen ik niet langer verblind was, heb ik het haar afgenomen. Als jij in leven wilt blijven, bezorg je het me terug,' verklaarde hij dreigend zacht.

'U wilt nog een dode op uw geweten?' informeerde Adrianne bijtend sarcastisch. 'Laat die dreigementen nu maar achterwege, want als ik sterf, kunt u de Zon en Maan verder vergeten.'

Ze bleef hem net zolang aankijken tot ze er zeker van was dat hij begreep dat ze het meende. 'Ja, ik ben zelfs bereid om voor mijn wraak te sterven. Dat is de macht van haat. U kunt het collier terugkrijgen, maar u zult ervoor moeten betalen.'

'Ik krijg het terug en ik zal jóú laten boeten.'

Adrianne schudde meewarig haar hoofd. De constatering dat ze naar haar vader kon kijken zonder ook maar iets te voelen, was verbijsterend. 'Ik heb u het grootste deel van mijn leven gehaat,' deelde ze hem ijzig mee. 'U weet hoe mijn moeder heeft geleden en hoe ze aan haar eind is gekomen. Ik ben daar getuige van geweest. U kunt mij niets meer aandoen wat u me al niet hébt aangedaan.'

'Jou misschien niet, maar je staat niet alleen in het leven.'

Hoewel zijn woorden haar deden verbleken, hield ze zich groot. 'Lager kan een koning die zich op zijn trots en eergevoel laat voorstaan niet zinken,' zei ze toonloos. 'Als u Philip te na komt, zult u dat niet overleven, maar eerst zal ik de Zon en Maan in de oceaan hebben gegooid.'

'Hij betekent dus wel degelijk iets voor je.'

'Meer dan u ooit zult kunnen bevatten.' Ze speelde haar laatste troef uit. 'Zelfs Philip weet niet waar ik het collier heb verborgen. Dit gaat tussen u en mij. En u kunt rustig van me aannemen dat ik de waarde van uw eer heel wat lager aansla dan die van het leven van mijn moeder.'

In blinde woede hief hij zijn vuist op. Adrianne dook weg, op hetzelfde moment waarop de voordeur dreunend werd dichtgeslagen.

'Raak haar nog eens aan, en ik maak je af!' Voor Adrianne zich goed en wel had hersteld, greep Philip Abdu bij de revers.

'Niet doen!' riep ze in paniek uit. Ze trok hem aan zijn arm. 'Niet doen. Hij heeft me niet geraakt.'

'Nee, maar dat wilde hij wel, Addy,' was Philips effen reactie. Hij haalde uit en sloeg Abdu met een verwoestende vuistslag tegen de grond. 'Die was nog voor de blauwe plek op haar wang.' Hij wachtte tot de koning zich op de stukgesneden bank had gehesen. 'Voor alles wat je haar hebt aangedaan, zou ik je hoe dan ook hier ter plekke moeten afmaken. Het is dat zij dat niet wil, maar anders...' Hij beheerste zich met moeite. 'Laat ik volstaan met te zeggen dat je voor eunuch in je eigen harem kunt spelen als je het waagt haar nog een haar te krenken.'

Abdu veegde het bloed van zijn onderlip. Het was aan zijn gezicht te zien dat de vernedering oneindig veel pijnlijker voor hem was dan de klap. Sinds hij koning was, had niemand hem hem zelfs maar aangeraakt zonder zijn permissie. 'Dit wordt je dood, Chamberlain,' gromde hij.

'Dat denk ik niet, mijn beste. Die twee lijfwachten van je worden op dit moment ondervraagd door commandant Stuart Spencer van Interpol. Ik ben, geloof ik, vergeten te zeggen dat ik voor Interpol werk, hè?' Hij nam de ravage in ogenschouw. 'Die huishoudsters van tegenwoordig zijn ook niet meer wat ze zijn geweest, Adrianne. Zou jij me een glas cognac willen inschenken?'

Met zijn bedrieglijk minzame manier van doen, joeg hij haar de stuipen op het lijf. Nooit had ze gedacht dat Philip zo beangstigend hard kon optreden. Ze vreesde voor zijn leven als hij Abdu nog verder zou vernederen. 'Philip...'

'Alsjeblieft.' Hij streelde haar wang. 'Voor mij.'

'Goed. Ik ben zo terug.'

Ze was nog niet weg, of Abdu richtte zich op. 'In Jaquir zou ik je de marteldood laten sterven. Je zou Allah smeken uit je lijden verlost te worden.'

'Je bent een schoft, Abdu,' deelde Philip hem mee. 'Je mag dan zogenaamd blauw bloed hebben, maar je bent geen knip voor de neus waard.' Hij ontspande. 'Maar goed, wat ik van je vind, doet er niet zoveel toe. Hier is jouw wil geen wet. Hier heb jij je te schikken. Ik wil even een paar dingetjes met je afspreken.'

'Ik heb niets met jou te maken.'

'Je mag dan een schofterige tiran zijn, maar je bent niet stom, Abdu. Ik hoef je niet uit te leggen waarom Addy het collier onder je neus heeft weggekaapt. Je moet wel weten dat het haar idee was. Hoewel ik het niet graag toegeef, had ze haar plan ook zonder mijn hulp kunnen uitvoeren. Je hebt haar te betalen wat ze vraagt.'

Hij pauzeerde even. 'Je krijgt echter met mij te maken als haar iets overkomt. Voor alle duidelijkheid: Interpol is al op de hoogte van alle details rond de transactie. Je doet er verstandig aan aanslagen op onze levens uit je hoofd te laten. Tenzij je natuurlijk zelf uit de weg wilt worden geruimd en heel Jaquir onder jouw wraak wilt laten lijden. Hoe je het ook wendt of keert, Addy heeft je te grazen. Ik geef je het welgemeende advies dat als een man te dragen.'

'Als een man? Wat weet jij daarvan? Jij bent niets anders dan het schoothondje van een vrouw.'

Philip glimlachte fijntjes. 'Liever een schoothondje dan een man die zijn macht misbruikt om aan zijn gerief te komen.' Hij zag Abdu verbleken. 'Maar goed, als je er de voorkeur aan geeft door een schoothondje te worden afgetuigd, ga je maar even mee naar buiten.' Hij keek om toen hij Adrianne hoorde. 'Ah, dank je, schat. We moesten de zaken maar meteen afhandelen, want Abdu is een drukbezet man.'

Adrianne dwong zichzelf tot zakelijkheid. 'Het collier is mijn rechtmatig eigendom,' zei ze weloverwogen. 'U weet net zo goed als ik dat ik zelfs in Jaquir mijn gelijk kan halen als ik de zaak aanhangig maak.' Ze haalde diep adem. 'Hoewel ik er liever geen ruchtbaarheid aan geef, zal ik, mocht het nodig zijn, niet aarzelen, zowel hier als in het Midden-Oosten de pers in te schakelen.

Mij zal het schandaal niet raken. Voor u zullen de gevolgen niet te overzien zijn.'

'Ha, je zult jezelf alleen maar ruïneren met het verhaal over je laaghartige diefstal en je verraad.'

Ze glimlachte flauwtjes. 'Welnee, ik zou er jaren mijn voordeel mee kunnen doen. Daar gaat het echter niet om. U kunt het collier terugkrijgen, en ik doe afstand van mijn aanspraak. Bovendien zal ik mijn mond houden over de manier waarop u mijn moeder hebt kapotgemaakt, zoals ik ook zal zwijgen over uw schande. Die mag u met de Zon en Maan mee terugnemen naar Jaquir... in ruil voor vijf miljoen dollar.'

'Een hoog bedrag voor wat jij jouw eer noemt.'

Adrianne knipperde zelfs niet met haar ogen. 'De eer van mijn moeder.'

Koortsachtig dacht Abdu na. Het zou niet moeilijk voor hem zijn om haar en Chamberlain te laten vermoorden. Hij had de macht en de middelen. Daar stond tegenover dat, als hun dood met hem in verband zou worden gebracht, de gehate, maar noodzakelijke relaties met het Westen zeker zouden worden geschaad. Erger nog, het volk zou tegen hem in opstand kunnen komen, en hij zou gezichtsverlies lijden. Hij wilde het collier per se weer in zijn bezit hebben, en vijf miljoen was maar een fractie van de werkelijke waarde. Zijn wraak zou vooralsnog moeten wachten.

'Je krijgt je geld,' verklaarde hij na een korte stilte afgemeten.

'Dat is alles wat ik van u wil.' Ze stond op om een kaartje uit haar handtas te halen. 'Mijn advocaten. U kunt de afhandeling van de zaak met hen opnemen. Zodra het geld op mijn rekening in Zwitserland staat, bezorg ik u het collier.'

'Laat je gezicht nooit meer in Jaquir zien, en waag het niet contact te zoeken met iemand van mijn familie.'

'Niet zolang u in leven bent.' Adrianne besefte dat de prijs die zij moest betalen, hoger was dan ze van tevoren had gedacht.

Abrupt stond Abdu op. Voor hij verdween, beet hij Adrianne nog enkele woorden in het Arabisch toe.

Het ontging Philip niet dat Adrianne wit wegtrok. 'Wat zei hij ?'

Ze veinsde onverschilligheid door haar schouders op te halen. 'Dat hij van plan was nog heel lang te blijven leven en dat hij hoopte dat ik net zo ellendig aan mijn eind zou komen als mijn moeder.'

Binnensmonds vloekend, nam Philip haar hand in de zijne. 'De liefhebbende vader,' sneerde hij voor hij haar vingers een bemoedigend kneepje gaf.

Adrianne glimlachte dapper. 'Ach, ik wist dat hij me niet het beste zou wensen.' Ze schokschouderde weer. 'Nu het achter de rug is, voel ik vreemd genoeg niets... Alleen een grote leegte.'

'Hm, dan moest je misschien maar eens een kijkje gaan nemen bij je toekomstige kliniek,' opperde hij.

Ze beloonde hem met een stralende lach. 'Ja, dat is de oplossing!' Diep zuchtend, haalde ze haar handen door haar sluike haar, waarna ze naar het portret van haar moeder keek. 'Dat geld betekent niets voor hem. Ik hoop alleen dat hij zich haar nu zal blijven herinneren.'

'Daar kun je zeker van zijn, Addy. Hij kan de Zon en Maan nooit meer zien zonder zichzelf rekenschap te geven van zijn daden. Dat is de schande waarmee hij zal moeten leren leven.'

'Philip...' Ze raakte zijn hand even aan. 'We moeten praten.'

'Dat klinkt heel ernstig.'

'Dat is het ook.' Ze slikte moeizaam. 'Je moet weten dat ik je heel dankbaar ben voor alles wat je hebt gedaan.'

Hij opende zijn mond, maar met een handgebaar beduidde ze hem haar te laten uitpraten.

'Je hebt me geweldig geholpen. Begrijp me goed, ik had het ook alleen afgekund, maar dan zou het veel minder voor me hebben betekend.' Ze negeerde zijn jongensachtige grijns. 'Ik wil je dus graag bedanken –'

'Voordat je me de deur wijst?'

'Voor we elk weer onze eigen weg gaan,' verbeterde ze geërgerd. 'Gaan we treiteren?'

'Nee, hoor. Ik moet even weten wat je wilt. Ben je klaar met bedanken?'

'Ja.' Ze schopte een scherf van een vaas weg.

'Hm, het had wel wat overtuigender gekund,' mompelde hij ironisch. 'Als ik het goed begrijp, wil je dat ik de deur uit ga en uit je leven verdwijn.'

'Ik wil graag dat je doet wat het beste voor ons allebei is.'

'In dat geval...' Hij legde zijn handen op haar schouders.

Haastig ontweek ze hem. 'Het is voorbij, Philip. Ik moet aan de slag. Met de kliniek, met mijn plannen voor... mijn verdere leven.'

Philip besloot nog even te wachten met haar te vertellen dat ze voor Interpol zou gaan werken. En pas wanneer de tijd rijp was, mocht ze weten dat Abdu het vuur na aan de schenen zou worden gelegd voor het in bezit hebben van een gestolen Rubens. Eerst dienden ze het over strikt persoonlijke aangelegenheden te hebben.

'Wil je daarmee zeggen dat er in je leven geen plaats is voor een echtgenoot?'

'Dat huwelijk was een schijnvertoning in het belang van de zaak.' Anders dan ze had gedacht, viel het haar zwaar er zo over te praten. 'Misschien geeft het wat problemen met de pers en goedbedoelende vrienden, maar we moeten het samen toch soepel kunnen regelen. We hoeven ons echt niet gebonden te achten aan die...'

'Schijnvertoning?' vulde hij aan. 'We hebben elkaar nogal wat beloofd.'

'Maak het nu niet moeilijker dan het al is.'

'Zoals je wilt. We hebben het tot nu toe steeds op jouw manier gedaan, dus dan moeten we het ook maar op jouw manier beëindigen. Hoe ging het ook weer?'

Haar mond voelde opeens kurkdroog aan. Ze pakte zijn cognac om een fikse slok te nemen. 'Heel gemakkelijk. Je hoeft alleen maar drie keer te herhalen dat je me verstoot.'

'Dat is alles? Ik hoef niet te wachten tot het volle maan is en ook niet op één been te staan of zo?'

Ze zette het glas met een klap neer. 'Het is geen grap.'

'Nee, het is om te huilen.' Hij greep haar hand en hield die stevig vast. Het was een gok, besefte hij. De grootste gok van zijn leven, maar hij kon niet anders. 'Ik verstoot je,' prevelde hij, terwijl hij zijn hoofd boog tot zijn lippen de hare bijna raakten. Hij voelde haar verstrakken. 'Ik verstoot je.' Hij kuste haar vurig. 'Ik –'

'Nee!' Ze sloeg haar armen om zijn nek en klemde zich aan hem vast. 'Nee, verdomme nog aan toe!'

Philip was zo opgelucht, dat zijn knieën knikten. Hij begroef zijn gezicht een moment in haar zwarte haar. 'Hé, je onderbreekt de ceremonie. Nu moet ik weer van voren af aan beginnen... over een jaar of vijftig.'

'Philip –'

'Nee, nu doen we het op mijn manier.' Hij hield haar op armlengte afstand. Ze was bleek, en dat vond hij een goed teken. Blijkbaar had hij haar de stuipen op het lijf gejaagd. 'We zijn getrouwd, in voor- en tegenspoed en met alle verdere bepalingen die erbij horen. Als het nodig is, trouwen we opnieuw in Londen volgens onze tradities en –'

'Ik heb nooit gezegd dat ik –'

'Te laat. Je hebt je kans gehad. Die heb je niet gegrepen.' Hij trok haar weer naar zich toe.

Adrianne sloot haar ogen. 'O, lieve hemel. Waarom niet?' kreunde ze.

'Dat weet je best, Addy. Zeg het nu maar eens hardop.' Hij hield haar stevig vast. 'Kom op, schat, je kunt het. Je hebt al vaak genoeg bewezen geen lafaard te zijn.'

Toen ze naar hem opkeek, smaakte hij het genoegen haar ogen te zien fonkelen. 'Misschien hou ik wel van je,' fluisterde ze.

'Misschien? Verstond ik dat goed?'

Ze snoof. 'Ik denk dat ik van je hou.'

'Nog een keer. Je komt er wel uit.'

'Ik hou van je,' verzuchtte ze met veel gevoel voor dramatiek. 'Zo. Tevreden?'

'Nog lang niet, maar dat komt wel,' mompelde hij, terwijl hij haar langzaam achteroverduwde op de geruïneerde sofa.

Meesterverteller Nora Roberts schept opnieuw een magische en compleet originele wereld…

Malory, Dana en Zoe, drie jonge vrouwen die elkaar niet kennen. Tot ze elkaar op een stormachtige avond ontmoeten in Warrior's Peak, het indrukwekkende landhuis net buiten Pleasant Valley. Daar krijgen ze een aanbod dat hun levens voor altijd zal veranderen...

ISBN: 978 94 027 0018 3

ISBN: 978 94 027 0084 8

ISBN: 978 94 027 0164 7

'De *Sleutel*-triologie is een aanstekelijke speurtocht.'
RT Book Reviews

Voor meer informatie: **www.noraroberts.com**